NIEMAND, DER MIT MIR GEHT

NADINE GORDIMER
NIEMAND, DER MIT MIR GEHT

ROMAN

Aus dem Englischen
von Friederike Kuhn
Berlin Verlag

Die englische Ausgabe mit dem Titel
None to Accompany me
erschien 1994 bei Bloomsbury Publishing, London

Umschlaggestaltung: Nina Rothfos, Hamburg
Satz: Fotosatz Reinhard Amann, Aichstetten
Druck & Bindung: Franz Spiegel Buch GmbH, Ulm
Printed in Germany 1995
ISBN 3-8270-0001-7

Gedruckt auf chlor- und säurefreiem Papier

Für Roland Cassirer

Wir dürfen nie fürchten, zu weit zu gehen,
denn die Wahrheit liegt jenseits dessen.
Marcel Proust

Niemand, der auf diesem Pfad mit mir geht:
Einbruch der Nacht im Herbst.
Basho
(Japanischer Dichter des 17. Jahrhunderts)

GEPÄCK

Und wer war das?

Es gibt immer jemanden, an den sich keiner mehr erinnert. In dem Gruppenfoto nehmen nur jene, die inzwischen prominent oder berüchtigt geworden sind oder deren Gesichter durch gemeinsam Erlebtes zurückverfolgt werden können, Raum und Zeit ein, glänzend verflacht.

Wer könnte das gewesen sein? Die baumelnden Hände und die ordentlich für die Kamera zusammengestellten Füße, das Halblächeln im Profil, den Kopf der Persönlichkeit zugewandt, die der Mittelpunkt des bewahrten Moments sein sollte. Es ist im Grunde ein Einzelbild, zu einer höheren Intensität entwickelt. Am Rande dieses Brennpunktes ist noch etwas, eine Anfügung, man könnte sie bei der Vergrößerung auch weglassen, da die periphere Gestalt im Akt des Erkennens und in der besonderen Erinnerung, die das Foto auslöst, keine Bedeutung hat.

Wenn aber jemand käme, der – warte mal! – die Gestalt erkennen würde, an die sich niemand erinnert, dann würde sich sofort eine andere Lesart des Fotos entwickeln. Etwas anderes, eine andere Bedeutung wäre da; das, was damals, auf dem Weg, auf sich genommen wurde, wäre wieder gegenwärtig. Etwas Geheimes vielleicht. Das so unscheinbar eingefangen wurde.

Vera Stark, mit ihrer Anwaltsausbildung und dem Ordnungsdrang, der mit dem Altern kommt, stieß auf ein Foto, das sie seit langem zusammen mit allem, was sie in den verschiedenen Neuanfängen der Jahre abgelegt hatte, weggeworfen glaubte. Aber es war kein Bild, das sie übersehen hatte. Es war das Foto, das sie ihrem ersten Mann während des Krieges in sein Offiziersquartier in Ägypten geschickt hatte – während ihres Krieges, des richtigen Krieges, nicht jener Kriege, die ihm folgten und die ohne Siegesparaden kamen und gingen. Er mußte das Foto aufgehoben haben. Mußte es in seiner Feldausrüstung mit zurückgebracht haben. Es war eine Ansichtskarte – die Ansichtskarte, die sie ihm von einem Ausflug in die Berge geschickt hatte; ein Foto der kleinen Feriengruppe von Freunden, mit denen sie gefahren war. Was sie auf die Rückseite geschrieben hatte (sie drehte das Foto jetzt um, als höbe sie einen alten Stein), waren die üblichen telegrafischen paar Zeilen, die sie hingekritzelt hatte, während sie die Briefmarke kaufte – das Wetter wunderbar, sie kletterte, wanderte Meilen pro Tag, schwamm in kleinen, sauberen Teichen, das Hotel so, wie er es kannte, aber ziemlich runtergekommen. Grüße von diesem oder jenem – denn die, die da untergehakt standen, waren ihre gemeinsamen Freunde. Es gab nur ein neues Gesicht: ein Mann zu ihrer Linken, dem sie einen Kreis um den Kopf gemalt hatte. Sie nannte ihn in einer Zeile, die senkrecht neben ihren Bericht vom Wetter gequetscht war, beim Namen.

Was auf dem Rücken des Fotos geschrieben stand, war nicht ihre Botschaft. Ihre Botschaft war der Tintenring um das Gesicht des Fremden: dies ist das Bild des Mannes, der mein Liebhaber ist. Ich bin in ihn verliebt, ich schlafe mit diesem Mann, der neben mir steht; siehst du, ich bin offen und ehrlich zu dir.

Ihr Mann hatte nur den Text auf der Rückseite gelesen. Als er nach Hause kam, verstand er nicht, daß er nicht zu ihr zurückkehren konnte. Sie verteidigte sich, überrascht, wieder und wieder: »Ich hab's dir doch gezeigt, ich hab sein Foto neben mir umkringelt. Ich hab geglaubt, daß wir uns zumindest so gut kennen ... Wie konntest du das nicht verstehen! Du wolltest das nicht verstehen.«

Aber ja, er mußte es in aller Unschuld mit seinen anderen Souvenirs zurückgebracht haben, den Dingen aus seinem Krieg. Er brachte es mit und hier war es, war irgendwie nicht zerrissen oder fortgeworfen worden, als sie im praktischen Teil der Scheidung ihre Besitztümer aufteilten. Fünfundvierzig Jahre später sah sie das Foto wieder an, sah in seiner Existenz – es hatte in einem Regal unter einigen alten Plattenhüllen gelegen und war so zu ihr zurückgekommen –, daß dies die Wahrheit war: die Existenz seiner Unschuld, für immer.

Vera und Bennet Stark gaben an einem ihrer Hochzeitstage eine Party, es war das Jahr, in dem die Gefängnisse geöffnet wurden. Es war eine Zeit des Feierns; Abordnungen von Sportvereinen, von Müttervereinigungen standen mit zusammengetriebenen Schulkindern vor Nelson Mandelas altem Soweto-Häuschen und warteten in einer Schlange darauf, ihn zu umarmen, während ausländische Diplomaten sich händeschüttelnd mit ihm filmen ließen. Die Starks sind schon so lange verheiratet, daß sie gewöhnlich aus ihrem Hochzeitstag keine Affäre machen, aber manchmal bot sich der Tag an, Einladungen zu erwidern, alle gesellschaftlichen Schulden auf einen Schlag zu begleichen, wie Vera es ausdrückt, und in diesem Jahr insbesondere schien er ein guter Anlaß, noch darüber hinauszugehen: sich und ihren Freunden eine Entschuldigung dafür zu liefern, ein wenig in der Euphorie zu baden, die, wie sie wußten, nicht anhalten konnte. Aber sie hatten das Recht, jetzt zu feiern, nach Jahrzehnten, in denen sie auf das, was jetzt geschah, hingearbeitet hatten, ohne Erfolg. Nun aber war der Wandel plötzlich da, hatte sich lebendig aus der langen Totenstarre erhoben. Gekommen waren ihre Freunde aus der Juristischen Stiftung, natürlich; daneben weiße Männer und Frauen, die in den Kampagnen gegen Haft ohne Prozeß, gegen erzwungene Umsiedlungen von Gemeinden, gegen ein Wahlrecht, das die Schwarzen ausschloß, aktiv gewesen waren; Studentenführer, die streikende Arbeiter unterstützt hatten, standen im Garten unter einem Baum zusammen und tranken Bier aus Dosen; ein paar militante schwarze Geistliche und ein weißer Pastor, der wegen seiner ketzerischen Verdammung der Rassentrennung exkommuniziert worden war; ein schwarzer Arzt, der junge Militante, die in Straßenkämpfen mit Polizei und Armee verletzt worden waren, versteckt und behandelt hatte; schwarze Gemeindeführer, die Boykotts angeführt hatten; einer oder zwei der weißen Denkmäler von den Straßentreffen der alten Kommunistischen Partei, aus dem passiven Widerstand der Fünfziger und den Demonstrationen der Congress Alliance, aus den Komitees dieser oder jener Frontorganisation zur Zeit des Banns, Leute, die in vielen Verkleidungen überlebt hatten. Und einige fehlten. Jene, die noch im Untergrund und nicht überzeugt waren, daß es schon sicher war, wieder aufzutauchen. Die Verhandlungen mit der Regierung über die Straffreiheit für politische Aktivisten waren nicht abgeschlossen. Einer aus dieser Gruppe erlaubte sich einen Überraschungsauftritt – ein Kabarettstückchen spät in der Nacht, er platzte in einem purpur- und gelbgeblümten Hemd in die Gesellschaft, übermütig unter dem Schirm einer schwarzen Lederkappe grinsend. Seine Kampfbrüder über Grund umarmten ihn wie im Ringkampf, man boxte ihm freundschaftlich auf die Oberarme, und die Gastgeberin reagierte so, wie sie es früher getan hatte, wenn ihr Sohn aus dem Internat nach Hause kam und sie nicht wußte, wie sie ihm ihre Bewegung zeigen konnte – sie trug das Beste an Essen und Trinken herbei.

Die Anwesenheit dieses Sohnes hatte die Party bereits zu etwas Besonderem gemacht – Ivan war zu Besuch aus London da, wo er es zu einem erfolgreichen Banker gebracht hatte. Mit seiner Aura – er trug das, was man in der Jermyn Street Freizeitkleidung nannte, eine seidenweiche Lederjacke, eine Krawatte von Liberty und Slippers mit Troddeln – war er eine nicht zugegebene, aber defensiv aufgenommene Peinlichkeit für seine Mutter (sein Vater zeigte ohnedies nie Gefühle). Sie erhielt die Illusion aufrecht, er wäre einer der Kollegen oder Genossen. Immerhin hatte er ein Flugzeug nehmen müssen, um nach Hause zu kommen. Sollte die Party für ihn ebenso gemeint gewesen sein wie für die Feier einer dauerhaften Ehe (und wer sollte sich aus dieser außerordentlichen Ära daran erinnern, was zu was geführt hatte), so entwickelte sie sich zu einem geheimen Willkommen für einen der rätselhaften Freunde seiner Mutter. Die Musik begann die Wände zu erschüttern und in den Garten hinauszuwehen; politische Streitgespräche, Trinken und Tanzen gingen bis drei Uhr morgens weiter. Ivan tanzte wild, lachend, mit seiner Mutter; es war, als ob ihre Ähnlichkeit ein gemeinsamer Boden für sie wäre. Als der Mann, der aus dem Untergrund heraufgekommen war, so plötzlich, wie er gekommen, verschwunden war, woher und wohin, würde niemand fragen, war es, als hörte die Musik plötzlich auf. Er hinterließ eine seltsame, hohle Stille: das Echo all jener Jahre, die nun endeten, die Stille der Gefängnisse, des Verschwindens, des Exils und, für einige, des Todes. Vorbei? Die Gäste, die nach Hause fuhren, um zu schlafen, die Gastgeber, die schmutzige Gläser einsammelten, konnten sich die Frage nicht beantworten.

Als es um zehn Uhr abends klingelte, öffnete Vera die Tür – damals, in der Vierzigern, hatte man noch keine Angst vor Überfällen. Noch in seiner Uniform stand er vor ihr, er war gekommen, um nach Schlüsseln zu suchen, die er in dem Gepäck, das er mit ins Hotel genommen hatte, nicht finden konnte. »Kann meine Koffer nicht abschließen, verdammt ärgerlich, alles liegt noch irgendwo rum ...« Er brauchte sich nicht dafür zu entschuldigen, daß er um diese Zeit unangekündigt auftauchte, da er natürlich ihre Gewohnheiten kannte, sie blieb immer lange auf. Manchmal war er noch lange, nachdem er ins Bett gegangen war, aus dem ersten Schlaf erwacht, weil er ihre Fußsohle sein nacktes Bein hinuntergleiten fühlte.

Sie ließ ihn ein paar Momente vor der Tür stehen, als wäre er ein Vertreter, und ging ihm dann voraus in ihr altes gemeinsames Wohnzimmer, das nun allein ihres war. Er wühlte in den Schreibtischfächern herum; sie stand da und sah ihm zu. Er hätte ein Schlosser sein können, der eine Leitung reparierte. Sie machte ein paar beiläufige, leise Vorschläge, wo die Schlüssel sein könnten. Er war darauf vorbereitet gewesen, in der zivilisierten Art, die unter ihnen dreien bereits etabliert war, ihren Liebhaber mit dem dicken, glatten schwarzen Haar zu treffen, Haar wie das Fell eines Tieres, eines Panthers vielleicht, und mit den klar geschnittenen Lippen und den heruntergezogenen Mundwinkeln – wie konnte es sein, daß er diese auffälligen Züge auf dem Foto nicht wahrgenommen hatte? Armer dummer Kerl, so vertrauensselig! Aber der Liebhaber war nicht da, oder er war noch nicht »nach Hause« gekommen.

»Vielleicht sind sie in der (er sagte nicht ›meiner‹) Kommode im Schlafzimmer – ich hab da ein paar Sachen liegenlassen, von denen ich meinte, daß du sie vielleicht brauchen kannst. Macht's dir was aus, wenn ich da reingeh?«

Er wandte sich ihr höflich zu.

Sie legte die gestreckten Finger ihrer Hände plötzlich in einem V über den Mund und konnte ein prustendes Lachen nicht unterdrücken.

Er lächelte, das Lächeln wurde breiter, brachte eine Leichtigkeit zwischen sie wie Ringe auf eine gestörte Wasseroberfläche.

Sie gingen zusammen hinein. Sie tat so, als wäre ihr Bett nicht da, sie ging an ihm vorüber, als erkennte sie es nicht, und zog Schubladen für ihn heraus. »Ich bin noch nicht dazu gekommen, das durchzugehen.«

Er hielt Papiere hoch. »Deine alten Schulzeugnisse, ob du's glaubst oder nicht. Ich dachte, du wolltest sie vielleicht aufheben.«

»Großer Gott, wozu? Ich hätte sie bestimmt weggeworfen, du mußt sie irgendwohin gelegt haben.«

Sie machte eine abweisende Geste, nicht interessiert.

»Vielleicht hab ich sie irgendwann vor dir gerettet. Willst du immer noch Anwältin werden?«

Ihr Kinn zuckte energisch nach unten, mit dem Nachdruck eines Kindes, dessen Entschlossenheit mit Worten nicht auszudrücken ist. Und zugleich lenkte sie diesen Einbruch vergangener Vertraulichkeit beiläufig ab. »Warum bist du noch in diesem Aufzug?«

»Noch nicht entlassen.«

Vielleicht war die Bemerkung gar nicht so beiläufig; vielleicht war sie die unbewußte Abwehr eines Unbehagens, das sie sich selbst nie eingestanden hatte – »dieser Aufzug«, auf den sie sich bezog, als wäre er eine Art Faschingskleidung, war von ihrem Zivilisten-Liebhaber nie getragen worden.

Zwischen ihnen wuchs die Stille, die eintritt, wenn es nichts mehr zu sagen gibt. Nichts mehr zu sagen über ihre jugendliche Liebesaffäre, ihre Heirat mit siebzehn, ihre unbeholfenen Versuche, in einer Ehe erwachsen zu werden, die vom Krieg unterbrochen worden war. Geistesabwesend zog er die Jacke mit den Schulterstücken und Abzeichen, dem Streifen der Gefechtsauszeichnungen, aus und warf sie auf einen Sessel. Er hockte sich hin, um durch die untersten Schubladen der Kommode zu gehen. Sie öffnete ein Fenster, wie um zu sagen, daß die Nähe im Zimmer ein Mangel an frischer Luft sei.

Mit verschränkten Armen stand sie da, sah zu, wie er Papiere in geordneten Stapeln beiseitelegte. Vor ihr sein Rücken, dessen Muskeln sich unter dem gestrafften Stoff des Hemdes bewegten, der sonnenverbrannte Nacken und das kurzgeschnittene helle Haar, die ausdrückten, daß er sich ihrer Gegenwart nicht bewußt war, die Wärme seines Körpers, die den Geruch eines sauberen, gebügelten Hemdes freigab – sie konnte nicht glauben, was das an Gefühlen in ihr auslöste. Sie floh davor in die Küche und goß zwei Gläser mit Fruchtsaft ein. Aber als sie das Tablett hob, ging sie ins Wohnzimmer, nahm eine Flasche Whisky, kehrte in die Küche zurück und goß den Alkohol langsam in zwei neuen Gläsern über das Eis. Sie ging wieder ins Schlafzimmer, harmlose Wörter in Bereitschaft: Ich glaub, du kannst was zu trinken gebrauchen. Aber als sie sich diesem warmen, duftenden Rücken näherte, vergessen, vertraut, neuentdeckt, berührte sie die Schulter mit der Hand, die das Glas hielt. Er blickte sich bei der Berührung um und hob die Augenbrauen zum Dank für den willkommenen Drink, richtete sich, das Gewicht auf eine Handfläche gestützt, auf.

Sie tranken.

Nichts zu sagen.

Sie versuchte, die Ablenkung des Alkohols in ihrem Blut das ungewollte, unvernünftige, allen Umständen widersprechende Beharren ihres Körpers überwinden zu lassen. Aber sie konnte nicht verhindern, daß es ihn erreichte, während der Körper- und Seifegeruch seines Hemdes von ihm zu ihr drang. Es überraschte ihn; sein Gesichtsausdruck veränderte sich, Widerstand und Schmerz glitten darüber hin, aber schnell. Er nahm ihr das Glas aus der Hand und stellte es hinter sich ab. Sie standen da, die Arme hilflos an der Seite, sahen einander in unruhiger Widersprüchlichkeit an. Er zog sie an sich, ihr Gesicht in den Duft seines Hemdes gedrückt. Zum ersten Mal seit zwei Jahren liebten sie einander, auf dem Boden zwischen den Papieren, nicht im Bett, wo sie jetzt mit ihrem Liebhaber hingehörte.

Und was, wenn der Liebhaber plötzlich hereingewandert wäre, er mußte Schlüssel haben, welche Richtungsänderung hätte sich dann ergeben?

In der Scheidungsvereinbarung wurde Vera das Haus zugesprochen, und ihr Liebhaber Bennet Stark wurde am Tag nach der endgültigen Scheidung ihr Ehemann. Sie gab den Kriegsjob als Sekretärin für einen Mann aus dem Kreis, in dem sie sich in ihrem früheren Leben bewegt hatte, auf, trat als Anwaltsgehilfin in eine Praxis ein und begann an der Universität Jura zu studieren. Es gab keine Kinder aus der ersten Ehe, und da sie mit ihrem Liebhaber in der Gewißheit zusammengelebt hatte, daß sie bald würden heiraten können, war sie bereits schwanger, als sie die Ehe schlossen. Das Kind – es war Ivan – wuchs in ihr heran, ihr Liebhaber war ihr nun als rechtlicher Besitz sicher, sie arbeitete und studierte, um den Ehrgeiz zu befriedigen, von dem sie in der rosigen fraulichen Unterwerfung einer ersten Ehe abgelenkt worden war, ein Ehrgeiz, den sie schon als Schulmädchen gehabt hatte. Singend stampfte sie schwer durch das Haus. Nachts in den Armen ihres erwählten Mannes sah sie im Dunkeln all die Möglichkeiten ihres Lebens, und die Refrains der präzisen juristischen Formulierungen, die sie lernte, zogen sich angenehm wie Girlanden vor dem Einschlafen durch ihren Kopf. Sie betrachtete ihr Glück als bewußt und endgültig. Einmal, in den ersten Monaten, als sie mit ihrem Liebhaber als Ehemann in der Öffentlichkeit auftrat, wandte sich eine Frau, die sie nicht kannte, mädchenhaft an sie: »Wer ist der schrecklich gutaussehende Mann, der da mit der Frau im roten Kleid redet?«

Er – ihrer. Manchmal wenn sie vor ihm aufwachte, richtete sie sich vorsichtig auf einen Ellenbogen auf, um sein Profil anzusehen, die roten, abgeschrägten Schnörkel seiner geschlossenen Lippen, die delikate Höhlung neben dem hohen Kamm seiner schön geschwungenen Nase, den klaren schwarzen Umriß, den sein Haaransatz gegen die weiße Stirn und die Schläfen bildete, und, wie widergespiegelt, dessen blauer Schatten, den dunklen Bart, der unter der Haut des feingeschnittenen langen Kiefers wuchs. Wenn er sich rührte und das Auge sich öffnete, ein schwarzer Diamant, heraufgeholt aus der Tiefe des Unbewußten, blicklos, dann war sie plötzlich in der Lage, ihn zu sehen, wie die fremde Frau ihn gesehen hatte, wie er in den Augen anderer existierte, und es verstärkte ihre Anbetung, ihr Glück. Und manchmal, wenn sie sich hemmungslos liebten, nach den Wundern, in die er sie zuerst in den Bergen eingeführt hatte, Liebkosungen, die ihn für sie einzigartig gemacht und die zu dem Tintenkringel um seinen Kopf geführt hatten, schluchzte Vera und krümmte sich zusammen, als wäre Ekstase Reue oder Furcht. Trotz der extremen Sinnlichkeit seines Aussehens und der Faszination, die es auf Frauen ausübte, hatte Bennet nicht viel mit ihnen zu tun gehabt, er war gehemmt gewesen, zu wählerisch, bis er diese Frau getroffen hatte, die, obwohl noch so jung, die Erfahrung der Ehe bereits hinter sich hatte, die ein Leben aufgegeben hatte, einen anderen Mann, die ihn gewählt hatte. Er verstand, daß die Leidenschaft, die sie weckte und die sie teilten, unerklärte Emotionen in ihr auslösen konnte, und er beruhigte sie sanft, ohne Fragen. Aber sie nahm seine Hände und preßte sie rauh an ihre gedehnten Brüste, auf ihren geschwollenen Leib und zwischen die Beine, so daß er den Kopf verlor und sie sich noch einmal wundervoll vereinigten, während er um das Kind fürchtete, das in ihr so wild herumgeworfen wurde.

Das Baby kam stark und gesund zur Welt. Der Blick seiner Mutter war während der Schwangerschaft so auf seinen Vater konzentriert gewesen, daß man hätte erwarten können, er wäre ganz von seines Vaters keltischer oder semitischer Schönheit geprägt gewesen; aber er ähnelte seiner Mutter sehr, von den Babytagen an, er war Veras Abbild, allein ihres.

Mrs. Stark ist aus der Juristischen Stiftung nicht wegzudenken. Obwohl sie es abgelehnt hat, den Direktorenposten zu übernehmen, der ihr angeboten worden ist, und es vorzieht – aus selbstsüchtigen Gründen, wie sie sagt –, ihre Zeit nicht mit Verwaltungsdingen zu verbringen, kann sich niemand vorstellen, daß die Stiftung ohne sie funktionieren würde. Ihre ruhige Schärfe bei Konferenzen, wenn sie mit bestimmten Aspekten der Stiftungspolitik nicht übereinstimmt (und die Tatsache, daß sie so oft recht behält), ihre Fähigkeit, die Wahrheit zu erkennen und von der Unwahrheit zu trennen, oder – wie sie einschränken würde – die Fakten von der Phantasie, die aus Armut und Ohnmacht geboren ist, wenn Bewerber um das Eingreifen der Stiftung bitten, verbinden sich miteinander und machen sie zu der Kollegin, die für jeden vom Direktor bis zur Telefonistin diejenige ist, die das letzte Wort hat. Sie sitzt dann da, zurückgelehnt, den Kopf mit dem kurzgeschnittenen, von weißen Strähnen durchzogenen dunkelblonden Haar in unbeweglicher Aufmerksamkeit, den linken Mundwinkel manchmal zwischen die Zähne gezogen (die Kerbe könnte sowohl Ungeduld als auch Verständnis ausdrücken).

Niemand führt Vera hinters Licht, sagen ihre Kollegen mit Befriedigung. Die Stiftung ist keine juristische Hilfsorganisation im üblichen Sinn, sie stellt keine Vertretung vor Gericht für Menschen, die sich einen Anwalt nicht leisten können. Entstanden ist sie als Reaktion auf die Not schwarzer Gemeinden, die zu einer Art Gepäck geworden waren, das man je nach der Logik der Trennung von Schwarz und Weiß einfach hier und dort abstellte. Man kann aus allem eine Logik entwickeln; das hat mit der Wahrheit oder Unwahrheit einer Idee nichts zu tun, nur mit den Mitteln ihrer praktischen Anwendung. Als Teil ihres Arbeitsplans für diese oder jene Woche wiesen Regierungsoffizielle das entsprechende Personal einer entsprechenden Abteilung an, mit Bulldozern die Häuser einer Gemeinde niederzuwalzen, die Einwohner und ihren Besitz zusammenzupacken, sie auf Regierungslastwagen zu verladen und sie in eine Gegend zu transportieren, die ihnen von einer anderen Abteilung zugewiesen wurde. Dort stellte man ihnen Blechtoiletten, Wasseranschlüsse und manchmal, wenn man sie aus den Regierungsbeständen bekommen konnte, Zelte zur Verfügung. Vielleicht wurden auch Wellblechplatten geliefert, damit sie anfangen konnten, sich Baracken zu bauen. Manchmal erlaubte man ihnen, Stücke und Teile, die nach der Zerstörung ihrer Häuser noch brauchbar waren, mitzubringen – einen Fensterrahmen oder ein paar Bretter – aber Kühe und Ziegen mußten zurückbleiben; was sollten die Tiere fressen auf einem Stück Veld, das für die nackteste menschliche Behausung gerodet und planiert worden war?

Dieser ganze Vorgang war vollkommen logisch, erinnerte Mrs. Stark ihre Kollegen immer wieder. Wir müssen uns an die Tatsache gewöhnen, daß wir in der Stiftung nichts mit dem einzigen realen Weg zu tun haben, diese Leute zu verteidigen, was hieße, die Macht zu besiegen, die eine solche Idee schafft und in die Praxis umsetzt – da können wir überhaupt nichts, gar nichts machen, das müssen wir ganz nüchtern sehen. Wir können uns nur mit den logischen Konsequenzen auseinandersetzen, wir können nur nach juristischen Schlupflöchern suchen, die diese Logik verzögern, unterbrechen oder – manchmal – außer Kraft setzen können. Sie lächelten dann anerkennend über ihren nüchternen Sinn für Proportionen, den aufrechtzuerhalten sehr schwer fiel, wenn man jeden Tag mit dem vertrauensvollen Elend der Antragsteller konfrontiert war.

Nun war das Gesetz, welches die Idee in die Praxis umgesetzt hatte, durch den Beginn des Machtwechsels im Lande für ungültig erklärt worden. Dadurch war die Stiftung aber keineswegs, wie man hätte erwarten können, überflüssig geworden. Mrs. Stark hatte nicht vollkommen recht – oder vielmehr, sie und ihre Kollegen, die sich, während das Gesetz noch in Kraft war, ganz auf ihre pragmatischen Strategien konzentriert hatten, hatten keine Zeit gehabt, darüber nachzudenken, wie weit die Folgen des Gesetzes über seine Abschaffung hinaus zu neuen Folgen führten. Jetzt kommen Gemeinden, deren Verlagerung die Stiftung nicht hatte verhindern können, und verlangen, daß sie in das Dorf, auf das Land, in ihre Heimat, die ihnen weggenommen und Weißen zugeschlagen worden ist, zurückkehren dürfen. Dieselben alten Männer in fleckigen, abgetragenen Anzügen, die Hüte in Händen, die wie aus der Erde gerissene Wurzeln aussehen, sitzen auf der anderen Seite des Schreibtisches. Man braucht dieselbe geduldige Aufmerksamkeit, um sich die Geschichte anzuhören und, während sie erzählt wird, einzuschätzen, was der Abgesandte aus List oder Verzweiflung ausläßt, weil er glaubt, es könne seine Lage verschlechtern, was er übertreibt, um Sympathie zu wecken, und wo die Tatsachen und ihre wahrhaftige Deutung einen Ansatzpunkt bieten, etwas, womit man arbeiten kann.

Obwohl Mrs. Stark den jährlichen Bericht für die Veröffentlichung vorbereitet – er muß zugleich umfassend und überzeugend sein, weil er an bereits existierende und mögliche neue Beiträger hinausgeht – und sie manchmal, um Geld zu beschaffen, ins Ausland reist, nimmt sie ihren Teil der Gespräche und Nachforschungen auf sich. Niemand kann Mrs. Stark hinters Licht führen, nein. Einigen erscheint sie streng – und welche weiße Person in der langen Reihe derer, die man noch sprechen und überzeugen muß, bis man, als Schwarzer, das bekommt, was einem, wie jetzt gesagt wird, gehört, wäre nicht streng, immer noch dort, auf der anderen Seite des Schreibtisches, genauso wie immer? Aber obwohl sie mit ihrer entmutigenden Kälte auf diese Bewerber, die darum kämpfen, sich auf Englisch auszudrücken, in der Sprache der anderen Schreibtischseite, nicht herablassend eingeht, obwohl sie nicht versucht, sich bei ihnen kumpelhaft einzuschmeicheln, was viele Weiße gegenüber ihren schwarzen Kollegen glauben tun zu müssen, hat sie – wie soll man das einordnen? – Verbindungen mit einigen dieser Kollegen, die sie nicht gesucht hat, sondern die im Laufe der Jahre entstanden sind. Das sind oft Menschen, die für andere kaum von der endlosen Kette der Enteigneten zu unterscheiden sind, die durch die Räume der Stiftung zieht. Oupa, ein junger Angestellter, wandert zuweilen in ihr Büro, während er sein Lunchpaket aus Chips und Curryhühnchen ißt, und sitzt dann in gelassenem Schweigen da, während sie Notizen durchliest, die sie sich von ihrem letzten Gespräch gemacht hat, ein Schweigen, das manchmal von ein paar Worten unterbrochen wird, während sie ihren Apfel ißt und einen Joghurt löffelt. Er macht einen Fernkurs in Jura, und es begann damit, daß er sie um Erklärungen bat, wenn er etwas nicht verstanden hatte. Es war gerade ihre Zurückhaltung, die ihn in seiner Naivität zu der Annahme brachte, daß sie die richtigen Antworten eher wissen würde als die anderen Anwälte der Stiftung. Sie war die Gestalt der Lehrerin, die ihm in seiner einsamen Selbstausbildung fehlte, sie war die abstrakte Autorität, an die man sich, ob man sich nun sein ganzes Leben gegen sie gewehrt hatte oder nicht, in seiner Ohnmacht wenden mußte. Dann begann er ihr von seinen vier Jahren auf Robben Island zu erzählen, im Alter von siebzehn bis einundzwanzig. Es war jedermanns Gefängnisgeschichte, von Menschen seiner Art und Generation, aber er bemerkte, daß er sie dieser weißen Frau anders erzählte, nicht zensiert oder ausgeschmückt, wie er sie anderen Weißen, die eifrig hinter Erfahrungen aus zweiter Hand her waren, erzählen zu müssen glaubte. Er brach ab und kehrte dann an anderen Tagen dazu zurück, erinnerte sich an Dinge, die er vergessen hatte oder an die er sich nicht hatte erinnern wollen. Nicht nur die Brutalität und die gleichgültigen Beleidigungen der Wände und Wächter, sondern auch die Verzerrungen seines eigenen Verhaltens. Darauf blickte er jetzt im Gespräch mit ihr manchmal in Unglauben, manchmal in Ratlosigkeit, sogar Scham zurück. Da war die Kameradschaft, die wirkliche Bedeutung des Bruders (wie er es ausdrückte). »Aber plötzlich haßt man jemanden, man würde ihm am liebsten an die Kehle gehen – und wegen nichts, ein Stück Schnürsenkel, eine Schlägerei in der Dusche darum, wer als erster dran war! Und dieselben beiden Menschen, als wir einen Hungerstreik hatten, wir hätten alles füreinander getan … Ich kann nicht glauben, daß ich das war.«

Was sagte sie dazu? Er war ein weicher Mensch, der, zu jung, dazu gezwungen worden war, eine andere Version von sich selbst zu sehen, eine Version, die von Gewalt, Demütigung, Unmenschlichkeit wachgerufen worden war. Sie tröstete nicht, versicherte ihm nicht, daß jenes Individuum, jenes Ich, nicht mehr existierte. »Du warst es.«

Er zog mit düsterer Neigung des Kopfes ein Papiertaschentuch aus dem Karton auf ihrem Schreibtisch, und die Neigung ihres Kopfes sagte ihm, daß er nicht zu fragen brauchte. Er wischte sich Hühnerfett von den Fingern. Sie schob ihm den Papierkorb zu, ließ dabei das Kerngehäuse ihres Apfels hineinfallen.

Oupa hatte einen Zweitjob. Er fuhr den Kombi der Stiftung. Der

Wagen war durch die Fahrten der Anwälte ins Hinterland zu Gemeinden, die von der Vertreibung bedroht waren, sehr mitgenommen. Eines Tages, als Mrs. Starks Wagen gestohlen worden war, brachte er sie nach Hause, und der Diebstahl weckte eine weitere Erinnerung in ihm. Bevor er auf die Insel geschafft wurde, wartete er in einer Zelle zusammen mit Kriminellen auf seinen Prozeß. »Mörder, Mann! Gangster. Ich kann Ihnen sagen, die hatten was auf dem Kasten. An die kam so leicht niemand ran, was Gerissenheit angeht. Was die gemacht hatten – Raub, Banküberfälle. Und sie spielten das Ganze für uns noch mal durch. Genau, wie sie's gemacht haben. Das Gefängnis machte ihnen nicht viel aus, sie hatten die Wärter bestochen, und die hatten außerdem Angst vor ihnen. Sogar Weiße. Alles was sie hatten, wartete auf sie draußen, wenn sie ihre Zeit abgesessen hatten. Ich sag Ihnen, die Jungs wären erstklassige Anwälte oder Geschäftsleute gewesen.« Er grinste, fuhr mit erhobenem Kinn.

Wieder blieb Mrs. Stark gelassen still. Wenn sie es registriert hatte, so bemerkte sie nichts zu dem, was er gerade in aller Unschuld bestätigt hatte: etwas von dem unanerkannten Ich, das im Gefängnis entstanden war, existierte noch in ihm, ein Stolz auf und eine trotzige Gemeinschaft mit jedem, der den Mut hatte, der Macht des weißen Mannes zu trotzen, ihm wegzunehmen, was ihm nicht gehörte, ob nun durch politische Rebellion oder die Pistole des Gangsters. Sie blieb still, weil dies ein Ich war, das, da sie war, wer sie war, in ihr nicht existieren konnte.

»Haben Sie noch mal einen von denen getroffen, draußen?«

Oupa drückte die Ellenbogen an die Rippen und hob die Schultern bis an die Ohren. »Die Leute! Mann! Je-ss-uss! Ich würd sterben vor Angst.«

Vera gab ihre vielversprechende Position in einer prosperierenden Anwaltssocietät auf, nachdem ihr zweites Kind, Annick, geboren worden war. Vorher hatte sie zwölf Jahre lang vergeblich auf eine Schwangerschaft gehofft.

Sie weiß nicht, ob ihr erstes Kind, Ivan, der Sohn ihres geschiedenen ersten Mannes oder der Bennet Starks ist, des Geliebten, den sie unauslöschlich auf einem Foto markiert hat. Niemand wird jemals wissen, daß sie selbst es nicht weiß. Er mit dem sonnenverbrannten, hellhäutigen Nacken lebt jetzt in Australien, er hat sich aus irgendeinem Reedereigeschäft zurückgezogen, und nichts in seiner Umgebung könnte jenen letzten Besuch in dem Haus, das sie einmal geteilt hatten, ans Tageslicht bringen. Und selbst wenn es an einem Abend mit viel Alkohol und in einer Stimmung männlicher Kameraderie zu einem Austausch von Vertraulichkeiten über die unvorhersagbaren sexuellen Verhaltensweisen von Frauen kommen sollte und er dazu das Beispiel einer Exfrau beitrüge, die ihm nach der Scheidung eine schönere Stunde schenkte als je zuvor in ihrer kurzen Ehe – auch dann ist es unwahrscheinlich, daß er an Folgen denkt, denn in der Regel sorgte sie dafür, daß es keine gab. Vielleicht empfindet er einen kurzen Stich des Verrats – obwohl sie es ja war, die ihn vollkommen verraten hat – weil er sie im Zusammenhang eines flüchtigen sexuellen Abenteuers erwähnt hat, aber es war alles schon so lange her ... Was ihren gegenwärtigen Mann angeht, so ist es undenkbar, daß es zwischen ihnen jemals eine dieser schrecklichen, kampferfüllten Phasen einer Ehe geben könnte, in der sie in ihrer Vergangenheit nach einer Waffe suchen müßte, um ihn tödlich zu verwunden.

Ben winkte fast verlegen ab, wenn jemand die Tatsache ansprach, daß seine Tochter seine Schönheit geerbt hatte; ein Teil der Qualität dieser Schönheit war es, daß er sich ihrer nicht bewußt war. Sehen konnte er sie nur, wenn gesagt wurde, das Baby sei das Abbild ihres Vaters. Ivan – weil er das Gesicht seiner Mutter hatte? – blieb Bens Lieblingskind.

Als das Mädchen geboren wurde, mit den wundervollen Merkmalen ihres Vaters, dem schwarzen Haar, der doppelten Linie der dichten Wimpern, sogar dem Schwung der Lippen, war es für Vera, als blickte sie in einen Spiegel, in dem ihr Liebhaber aus den Bergen so festgehalten war, wie er als Kind ausgesehen haben mußte. Eine riesige Dankbarkeit erfüllte sie sofort nach dem Ausstoß der Nachgeburt. Ein Jahr lang blieb sie zu Hause und sorgte mit der zärtlichen, emotionalen Leidenschaft eines Menschen, der etwas wiedergutmacht, für das Baby. Was sie wiedergutzumachen hatte, wem gegenüber, löste sich in mütterlicher Energie auf. Nur ab und zu blickte sie auf, sah die Schlagzeilen über Festnahmen, Prozesse, Verbannungen, schließlich das Verbot politischer Bewegungen. Körperliche Erfüllung ist ein zeitweiliger Rückzug von der Welt, eine Isolierung gegen Drohung und Anspruch, ob nun auf einen selbst oder andere gerichtet. In solchen Zeiten erscheint die andere Welt ganz und gar äußerlich, nur Geplapper und Ablenkung, eine überfüllte Bahnstation, durch die man mit heruntergezogenen Jalousien und abgeschlossener Abteiltür fährt. Die Versunkenheit in sich selbst wurde nur durch die Nachricht durchbrochen, daß ein Baby auf dem Rücken seiner Mutter in Sharpeville erschossen worden war – ein Kleinkind wie ihres, wie Bennets. Ihr ganzes Leben bestand aus Berührung: tagsüber das weiche Gewicht ihrer kleinen Tochter feuchtwarm an ihrer Hüfte, die Hände ihres langbeinigen Sohns, aufgerauht und zerkratzt vom Spiel; am Abend die Zärtlichkeiten der Liebe. Vielleicht gab es eine biologische Erklärung für die starke Wiederbelebung der Erotik zwischen ihr und Bennet. Irgendeine Theorie, daß Frauen nach der Geburt neue sexuelle Energien und Reaktionen entwickeln. Sie waren nun seit zwölf Jahren verheiratet. Aus welchem Grund auch immer, das sexuelle Fest, das als ein Picknick in den Bergen begonnen hatte, trat für sie und ihren Mann wieder so in den Vordergrund wie ganz am Anfang. Als intelligente Menschen diskutierten sie, was um sie herum vor sich ging, aber er war schon durch den Anblick ihrer bloßen Achselhöhle in einem ärmellosen Kleid abzulenken, und sie war sich der Schwellung in seinen Jeans bewußt.

Bennet Stark war Künstler, arbeitete mit Holz und Keramik, aber während er auf Anerkennung seines Werks wartete, mußte er einen konventionellen akademischen Grad nutzen, den er erworben hatte, als er zu jung gewesen war, um zu wissen, was er tun wollte. In der Anglistik-Fakultät der Universität, wo er arbeitete, wurde Bennet Stark hinter seinem Rücken »unser Filmstar« genannt; als wäre er für sein Aussehen und die Mischung von Ressentiment und Bewunderung, die es weckte, verantwortlich. Aus der Perspektive des Vorankommens in der akademischen Gemeinschaft ist es ein schlechtes Vorzeichen, einen Vorteil zu genießen, der einfach ein Geschenk der Natur ist, nicht erworben und anderen auch durch harte Arbeit, Lobbyismus oder Schmeichelei nicht erreichbar. Er blieb in einer untergeordneten Stellung stecken, und der Ehrgeiz, den die Liebenden für ihn entwickelt hatten, als sie das erste Mal neben einem Bergbach Vertraulichkeiten austauschten, trat zurück, während sie sich aufeinander und auf ihre Kinder konzentrierten. Manchmal arbeitete er noch während des Wochenendes in Ton – modellierte die Köpfe der Kinder, die wuchsen, sich scheinbar schon veränderten, während der Ton das Abbild der einen oder anderen Phase noch härtete, und den nackten Torso Veras, einen anonymen weiblichen Körper für jeden außer ihm selbst, der den geliebten Kopf hinzudachte. Aber verheiratet mit der Frau, die er erobert und errungen hatte, und als Vater einer Familie, hatte er den Gedanken, Bildhauer zu werden, aufgegeben. Vera hatte zumindest den geringeren Ehrgeiz verwirklicht, das Jurastudium abzuschließen. In seiner Liebe empfand er keine Eifersucht; ihres war ein praktisches Ziel, hing nicht von dem unergründlichen Geheimnis des Talents ab. Geschützt in seinem sinnlichen Glück, akzeptierte er, daß er vielleicht nicht genug davon besaß.

Als Annick begann, sich aus ihren Armen herauszuwinden und Ivan sich dagegen wehrte, daß sie seine kindlichen Wunden streichelte, wurde Vera unruhig, fühlte sich überflüssig. Sie sagte Bennet, daß sie wieder arbeiten wollte.

Das Geld konnten sie wirklich gebrauchen.

»Ich geh nicht wieder in die Firma.«

Er konnte mit der plötzlichen Ankündigung, die alle seine Annahmen umwarf, nichts anfangen.

»Ich hab keine Lust, ihre Versicherungsansprüche abzuwehren, wenn sie ihren Schmuck und ihren Mercedes verlieren. Oder mich bei Scheidungen mit der schmutzigen Wäsche herumzuschlagen.«

Er sah sie zärtlich, geduldig an. »Willst du dich selbständig machen?«

»Ich weiß nicht.«

Vera las Zeitungen und Berichte, Weißbücher, fühlte sich zu Leuten hingezogen, die zwischen ihren privaten Bindungen und jenen anderen Tentakeln, dem Sog der Not anderer, hin- und hergerissen wurden. Dem Wirrwarr aus Frustration und Elend; Frauen, wie sie eine Frau war, die aus den bescheidenen Hütten ihres Daseins herausgehoben und irgendwo im Veld mittellos ausgesetzt wurden; Männer wie ihr Mann, denen das Betreten einer Stadt verboten wurde, wo sie hätten Arbeit finden können, die von Farmen getrieben wurden, auf denen ihre Väter gearbeitet hatten; Kinder, die nicht so waren wie ihre Kinder, die bettelten und zum Trost auf der Straße Klebstoff schnüffelten. Sie wußte mehr und mehr davon. Sie begann in der Stiftung zu arbeiten, nicht aufgrund der weißen Schuld, von der die Leute redeten, sondern aus der Notwendigkeit heraus, sich der Zeit und dem Ort zu stellen, denen sie sich durch Geburt, wie sie es verstand, zugehörig fühlte. Sie hatte keine Wahl, sie mußte sich damit eigenständig auseinandersetzen. Dieses Bedürfnis mußte, ohne daß sie es beachtet hatte, gewachsen sein – wie ein Saatkorn, das ein Vogel fallengelassen und das neben einem kultivierten Baum gekeimt hatte und aufgesprossen war – bis es in die Zweige einer leidenschaftlichen Häuslichkeit hinaufwucherte.

Die Umsiedlung von Gemeinden wurde von der Stiftung bis zur Grenze ihrer Kraft und Reserven bekämpft; sie arbeitete bis Mitternacht zu Hause und den ganzen Tag im Büro; Bennet hatte die Universität verlassen und mit einem Partner eine Consultancy-Firma eröffnet. Allein zu Haus, nachts im Bett, besprachen sie stundenlang die Enttäuschungen, Sorgen, Ressentiments und Belohnungen, die sie tagsüber gesammelt hatten, gaben einander Ratschläge, suchten in ihren Erfahrungen auf verschiedenen Ebenen der Gesellschaft den Zusammenhang, der ihr Leben war.

Mr. Tertius Odendaal hatte drei Farmen, eine von seinem Großvater über seinen Vater geerbt, eine, die seine Frau mit in die Ehe gebracht hatte, und eine, die er in den landwirtschaftlichen Boomzeiten der frühen Achtziger gekauft hatte. Nun, da Amerika und die Briten – und sogar die Deutschen, die früher einmal die Buren in dem Krieg unterstützt hatten, in dem sein Großvater General gewesen war – sich in die Angelegenheiten des Landes einmischten, ein Ölembargo durchsetzten, Sportveranstaltungen boykottierten, die Schwarzen ermutigten, Ärger zu machen, so daß selbst seine unwissenden Farmarbeiter nicht mehr verläßlich waren, hatte er begonnen, über die Gegenwart nachzudenken, wenn nicht sogar über die Zukunft. Der alte strenge Präsident war von einem aus seinem Kabinett aus dem Amt gedrängt worden, einem, der lächelte wie ein Filmstar und von dem es hieß, er führe Verhandlungen mit den Schwarzen – niemand wußte, was dabei herauskommen würde. Keine zwanzig Kilometer übers Veld von seiner Farm lag ein schwarzes Homeland. Er hatte einen elektrischen Zaun um seinen Kraal ziehen müssen, um seine Holsteiner vor Dieben zu schützen, nachdem einer seiner Wächter mit einer Machete verletzt worden war. Selbst der alte Präsident hatte Schwarze schon zu nahe an weiße Farmen gesetzt. Auf der einen seiner anderen Farmen – der, die er gekauft hatte, als es reichlich Regen für den Mais gab und die Rindfleischpreise hoch waren und die er nur saisonal zur Weide benutzte – fand er Squatter vor. Der Hirte, der seine Frauen und jede Menge Kinder in seiner reetgedeckten Lehmhütte bei sich hatte, log ihm vor, dies sei seine Familie, die ihn besuchte. Er hatte dem Hirten gesagt, er solle verschwinden, die Farm verlassen und die Leute mitnehmen. Aber als er das nächste Mal mit einem seiner Arbeiter hinausfuhr, um sich auf der Farm umzusehen, waren da plötzlich wie aufgeworfende Maulwurfshaufen flatternde Plastikbahnen und Hütten aus Pappe, Blechdächer, die von Steinen und alten Reifen niedergehalten wurden. Nur Frauen und Kinder zu sehen; die Männer waren wahrscheinlich bei der Arbeit oder faulenzten irgendwo, vielleicht sogar in der Stadt. Er brachte den Arbeiter dazu, ihnen in ihrer Sprache eine Warnung zu erteilen: Was machten sie hier, sie mußten ihren Kram zusammenpacken und sofort von seinem Land verschwinden, wenn sie morgen nicht weg waren, würde er die Polizei mitbringen. Ein kleines Kind griff sich furchtsam an den Penis und begann zu wimmern. Die Frauen standen da, ohne mit der Wimper zu zucken oder wandten sich ab. Als der Lastwagen des Farmers sich mahlend und schwankend entfernte, schrie eine ihnen etwas nach, was der Arbeiter ihm nicht übersetzte. Der Schrei zog sich durch den Motorenlärm, den der Wagen hinter sich ließ.

Mr. Odendaal beschloß mit der Zeit zu gehen – was immer die Zeit bedeuten mochte. Was die Regierung getan hatte, tat, konnte ein Afrikaaner allein nicht ungeschehen machen. Den Verrat am weißen Farmer konnte man nur mit politischer Aktion bekämpfen. Das würde sich finden. Inzwischen mußten Farmer – in der Ausdrucksweise der Geschäftsleute – ›diversifizieren‹, ja, das war es, dieselben Tricks anwenden, die diese Leute reich machten. Er stellte bei der Provinzverwaltung einen Antrag, ein schwarzes Township auf seinem Land einrichten zu dürfen. Er würde als Vermieter mit der Farm Geld machen; er würde sie in Grundstücke aufteilen und sie an Schwarze vermieten. Er würde ihre Invasion in Profit verwandeln.

Während des Jahres, das die Verwaltung brauchte, um zu einer Entscheidung zu kommen, erschien der Antrag im Nachrichtenblatt der Regierung, und es gab gewichtige Widersprüche von Farmern der Umgebung – 1.500 Squatterfamilien bedeuteten beinahe 26.000 Menschen, die Flurstück 30 besiedeln würden. Diese Zahlen des Odensville Squatter Camps (irgendwie mußte es den Siedlern beigebracht worden sein, daß Odendaal den Familiennamen in seinem Township verewigen wollte) wurden von einem Stiftungsmitarbeiter zusammengestellt. Ein Mann hatte sich bei ihm als Sprecher der Squatter vorgestellt und hatte um die Hilfe der Stiftung gebeten. Ein staubbedeckter Kombi mit einer von Insektenflecken übersäten Windschutzscheibe hielt vor dem Farmhaus. Odendaal spürte sofort, daß dies mit dem Squatter Camp zusammenhängen mußte, aus dem er ein Township machen wollte. Eine Frau mit weißen Strähnen in den Haaren, die wie eine Männerfrisur geschnitten waren, stellte sich mit dem üblichen holprigen Afrikaans, das englisch sprechende Stadtmenschen von sich gaben, an der Haustür vor. Sie sei Mrs. Stack oder Stock von der Juristischen Stiftung.

Bei der Verkündigung dieses Namens schob er wie im Reflex den Körper ganz in den Türrahmen, um ihr den Weg zu versperren; dieser Körper würde sie nicht ins Haus lassen. Sie hatte tatsächlich den Mann bei sich, den zu treffen er sich geweigert hatte, dessen Existenz etwas war, womit die Polizei sich auseinandersetzen mußte – der schwarze Bastard, der diesen Haufen von Verbrechern, Säufern und Nichtstuern auf sein Land geholt und ihnen beigebracht hatte, von »Rechten« zu reden, die sie sich sonst nicht im Traum hätten einfallen lassen. Sie stellte den Mann vor und sogar den Fahrer, auch einen Schwarzen, als erwartete sie, daß er die beiden Schwarzen als Teil ihrer Delegation empfangen und als Besucher begrüßen würde.

Sie ignorierte einfach, daß der Farmer nicht antwortete. *Mr. Odendaal dies, Mr. Odendaal jenes*. Höflich, und redete, daß man kein Wort dazwischen brachte. »Wir sind gekommen, um die Situation unten in Odensville mit Ihnen zu diskutieren, die für Sie unangenehm sein muß, glauben Sie nicht, daß die Leute dort das nicht wüßten. Ich bin Anwältin der Juristischen Stiftung, und wir wissen aus Erfahrung, daß der schwierigste Aspekt dieser Art Situation darin liegt, daß der Farmer meint, er akzeptiert die Lage, wenn er zustimmt, mit den anderen betroffenen Parteien zu reden. Die Leute von Odensville haben einen Sprecher, Mr. Rapulana, und ich kann Ihnen versichern, daß wir nicht hier sind, um Ihre Rechtsposition zu bestreiten (das in Englisch, weil sie nicht weiß, wie man diese Art schlüpfrige Anwaltsphrase in Afrikaans ausdrückt). Wir sind gekommen, weil das im Interesse aller Beteiligter liegt ... glauben Sie mir, ich habe das schon erlebt, man kann Lösungen finden, manchmal auch dann, wenn ein Ausweg unmöglich scheint und die einzige Kommunikation in der Drohung mit der Polizei und der Reaktion der Leute darauf besteht. Mr. Odendaal, ich hoffe, Sie werden mit uns reden, mit Mr. Rapulana und mir – oh, heute morgen oder wann immer es Ihnen paßt – wir sollten einander ohne Vorurteil anhören.«

Es war die Art Frau, die Ekel in ihm auslöste. Für ihn war dies eigentlich gar keine Frau. Selbst wenn sie jung gewesen wäre, hätte er nie glauben können, daß ein Mann eine solche Frau berühren wollte, er wäre nie auf den Gedanken gekommen, daß sie Brüste hätte, die man im Dunkel des Schlafzimmers streicheln könnte. Dieser Mund, der ihm Fragen stellte, ihn ansprach ohne den Respekt und die natürliche Demut, die einem Mann zukam, sondern beleidigend ruhig.

Er ließ sie warten. Er sah über ihren Kopf hinweg, als wäre sie nicht da. Da sie meinte, sie mache sich akzeptabel, indem sie versuchte, seine Sprache zu sprechen, sprach er Afrikaans.

»*Daar's geen Odensville se mense nie!** Odensville ist mein Township, es ist aber noch nicht offiziell, niemand wohnt in Odensville, niemand! All die Leute sind illegal da, und das einzige, was ich Ihnen sagen werde, Lady (die Anrede betont, und auf Englisch), ich werd sie von meinem Land jagen lassen, ich werd ihren Müll verbrennen lassen, und Sie können selbst dahin zurückfahren und denen sagen, daß ich nicht nur rede, ich red überhaupt nicht mit Ihnen, ich hab genug Männer, die das mit mir machen, wir wissen, wie man sowas macht, ja, und wenn die mir in die Quere kommen, wird das 'ne Beerdigung. Daß sie zu Ihnen gelaufen kommen, wird denen nicht helfen. Es gibt keine Odensville-›Leute‹, das können Sie gleich wieder vergessen. Sie sind nichts, *vuilgoed*.«**

Diese zudringliche Frau – Anwälte nennen sie sich! – blieb ruhig stehen, da war sogar das Anzeichen eines Lächelns in ihrem Mundwinkel, als wartete sie darauf, daß ein kindlicher Wutanfall sich austobte. Er begann schwer zu atmen angesichts dieser Beleidigung.

Der schwarze Mann, mit dem er nie reden würde – nie! – sah ihn unverwandt an wie die dunkle Öffnung einer auf ihn gerichteten Kamera. Das war ein Schwarzer vom Land, aufgewachsen, wo seine Eltern und Großeltern, Pächter und Landarbeiter, die Sprache des Farmers sprachen, für den sie arbeiteten, und in der Schule, auf der er lesen und schreiben gelernt hatte, wurde auf Afrikaans gelehrt, nicht in seiner schwarzen Sprache. Das Afrikaans des Mannes war das Odendaals, nicht das Radebrechen von Mrs. Stark.

»Meneer Odendaal, haben Sie keine Angst. Wir tun Ihnen nichts. Ihnen nicht und Ihrer Frau und Ihren Kindern auch nicht.«

Die Anwältin berührte den Mann am Ärmel (er war wie ein Gentleman gekleidet, das Jackett über dem Arm). Bevor sie wieder an ihrem Kombi angelangt, blieb sie noch einmal hartnäckig stehen. »Mr. Odendaal, ich entschuldige mich dafür, daß wir einfach so aufgetaucht sind, ohne vorher zu telefonieren. Ich werde Ihnen schreiben, und dann werde ich wahrscheinlich in der Lage sein, Ihnen die Einschätzung der Stiftung, was die Lage in Odensville angeht, besser darzustellen als heute.«

Der Farmer kehrte ihr den Rücken zu. Er öffnete die Haustür und

* Es gibt gar keine Odensville-›Leute‹. A.d.Ü.

** Unsinn, Quatsch. A.d.Ü.

schlug sie laut hinter sich zu. In der optischen Illusion fleckiger Explosionen, die eintrat, wenn man das grelle Licht der Sonne verließ und in den dunklen Flur trat, blieb auch er einen Augenblick stehen. Er hörte zu, wie der Kombi seinen Besitz verließ. Als hätte er gerade aufgehört zu laufen, kehrte sein heftiger, unregelmäßiger Herzschlag langsam zu seinem normalen Rhythmus zurück.

Eine lange Zeit hindurch – wie viele Jahre? – erzählte Vera ihrem Mann noch alles. Oder glaubte, daß sie es tat.

Meneer Odendaal, haben Sie keine Angst. Wir tun Ihnen nichts.

Diese Reaktion, Antwort, wie immer man es nennen wollte, lag zwischen ihr und ihrem Mann wie ein Geschenk. Worin es bestand, für wen es war, konnte keiner der beiden sagen, ihre Gesichter zeigten es. Hinten in den bläulichen Höhlen, wo seine schwarzen Augen in ihr immer die seltsame Aufmerksamkeit weckten, die sie zum ersten Mal im Donnern eines Wasserfalls empfunden hatte, zu dem sie damals am Anfang hinaufgestiegen waren, suchte sie nach seiner Antwort. Früher war er die Antwort auf alles gewesen; das war es, was Verliebtsein bedeutete: das Ende der Fragen. Aber sie fand eine Antwort in sich selbst. Das Geschenk des Squatterführers, seine Toleranz, seine Vergebung – was immer es war –, es war etwas, das der Farmer nicht verdiente.

Und er hatte es nicht angenommen! Hatte es abgelehnt. »Verstehst du das nicht, er ist gar nicht in der Lage, sich das bewußt zu machen.« Eine weitere Erklärung. Sie kam von ihm, Ben, dessen vertraute Gesichtssymmetrie für sie Harmonie bedeutete – im Gegensatz zur Dissonanz draußen. Eine Dissonanz, die sie nicht zum ersten Mal erlebte, sie war für sie schon Routine. Wie konnten solche Widersprüche in einer Spezies existieren, in der menschlichen? Wie konnte in diesem Mann, ihrem Erwählten, soviel Schönheit liegen, und soviel Häßliches in dem anderen, dem Farmer, jede menschliche Reaktion verhindern?

»Wer ist der Typ überhaupt – der von Odensville – weißt du was von dem?«

Sie öffnete und schloß die Hand in einer einschränkenden Geste. »Ungefähr soviel wie über all die andern, die zu uns kommen. Der einzige Unterschied ist, daß ihm anscheinend alle Squatter trauen. In vielen anderen Fällen gibt's soviel Rivalität, verschiedene Parteien, die den Sprecher stellen wollen. Oft stellt sich raus, daß der Mann, mit dem wir arbeiten, von irgendeiner der Gruppen nicht akzeptiert wird. Kleine Machtkämpfe sogar unter Leuten, von denen man annehmen sollte, sie wären zu verzweifelt damit beschäftigt zu überleben, um die Energie aufzubringen... Er scheint 'ne gute Ausbildung zu haben, nicht wie die meisten Lehrer vom Land. Aber ich weiß nicht, ob wir mit diesem Fall weit kommen werden. Wenn die Verwaltung dem Farmer erlaubt, da ein Township zu gründen, ist er in der Lage, den Leuten zu sagen, zahlt oder verschwindet. Er wird eine Anzahl von Grundstücken ausweisen, und das wird selbst für die, die zahlen könnten, nicht ausreichen. Es gibt keine untere Grenze an Lebensraum in einem Squatter-Camp, weißt du!«

»Er könnte für die Grundstücke nehmen, was er wollte?«

»Ich hab Farmer gesehen, die hundert Rand im Monat nehmen für ein Stück Boden, das halb so groß ist wie dieses Zimmer. Das sind Wuchermieten auf dem Land, und wir können juristisch nichts unternehmen. Ausbeutung ist der andere Name für das Gesetz von Angebot und Nachfrage, Liebling.«

»Vielleicht. Vielleicht. Wenn die Leute nichts haben. Wenn's ums Land geht. Taschenrechner, Deodorant, Wodkamarken... das Zeug, bei dem ich die Leute berate – je größer die Nachfrage, die man schafft, desto größer die Konkurrenz und desto geringer die Chance, mit Ausbeutung durchzukommen.«

Er sprach mit Ironie, aber ohne Ressentiment. Der Widerspruch zwischen dem Ziel von Bennet Starks Tätigkeit und der Absicht von Veras Beruf war etwas, das in ihrer Intimität unbemerkt blieb, Teil einer akzeptierten Mehrdeutigkeit – wie bei anderen Paaren ihrer Art, ihres Ortes und ihrer Zeit. Seit so langer Zeit waren dies ein Ort und eine Zeit gewesen, wo Integrität in vielen Dingen nur durch Unehrlichkeit aufrechtzuerhalten war, wo die Wahrheit durch Lügen überleben mußte. Wenn die Sicherheit (selbst ein Euphemismus für Bedrohung) kam und fragte, wo So-und-so lebte, sagte man, man wüßte es nicht, und setzte, weil man sich selbst schützen mußte, die Sicherheit vielleicht sogar auf eine plausible falsche Fährte. Hatte man die Aufgabe übernommen, Briefe an gewisse Empfänger weiterzuleiten, Briefe, die von Beauftragten bei der Post aufgefangen werden konnten, mietete man ein Postfach unter falschem Namen in einer entfernten Vorstadt. Wenn es Gerüchte gab, daß dieser oder jener unter den Bekannten vielleicht für die Polizei arbeitete, verstellte man sich lächelnd dieser Person gegenüber, aber man sprach in ihrer Gegenwart nie mehr über irgend etwas, woran man glaubte. Man log durch Auslassung, und man warnte andere vor der Verbindung mit jemandem, der vielleicht unschuldig war, dessen Name unter Umständen bewußt von wieder anderen befleckt wurde, um Uneinigkeit zu säen. Nur so konnte man zumindest einen Teil der Wahrheit gegen die Lüge, nur so das Lebensprinzip in seinem Kampf gegen den Tod verteidigen. Darin besteht die letztgültige, vergessene Etymologie, die sich in keinem Wörterbuch und keiner politischen Rede findet – die Etymologie jenes peinlichen Wortes, der Freiheit. Während also Veras Stiftung das Recht auf Land und Unterkunft aufrechterhielt, lag das Ziel von Bennets Marktforschung darin, für seine Kunden die Verlockungen zu entdecken, die die Leute davon ablenkten, was ihnen in Wirklichkeit fehlte.

Aber andererseits – Moment mal –, gab es nicht eine andere, eine alltägliche Pop-Freiheit, die überall in den Läden und Aufzügen und den Kleinbussen, die all dieMenschen in die Städte und über Landstraßen transportierten, aus den Lautsprechern drang? Eine einfach zu gebrauchende Freiheit, die darin lag, das Bier zu kaufen, das die Champions trinken, oder das Haarwasser, das Schönheitsköniginnen empfehlen? Müssen die Menschen auf das Vergnügen des Unnötigen verzichten neben all dem anderen, das sie nicht haben? Wenn Bennet als Unser Filmstar an der Universität geblieben wäre, hätte er einen Lehrplan vermittelt, der auf die Allgemeinbildung und den westlichen kulturellen Hintergrund weißer Studenten zugeschnitten gewesen wäre. Dieser Stoff wäre für die schwarzen Studenten schwer zu verkraften gewesen, die zwar nominell die Eintrittsbedingungen erfüllten, aber aus Township-Schulen kamen, in denen Boykotts ihr Geschichtsunterricht waren, Straßenschlachten mit der Polizei ihre epischen Gedichte, und ein Zuhause, in dem es nicht genug Geld für die Busfahrt, geschweige denn für Bücher gab, ihre Wirtschaftstheorie. Machte es also etwas aus, wie ein gescheiterter Bildhauer sein Geld verdiente?

In irgendeinem gesegneten friedlichen Land, das weit weg existierte, mochte ein offensichtlicher moralischer Widerspruch zwischen den Tätigkeiten eines Mannes und einer Frau den Respekt zerstören, der zur Liebe gehört. Aber hier, für diese zwei, war dies, solange die große Lüge herrschte, Teil dessen, was falsch, aber ihnen unausweichlich auferlegt war. Sie waren sich der Reibung dieser Ketten kaum bewußt.

Als Oupa zwei oder drei Kilometer von der Odendaal-Farm fortgefahren war, hielt die kleine Gruppe von der Stiftung an, um unter einem Baum am Straßenrand Tee zu trinken. Mrs. Stark nahm auf solche Fahrten immer eine Thermosflasche und Kekse mit, Zucker in einem Gefäß und einen Stoß Plastiktassen. Sehr angenehm, sagte der Mann aus Odensville mehrfach, der, die Knie ordentlich aneinandergepreßt, im Gras saß. Der junge Oupa zermahlte einen Keks nach dem anderen und schüttelte ab und zu wie unter Zwang den Kopf und lachte mit vollem Mund über die Begegnung, die sie gerade hinter sich hatten. »Ich kenn den Mann. Joh-joh! Ich kenn den! Die Art war auf der Insel, Wächter, genau wie er. Da war dieser Kommandant – stand da wie ein Stier vor dir, wenn du verhört wurdest. Sprach nie selbst, ließ die anderen fragen und einen verprügeln, aber es war klar, daß er zu sagen hatte, so wie er dastand. Wenn er nicht dagewesen wär, hätten sie die Sachen nicht machen können, die sie mit einem machten. Und jedesmal dachte ich, jetzt kommt's, jetzt wird er mitmachen. O Mann, o Mann! Aber er brauchte das nicht, er mußte nur *da* sein.«

Mrs. Stark fuhr mit den Fingern durchs Haar und gähnte, das Gähnen verwandelte sich in ein Lächeln, in das Vergnügen, mit dem sie die Lebhaftigkeit des jungen Mannes immer aufnahm, seine unglaubliche Art, mit seinen schrecklichen Erlebnissen umzugehen, den Plauderton, in dem er davon berichtete wie von etwas Angenehmen oder Witzigem. Die ungepflasterte rote Straße war leer, nur in der Ferne unter dem Horizont wackelte ein Streichholzmännchen auf einem Fahrrad hin und her. Der Tee war heiß und süß. Hinter einem Stacheldrahtzaun, an dem sich dünne Bärte aus Schafswolle gefangen hatten, erstreckte sich das Veldgras und Unkraut in Wellen aus Grün, mit Bronze und Rostfarben verwoben, wo eine Senke im Sommer sumpfig gewesen war. Schwarzweiße Regenpfeifer flogen wie hochgeworfen aus dem Gras auf, stießen eine einzige Note über die Anwesenheit von Menschen aus. Nach dem Belagerungskampf aus Antworten und Emotionen mit dem Farmer, nach der Unterdrückung von Irritation und Wut – und weder Mrs. Stark noch Oupa wußten, was der Mann aus Odensville sonst noch empfand – fiel Ruhe und Stille wie ein gemeinsames Band auf die drei. Nach dieser einen unbedeutenden Äußerung des Konflikts, der sie lärmend und schwatzend umgab, der in ihnen, der ein beständiger Mißton ihrer aller Leben war – wurden plötzlich die Schlucke des heißen süßen Tees das einzige, was ihnen bewußt war. Das Papierflattern weißer Reiher, die sich in den Himmel erhoben, die Wasserschleier aus Bewässerungsspritzen in einem riesigen Feld, das noch kaum bewachsen, kaum grün war; die drei ruhten auf dem Land: dies war es, nicht ein Gefecht im Kreuzfeuer aus Worten und Spucke vor einer Haustür, nicht die Aktenordner mit Grundbucheintragungen, nicht die Ansprüche und Klagen in den Papieren der Juristischen Stiftung. Oupa wanderte ein Stück weg, um hinter einem Baum zu pinkeln. Mrs. Stark kletterte mit wenig Sorge um ihre Würde und mit der Gewandtheit einer Frau, die an Improvisation gewohnt ist, durch den Stacheldrahtzaun und fand einen Busch für sich. Während sie dort so allein hockte, machte das Sirren der Insekten um ihren Kopf sie benommen, als wären sie eine angenehme akustische Droge. In einem Moment, der vom Zucken durchsichtiger Flügel gemessen wurde, da und schon weg, hatte sie das Gefühl, als sollte sie sich auf das feuchte, rauhe Gras legen und etwas träumen, das sie vergessen hatte. Sie kehrte zu sich selbst zurück und kletterte wieder durch den Zaun. Der Mann aus Odensville saß immer noch da wie in der Kirche. »Und Sie?«

Aber wenn er den knappen Hinweis auf den schlichten Ruf der Natur verstand, so hielt er dies vielleicht für eine peinliche Vertraulichkeit dieser Frau, von der er die Formulierungen des Gesetzes erwartete. Er staubte die Ellenbogen seiner Jacke ab, als er aufstand, fragte, ob es ihr etwas ausmachen würde, ihn an einem Laden in der Nähe abzusetzen, er müsse noch jemanden treffen. Er stieg dort aus, nahm den Hut ab.

»Ich melde mich bei Ihnen, wenn ich was Neues hör, gut oder schlecht. Meine Telefonnummer haben Sie? Ja, halten Sie mich auf dem laufenden, wenn sich was ergibt. Einer von uns wird irgendwann nächste Woche wieder rauskommen, um Aussagen festzuhalten – wenn Sie ein paar Leute zusammenholen könnten.«

Es war dieselbe Art professioneller Formeln, die sie beim Farmer benutzt hatte, ein Anwalt darf sich mit den Ängsten eines Klienten nicht identifizieren. Er funktioniert dann ebensowenig wie ein Arzt, der beginnt, die Schmerzen seiner Patienten zu empfinden.

Eines Tages oder Nachts hörte Vera wie die Phrase eines Musikstücks, die sie vergessen hatte und die plötzlich zurückgekehrt war: *Meneer Odendaal, haben Sie keine Angst. Wir tun Ihnen nichts. Ihnen nicht und Ihrer Frau und Ihren Kindern auch nicht.*

Sie trennte die drei Feststellungen.

Meneer Odendaal, haben Sie keine Angst.

(Meneer Odendaal) Wir tun Ihnen nichts.

(Meneer Odendaal) Ihnen nicht und Ihrer Frau und Ihren Kindern auch nicht.

Sie glaubte, daß sie sie an der Türschwelle des Farmhauses an dem Tag nicht richtig gehört hatte. Der Farmer hatte sie gehört, und auch Rapulana, der Mann von Odensville, hatte sie auf eine Art gehört, wie sie sie nicht gehört hatte – sie verstanden, was da gesagt wurde. Die Wörter der Toleranz und Vergebung, die sich im Mund des Odensville-Squatters so merkwürdig ausnahmen, die sie angesichts der rohen Aggression des Farmers beschämt hatten, waren nicht Toleranz und Vergebung, sondern eine Drohung. Denken Sie daran, Meneer Odendaal, wir auf dem Flurstück 30, unserem Odensville, sind Tausende. Jede Nacht sind wir da, nur ein Stück Weges übers Veld von Ihnen. Sie haben Hunde, Sie haben ein Gewehr, aber wir sind Tausende, und wir können übers Veld zu Ihrem Haus kommen, zu diesem Haus, wo Sie und Ihre Frau und Ihre Kinder schlafen, und, wie Sie das ausgedrückt haben, wenn wir Flurstück 30 nicht verlassen, wird das Ihre Beerdigung.

TRANSIT

Du weißt nicht mehr, wer ich bin?

Auf ihrem Weg durch die Stadt, wenn sie von dem unterirdischen Parkhaus, in dem ihr Wagen einen reservierten Platz hat, den Block von der Bank zur Stiftung geht, wie ein Tier im Umkreis seiner vertrauten Höhlen, vorbei an der Kaffeebar, wo sie manchmal eine Freundin trifft, oder an dem italienischen Restaurant, wo Ben und sie in Erinnerung an ihre ersten heimlichen Treffen als Liebespaar öfters essen, wird Vera manchmal von jemandem angehalten, der darauf wartet, daß sie ihn oder sie erkennt.

Du weißt nicht mehr, wer ich bin?

Die kastanienbraune Seidenhaut einer jungen schwarzen Frau, nun verdunkelt und mit Falten unter den Augen, die freche Rundung tanzender Hinterbacken, jetzt in ein Monument soliden mittelalterlichen Fleisches verwandelt; die Gestalt eines Mannes, dessen eine müde Schulter tiefer hängt als die andere, eine glänzende rosa Wölbung, wo Vera nur die verlorenen blonden Locken erkannt hätte, ein anderer, dessen Bauchfett, das den Hemdstoff zwischen den Knöpfen aufklaffen ließ, den schlanken schwarzen Jonah (das war zufällig wirklich sein Name) verschluckt hatte, den sie und Ben in Bens Büro vor der Polizei versteckt hatten, bevor er aus dem Lande floh – wer hätte einen Consultant verdächtigt, einem der Anführer des Aufstandes von 76 Zuflucht zu gewähren? Einige waren von ihren Jahren im Gefängnis zurückgekommen, andere waren die ersten Rückkehrer aus dem Exil. Während sie miteinander sprachen, beide Hände ergreifend, sich manchmal umarmend – die doppelte Umarmung mit angedeuteten Küssen nach beiden Seiten, wobei alle in der Befreiungsbewegung vergessen hatten, daß das aus der Umarmung von Diktatoren abgeleitet war –, waren Vera und diese alten Bekannten wie trunken über ihre Entdeckung. Sie hatten die Vergangenheit auf dieser Straße der Gegenwart wiedergefunden.

Du erinnerst dich nicht an mich?

Es ist bekannt, daß man die Vergangenheit nicht zurückholen kann. Aber hier trifft das nicht zu.

In der Euphorie der Zurückgekehrten, wieder da zu sein, überlebt zu haben, auferstanden aus der Anonymität des Exils, und des eifrigen Wunsches jener, die zu Hause geblieben sind, die anderen im Willkommen für die Entbehrungen des Exils zu entschädigen, werden alle als geliebte zurückkehrende Helden empfangen. Alle werden gleich behandelt, Leute, denen zu mißtrauen oder die abzulehnen man allen Grund hatte, ebenso wie Menschen, denen man nahegestanden hat wie Brüdern und Schwestern. Es ähnelt ein wenig dem Phänomen von Oupas lebhaften Berichten, die im Ton keinen Unterschied machen zwischen den Schrecken, die er erlebt hat, und dem täglichen Klatsch der Stiftung. Eine Konvention entstand, um etwas zu bewältigen, das mit etablierten Verhaltensmustern nicht zu bewältigen war. Aber darunter, unter den Verkleidungen des Fleisches, hinter den tiefliegenden Augen, in der Kleidung ausländischen Schnitts, unter den schwarzen Ledermützen aus Ostdeutschland, den Daishikis von Tansania, den Palästinensertüchern, existieren die alten Ereignisse und Umstände weiter. Da auf der Straße standen sie, die alten Abhängigkeiten, die alten Freundschaften, die alten Fraktionsrivalitäten, die alten Verrätereien und Loyalitäten, politische Skandale und sexuelle Eifersüchteleien. Sie waren nicht für immer verschwunden, sondern erhielten sich in aufspürbaren, unverwischbaren Gesichtszügen, in sichtbarer Zellstruktur am Leben. Die Vergangenheit war da.

Vielleicht war das so, weil es den Bruch in der Kontinuität gegeben hatte. Wenn man zugesehen hätte, wie die Seidenhaut langsam von Alter und vom vielen Trinken verdunkelt wurde, wenn die blonden Locken im Lauf normaler Begegnungen dünner geworden wären, wenn Jonah schwerer gewesen wäre, jedesmal ein wenig dicker, wenn er zu einem Gespräch und auf ein Bier mit Ben vorbeigekommen wäre, hätten sich die Veränderungen natürlich um die Spule der Jahre gelegt. Aber es gab kein Band zwischen dem Zustand, in dem sie gewesen waren, als sie ins Exil oder ins Gefängnis gingen, und ihrem plötzlichen Wiederauftauchen: das Gewicht, das ihr Leben hatte, war das Gewicht der Vergangenheit, das man aus dem Lager geholt und denen zugestellt hatte, die zurückgeblieben waren.

Der Mann, dem die Erfahrung eine Schulter niedergedrückt und das Haar genommen hatte, erschien in Veras Büro, um zu sehen, ob es da etwas für ihn gab – einen Recherchejob, irgendetwas; er war seit drei Monaten wieder da und konnte keine Arbeit finden. Er war Journalist bei einer oft gebannten kleinen Zeitung gewesen, als sie einander vor langer Zeit gekannt hatten. Sie versuchte, ein paar Vorschläge zu machen, wo er eine Anstellung finden und – das mußte sie anbieten – sie ein Wort für ihn einlegen konnte, aber zwischen ihnen stand das Wissen, daß er damals unter dem Verdacht gestanden hatte, Polizeispitzel gewesen zu sein. Und als er das Land verließ, war er – obwohl sich der Verdacht anscheinend als unbegründet erwiesen hatte – in irgendeine Spaltung einer Organisation verwickelt gewesen. Das war es, was er für sie war; sie wußte nicht, ob er im Exil rehabilitiert worden und als voll akzeptiertes Mitglied der Bewegung zurückgekehrt war oder nicht. Sie kannte ihn nur in der Rolle der Vergangenheit, und sie wußte, daß er sich in dieser Rolle durch irgendwelche Ausflüchte die straflose, von der Bewegung verbürgte Rückkehr erschwindelt haben konnte.

Aber wenn es zwiespältige Gefühle gab in der Begeisterung des Willkommens und den Verpflichtungen, die es mit sich brachte, so gab es auch ein überwältigendes Gefühl, daß die guten Zeiten in fast unmöglicher Weise zurückgekehrt waren. Unter den Leuten, die zurückkamen, waren einige, deren Anblick und deren Reden, deren Gesten und Ausdrücke Beweis dafür waren, daß man solche Zeiten in sich selbst tragen konnte.

Wenn eine Eisenbahnlinie aufgegeben wird, reißt man die Schienen nicht heraus. Unter Unkraut und Gras bleiben sie dort, markieren eine Route. Für die Starks und Sibongile und Didymus Maqoma, die nach mehr als zwanzig Jahren plötzlich wieder im Wohnzimmer der Starks saßen, gab es die unerwartete Wärme und das Verständnis zwischen Paaren, die ihre Jugend und die Bindung an Kinder miteinander geteilt hatten, Wärme und Verständnis über die konditionierten Hemmungen der Hautfarbe hinweg. In der Gegenwart von Sally und Didy waren die Starks jetzt wieder die Liebenden in einer Affäre, die sich im Schutz der Häuslichkeit fortsetzte, in der Freigebigkeit ihres sexuellen Glücks offen und gastfreundlich anderen gegenüber. Vera hatte Ben schon lange nicht mehr so gesehen, wie ihn die Frau auf der

Party einst gesehen hatte, in seiner männlichen Anziehungskraft, sie war sich in ihrer Vertrautheit mit ihm nicht einmal bewußt gewesen, daß sie ihn so nicht mehr gesehen hatte. Er, Bennet Stark, war noch da, nur die tiefen Falten von den Mundwinkeln zur schönen Linie des Kiefers hatten ihn gezeichnet, als hätte er durch seine Lebensführung das eigene Gesicht geformt.

Sie tauschte mit ihm wieder das verdeckte Komplizenlächeln, zeigte die Koketterie scherzhafter Vorwürfe, die ihn als den ihren beanspruchte, erkannte sein Urteil an, indem sie ihn in dieser oder jener Sache zitierte – was alles zu der Atmosphäre gehört hatte, die die jungen Paare früher zwischen sich erzeugt hatten. Der Klassenunterschied durch weiße Privilegien war zwischen ihnen eher geringer gewesen als gewöhnlich zwischen Weiß und Schwarz. Didymus war damals ein ausgebildeter Anwaltsgehilfe gewesen, wie Vera ein paar Jahre vorher, Sally leitete eine schwarze Kooperative und besuchte ehrgeizig die außeruniversitären Kurse, die Bennet veranstaltete, um etwas Geld hinzuzuverdienen. So hatten sie sich kennengelernt, durch Bennet, und die Entdeckung gemacht, daß eine weitere Verbindung darin lag, daß die beiden anderen Partner in Anwaltspraxen arbeiteten. Natürlich besaß Vera das Haus, das sie nach der Scheidung bekommen hatte, und die Maqomas lebten in Chiawelo, im tiefen Soweto; Didymus mußte einen Ausweis bei sich tragen. Aber schon damals hatten die Maqomas, die beide politisch aktiv waren, die offene Zuversicht, daß sie unter denen sein würden, die früher oder später das weiße Privileg zerstören würden. Und sie nutzten ganz pragmatisch, als wäre es ihr Recht – und das wurde ohne Verlegenheit von den Starks anerkannt – die Vorteile, die das weiße Paar genoß. Es war angenehmer, die Kinder sonntags in dem verwilderten Garten der Starks spielen zu lassen, als die Starks in die Zweizimmerwohnung in Chiawelo einzuladen, obwohl die beiden diesen Bruch der Rassentrennung aus dem Komfort ihrer Seite genossen und gerne abends nach Chiawelo kamen, um Jazzplatten anzuhören – Didymus sammelte sie und spielte in jenen Tagen selbst Trompete! – und zu trinken und zu tanzen, wobei sie sich an Sallys gutpoliertem Mobiliar stießen.

Nun waren Sally und Didy wieder im selben Wohnzimmer im selben Haus, in dem die vier so viele Male zusammengesessen hatten, und sie redeten mit derselben Lebhaftigkeit durcheinander. Die

Maqoma-Jungen hätten da sein können, in Veras Haus, wie es oft gewesen war, um das Wochenende bei ihnen zu verbringen, Ivan hätte da sein können, der sein Schuljungenzimmer mit ihnen teilte, und hinten im Flur das abfällige kleine Mädchen, Annie, gegen das sie sich zusammenschlossen.

Es war keine Sehnsucht nach der Vergangenheit, was Vera bei solchen Gelegenheiten empfand, sondern etwas anderes: ein Gefühl der Konfrontation mit einem ungedeutetem Leben ging ihr nach, lastete auf ihr zusammen mit der dicken Schultertasche, die sie immer mit sich herumtrug, voller Papiere, die die Untersuchung des Lebens anderer Leute dokumentierten.

Didymus Maqoma, dessen weißwerdende Locken wie die stattlich getragene Perücke eines Höflings aus dem siebzehnten Jahrhundert auf dem schwarzen Kopf lagen, und Vera Stark mit ihrem Haarschnitt einer Frau, die ihre Fraulichkeit abgelegt hatte, ließen sich in dieser freudigen Wiedervereinigung von Freunden nicht anmerken, daß es keine zwanzig Jahre gewesen waren, seit sie sich gesehen hatten. An einem Samstagmorgen vor fünf Jahren hatte Vera, die allein zu Hause war, auf ein Klingeln die Tür geöffnet. Ein schwarzer Mann mit einem schütteren, schwarzgrauen Bart um Lippen und Kinn stand da, er trug die dicken Brillengläser und den Kragen eines Geistlichen. Er sagte nichts, vielleicht kam sie ihm auch mit ihrer üblichen Antwort auf jeden, der angeblich Geld für eine Kirche sammelte, zuvor.

»Tut mir leid, ich hab nichts für Sie.«

Der Mann lächelte. »Wie geizig von dir, Vera.«

Das war lange vor den Begegnungen auf der Straße, als Leute darauf warteten, erkannt zu werden, sich versichern zu lassen, daß sie wieder da waren. Es gab noch keine Amnestie, keine Aufhebung des Banns politischer Bewegungen. Das letzte, was dieser Mann wollte, war, erkennbar zu sein. Erkannt zu werden, hieß, gejagt zu werden. »Didymus«, sagte er.

Als wäre sie bis zum Hals in eine Grube gefallen, überspülte sie das Erschrecken für ihn. Sie packte ihn am Arm und zog ihn herein, trat die Tür mit dem Fuß zu. Er brauchte ihr nicht zu sagen, daß er irgendwie ins Land geschmuggelt worden war und daß er etwas vorhatte, wonach sie nicht fragen durfte. Ihre nervöse Überraschung machte sich hysterisch Luft. »*Umfundisi!* *Du siehst so komisch aus! Nein, nein, du siehst genau richtig aus, diese Art Sonntagsanzug und der durchgescheuerte Kragen, wo haben sie dich so perfekt hergerichtet?«

Vor Bewegung grinsten sie beide. »Wir haben unsere Verbindungen in den Läden unten in der Diagonal Street. In einer Woche bin ich Arbeiter mit Zement an den Schuhen, zerrissenen Overalls und einer Wollkappe bis in die Augen, in der nächsten trag ich einen blauen Anzug mit Weste, weiße Mütze auf dem Kopf, ein Fußballpromoter aus Jabulani.«

Sie gingen durchs Haus, blieben stehen, umkreisten einander, sie war außer Atem.

»Geht's dir gut? Meinst du, sie wissen ...«

»Nein, soweit ist alles in Ordnung. Aber ich kann nie lange an einem Ort bleiben. Ich kann bei niemandem wohnen, der irgendwelche Verbindung mit ... Sobald die Nachbarn freundlich werden wollen, muß ich verschwinden. Weiterziehen.«

»Ich hab gehört, daß du krank wärst, irgendwas Schreckliches, Leukämie? – sie haben dich in Moskau behandelt.«

»Ja, das stimmt, ich liege krank in Moskau. Ich bin seit sechs Monaten hier.«

Den Kopf zur Seite geneigt, sah sie ihn an, erregt von solcher Kühnheit. »Sechs Monate!«

Sie redete atemlos auf ihn ein, als wäre das Haus umzingelt, als könnte jeden Moment das Hämmern an der Tür kommen – und was würde sie dann sagen? Wo würde sie ihn verstecken? Sie zog die Küchenvorhänge vor das Fenster. »Brauchst du Geld – ich mein, wie kommst du zurecht? Ich hab nicht viel im Haus, aber ich könnte schnell zur Bank laufen – o Gott, nein, sie machen samstags früh zu, aber ich bin ja dumm, ich kann meine Karte an der Maschine benutzen.«

»Geld ist das einzige, was ich nicht brauche. Dafür ist gesorgt, danke, mach dir keine Sorgen.«

»Weiß Sally Bescheid?«

* Protestantischer Geistlicher, Pastor. A.d.Ü.

»Daß ich nicht in Moskau im Sterben lieg, ja. Aber nicht, wo ich bin. Und andere Genossen in London glauben, daß ich wirklich krank bin.«

Sie schüttelte die Kaffeekanne, damit die Flüssigkeit schneller durch den Filter tropfte, sie wußte nicht, ob sie ihn loswerden wollte oder ob sie ihn nehmen und verstecken wollte. »Ben kommt bald nach Haus. Der wird sich freuen, dich zu sehen. Ich kann's nicht glauben. Aber ich hab solche Angst um dich, was sie dir tun werden, wenn sie dich fassen! Du könntest einfach verschwinden, weißt du das, sie halten Reingeschmuggelte monatelang in Einzelhaft und verhören sie, Monate und Monate, bevor sie genug zusammenstückeln, um ihnen den Prozeß zu machen. Wenn sie's jemals tun.«

Er sah aus, als wäre er wirklich ein alter Pastor, gelassen atmete er das Aroma des Kaffeedampfes ein, fügte noch einen Löffel Zucker hinzu wie ein armer Mann, der das Beste aus diesem Luxus machte. Aber die neckende Ironie gehörte zu seiner alten Identität: »Du mußt mich verteidigen, wenn sie mich vor Gericht stellen, Vera, ich zähl auf dich.«

»Das würde viel nützen.« Was sollte sie tun, wenn die Polizei wirklich kam, was, wenn sie irgendwo versteckt auf der Straße warteten, in einem Wagen saßen, bereit, ihn festzunehmen, sobald er ihr Grundstück verließ? »Ich hoffe, Ben kommt gleich.«

»Ich muß los, bevor Ben kommt. Vera, es gibt etwas, was ich brauche. Ich hab hier Sachen, die du für mich nach Übersee schicken mußt. Aber nicht mit der Post. Wenn du jemanden hast, wenn du jemanden kennst, der ausfliegt und keine Fragen stellt – sie können das irgendwo in Europa aufgeben, ist egal, irgendwo.«

Sie nahm die Briefe und ein Paket, beanspruchte sein Vertrauen, es war nicht nötig, irgendwelche Versicherungen hinzuzufügen. Als sie ihn zur Tür brachte, ließ sie plötzlich alle Furcht fallen, sie ging mit ihm zusammen auf die Straße hinaus, alle, die Nachbarn, die Polizei, wer immer sie aus den anderen Häusern, den Augen der Fenster, beobachtete, konnten sie sehen, wie sie zusammen die Straße hinunterschlenderten. Sie bogen um die Ecke, mitten auf der Straße, wo man sie nicht übersehen konnte, Arm in Arm, bis dahin, wo er, um nicht direkt vor ihrem Haus zu parken, das Auto abgestellt hatte. Und dort umarmten sie sich zum Abschied: das offene Starren der Straße auf ihnen.

Wenn niemand davon erfährt, ist es so, als wäre es nie geschehen.

Es war nicht das erste Mal, daß Vera etwas erlebt hatte, von dem sie nie erzählte. Diesmal waren nur fünf Jahre Schweigen vergangen; aber Ivan war über vierzig Jahre alt.

Sibongile und Didymus Maqoma bekamen ihre Namen wieder, als sie zurückkehrten. Im Exil hatten sie Decknamen gehabt; es würde nun immer viele Menschen draußen in der Welt geben, die sie bei keinen anderen kannten. Wurden sie unter diesen Namen angesprochen, reagierten sie – antworteten auf sie –, wie auf die Namen, die ihnen gegeben worden waren. Die alten Namen verbanden sie wie Nabelschnüre mit einem kleinen Ort außerhalb einer Bergbaustadt (Sibongile, Tochter einer Zulu-Mutter und eines Sotho-Vaters) und mit einem an den steilen Hang gebauten Hüttendorf in den Hügeln an der Küste (Didymus, im Transkei). Dort waren sie geboren worden und hatten zum ersten Mal auf einen Namen geantwortet.

Sie zogen nicht wieder in das kleine Haus, in dem sie als junges Paar gelebt hatten – es war jetzt wahrscheinlich sowieso Teil eines Slums, da sich die Bevölkerung verdoppelt und verdreifacht hatte – undenkbar, jetzt noch in Chiawelo zu leben. Die ersten paar Wochen verbrachten sie im Hillbrow Hotel, das in eine Anlaufstelle für Rückkehrer aus dem Exil verwandelt worden war. Die Hotelbar war ein Treffpunkt für weiße Arbeiter und ihre Frauen gewesen, und der billige orangefarbene Teppichboden war voller Bierflecken und übersät von Brandlöchern ausgetretener Zigaretten. Ausgeleierte Bänder spielten vierundzwanzig Stunden lang immer die gleiche Musik, Tag und Nacht. Sibongile zog die Betten ab, um nach Ungeziefer zu suchen. Sie spürte es auf der Haut, obwohl sie nichts fand.

Die Flugzeugladungen heimkehrender Exilanten, die alle paar Tage eintrafen, wurden am Flughafen von singenden und tanzenden Mengen erwartet; wenn sie durch die automatischen Türen traten, die sich hinter ihnen und dem alten Heimweh schlossen, wenn sie mit quietschenden Gepäckwagen herauskamen, in die der Nachweis ferner Orte gestapelt war, riesige Teddybären aus dem Flughafenladen im Arm, blind vor Aufregung im grellen Licht des Erkennens – nicht sofort dessen, wer sie individuell waren, sondern dessen, wofür sie standen, den Sieg der Rückkehr – trug sie das Anschwellen klagender Frauenstimmen in die Ringerumarmungen jubelnder Menschen. Kinder, die sie zum ersten Mal sahen, wurden von Händen auf Schultern geworfen, Willkommensbanner wurden niedergetrampelt, Blumen geschwenkt, Megaphone brüllten. Es war die von Umarmungen unterbrochene, stolpernde Prozession des Transits zur Wiederaneignung, zur Wiedergewinnung des Lebens, dort vor dem Flughafenterminal, ein unglaublicher Karneval, von dem man nie geglaubt hatte, daß man ihn eines Tages feiern würde. Heimat: dieses ruhige Wort: ein Spektakel, ein Theater, ein Feuerwerk aus Emotion für die, die aus dem Krieg zurückkehrten, aus der Verbannung, dem Exil, für die, die vergessen hatten, was Heimat war, oder die, die darunter gelitten hatten, daß sie es nicht vergessen konnten.

Die Maqomas waren natürlich nicht auf einem der überfüllten Charterflüge gekommen, und ihr Empfang war nicht so laut gewesen, aber nicht weniger emotional. Didymus war ein Veteran des inneren Führungszirkels im Exil gewesen, einer, der all diese Jahre hindurch in internationale Missionen und gewisse andere Aktivitäten verwickelt gewesen war, und sie wurden von Genossen empfangen, die einen ähnlichen Rang in der Inlandsorganisation einnahmen. Ein Wagen wartete auf sie, der von einem der jungen zurückgekehrten Freiheitskämpfer, die nun als Sicherheitskräfte dienten, gefahren wurde. Heimat. In der ersten Nacht schliefen sie in einem Haus, das für einen der wichtigsten Führer der Bewegung angekauft worden war, in einem früher verbotenen weißen Vorort. Aber es war klar, daß sie dort nicht bleiben konnten; das Zimmer wurde für andere Zwischenreisende im Hin und Her der Repräsentanten zwischen dem Heimatland und den Missionen der Bewegung in anderen Ländern gebraucht. Es war ein komfortables Zimmer mit Annehmlichkeiten wie Leselampen auf den Nachttischen, Kleenextüchern auf dem Tisch, einem Fernsehapparat – ein Zimmer, in dem die Koffer nie ausgepackt wurden. Bis ein Haus oder eine Wohnung gefunden war, würden sie in einem Hotel wohnen müssen – es gab in der Tat ein Hotel für solche unvermeidlichen Übergangszeiten.

Sibongile kam mit einer Decke auf Didymus zu, sie hielt sie mit beiden Handflächen hoch. Er wußte nicht, was das sollte, aber was ihren Sinn für Dramatik anging, hatte er immer Geduld.

»Ich kann so nicht leben.«

»Was ist es denn?«

Eine Kruste von etwas Weißlich-Gelbem, eingetrocknet auf der haarigen Oberfläche.

»Was ist es denn!« Ihr aufsteigendes Lachen, ein Ausruf. Sie hielt ihm den Beweis unter die Augen.

»Oh. Das. Ja.« Sperma, von irgend jemandem.

»Ich kann so nicht leben, das kann ich dir sagen.«

»Sibo, du hast viel schlechter gelebt. Es hat uns nicht umgebracht.«

»Am Anfang, vor Jahren, ja. Da war das notwendig. In Dar, in Botswana. Aber jetzt! Mein Gott! Ich lauf nicht mehr um mein Leben. Ich lauf vor *niemandem* mehr davon, ich bin nicht *dankbar* für irgendein Dach überm Kopf, für politisches Asyl (die Decke fiel ihr zu Füßen, die Hände noch erhoben, die Handfläche in der Dankesgeste des schwarzen Kindes, die man ihr als kleines Mädchen beigebracht hatte, zusammengelegt). Das ist nichts für uns.«

»Was sollen sie denn machen? Sie können nicht für jeden über Nacht Unterkunft finden. Gib ihnen noch eine Woche oder so ...«

»*Unterkunft*. Wie lange sollen wir auf diesem Misthaufen leben, in diesem Bordell für Hillbrow-Säufer, dieser wunderbaren Konzession an die Integration, was für 'ne Ehre, unter der Soße des weißen Mannes schlafen zu dürfen.«

»Was ist mit all den andern, die hier leben ... für die ist es auch nicht besser.« Er stellte sie sich selbst gegenüber, die jedesmal, wenn sie das Foyer des Hotels betrat oder durch das nach Kakerlakenvernichtungsmittel riechende Restaurant ging, unbekannte Frauen, Männer und Kinder in der Intimität geteilten Exils und geteilter Rückkehr umarmte.

Sie hatte eine Art, die Augen zu verdrehen und den Mund zu öffnen, die Lippen zurückgezogen, als ahmte sie jemanden nach, der schwer hörte. »Wenn du glücklich bist, nach den Konferenzen, nach euren großen Entscheidungen, hierher zurückzukommen, hab ich auch keine Klagen ...«

»Wie könnte ich mich beklagen, wo es so viele gibt, die zurückgekommen sind und nichts haben. Zumindest haben wir schmutzige Decken.«

Sie ignorierte das Lächeln. »Und auf welche Weise hilft das den anderen?«

Vera Stark, das empfand sie plötzlich, konnte sie sich anvertrauen; die Farce der Selbstaufopferung zu einem Zeitpunkt, da das nicht mehr notwendig war, mochte gegenüber der Frau des Politikers, in dessen Haus sie und Didymus die erste Nacht verbracht hatten, aufrechterhalten werden müssen, aber Vera, die sicher vollkommen die Notwendigkeit solcher Taktiken innerhalb dieses Kreises verstand, gehörte ihm nicht an. Auch Weiße waren im Exil gewesen, aber nicht Vera; es gab Weiße, die die Schwierigkeiten der Rückkehr geteilt hatten, aber Vera gehörte nicht zu ihnen. Sie wollte sich ihr anvertrauen und ihr, indem sie ihr indirekt das Geschenk solcher Intimität machte, eine gewisse Verantwortung aufbürden.

Als Vera am Telefon mit der üblichen fröhlichen Frage danach, wie es ihr ging, antwortete, gab es eine Pause.

»Lausig.« Und dann dieser Aufschrei eines Lachens.

Vera, die gute alte Vera, gab nicht die üblichen billigen Sympathielaute von sich. »Laß uns zusammen Lunch essen. Hast du Zeit?«

»Ich muß hier einfach raus.«

Sibongile kam zuerst in dem kleinen Restaurant an, wo die junge Vera und ihr Liebhaber in der Kriegszeit gesessen und sich danach gesehnt hatten, sich zu umarmen. Das Lokal war jetzt Teil einer Kette, die auch Take-out-Essen anbot, mit zusätzlichem vegetarischen Menu. Die Tische standen allen Rassen offen. Ihre übereinandergelegten Beine steckten in eleganten schwarzen Wildlederschuhen, die bis zu den Knien hochgezogen waren.

»Was für wunderbare Stiefel. Londoner Stiefel.«

Vera hatte gegenüber Frauen, die sich noch ein verführerisches Aussehen geben konnten, die Großzügigkeit einer Frau, die sich gewiß war, daß sie selbst einmal sehr verführerisch gewesen ist, und nun weiß, daß sie nur noch gelegentlich und in einer beiläufigen Art anziehend wirkt.

Die beiden Frauen küßten einander und drückten den Arm der anderen, so wie Männer sich mit einem gespielten Boxhieb begrüßen.

»Wirklich? Ja, London. Man kann's wohl nicht verheimlichen.«

Sie bestellten. Vera, was immer das Tagesmenu war, während ihr Gast die Karte studierte und etwas verlangte, was nicht darin stand –

Fisch, gab es keinen Fisch? Der Kellner lächelte geduldig und sprach sie respektvoll mit »Mama« an, redete in der Sprache, die er irgendwie als ihre gemeinsame Muttersprache erahnte, sagte, daß dieses oder jenes Gericht (jetzt wieder auf Englisch) sehr, sehr gut sei, wohlschmeckend.

Vera entzifferte die Botschaft, die der Fisch vermitteln sollte. Lausig; alles war lausig, man konnte nicht mal zu essen bekommen, was man wollte.

Als der Kellner sie verlassen hatte, war die nötige Zeit verstrichen, und ihre Freundin war nun in der Lage zu reden. Sie beschrieb das Hotel – sie nannte es immer die »Unterkunft«, mal verächtlich, mal wütend, dann angeekelt, verzweifelt und – typisch für Sibongile, Sally – kichernd. »Aber Didy! Ich weiß nicht, er scheint bereit zu sein, alles hinzunehmen, er ist so lammfromm! Wie ein Kaninchen, still, knabbert zufrieden an allem rum, was man ihm gibt.«

Dieser Veteran der Gefängnisse und Verhöre. Der Fuchs der Infiltration, der unter den Augen der Polizei und Armee seine Raubzüge durchführte. Sie mußten beide bei dem Gedanken lachen.

»Ich sag's dir! Er scheint in der Vergangenheit zu leben, in einer Zeitfalte, wir sind immer noch Flüchtlinge, wir müssen in edler Stille leiden, *auch wenn das gar nicht mehr nötig ist*. Während er mit Mitgliedern der Regierung verhandelt, Gott nochmal! Die Buren sind ganz verrückt nach uns, laden uns zu offiziellen Diners ein, lassen sich mit uns für die Zeitungen fotografieren! Aber er will niemandem in der Führung sagen, in aller Klarheit, daß wir was Anständiges zum Wohnen brauchen, wenn wir auf der Ebene vernünftig funktionieren sollen. Sie werden nie was für uns finden, das weiß ich. Wir müssen das selbst machen ... *ich* werd's machen müssen ... aber inzwischen! Diese Flohhöhle, ich würd keinen Hund da reinstecken, und du weißt, daß ich keine Hunde mag. Ich hätte mir nie träumen lassen, daß ich mich nach unserer Kellerwohnung in London zurücksehne und nach der in Stockholm, diese grauen Tage – aber, mein Gott, ich tu's.«

Also gewannen Sibongile und Didymus Maqoma ihre Rollen als Sally und Didy wieder, die Decknamen ihres alten Umganges mit Weißen. Sie zogen bei den Starks ein. »Ben, du solltest dir dieses Loch in Hillbrow mal ansehen! Nicht nur der Dreck, von dem Sally redet ... da sitzen Leute in der Bar rum und sehen den ganzen Tag fern, hängen da rum, trinken Cola, nichts zu tun und nirgendwo hinzugehen. Sie ist Jahre von so einer Slum-Atmosphäre entfernt, auch wenn es ihre Leute sind ... sie und Didy sind dieses hautnahe Aufeinanderhocken nicht mehr gewöhnt, in dem sie früher zu Hause waren, in Chiawelo.«

Ben definierte das Element, das das Exil ins Leben der Maqomas gebrachte hatte. »Privatsphäre; sie haben die in London nun schon seit Jahren gehabt.«

Daß ihre Privatsphäre auf die fünf Wochen, die Sally und Didy bei ihnen wohnten, gestört wurde, tauchte in den Gesprächen der Starks gar nicht auf. Ihre Beziehung befand sich in einer Phase, in der die zeitweise Gegenwart anderer eher belebend war. Sie hatten ein zusätzliches Badezimmer; das war die einzige Bedingung einer Mittelklassenexistenz, die ihnen etwas bedeutete.

Sally und Didys spätgeborene Tochter, Mpho, reiste aus ihrem Internat in England an. Sie blieb ein Wochenende hier, eine Woche dort, wie es gerade kam, zwischen dem Haus ihrer Großmutter im Township Alexandra und dem Haus der Starks. Dort schlief sie in dem Bett und unter den sich aufrollenden Postern von Popstars und den anderen Souvernirs, die das Heranwachsen und die Abwesenheit Annicks überlebt hatten. Die Tochter der Maqomas war eine sechzehnjährige Schönheit der Art, wie sie die Blütenbestäubung der Geschichte erzeugt. Grenzen ändern sich, Ideologien verschmelzen, religiöse und philosophische Sekten schaffen neue Götzenbilder, wissenschaftliche Entdeckungen verbinden das Unterschiedliche durch Ursache und Folge, ethnisch durcheinandergewürfelte territoriale Namen machen aus vielsprachigen Völkern eine Nationalität, eine Form der Schönheit entsteht aus dem Zusammenprall zwischen Herrschaft und Widerstand. Mpho war eine Lösung – in einer Zeit, da dies von Regierungen, Konferenzen, Verhandlungen, Massendemonstrationen und internationaler Überwachung oder Intervention noch nicht erreicht worden war – eine Auflösung des Machtkampfes in dem Land, welches das ihre war und in dem sie dennoch, aufgrund dieses Machtkampfes, nicht geboren worden war. Dieses Schulmädchen verband den Stil der *Vogue* mit dem Selbstbewußtsein Afrikas. Sie war eine Mutation, die sich die Ästhetiken entgegengesetzter Spezies freudig aneignete. Sie entblößte die übertrieben langen Beine, die nicht die Natur geschaffen zu haben scheint, sondern die Anforderung westlicher Luxusstandards, als wären sie eine Parallele zu den verlängerten Karosserien sonderangefertigter Autos. Das Austermuschelrosa ihrer Handflächen vollendete den auffallenden Farbkontrast zwischen mattschwarzer Haut und purpurrot gemalten Fingernägeln. Ihr Haar, zurückgezogen, geglättet und geölt, um den Glanz europäischen Haares zu erreichen, war oben auf dem Kopf zusammengebunden und fiel ihr in steifen Dreadlocks nach kongolesischem Stil auf die Schultern. Trotzdem hatte Mpho nicht das Totenschädelgrinsen einer angehenden Schönheitskönigin, sondern ein Kinderlächeln von großer Süße, das ihre Augen aufstrahlen ließ. Aus ihrem Mund kam ein lebhaftes Londoner Englisch. Sie beherrschte keine afrikanische Sprache, weder das Zulu ihrer Mutter noch das Xhosa ihres Vaters. »Oh, aber ich *versteh's*, liebe Mutter, ich kann *folgen* ...« Und sie riß die Augen weit auf und legte den Kopf zurück, rief den Himmel in einer Geste an, die genau die der Mutter war, mit der sie stritt.

»Ja, aber wer soll das wissen, daß du *verstehst*, wenn du nie antwortest, die Leute halten dich für 'ne Idiotin, mein zurückgebliebenes Kind. Du mußt Unterricht nehmen.«

»Na, das ist aber ziemlich peinlich für dich, Ma, daß deine Tochter unsere Sprache lernen muß, als wär's Französisch oder Deutsch oder irgendwas.«

Sally wandte sich hilfesuchend an ihre Gastgeber, Vera und Ben: »Hört euch das an. Mein liebes Mädchen, das ist genau das, was unserem Volk angetan worden ist, dir, deinem Vater, mir. Wir sind dem, was uns gehört, entfremdet worden, und damit mein ich nicht nur das Exil. Dein Vater stammt von einem großen Häuptling ab, der vor mehr als einem Jahrhundert gegen die Briten kämpfte – du hast einen Namen, dem du gerecht werden solltest! Man hat dir deinen Geburtsort geraubt – du hättest hier geboren werden sollen. Jetzt hol dir deine Sprache zurück.«

Das Mädchen lächelte den Zeugen der Emotionalität ihrer Mutter komplizenhaft zu, ging darauf in harmloser Unverschämtheit ein. »Ich lern's von meiner *gogo*.« Sie kicherte darüber, daß sie zumindest ein Wort ihrer Muttersprache kannte, war aber zu schüchtern oder vielleicht zu trotzig um zuzugeben, daß es ihr damit ernst war. Es war ihre eigene Entscheidung, daß sie das Gästezimmer, das so gut zu ihrem Alter paßte und so komfortabel war, verließ und oft bei ihrer Großmutter in Alexandra blieb. Nach dem ersten Pflichtbesuch, der von dem Kind des Sohnes erwartet wurde, hatte Sally nicht geglaubt, daß das Mädchen so bald wieder hinfahren würde. Ganz zu schweigen davon, daß sie ihren grellbunten Duffle Bag packte und ganze Tage und Nächte dort in dem Hause mit den gebrochenen Verandapfeilern und den staubig vertrockneten Topfpflanzen verbrachte. Es war ein zerschlagenes Überbleibsel aus wirklichen Ziegeln und Mörtel mit zwei rautenförmigen verrottenden Fenstern aus der Zeit, da Alexandra eine Widerspiegelung der unerreichbaren weißen Bürgerlichkeit gewesen war, etwas, wonach man sich sehnte und das man imitierte. Jetzt stand das Haus allein auf aschfarbener nackter Erde, von Hütten umgeben, und was einst der Versuch eines eingezäunten Vorstadtgartens gewesen war, wurde jetzt als Müllplatz gebraucht, auf den die Straßenbewohner ihre Bierdosen warfen und wo sie pißten und wo die Brustkörbe magerer, nach Aas suchender Hunde sich wie Gebläse bewegten. Wie konnte es ein Kind, das mit eigenem Zimmer aufgewachsen war, jeden Morgen frische Milch vor der Tür in Nottinghill Gate, bei ordentlichen Leuten, die ihre Zeitungen zum Recycling stapelten, mehr als eine Nacht an solch einem Ort aushalten, *gogo* oder keine *gogo*? Wo man über einen Hof auf eine Toilette gehen mußte, die von jedem in der Straße benutzt wurde! Nur der Himmel wußte, was sie sich da holen konnte! Es war eine Rückkehr zu einer Lebensform, zu der Sibongile und Didymus verurteilt gewesen waren, als sie im Alter ihres Kindes waren – was wußte eine im Exil geborene Sechzehnjährige schon, wie das war, wenn man keine Wahl hatte?

Der Kummer ist etwas, das man jemand anderem anvertrauen kann – Vera –, aber eine Art Stolz oder Selbstschutz hinderte Sibongile daran, ihrem Kind gegenüber zuzugeben, daß sie sich als Mutter durch die unschuldige Akzeptanz des weltlichen Kindes gedemütigt fühlte: durch deren Instinkt dafür, was zu Hause war.

Mpho bewegte sich zwischen Alexandra und dem Haus, das Vera ihrer Scheidung verdankte, mit einer Leichtigkeit, die die Starks bezauberte. Bei ihnen lernte sie zusammen mit ihren Eltern die Freunde der Starks kennen, Veras Kollegen aus der Stiftung, ihren Protegé Oupa und die Anwälte. Die jungen Leute kamen gut miteinander aus, sie nahmen Mpho mit zu Parties, gegen die ihre erleichterten Eltern nichts einzuwenden hatten, keine Drogen, nicht zuviel Alkohol. Über den Kontakt mit den Anwälten fanden die Maqomas genau das, was sie brauchten, ein kleines Haus in einer weißen Vorstadt mit einer Schule, in der – wiederum mit der Hilfe von jemandem, den sie im Kreis der Starks getroffen hatten, das Mädchen angenommen wurde. Sie zogen zunächst nur mit geborgten Betten ein. Am Tag danach fuhr Sally mit dem Wagen, den die Bewegung Didy gestellt hatte, eine Straße hinunter, um nach gebrauchten Möbeln zu suchen. Als sie rückwärts in einen Parkplatz fahren wollte, wurde sie von einer Frau von der Müllabfuhr, die die Rinnsteine ausfegte, für einen Moment aufgehalten. Sally hatte nicht gewußt, daß diese Art Arbeit jetzt von Frauen getan wurde. Na ja, in diesen Zeiten war jeder Job besser als gar keiner. Es konnte durchaus sein, daß Leute, die sie im Exil kennengelernt hatte, Freiheitskämpfer aus den Ausbildungscamps, als Straßenfeger endeten. Diese Wahrscheinlichkeit ließ sie innerlich zusammenzucken, es war das Einziehen der Bauchmuskeln, das sie unwillkürlich vollzog, wenn sie an ihre neue Verantwortung dachte: sie war gerade zur Stellvertretenden Direktorin des regionalen Wiedereingliederungsprogramms der Bewegung ernannt worden. Das Programm bestand im Moment noch aus einer Sammlung von Forschungspapieren, die im Rhythmus der stotternden Faxmaschinen eintrafen. Als sie den Wagen abschloß (schon an ihrem Ankunftstag vor jenen gewarnt, für die Diebstahl besser als nichts war), sah sie, daß die Frau mit dem Besen nicht weitergegangen war. Sie lehnte auf dem Stiel und sah sie an, eine Frau, die etwas lächerlich in einen hellen Schutzoverall gekleidet war, mit aufgerollten Fußballsocken an den Waden, flachfüßig in Männerschuhen, einen Anglerhut mit einer kleinen Tasche für die Fliegen über den Kopf gezogen. Bettelte sie? Sie wollte sie auf jeden Fall grüßen: »*Sawubona, sisi.*«

Die Frau kam nicht näher, sprach aber mit aufgeregter Stimme. »Sibongile, wann bist du angekommen? Ich bin Selas Tochter, die Kusine deiner Mutter, erinnerst du dich? Aus Selas Haus, du hast uns da öfter besucht, in Witbank.«

Plötzlich da, in einem anderen Licht wachgerüttelt, in einer anderen Existenz. Sally fühlt sich hinübergezogen zu diesem anderen Selbst, das da steht, das, mit dem sie begonnen hat, diese Erscheinung mit einer Plastiktüte über der Hand, mit der sie den Schmutz aufhebt, den der Besen nicht mitbekommt. Zu Hause.

In den Straßen Johannesburgs, auf dem Weg durch die Stadt: Du weißt nicht mehr, wer ich bin?

Sogar Oupa schaffte es, in eine weiße Vorstadt zu ziehen.

Warum gebrauchten seine weißen Kollegen in der Stiftung unter sich das Wort »sogar«? Weil sie sich, sobald die gesetzlichen Einschränkungen, gegen die sie gekämpft hatten, aufgehoben worden waren, einer älteren, sogar (ja, schon wieder) noch größeren Einschränkung zuwenden mußten: der Armut. Oupa wurde nach den anständigen Standards einer Stiftung anständig bezahlt. Die Juristische Stiftung war schließlich nicht nur im Sinne des Geldes gemeinnützig, sondern auch im menschlichen Sinne. Dieselben Vergünstigungen der Gesundheitsfürsorge und der Rente galten für jeden, der dort arbeitete, vom Direktor bis zur Reinmachefrau. Aber die Miete für Wohnungen in der Gegend, in der er wohnen wollte, ging über seine Mittel hinaus. In einem Sinne war er wie jeder andere junge Mann, der sich in der Ausbildung für eine akademische Karriere befand; er war in einer Lebensphase, von der man annimmt, daß der junge Mann noch keine Verantwortung trägt, daß er gerade die Schule hinter sich hat und ein paar Jahre frei ist, Mädchen hinterherzujagen und sich mit gleichaltrigen Freunden zu amüsieren. *Am Anfang des Lebens*, wie es heißt. Aber natürlich war der Anfang dieses jungen Mannes so lange verzögert worden, er hatte Schlange stehen müssen, da er nicht sofort zu den Schulen zugelassen wurde, hatte zwischendurch die Schule verlassen, um politisch zu arbeiten, hatte vier Jahre auf Robben Island verbracht, daß er die Verantwortlichkeiten der Reife schon auf sich genommen hatte, bevor er den niedrigsten Rang seiner Laufbahn erreichte. Oupa war ein Mann, kein Junge. Ein Mann, dem vieles aufgebürdet war, während er gleichzeitig als der hoffnungsvolle Protegé der Stiftung galt. Für ihn war das Geschäft des Aufwachsens nicht in der anerkannten Chronologie abgelaufen, konnte nicht so abgelaufen sein. Natürlich hatte Oupa eine Ehefrau, irgendwo, natürlich hatte er Kinder. Sein anständiges Gehalt wurde durch die Miete, die Lebensmittel, die Kleidung vermindert, die seine unsichtbaren Angehörigen brauchten, durch den Anachronismus seines Lebens. Die Ehefrau und die Kinder lebten in einem anderen Teil des Landes, zusammen mit Verwandten, die von der Regierung in irgendeinem Umsiedlungsgebiet abgesetzt worden waren. Der eifrige Lehrling war in Wirklichkeit ein Erwachsener, schon gefangen in erwachsenen Sehnsüchten, Konflikten und Verantwortlichkeiten.

Die Stiftung war mehr als tolerant, als es um die Zeit ging, die er sich freinahm, um eine Wohnung zu finden, eine Junggesellenunterkunft in den Straßen, wo früher nur Weiße hatten wohnen dürfen. Sie fürchteten um ihn bei seinen täglichen Zugfahrten nach und von Soweto; er konnte von Gangstern erstochen oder von politischen Schlägertypen aus dem Zugfenster geworfen werden. Mrs. Stark versäumte es, ihm zu helfen, weil sie zu der Zeit zu beschäftigt war, um unter Freunden herumzutelefonieren, die vielleicht von einer leerstehenden Wohnung wußten oder Einfluß auf Makler hatten, die nur sehr zögernd an Schwarze vermieteten; es war jemand anderes im Büro, der einen Ansatzpunkt fand, der schließlich dazu führte, daß der junge Kollege bekam, was er wollte. Er war begeistert, obwohl die Miete zu hoch für ihn war; er hatte einen Mietvertrag unterzeichnet, der nur zwei Bewohner erlaubte, aber das machte ihm wenig Kopfzerbrechen. Er teilte die Miete auf, indem er die Wohnung mit einem Ehepaar und ihren zwei Kindern teilte.

Oupa plante eine Einweihungsparty mit allen aus der Stiftung. Mrs. Stark bot an, etwas zu essen beizutragen, um ihn für die Tatsache zu entschädigen, daß sie bei der Wohnungssuche keine Hilfe gewesen war. Sie ging an einem Freitagnachmittag zusammen mit ihm etwas früher, um bei den Vorbereitungen zu helfen.

»Wo ist es denn?« Oupa hatte allen begeistert von einer Gegend erzählt, in der es viele Mietshäuser gab, war aber nicht sehr genau gewesen. Er nannte eine Straße und redete sofort weiter. »Es ist cin altes Gebäude, Mann, aber deshalb ist es so schön, große Zimmer und alles. Da sind wir, hier ist es. ›Delville Wood‹. Sieh dir den Eingang an, richtiger Marmor. Der Name hat irgendwas mit einem Krieg zu tun, oder?«

Der Wagen kam abrupt am Rinnstein zum Stehen. »Delville

Wood«. Als sie mit ihren Paketen die Treppe hinaufstiegen, wandte sich Mrs. Stark zu ihm, und ein merkwürdiges Lächeln begleitete das banale Stück Information, das sie ihm vermittelte. »Ja, es ist eine Schlacht. Der Ort.«

Er glaubte, es gäbe eine traurige Verbindung mit dem Namen, auf den er unwissend gestoßen war. »Ist jemand, den Sie kennen, da umgekommen?«

Aber sie lachte. »Der Krieg war lange vor meiner Zeit.«

Er führte sie durch rotgebohnerte Korridore. Ihre Augen zählten die numerierten Türen ab, an denen sie vorbeikamen.

»Hier ist es!«

In seinem stolzen Moment sprach sie die Zahl vor seiner Tür aus: »Hunderteinundzwanzig.«

Er klopfte schwungvoll auf die Zahl und wiederholte wie ein Echo: »Hunderteinundzwanzig Delville Wood.«

Im Wohnzimmer standen zwei Trödlersessel aus Nylonsamt, die vom Alter blankgescheuert waren, ein einbeiniger Tisch, auf dem sich ein ausgefallener Kupferaschenbecher befand und ein alter Schrankkoffer, den ein Stück afrikanisches Tuch bedeckte. Alles stand dem graublauen Riesenauge des Fernsehapparats zugewandt.

»Es ist natürlich noch nicht fertig. Bilder und so. Ich brauch einen Schreibtisch und etwas für meine Bücher. Ich werd hier richtig was dran tun, Mann! Aber schön, nicht?«

»Der Schreibtisch müßte da drüben ans Fenster … Vielleicht hat Ben noch einen, den Sie gebrauchen können. Ja, das ist ein sehr schönes Zimmer.«

Er hatte den Fernseher angeschaltet, es war ein Kinderprogramm mit den quietschenden Stimmen sprechender Tiere, aber er bemerkte das nicht, es machte nichts, es war eine Geste des Besitzes, er war in diesen Wänden zu Hause, wo vorher nur Weiße gelebt hatten.

»Kommen Sie, sehen Sie sich den Rest an.«

Unablässig redend führte er sie in ein Zimmer mit einem Doppelbett unter einer Tagesdecke mit Fransen, drei Kissen lehnten rautenförmig an der Wand. »Vielleicht stell ich den Schreibtisch auch hier rein, weil die anderen das Wohnzimmer mit benutzen. Besser für die Arbeit.« Er wollte den Eindruck vermitteln, daß er seine Studien ernst nahm; sie war schließlich, wenn auch als mütterliche Freundin, eine der leitenden Mitarbeiterinnen in der Stiftung, die ihn angestellt hatte. Das zweite Zimmer: ein Chaos aus Kleidung, Spielzeug, Töpfen und Geschirr, eine kleine elektrische Herdplatte stand auf einem Toilettetisch mit dreiteiligem Spiegel, eine Kiste mit durcheinandergeworfenen Schuhen. »Sie ziehen gerade ein.«

Oupa ging hinunter, um die Klappstühle, die sie von der Stiftung geliehen hatten, aus dem Auto zu holen, und als er zurückkam, war Mrs. Stark in der Küche, um auszupacken, was sie »die guten Sachen« nannte. Er stand herum: »Ich weiß noch nicht, wie man mit dem Herd umgeht ... «, aber sie hatte die Backofentür schon geöffnet und holte die fettverkrusteten Gitter heraus, sie stellte die Kochplatten eine nach der anderen an, wußte genau, wie alles funktionierte. »Ich zeig's Ihnen«, sagte sie, genau so, wie sie ihm ruhig und mit leiser Stimme irgendeine juristische Frage erklärte, die er ihr von seinem Fernstudium mitbrachte. Es schmeichelte ihm, daß sie sich auf die Vorbereitungen für seine kleine Party so konzentrierte, als wäre es von großer Wichtigkeit, alles richtig zu machen, an nichts anderes zu denken, bis alles richtig war. Er hatte das Gefühl, Mrs. Stark wisse, was dieser Anlaß ihm bedeutete, auch wenn er für andere nur eine weitere Büroparty war.

Die erweiterte Familie der Stiftung kam an. Ehemänner und ihre Frauen, feste Verbindungen des einen oder anderen Geschlechts, die andere Hälfte unerklärter Verhältnisse. Die gute Laune unter Leuten, die zusammenarbeiteten und hier zu ihrem Vergnügen zusammengekommen waren, kam auf, ihre witzelnden Insider-Bemerkungen waren von anderen nicht zu verstehen, hoben aber die allgemeine Stimmung. Der Freund einer Mitarbeiterin hatte seine Gitarre mitgebracht und gab seine Kompositionen in einer Mischung aus Zulu, Englisch und Afrikaans zum besten. Seine Zuhörer standen im Schlafzimmer herum oder saßen mit ihren Drinks auf der Fransendecke, während im Wohnzimmer niemand zuhörte, dort waren die Unterhaltung und das Gelächter lauter als die Musik. Mrs. Starks warmer Käsekuchen ging zu Ende. Sie und einige andere von der Stiftung waren wieder in der Küche und machten Dosen mit Salzgebäck auf, offenbar Oupas einzige Nahrungsquelle, als ihr Mann mit einer Kiste Wein und Bier auftauchte. Mit einem Messer in einer Hand, die fettige andere Hand von seinem Jacket weggehalten, ließ sie alles fallen, was sie tat, und trat zu ihm, um ihm für seine Umsicht einen Kuß zu geben. Er wich in seiner Überraschung fast zurück, hielt sie dann einen Moment an den Schultern fest; es sah ihr so unähnlich, Gefühle in der Öffentlichkeit zu zeigen. Sein Beitrag zu der Party hatte doch wohl kaum besondere Dankbarkeit verdient; vielleicht hatte sie schon einiges getrunken – na ja, warum nicht?

Der versprochene Schreibtisch wurde von einem Freund, der sich von einem anderen Freund einen Kleinlaster geliehen hatte, bei den Starks abgeholt und zu Hunderteinundzwanzig Delville Wood gebracht. Oupa kaufte sich auf Kredit einen Computer, um seine Ausrüstung zu vervollständigen; das einzige Problem, sagte er Mrs. Stark ein paar Wochen später, war die Tatsache, daß der Freund, der den Schreibtisch transportiert hatte, mit ihm und dem Paar und den beiden Kindern in die Wohnung gezogen war. »Er weiß nicht, wohin. Er wohnt in Sebokeng, und jetzt hat er Arbeit hier in der Stadt.« Bald schloß sich diesem Freund, der sich bereiterklärt hatte, zur Miete beizutragen, ein anderer an, der arbeitslos war und keinen Pfennig besaß. Das kam heraus, als Oupa, der seinen Lunch wie üblich in Mrs. Starks Büro aß, mit ihr darüber sprach, daß er sich Sorgen mache, weil er in diesem Monat die Aufgaben seines Fernkurses nicht geschafft hatte. »Er schläft auch im Wohnzimmer, mit meinem anderen Freund. Auf dem Fußboden, aber besser als nichts, ja? Aber jetzt haben die anderen Leute die Nase voll, sie sagen, sie zahlen dafür, daß sie das Wohnzimmer mitbenutzen, und jetzt ist er immer da, liegt herum. Und zahlt nichts. Also wohnt er bei mir in meinem Zimmer, und wenn ich abends arbeiten will, redet er die ganze Zeit mit mir. Mann! Bis Mitternacht, bis ein Uhr.«

Was sollte sie dazu sagen? ›Erklären Sie ihm, daß er was anderes finden muß.‹ Was anderes? Waren sie und der junge Angestellte nicht umringt von Papieren, sogar da unter den Essensresten, von Leuten, die über Jahre hinweg irgendwohin geschickt worden waren und immer noch nichts hatten? Obwohl sie wußte, daß es sinnlos war, redete sie von ihrer Empörung darüber, daß er von seinen Freunden ausgebeutet wurde; er hätte ihr Sohn sein können. »Oupa, Sie müssen hart sein. Sie sind zu weich. Wenn er bei Ihnen einziehen kann, kann er auch zu jemand anders gehen. Niemand kann von Ihnen erwarten, daß Sie so leben. Nun haben Sie endlich eine Wohnung ...«

Der junge Mann schluckte einen Bissen hinunter und sank in seinem Stuhl zusammen, blies die Wangen auf. Er schüttelte den Kopf, wieder und wieder, wie um den Druck ihrer Aufmerksamkeit abzuwehren. »Er war mit mir auf der Insel.«

Er biß wieder in seine Hühnchenkeule und kaute.

Sie hielt ihre Tasse in beiden Händen und trank in großen Schlucken Tee.

»O Gott. Was können wir bloß tun. Was hat er denn gemacht, können wir nicht was für ihn finden?«

»Hat in 'ner Reinigung gearbeitet, in 'ner Kartonfabrik, ich weiß nicht... er kann nichts richtiges.«

Sie hob die Hände, schlug dann mit einem Kugelschreiber an ihre Tasse. »Warum muß ich meinen großen Mund aufmachen! Warum muß ich meinen großen Mund aufmachen!«

Vorbeifahren.

Daran vorbei die Straße hinunterfahren. Zahllose Male vorbeigefahren, so daß die Adresse als Ziel, das sie einmal bedeutete, Schicht um Schicht von anderen Zielen auf dieser Route ausgelöscht wurde. Anfangs hatte sie noch monatelang, immer wenn sie an der Ampel hielt, auf die geschlossenen Fenster der Wohnung gestarrt wie in die Augen von jemandem, der kein Zeichen gibt. Dann war da die Wäsche von jemand anderem auf einem Ständer auf dem Balkon. Eine Dart-Scheibe hing an der Wand unter dem Oberlicht des Badezimmers. Zu der Zeit hörten die Briefe auf; oder vielleicht brachte sie dieses Bild nur jetzt mit dem Ausbleiben der Briefe in Verbindung; das Ende solcher Erfahrungen verläuft in der Realität viel langsamer. Das Drama der Trennung, in Variationen wiederholt – das Ende der Berührung, das Ende der Telefongespräche, die sich erweiternden Abstände zwischen Briefen –, wird zu oft gespielt, und daher erkennt man die letzte Aufführung nicht.

Eine alte Schauspielerin in vielen definitiv letzten Auftritten.

Da sind wir.

Draußen vor dem Hauseingang zu halten, den Namen von einem Fremden zu hören, ist einfach das ruhige Kräuseln eines Lächelns: Delville Wood. Hier ist es. Als sie den Korridor hinuntergehen, noch immer im selben schlüpfrig gebohnerten Ockerrot, empfindet sie eine Mischung aus Faszination und Furcht. Schließlich sind die Briefkästen im Foyer durch die sechs Stockwerke durchgehend numeriert, der neue Mieter konnte sie also einen anderen Korridor hinunter oder zu einer anderen Nummer führen. Aber auch wenn es dasselbe Stockwerk ist, muß es sicher eine andere Nummer sein. Aber nein, es wird unmöglicher und unmöglicher, ein Zufall gegen die Wahrscheinlichkeit von sechs Stockwerken voller Wohnungen, Hunderteinundzwanzig. Die Tür öffnet sich auf weggeschlossene Gefühle; was da als Faszination und Furcht lebendig wird, ist die alte sexuelle Erwartung, während sie den rotgebohnerten Flur entlanggeht, um in

Hunderteinundzwanzig einzutreten. Verblüffend: die Empfindungen sind angenehm, als ob der, der damals dort am Schreibtisch vor dem Fenster saß, aufstehen wird, um sich an sie zu drücken, oder um in der verschlafenen Überraschung eines Besuches am frühen Morgen die Bettdecke zu heben, damit sie zu ihm hineingleiten konnte, fröstelnd-nackt neben ihm – als würde er hier sein, als wäre er hier, zurückgebracht von der Begierde, die er in diesem Wohnzimmer, in dem das große Auge des Fernsehers nichts sieht, in diesem Schlafzimmer, wo ein neuer, armer Mieter sein Bett macht, geschaffen hatte. Die mütterliche Freundin verschafft sich hilfreich einen Überblick über die Bedürfnisse des neuen Mieters. Sie bringt im Handumdrehen den schmutzigen Elektroherd dahin, daß sie ihren Imbiß darauf warmmachen kann. Die offenbare Tatsache, daß sie sich in dieser Küche so gut auskennt, als wohnte sie hier, wird der allgemeinen Vertrautheit von Frauen mit Dingen des Haushalts zugeschrieben: Ich weiß noch nicht, wie man mit dem Herd umgeht ..., sagt der neue Mieter, entschuldigend männlich.

Was man einmal getan hat, macht man wieder. Manchmal erinnerte sich Vera selbst daran, beschimpfte sich selbst, verhöhnte sich vorwurfsvoll; aber das hielt sie nicht auf. Sie empfand Widerwillen angesichts dieser Selbstgegenüberstellung mit dem, was ihre Mutter, als Vera ein Kind war, ›schlechtes Benehmen‹ genannt hatte – ein anderer Ausdruck für die Überschreitung von Regeln. Bennet war ihr Liebhaber, er war derjenige, mit dem sie geschlafen hatte, während ihr junger Ehemann im Krieg war und darauf wartete, zu ihr zurückzukommen. Bennet würde daher für immer in die Kategorie des Liebhabers fallen, dessen, den man über den sexuellen Bund und die moralischen Bindungen der Ehe hinaus gewählt hatte. Er blieb das, auch als er zum Ehemann wurde. Wie lange war das so? Wieder tritt die Realität mit unbemerkter Geschwindigkeit in die kurze menschliche Zeitspanne eines Lebens – wie der Daumen einer Heiligenfigur durch die Jahrhunderte der Verehrung jener, die die Hand küssen, geglättet wird. Bennet wurde zu Ben. Sein Talent für die Liebe wurde zu einer Befriedigung, die für sie selbstverständlich war. Sie konnte nicht glauben, daß ein anderer Mann sie so stark anzog; Ben, *Bennet war der andere Mann*. Dennoch war auf gewisse Weise er es, der einen anderen Mann möglich, gewollt machte, weil er es war, der ihr oben in den Bergen, als sie zusammen mit der Freundesgruppe auf dem Foto dort hinaufgefahren waren, zeigte, was Liebe sein, wie viele Offenbarungen an Erregung und wilder Empfindung sie jenseits dessen, was sie für ihre Grenze gehalten hatte, bedeuten konnte. Wenn Ben sie gelehrt hatte, daß die Möglichkeiten der Erotik über die Erfahrungen mit einem Mann hinausgingen, dann bedeutete dies, daß die vollständige Erfahrung der körperlichen Liebe nicht mit ihm endete. Das Wissen darum, in ihrem Körper, mußte seit Jahren vorhanden gewesen sein – logischerweise seit sie das erste Mal von ihm geliebt wurde? Aber es blieb unakzeptiert oder schlief, bis irgendwann in den vierziger Jahren, oh, als ihr Haar noch voll und glänzend war, keine gebrochene Ader ein rotes Spinnennetz auf ihre Beine zeichnete, ein Mann in die Stiftung kam, um ein Interview über ihre Arbeit zu machen. Er drehte einen Dokumentarfilm über Formen des Widerstandes im Land. Wie andere Besucher auch hinterließ er eine Karte, damit man Kontakt mit ihm aufnehmen konnte, obwohl man nicht wußte, wozu, aber die Höflichkeit verbot solch eine Frage. Otto Abarbanel. Sie hatte den Nachnamen noch nie gehört; er arbeitete für einen österreichischen Fernsehsender und sprach mit einem leichten – wie ihr schien – deutschen Akzent. Er war sehr ernst, was seine Arbeit anging, und formal im Umgang, wie andere Deutsche, die sie getroffen hatte. Er rief sie mehrfach an und kehrte öfters ins Büro zurück, entschuldigte sich für die Störung, wollte die eine oder andere Information überprüfen, und als sie begriff, daß dies Vorwände waren, fand sie es anfangs amüsant, daß er ihr nicht lästig war. Dann, an jenem Nachmittag, ergriff er übergangslos aus dieser Formalität heraus ihre Hand, die entspannt auf dem Schreibtisch lag, bedeckte sie fest mit der seinen. Sie legte die andere Hand über seine. Und so gab es plötzlich einen Bund der Begierde.

»Würden Sie mich besuchen kommen«, hatte er gesagt, um den Anschein eines beruflichen Termins zu wecken, dort im Büro, wo jeden Augenblick jemand in die Atmosphäre treten konnte, die seine Geste geschaffen hatte. »Sonntagnachmittag zum Kaffee.«

Vera und Ben waren vielbeschäftigte Menschen, die einander nicht über jede ihrer Bewegungen Rechenschaft ablegten. Er hatte einen alten Schulfreund zum Mittagessen eingeladen, der ein erfolgreicher Maler geworden war. Sie war still, bediente die beiden Männer bei Tisch, glaubte nicht, was sie tun würde, und ging in derselben Verfassung nach dem Lunch ins Badezimmer und schob sich die Gummivorrichtung in den Leib, die seit der Geburt Annies verhindert hatte, daß sie schwanger wurde. Sie verließ Ben und seinen Besucher mit der Entschuldigung, daß sie einer politischen Versammlung einen Pflichtbesuch abstatten müsse. Sie hatte viele Verpflichtungen dieser Art, und ihr Ehemann sah aus seinem Gespräch mit dem Adieu-Gruß auf, der ihr übliches privates Signal in der Gegenwart anderer Leute war.

Und als sie später am Nachmittag nach Hause kam, war es, wie sie es sich nie hätte vorstellen können; was in den drei Stunden geschehen war, blieb etwas, das nur sie allein anging, ihre Sexualität, eine private Konstante ihres Wesens, ein Zug wie die Farbe der Augen, die Form der Nase, die Art eines persönlichen Empfindens, die nie jemand anderem gehören konnten als einem selbst. Bennet Stark hatte einmal in einer Tür gestanden, war von einer Frau bewundert worden, die nicht wußte, daß er in einer Beziehung zu der Frau stand, an die sie ihre Bemerkungen über seine männliche Schönheit richtete. Diese unbekannte Frau bewies eine Wahrheit, von der Vera nun euphorisch glaubte, sie habe sie erst jetzt entdeckt; die Sexualität, in diesem Fall von der Natur offen in der sinnlichen Anziehungskraft eines Gesichts dargestellt, war ein Attribut, das man ganz besaß oder nicht, es konnte nicht mit dem naiven Anspruch: Er ist mein Ehemann, behauptet werden. Jetzt sah Vera sich selbst in jener Tür. In der Nacht lag sie mit einem Gefühl des Stolzes und der Freiheit neben Ben, nicht mit einem Gefühl des Betrugs.

Während jener zwei Jahre aß sie keinen Joghurt mit Apfel mehr über den Papieren auf ihrem Schreibtisch. Sie floh, wann immer es ein Stück freie Zeit hier oder zu Hause gab, wann immer ihre Abwesenheit nicht bemerkt werden würde oder es einen plausiblen Grund für ihre Kollegen, ihren Ehemann, ihre heranwachsende Tochter (Ivan war schon in England) gab; sie floh zur Nummer Hunderteinundzwanzig. Ihr Zweitschlüssel zu dieser Wohnung hing zusammen mit ihren Wagen-und Hausschlüsseln an dem Ring mit dem Amselmedaillon, ein Geburtstagsgeschenk von ihrer Tochter, vom Taschengeld zusammengespart. Sie ließ sich selbst ein. Er war da oder würde bald kommen. Manchmal kam er mit Essen, das sie besonders gern mochte – eingelegte Heringe oder Räucherwurst oder Kassler –, und sie aßen in der Küche vor oder nach der Liebe. Bevor sie zu anderen Menschen zurückkehrten, badeten sie zusammen, seiften einander ab – weshalb wollte niemand, am allerwenigsten Frauen, zugeben, welch ein zärtliches Vergnügen es war, den weichen, schlüpfrigen Schwanz eines Mannes so in der Hand zu halten, ihn spielerisch ein wenig zu drücken, um ihn anschwellen zu lassen, die Gestalt der beiden Eier, oft ungleich in der Größe, in ihrem Beutel nachzutasten, wo der Samen der Jungen lebendig und warm gehalten wird, das körperliche Attribut, das bei den Tieren dem weiblichen Känguruh mit ihrem Beutel ungeborener Jungen gehört, in der menschlichen Spezies seltsamerweise dem anderen Geschlecht, dem Mann, zugehörig; der Beutel, der alt und faltig aussieht, als schrumpfe er zusammen, selbst bei einem jungen Mann.

Otto war mindestens fünfzehn Jahre jünger als Vera. Er war vage, was sein Alter anging, vielleicht weil er das Alter seiner Geliebten vergessen wollte. Aber wenn sie sich im Gespräch auf Dinge bezog, die er nicht wissen konnte, weil er zu jung war, um sich daran zu erinnern, war sein Versuch zu verstehen, die zeitweise Leere seines Ausdrucks, offensichtlich. Er hatte eine hohe Stirn, die ängstlich, bemüht wirkte, seine Haut war glänzend wie die eines rosigen Apfels, er war kein gutaussehender Mann; tatsächlich wußte Vera nicht, wie er wirklich aussah, wenn das Gesicht das ist, was man ist. Sie kannte den Körper, den kreuzförmigen männlichen Körper mit seiner Linie braunen, gekräuselten Haares, die vom Nabel aufstieg und auf der Brust ausladend wurde, der Form des Torsos von den schmalen Hüften folgte, sich mit dem prachtvollen Brustkorb zu den Schultern hin weitete. Sein Gesicht war die Verkleidung, die bärtige Männer alle tragen; dunkelblondes Zottelhaar lockte sich um seinen Mund und gab Kinn und Kiefer, wie immer die aussehen mochten, seine Gestalt. Dicke Brillengläser schützten den Ausdruck in gewöhnlichen blauen Augen, als würden sie durch den Abstand von Ferngläsern gesehen. Sein Mund war weich, Ober- und Unterlippe hatten dieselbe Fülle, etwas das sie mit Unzufriedenheit über sich selbst assoziierte und in anderen Menschen im allgemeinen unattraktiv fand. Bei ihm erschien ihr der Mund, umgeben von dem Seetangbart, wie eine dieser tierischen Blumen im Meer, die für die Versuchung der leichtesten Berührung empfindlich sind. Nicht nur hatte sie geglaubt, sie würde sich nie wieder zu einem anderen Mann hingezogen fühlen; sie war sich sicher gewesen, daß sie sich nie wieder zu einem weiteren blonden Mann hingezogen fühlen würde. So war es dieser Ausländer, der irgendein restliches Ressentiment austrieb – und ein Ressentiment bleibt immer schädlich –, das gegen den ersten blonden, den Kriegsehemann überlebt hatte. Sie wollte Otto diese merkwürdige Tatsache erzählen, ein Geständnis, das ihm sicher liebenswürdig, wenn nicht sogar schmeichelhaft erscheinen mußte, aber sie tat es nicht, weil sie spürte, daß Erwähnungen des Krieges, an dessen Ende er ein Kind gewesen war, ihm unangenehm waren. Sie selbst machte es nicht verlegen, so viel älter zu sein als er; wenn sie sich kritisch im Spiegel betrachtete, wußte sie, daß an *ihr* kein Zeichen des Alterns zu finden war!

Aber nach den ersten paar Malen in Hunderteinundzwanzig hatte sie gesagt: »Das wird nicht lange gehen, weißt du.«

Er verstand nicht, was sie ihm sagte: daß er gegen Ben nicht zählte, obwohl sie frei war, beide zu wählen. Er glaubte, sie spräche von der Begrenzung seiner Aufgabe im Land. »Ich hab eine Überraschung für dich – ich hab mich darum beworben, hier stationiert zu werden, als Korrespondent für diese Region.«

Sie waren dabei, sich anzuziehen. Er wußte nicht, wie er die Art, wie sie die Arme sinken ließ, deuten sollte. Er kam zu ihr herüber und fesselte ihre Arme mit den seinen, beugte den Kopf, um ihn an ihrem Hals zu vergraben.

Einerseits bemühte sie sich, die Affäre geheimzuhalten, andererseits hatte sie den Wunsch, den Ausländer mit nach Hause zu nehmen, ihn in ihr Leben einzuführen, so daß er sie anderswo kennenlernte als hinter dem Schreibtisch oder in seinem Bett. Sie rationalisierte: wenn er gelegentlich ins Haus eingeladen wurde, wie Ben und sie einen neuen Bekannten, den sie mochten, natürlich mit nach Hause bringen würden, konnte dies das Risiko vermindern, falls sie und Otto irgendwo zusammen gesehen wurden.

Otto scheute davor zurück, in Veras Haus zu kommen, in ihr Leben, an dem er keinen Anteil hatte. Aber er erkannte an, daß sie die Situation besser beurteilen konnte als er. Es waren noch andere Gäste da, einige von ihnen Schwarze, die er bei der Arbeit an seinem Film über Gewerkschaftsleute und Politiker kennengelernt hatte, und da war der Gatte, ein eindrucksvoller Mann, sehr geschickt darin, zusammen mit seiner Frau die Gäste zu unterhalten, die beiden bestimmten die Gruppe. Die Ehefrau: das war es, was sie war, in diesem Haus. Er wurde auch ihrer Tochter vorgestellt, die schnell verschwand, weil sie zweifellos von den Gästen ihrer Eltern gelangweilt war; schön, aber ganz der Vater. Es gab also keine jüngere Version von ihr, die ihn darin erinnern konnte, daß seine Geliebte in den Jahren, die sie ihm voraus hatte, verblüht war.

Bei der Unterhaltung, die mit dem Aufräumen einhergeht, wenn die Gäste gegangen sind, erwähnte Ben, daß er kaum Gelegenheit gehabt habe, mit dem jungen Deutschen zu sprechen, was war nochmal sein Name? Ein seltsamer Name; als sie ihn nannte, fragte sie mit unschuldig klingendem Interesse, wo der wohl herkäme? Ben hatte soviel gelesen, hatte ein gutes Gedächtnis für alle Art esoterischen Wissens, das ihr nie über den Weg lief.

»Abarbanel? Das ist ein alter sephardischer Name, er muß Jude sein, kein Deutscher.«

»Ich glaub, er ist Österreicher.« Sie war neugierig.

»Könnte dort geboren sein, nehm ich an. Die Juden sind überallhin verstreut worden, über so lange Zeit. Wer weiß.«

Wer weiß.

Und so kam es, daß ihr Ehemann ihre Neugier erregte. Eine erotische Neugier. In der träumerischen Vertrautheit nach der Liebe, redete sie mit ihrem Liebhaber. »Also bist du Jude. Jemand hat mir gesagt, daß dein Name jüdisch ist. Sephardisch. Das ist spanisch, oder?«

»Er ist spanischen Ursprungs, aber die Juden wurden im fünfzehnten Jahrhundert aus Spanien vertrieben.«

»Ich hätte nicht erkannt, daß du ein Jude bist.« Mit einem gemurmelten Lachen: »Die sollten doch beschnitten sein.«

»Ich bin nicht so aufgewachsen wie andere, ich bin noch ganz jung mit anderen Waisen verschickt und dann adoptiert worden, ich bin bei den Leuten, die mich aufgenommen haben, in Wien aufgewachsen. Die hatten sephardische Ursprünge, irgendwann vor langer Zeit.«

»Was ist mit deiner eigenen Mutter und deinem Vater?«

Er wandte den Kopf, so daß ihre Profile nebeneinander auf dem Kissen lagen. »Tot.«

Sie fragte nicht weiter: das Zusammentreiben durch die Gestapo, die geschlossenen Viehwaggons, das Konzentrationslager, die Gaskammer; ein Herkommen, mit dem sie nur durch Bücher und Filme, durch Dokumentation vertraut war.

Vera war eine christlich erzogene Atheistin, und der Gedanke, daß ihr Liebhaber ein Jude war, durch den Rassismus verwaist, ohne eigenen Namen, befriedigte sie – das verband ihn mit dem offenen, täglichen Ziel ihres Lebens, den Akten der vertriebenen Gemeinden auf ihrem Schreibtisch, und den Gesichtern ihr gegenüber, Tag um Tag, den Gesichtern jener, die zu Wanderern gemacht worden waren, weil sie zur falschen Rasse gehörten. Sie blieb unwillkürlich vor den Auslagen teurer Läden stehen, die Männerkleidung anboten; sie kaufte französische Hemden und italienische Krawatten, und da er sehr an einigen ghanaischen Goldgewichten hing, die er bei Aufträgen in Westafrika gekauft hatte, suchte sie in Kunsthandwerksläden herum, um ihm neue Stücke für seine Sammlung mitzubringen. Sie entschädigte ihn für die Entbehrungen seiner Kindheit, Entbehrungen wie die so vieler, die sie in den Veld-Siedlungen kannte. Sie schenkte ihm Spielzeug und Süßigkeiten. Nackt bei ihr im Bett, war er auch ein abgeschobenes Baby, nackt in der Welt.

Vera schlief weiter mit ihrem Ehemann, wenn sie auch, wie sie meinte, sensibel genug war, es nicht zu initiieren. Sie sah das als Teil einer Strategie an, die darin bestand, einen Liebhaber zu haben und Ben nicht zu verletzen; denn das Credo, das sie für die Situation übernommen hatte, war das schon etwas abgetragene, daß alles ihr erlaubt sei, ihr Recht sei, solange niemand dabei verletzt wurde. Otto hatte, soweit sie wußte, keine Frau; möglicherweise gab es eine in Europa, zu der er zurückkehren würde. Und die Liebe mit Ben war sogar merkwürdig erfolgreich. Ben mußte von ihr bewegt gewesen sein – statt verletzt. Es war so ähnlich wie vor langer Zeit auf der Reise in die Berge; Welle um Welle des Orgasmus lief durch sie hindurch, sie konnte nichts dagegen tun.

Miststück.

Miststück, begrüßte sie ihr Gesicht im Spiegel.

Und am nächsten Tag ging sie wieder zu Hunderteinundzwanzig. Dort hatte sie das Gefühl, daß sie ihren Liebhaber verletzte. Welcher Liebhaber konnte es hinnehmen, daß eine Frau wie sie es so genoß, mit einem anderen Mann zu schlafen? Mit ihrem Ehemann?

Sie war letztlich überhaupt nicht frei. Es gab da in ihrer Liebesaffäre eine Klausel, sie hatte das Kleingedruckte selbst formuliert, durch ihre Arbeit war sie mit der Bedeutung von Klauseln vertraut, die einen Vertragsbruch erlauben. *Das wird nicht lange gehen, weißt du.* Aber die Klausel war vergessen, begraben unter Bettuch und jenem anderen Stoff, der Intimität eines gewissen sich ergänzenden Ablaufs in beider Arbeitsleben. Er sah Dinge: Entsetzen erfüllte ihn über das, was er auf Film festhielt, die Wildheit derer, die ihre Opfer Wilde nannten, das Erschießen von Kindern, das Schlagen, die Folter, und die Wildheit, die das als Vergeltung zu erzeugen begann, die Messerstechereien und Brandstiftungen der nächtlichen Rachezüge. Er erzählte ihr, was er am vorhergehenden Tag noch hatte filmen können, bevor die Polizei ihm mit Festnahme gedroht hatte, wenn er nicht die Schule verließ, in deren Klassenfenster sie Tränengasbomben geworfen hatten, um die Kinder herauszutreiben, die ihre Fahrzeuge mit Steinen beworfen hatten. Hunde trieben die verängstigten Kinder zusammen, weiße Polizisten griffen sich wahllos welche heraus, schlugen sie, während sie sie zu den Polizeiwagen schleppten, Schüsse fielen – die zwei Kinder, die er schreiend zu Boden stürzen sah, konnten tödlich getroffen sein oder auch nicht, er wußte es nicht, und es würde auch nie jemand wissen, da ihm und jedem anderen, der das hätte festhalten können, zu dem Zeitpunkt befohlen wurde, aus dem Bereich der Schule zu verschwinden. »Schwarze Kinder«, sagte er, als erwartete er eine Erklärung. »Schwarze Kinder. Ein Mädchen versuchte sich hinter mir zu verstecken.«

»Du bist noch nicht lange genug hier, um das zu kennen. Die Nazis sind nicht in dem Krieg untergegangen, in dem deine Eltern gestorben sind, sie sind hier wiedergeboren worden.«

Er bewegte sich unruhig, als wollte er eine Frage stellen, tat es aber nicht. Er starrte auf das Essen vor ihnen. Ein Teller mit geräuchertem Schinken und Kartoffelsalat, sie hatte das besorgt, um seinem heimatlichen Geschmack etwas Gutes zu tun. »Es gibt etwas, das ich dir noch nicht erzählt habe. Ich kann es kaum ertragen, es mir selbst zu erzählen. Aber es ist wahr. Weißt du, was ein Hitlerbaby ist?« Sein deutscher Akzent wurde ungewöhnlich deutlich.

Er wußte, daß sie es wußte.

»Ich bin eines. Meine Mutter wurde wie eine Kuh befruchtet, um ein gutes deutsches Kind für Hitler zu produzieren. Ich weiß nicht, wer der arische Bulle war. Sie wußte es auch nicht. Nicht mal sein Name wurde ihr gesagt, als sie ihn zu ihr ließen. Künstliche Befruchtung für eine Kuh ist besser, nicht, die machen das doch mit einer Spritze, oder?«

Wenn es irgendeine Form von Liebe zwischen Menschen gibt, muß es doch sicherlich etwas geben, das man sagen kann, in jedem Fall, was immer geschehen ist. Es gab nichts. Vera hörte dem zu, was da vor sich ging, ohne daß sie es sehen konnte, der Wandlung eines Wesens in ein anderes, wie in der Legende vorweggenommen, einer Frau in einen Baum, eines Gottes in einen Adler; eine Kreatur der unsäglichen Mythologie genetischer Technik, der Schimäre moderner Geschichte.

»Willst du wissen, warum sie das machte? Ich weiß es nicht. Ich weiß nicht und du weißt nicht, wie das, was wir Leben nennen, damals war. Aber willst du wissen, was sie machte? Sie war eine – wie nennt ihr das – Klofrau, in einer öffentlichen Toilette, sie kam aus Bayern. Sie hatte nichts, das einzige, worauf sie stolz war – sie sagte mir immer, daß mein Vater ein guter Nazi gewesen sein müsse, ausgewählt, damit ich ein besseres Gehirn, einen besseren Körper, bessere Möglichkeiten – ich weiß nicht – als ein gewöhnlicher Mann haben sollte.«

Noch länger zu schweigen, mußte er als Ekel vor ihm deuten.

»Die Gene. Ich bin kein jüdisches Opfer. Kein Jude. Ich bin Deutscher. Daher hab ich den einzigen Namen, der mir gehört, den guten deutschen Namen Otto, den meine Mutter mir gegeben hat. Die Gene sind wie die, die sie haben – die Männer, die Kinder zusammenschlagen und erschießen.«

Vera sagte, was ihr gerade einfiel. »Rasier dir den Bart ab.«

Und so wurde in der Küche von Hunderteinundzwanzig die Vergangenheit gedeutet und abgelegt, er ergriff ihre Hand, wie er es jenes erste Mal in ihrem Büro gemacht hatte, sie kehrten wieder an den Anfang zurück, noch einmal, es ging auf ein Erkennen zurück, das so fremdartig war, daß es das Empfinden seines Körpers für sie verwandelte, und das des ihren für ihn. Es gab keinen angemessenen Ort für die Inszenierung dieser seltsamen Leidenschaft, und daher geschah es in der Küche. Sie nahm ihn noch halb angekleidet, im Stehen, dort, wo sie sich vom Tisch erhoben hatten, sie standen aneinandergeklammert wie eine Säule, die in einem Erdbeben erzittert, und niemals zuvor oder danach in ihrem Leben war sie ihrerseits in einer so glühenden Empfindung verwandelt worden und mit einem Mann verschmolzen.

Miststück.

Viele Jahre später – Otto Abarbanel ist schon lange fort, und die gelegentlichen Treffen im Ausland, Telefonanrufe von fernen Orten, Briefe haben aufgehört, und jedes Empfinden der Berührung und des Fühlens, das mit ihm verbunden war, scheint in andere Reaktionen zurückgekehrt zu sein, so wie Nerven sich nach Schäden regenerieren – ist diese Küche, Hunderteinundzwanzig Delville Wood, noch immer der Tag und Ort des Betrugs, so wie ein Schlachtfeld nie seine Bedeutung verliert. Und deshalb läßt Vera, als Ben mit seinem Beitrag an Wein und Bier hereinkommt, ihre hausfrauliche Aufgabe fallen, und geht, die unschuldig beschmutzten Hände von sich gestreckt, in einer ein Messer, auf ihn zu und umarmt ihn.

Kehrt die Vergangenheit zurück, weil man sich nur langsam von ihr befreien kann, oder ist Freiheit in Wirklichkeit der langsame Prozeß des Verlustes?

Woran sie sich erinnerte, während Ben den Wein entkorkte und mit Oupa herumwitzelte, der zärtlich eine kichernde junge Frau hereingesteuert hatte, die auf Tswana protestierte – war eine Autofahrt mit Otto Abarbanel in die Stadt. Es war an einem Sommertag, und als sie an einem Restaurant vorbeifuhren, sah sie Ben durch die offenstehende Tür. In dem kurzen Augenblick, bevor der Verkehr sie weitertrug, hätte sie niemanden außer ihm erkennen können, dessen einzigartige Gesichtszüge und dessen Körperumriß sie in sich trug.

Er saß über seinen Teller gebeugt da, den dunklen Kopf geneigt, die Schultern gehoben. Er war allein. Sein Anblick erfüllte sie mit tiefer Trauer, eine Vorwarnung wie die Übelkeit eines Menschen, der gleich in Ohnmacht fallen wird. Wie konnte er so einsam wirken? Bedeuteten all diese gemeinsamen Jahre nichts? Eine kindliche Angst vor dem Alleingelassenwerden durchlief sie. Sein vorgebeugter Kopf und die gehobenen Schultern wußten, ohne es zu wissen, daß er nicht mehr ihr Geliebter war. Sein Alleinsein war das ihre; nicht hier, nicht jetzt, aber irgendwo, wartend.

Unter Spruchbändern auf Plakaten an den Wänden der Büros des Hauptquartiers, die in der Stadt neu eröffnet worden waren, auf Fotos in fortschrittlichen Illustrierten und Zeitungen, erschien Didymus zusammen mit anderen, die aus dem Gefängnis entlassen oder aus dem Exil zurückgekehrt waren. Wer welches Büro in welcher Funktion bekam, war nicht so schnell zu entscheiden. Nicht nach einer so langen Zeit, in der die Führung unter einer Anzahl von Repräsentanten in verschiedenen Exilländern aufgespalten gewesen war. Dazu kam die Spaltung zwischen der politischen Führung im Gefängnis und jener der Frontorganisationen, die im Lande entstanden waren und überlebt hatten. Didymus tat, was notwendig war, wie jeder andere auch. Manchmal bereitete er Pressekonferenzen vor, setzte sich mit Protokollfragen auseinander; dann war er unterwegs, um die Bitte eines provinziellen Ablegers der Bewegung um einen Redner zu erfüllen, er war Mitglied einer der ersten Delegationen, die mit weißen Geschäftsleuten sprach, er hielt die Ansprache beim College-Abschluß eines Jahrgangs, als der Rektor, der eigentlich auf ein bekannteres Gesicht gehofft hatte, ihn bat einzuspringen. Aber während dieser Zeit gingen alle davon aus, daß sein Jurastudium und nicht seine Begabung für Geheimmissionen, die er in den Tagen des Exils und der Untergrundaktivitäten so erfolgreich ausgeführt hatte, darüber entscheiden würde, welche Position er in der nationalen Exekutive der Bewegung erhalten würde – nun, da die Organisation legal war und das politische Ethos sich ganz auf Verhandlung richtete. Das lächelnde Gesicht bei Empfängen hatte die sich verkleidet durch die Straßen stehlende Gestalt ersetzt.

»Hans Dampf in allen Gassen!« Mit einem liebevoll übertriebenen Schulterzucken, das ihre laute Stimme milderte, antwortete Sally Vera, als die Freundin fragte, welche Position Didy jetzt innehatte. Ein Rap-Sänger jammerte mit der Geschwindigkeit eines Tabakauktionators ins Mikrophon; die Starks hatten Sally bei einer Ausstellung schwarzer Malerei und Holzschnitzerei getroffen. Die Arbeiten dieser Künstler waren in Mode gekommen, seit die Stadtbehörden und weiße Sammler solche Ankäufe als einen schmerzlosen Weg entdeckt hatten, ihre rassische Vorurteilslosigkeit nachzuweisen. »Und was für'n Haufen das hier ist ... all diese *Kulturarbeiter*, die sich schämen, sich einfach Maler und Schriftsteller zu nennen. Und die Versicherungsbosse und Banker, die zeigen wollen, wie sehr sie unsere schwarzen Seelen schätzen. Zitier mich aber um Himmels willen nicht, Ben! – Ich red selber so im Büro, o ja, ich kann mich selber reden hören ... aber ich danke Gott, wenn ich in diesem Haufen einen *Geschäftsmann* finde, lieber Ben, unter all meinen Freunden, die nicht zugeben wollen, was sie sind.«

Natürlich. Bens Torsi sind Teil des Mobiliars im Haus der Starks. Sally kennt sie gut. Niemand weiß mehr, wer – welcher *Bildhauer* – sie gemacht hat, und nur er erinnert sich, wem der fehlende Kopf gehört, das komplexe Nervenzentrum der Frau, mit der er lebt, und deren Gesichtszüge in ihrer materiellen Form einzufangen, er (einst, vor langer Zeit) aufgegeben hat.

Also lacht Ben mit ihr. Natürlich.

»In deiner Firma ist wenig los, oder?«

»Nur was man so in den Kleinanzeigen liest. Einige meiner Klienten sind im Mailorder-Geschäft. Machen in ihrer Freizeit ein bißchen Geld, von zu Hause aus – du weißt schon.«

»Die meisten, mit denen wir zu tun haben, haben kein Zuhause, vom dem aus sie arbeiten könnten. Aber im Ernst ... ich wollte schon länger mal mit dir reden. Ich brauch deinen Rat, wie wir eine Art Verbindung mit Geschäftsleuten aufnehmen können, nicht im üblichen Arbeitsamtstil, was Persönlicheres, ihr schlechtes Gewissen anzapfen ... warum nicht. Ich wollte mal bei euch vorbeikommen.«

Die Starks und die Maqomas hatten einander in letzter Zeit nicht oft gesehen. Obwohl Sibongile von ihrer Arbeit sprach, als wäre sie etwas sehr Bescheidenes – es war das demokratische Vokabular, ein Überhang aus dem Exil mit seiner tapferen Leugnung jeder Hierarchie –, war sie es, die man in diesen Tagen nur über eine Sekretärin erreichen konnte. Sie hatte Büros und eine ganze Batterie von Computern, Faxmaschinen. Assistenten arbeiteten für sie, deren schlechte Ausbildung und Unfähigkeit sie zu tolerieren versuchte, während sie sie disziplinierte und ausbildete. Als es Klagen über sie gab, sagte sie ihren hochgestellten Genossen, was die selbst wußten, aber lieber nicht klar ausdrückten. »Ich will nicht, daß man mir sagt, ich benehm mich wie ein Ausbeuter, nur damit jemand weiter rumsitzen und sich die Nägel feilen kann, oder damit jemand, der mal im Gefängnis war, glaubt, es wär auf ewig sein Recht, zwei Stunden zum Lunch zu verschwinden. Von Genossen, die hier angestellt sind, erwarte ich, daß sie den Willen haben, härter zu arbeiten, nicht weniger, als für einen weißen Boß. Das ist hier kein Wohlfahrtsprogramm.«

Sie hatte ihr Haus möbliert, wenn auch etwas zu spärlich für ihren Geschmack. Sie liebte schöne Gegenstände, und einige Dinge, die sie mit wenig Geld während der vielen Umzüge im Exil gesammelt hatte, waren dort zurückgeblieben. Ihre Tochter hatte sie mit allem ausgestattet, was sie für ihre neue Schule brauchte. In der Küche war ein Mikrowellenherd installiert worden, damit sie Mahlzeiten hinterlassen konnte, die nur warmgemacht werden mußten, wenn sie eine offizielle Verpflichtung hatte, die bedeutete, daß sie erst spät nach Hause kam. Sie fand dann Didymus und ihre Tochter in der nur vom Fensehapparat erhellten Dunkelheit des Wohnzimmers vor, oder sie zog die Schuhe aus und bewegte sich leise im Haus, um ihren Mann nicht zu stören, der schon schlief und an seiner Seite Platz für sie gelassen hatte. Das Zuhause war eingerichtet; aber sie hatte nicht die Zeit, die täglichen Aufgaben zu erfüllen, die es aufrechterhielten; es war Didymus, der die Einkaufslisten nahm, die sie nachts im Bett zusammengekritzelt hatte, der Mpho zu ihrem Modern-Dance-Kurs brachte und wieder abholte, zum Zahnarzt, zu den dringenden Verpflichtungen, die Schulmädchen hier und dort wahrnehmen müssen, er war es, der den Schlosser rief oder die Gesellschaft verständigte, wenn das Telefon nicht in Ordnung war. Sein Arbeitstag war weniger angefüllt als ihrer. Sie griff sich morgens schnell ihre Papiere, Mappe und Schlüssel, während er Brot in den Kaffee tunkte und von den örtlichen Nachrichten zum BBC und zurück schaltete. Ihr Arbeitsleben spielte sich im selben Gebäude ab; manchmal kam er sie in ihrem Büro besuchen: sie redete schnell am Telefon, eine Hand gehoben, um nicht unterbrochen zu werden, sie war dabei, ihren Mitarbeitern im Außendienst Aufträge zu erteilen. Es ging um die Wiedereingliederung der Rückkehrer aus dem Exil.

Sie begann auf vielen der Treffen aufzutauchen, an denen er teilnahm. Sie glitt herein, grazil mit ihren kräftigen Hüften, schöngekleidet. Sie zog die Brauen hoch, wenn jemand zu langatmig war. Sie beklagte sich bei ihm über ihren Direktor, der nirgends hinwollte und es sich zur Gewohnheit gemacht hatte, sie zu bitten, an seiner Stelle hinzugehen. »Laß uns 'ne Leichenschau machen«, sagte sie dann, zu Hause. Sie und Didymus waren die besten Kameraden, in solchen Fällen sehr gut füreinander, besser als jeder andere. Die Monate, in denen sie in London ihre Arbeit getan und ihr Kind versorgt hatte, ohne zu wissen oder zu fragen, wo er war, die Briefe – plötzlich, manchmal, ein Liebesbrief –, die sie über ein anderes, nicht das Land, in dem er sich aufhielt, erreichten, die seltsam reine Emotion, wenn er zurückkehrte – welche andere Beziehung zwischen einem Mann und einer Frau konnte solch ein Vertrauen entwickeln? Bloße sexuelle Treue, die für die meisten Paare »Vertrauen« bedeutet, ist im Vergleich kleinlich; dies war ein grandioser Bund, der denen, die nur für sich selbst lebten, nicht erreichbar war. Sie stritten sich, sie waren in dieser oder jener Frage Komplizen, sie waren sich über die Linie, der sie folgten, einig, sie in ihrem Bereich, er auf seiner höheren Ebene. Sie verteidigten voreinander eine Voreingenommenheit oder einen Mangel an Achtung für bestimmte Führer der Bewegung. »Wir brauchen jemand, der hart ist und in solchen Verhandlungen auf den Füßen denken kann. Sebedi ist zu sehr wie (sie schloß die Augen und schob den Kopf vor, kniff sich in die Nase) – er ist ein altes Nashorn, nur ein Horn, nur eine Taktik.«

»Aber wenn er angreift, heh! Er hat Kraft, er rennt die Regierungsleute über den Haufen.«

»Ja, aber wie oft? Wenn er soweit ist, daß er losrennt, haben sie das Problem schon längst zur Seite geschoben, aus dem Weg.«

»Nicht immer. Nicht immer. Ich hab ihn auch schon treffen sehen. Und du mußt bedenken, er ist eindrucksvoll, jetzt am Anfang, er sitzt mit gefalteten Händen und den großen Kopf so zurückgelegt da, und die Jungs von der Regierung merken, er hört ihnen wirklich zu, er kratzt sich nicht, er trinkt kein Wasser oder drückt Zigaretten aus wie einige der anderen Genossen, diese Jungen, die nur daran denken, was sie als nächstes sagen werden. Die können nicht anders, die müssen ihn *respektieren*.«

Sie starrte ihn vorwurfsvoll an, zog sich etwas von ihm zurück.

»Wer will Respekt von solchen Leuten? Diese Schweine, die mit den Todesschwadronen zu tun hatten, die ihre Männer ausgeschickt haben, um unsere Leute bei der Beerdigung von Leuten umzubringen, die dieselbe Polizei auch schon ermordet hat? Es ist andersrum – man muß ihnen zeigen, daß ihnen kein *Respekt* zusteht!«

»Dann verstehst du nicht, was Verhandlungen sind. Es muß den Anschein von Respekt geben, das muß da sein, das ist wie die Flasche Wasser und das Mikro, das du anschaltest, bevor du sprichst. Es ist eine Konvention. Das beruhigt diese Minister und ihre Assistenten. Und es fängt sie ein. Sie glauben, wenn sie hören, daß sie höflich als Herr Minister oder Doktor dies und das angesprochen werden, wenn man ihnen aufmerksam zuhört, daß der ganze Zudeckprozeß im Gange ist, die Schwarzen sind durch Schmeichelei dazu gebracht worden, wie weiße Gentlemen zu reden, sie sind gezähmt. Warum glaubst du, tauchen wir da mit Anzug und Krawatte auf statt in Mao-Hemden oder Daishikis, wie sie die Politiker in den Ländern oben im Norden tragen? Damit die Buren auf der anderen Tischseite glauben, es gibt einen Code zwischen uns und ihnen, wir haben unser Afrikanertum abgelegt, unsere Schwärze ist unter Anzug und Schlips versteckt, sie wird sie nicht anspringen und Forderungen stellen! Noch nicht.«

Sibongile wirbelte ihre Hände in der Luft herum in ihrer Ungeduld, ihn zu unterbrechen. »Und das alte Nashorn stampft aus dem Busch. Wo sind die jungen Löwen?«

»Die stehen Schlange vor deinem Büro, da sind sie – nur da. Das sind die, für die du Jobs suchst!«

Mpho beobachtete ihre Eltern wie bei einem Tennismatch, manchmal über sie lachend, manchmal eine Meinung einwerfend. Sibongile und Didymus ermutigten sie, stolz auf das intelligente Mädchen, dessen Verstand im Exil durch eine überlegene Erziehung stimuliert worden war, was sie vielleicht hier benachteiligte, weil es sie von den anderen schwarzen Jugendlichen abhob. Sie betrachteten die Schule, über die sie am Anfang so erleichtert gewesen waren, mit Unbehagen; obwohl sie als »gemischt« galt, waren die meisten Schüler weiß, sie behielt das Ethos und die Rituale einer weißen Schule bei. Sie waren den Starks dankbar, daß Vera das Mädchen in den ersten Wochen, als sie bei den Starks wohnten, einigen anständigen jungen Schwarzen vorgestellt hatte. Sie schien sich in der Gesellschaft wohlzufühlen. Ihre überraschende Anhänglichkeit der Großmutter gegenüber bedeutete nicht, daß es für sie im Schmutz und der Gewalttätigkeit Alexandras passende Bekanntschaften gab.

Didymus spürte immer eine leichte Spannung in sich, ein Ziehen im Magen, das seine Bereitschaft anzeigte, Sibongile zu verteidigen – ihre Offenheit machte ihm Sorgen. Sie könnte als Aggressivität gedeutet werden, ihre Art, skeptisch, nachfragend, unnachgiebig, könnte als mangelnder Respekt gegenüber dem traditionellen Stil politischen Umgangs ausgelegt werden, der sich in den vielen Jahren des Exils in den höheren Rängen der Bewegung entwickelt hatte. Das alles konnte auf der Ebene, zu der sie jetzt zum ersten Mal Zugang gefunden hatte, gegen ihr weiteres Aufrücken gewandt werden. Selbst die Art, wie sie ihren Körper gebrauchte: Wenn sie in eine Konferenz kam, in die sie ohnehin nur in Vertretung entsandt worden war, klapperte sie auf hohen Hacken über den Fußboden, nicht der geringste Versuch, sich diskret zu bewegen. Er war nervös; er sah sie nicht an, als könnte das andere daran hindern, ärgerlich abgelenkt zu werden, war dann nicht in der Lage, die Bewegung der Beine und Gesäße zu übersehen, während Parfüm die Fortbewegung ihrer Brüste und Hüften an ihren Platz markierte. Er hatte das Gefühl, daß sogar ihre offensichtliche unbelehrbare Weiblichkeit gegen sie ins Gewicht fallen könnte; die körperliche Störung, die sie nicht zu mildern versuchte, zeichnete die Störung der männlichen Machtaneignung vor, die zu ignorieren sie vermessen genug schien. Er war empfindlich gegen jede Reaktion auf ihre Kommentare, hörte manchmal, als verletzenden Beweis für das, was er fürchtete, Untertöne, die sie nur auflachen ließen (die Lautstärke ihres Lachens war ebensowenig der Atmosphäre einer Konferenz angemessen) oder ihr die Gelegenheit gaben, ein neues Argument anzuführen. Er war vertraut mit der Art, wie die Dinge gemacht wurden, immer gemacht worden waren, gemacht werden mußten, er war Teil dieser Dinge; er konnte spüren, wie andere auf eine Persönlichkeit wie die Sibongiles reagierten, auf eine Frau. Er wußte, was an ihr bemerkenswert war, aber er wußte auch, daß es mißverstanden werden konnte. Er wußte nicht, wie er ihr seine Erfahrung nahebringen, ihr erklären konnte, wie sie sich verhalten mußte, wenn sie den Ehrgeiz verwirklichen wollte, der, wie er sah, in ihr erwacht war. Ihre Heimat war die Politik der Heimat. So hatte sich das entwickelt. Aber sie ging an die Dinge nicht richtig heran. Er fürchtete die Wirkung eines Scheiterns auf eine Person mit soviel Selbstvertrauen und so hohen Erwartungen an sich selbst. Gott helfe mir und Mpho und allen, die sie kennt, wenn das geschieht.

Didymus war gegen Vetternwirtschaft, aber was ist Vetternwirtschaft? – nichts anderes als ein Wort einzulegen, wenn das angemessen erscheint. Er war ein Mann der alten Garde, es gab private Momente, in denen er einem alten Genossen gegenüber, mit dem er in sovielen Situationen und Krisen soviel erfahren hatte, erwähnen konnte, daß er Sibongile heutzutage kaum noch sah, sie arbeitete so hart, sie ging in der Arbeit für die Zurückkehrenden so auf. Und diese zulässige Bemerkung wurde immer mit einem dieser Sätze aufgenommen: O ja, sie leistet wirklich Bemerkenswertes. Aber ob dies eine vorsichtige Bestätigung dessen war, daß ihr Wert nicht unerkannt blieb, und nicht weiter ging, oder ob es dazu diente, dem alten Genossen zu bedeuten, daß er nicht glauben dürfe, er könne seine Frau fördern – in jedem Fall war die Antwort abwinkend. Eine Zurückweisung.

Auf der Fahrt durch eine Gegend, in die ihre Arbeit sie brachte, wurde Mrs. Starks Aufmerksamkeit für die Stimme neben ihr und für das, was sie um sich sah, immer wieder abgelenkt, wie von einem verkrampften Muskel, der einem Begleiter nicht sichtbar ist. Unter den Dokumenten in der vollgestopften Schultertasche, die sie immer bei sich trug, befand sich ein Brief, den sie am Morgen unter ihrer Büropost gefunden hatte. Ivans Handschrift auf dem Umschlag, nicht wie gewöhnlich von einer seiner Sekretärinnen mit der Schreibmaschine adressiert und an sein Kindheitszuhause geschickt. Sie hatte ihn in der schwierigen Privatheit geöffnet, die dem Empfänger eines Briefes in der Gesellschaft anderer zugebilligt wird. Hatte kaum Einzelheiten zur Kenntnis genommen, kaum Erklärungen; nur die zentrale Tatsache, die ihren überfliegenden Blick festgehalten hatte: Ivan ließ sich scheiden. Sie hatte den Brief zusammengefaltet, ohne die letzte Seite zu lesen, und ihn irgendwo in ihre Tasche geschoben.

Der Unterton der schüchternen jungen Frau neben ihr sprach von Brutalität. »Sehen Sie, Mrs. Stark, ich mein, sie haben Phambili Park heraufgestuft, Kanalisation und so, und wir bauen alle, aber jetzt kommen die Männer aus dem Arbeiterheim und laufen überall rum, die Frauen aus dem Squatter Camp sitzen da im Veld bei unseren Häusern – was können wir denen sagen? Die haben Angst. Wie wir. Wir haben auch Angst. In der letzten Woche ist nachts zweimal 'ne Schießerei gewesen, die Männer vom Heim haben jemanden verfolgt.«

Wie war das? ›Ich hab Alice überredet, einer Scheidung zuzustimmen.‹ Der Anblick seiner Handschrift auf dem Umschlag ist bereits das Signal einer ungewöhnlichen Nachricht; ein Banker, der so erfolgreich ist, daß er dauernd zwischen London und Polen, Ungarn und Rußland hin- und herfliegt, um neue Bankenverbindungen auszuhandeln, hat nicht die Zeit, Briefmarken selbst zu lecken. Als sagte sie das jetzt zu Ben, hörte sie sich selbst, als Ivan nach Südafrika zurückkam und seine Freundin aus Schülertagen heiratete: Er wird bei ihr bleiben, solange er nicht erfolgreich ist.

»... also, ich hatte Angst, kann ich Ihnen sagen, ich hatte solche Angst, und meine Mom, wir versteckten uns da im Dunkeln, draußen rannten Leute und schrien, furchtbar, und dann das Geräusch, das Geräusch! etwas, das schwer hinfiel, einfach so, schwer gegen die Tür, daß ich dachte, es wär Colin, also dachte ich, was, wenn's Colin ist, er war noch nicht zu Hause.«

Anzeigentafeln auf dem nackten Boden erklären das Recht auf Unterkunft, erhoben zum Mittelklassen-Status. Ratenzahlung möglich, Protea Grove, Blue Horizon, Hill Park, auch du kannst sagen, du lebst in einer Ortschaft mit einem schönen Namen wie eine weiße Vorstadt, auch du kannst das Gefühl haben, du bist jemand, wenn deine Adresse Phambili Park lautet – nur voran, laßt uns voranschreiten. Jetzt am Horizont eine riesige hingeworfene Müllhalde ohne jedes erkennbare Profil menschlicher Behausung, jetzt an beiden Seiten der Straße, Wellblech und zerrissene Plastikbahnen, die die Architektur des späten zwanzigsten Jahrhunderts sind, wie Marmor das Material der Renaissance war, Glas und Stahl das des Bauhauses; die Squatter Camps, die wirkliche Postmoderne: die der Obdachlosen.

»Oh, Entschuldigung – wir müssen hier ab, nein, links, Entschuldigung.« So eine entschuldigungsvolle junge Frau mit ihrem ovalen Gesicht, glänzend oliv durch die Mischung der Rassen in ihrer Blumenkrone federnden schwarzen Haares. Entschuldigt sie sich dafür, überhaupt zu existieren, weder weiß und fern des Zorns, der sich aus den schwarzen Wohnheimen in eine Talmivorstadt ergießt, noch schwarz und aus einer brennenden Hütte ins Veld fliehend? »... und ich hörte draußen was stöhnen, und was konnte ich tun, meine Mom versuchte mich zurückzuhalten, ich dachte, was, wenn es Colin ist, auch wenn ich umgebracht werd, ich muß ...«

Ben war schockiert. Das ist nicht die Einstellung, die man einem jungen Ehepaar gegenüber haben sollte. Verletzt. Ben, der Bennet gewesen war, der junge Mann, der die Frau eines anderen gestohlen hatte, während der im Krieg war, machte ein Gesicht, in dem Furcht als Mißbilligung verkleidet war, die Augen in ihren dunklen Höhlen zogen sich vor ihr zurück. Er wollte nicht, daß sein Sohn irgendwelche Komplikationen auf seiner Suche nach sexueller Erfüllung und Gemeinschaft, auf der Suche nach dem Wort der Plakatwände, Glück, zu erleiden hatte.

An einem Drahtgewirr tropfte Wäsche, eine Frau schleuderte eine Schüssel Wasser auf den Boden und sah auf, eine weiße Fahne an einer Stange aus einem toten Ast über einer Hütte, die wie ein Kartenhaus verschoben dastand, verkündete den Eingeweihten etwas – ein Heiler oder irgendeine andere Form bezahlter Beratung oder Mais zu verkaufen. Auch hier wurden Geschäfte gemacht; unregelmäßige Buchstaben auf einem Brett oder tanzende auf Wellblech: New York Herrenschneider, Chemische Reinigung, Moderne Frisuren, Braiding, Afro-Glättung, Mosala Bestattungsunternehmen, Schönheitspflege, ein Rolladen, der ein Augenlid aus Blech stützte, wo eine Handvoll Zigaretten, ein paar Flaschen farbiger Getränke, Schnupftabakpäckchen und Würfel aus Kaugummi nebeneinander aufgebaut waren. Ein Laden. Holzkohle. Hier herum. Dort herum. *O Mrs. Stark*. Die Kleinbusse haben die unbefestigte Straße zu einem trockenen Flußbett ausgefahren und kanalisiert, der Kombi der Stiftung schwimmt im Verkehr mit, die entgegenkommenden Kleinbusse fahren so dicht an ihnen vorbei, daß der Ellbogen des Fahrers fast den Außenspiegel des Wagens berührt. Die Busse bremsen aus voller Fahrt, ohne Warnung, wenn sie einen Fahrgast aus- oder einsteigen lassen.

»O Mrs. Stark, ich sag Ihnen, man hält das nicht aus. Als ich sah, daß es nicht Colin war, als ich die Tür nur einen Spalt aufmachte und den Kopf sah, den schwarzen Mann, Blut, und das Gehirn ...«

Sie weint, und alles was sie hat, um mit dem Schock und dem Entsetzen fertigzuwerden, die in der Erzählung auf sie zurückfallen, ist ein feines Taschentuch, auf dem der Kopf eines Pierrot abgebildet ist, seine beiden kristallklaren Tränen aufgedruckter Flitter: Mrs. Stark sieht es, als sie sich in der Geste der Teilnahme ihr zuwendet, die alles ist, was Mrs. Stark hat, um damit fertigzuwerden. Im Augenblick; die Stiftung darf sich nicht in den Auswirkungen verirren, sie muß die Ursachen angreifen.

»... wie beim Fleischer, ich hab nie gewußt, daß unser Gehirn so aussieht.«

Auf der Schwelle ist kein Fleck. Weder Blut noch das rotgeäderte, gallertartige Grau, das beim Fleischer in flachen Pfannen ausgestellt wird. Alles ist in verzweifelter hausfraulicher Anstrengung weggescheuert. Eine hochgewachsene Frau wartet auf sie, knochig in der

Art, die oft entsteht, wenn sich afrikanische Fülle mit europäischem Blut mischt, und vorzeitig gealtert (sie ist wahrscheinlich ein oder zwei Jahre jünger als Mrs. Stark) in der Entschlossenheit, die Armut mit den Tugenden fleckenloser Sauberkeit und Anständigkeit zu besiegen, Tugenden, die, wie sie glaubt, Leuten mit Geld anstrengungslos zufliegen, als Belohnung dafür, weiß zu sein. Die Haustür ist nicht die Tür eines Hauses, sondern die Seitentür einer Garage; ein Herd, ein Kühlschrank, Fernseher, Betten, die Familie wohnt hier. »Colin baut das Haus an den Wochenenden, jetzt schon über ein Jahr, oh, es geht so langsam!« Die ältere Frau besteht darauf, Tee zu machen, es gibt einen Granadilla-Kuchen mit gelbem Zuckerguß, sie unterbricht die Jüngere, um es zu betonen: »Sein Schwager, der Mann meiner zweiten Tochter, ist beim Bau, und andere aus unserer Familie helfen ihm beim Verputzen und so weiter.«

»Sonntags ist das immer wie ein Fest!« Durch den Trost ihres Stolzes auf das neue Haus von ihren Tränen abgelenkt, führt die Jüngere Mrs. Stark in dem herum, was einmal, Sonntag um Sonntag, ihr Haus sein wird. Die Frühstücksnische, Colin ist ein geschickter Handwerker, er baut den Tisch selbst, das Hauptschlafzimmer (so nennt sie es), hier die Kinder, mit einer Tür zum Garten für sie, das Wohn-und Eßzimmer wird eine Klappe zur Küche haben, Mas Zimmer mit einem eigenen Bad, und das da ist das Fundament für eine Terrasse und ein Braai.* Die Besucherin wird wieder hinausgeführt, um die Fassade zu bewundern. Es ist noch kein Dach da, aber an der ungeputzten Wand, in der die Fensteröffnungen noch nicht gefüllt sind, ist die Nachahmung einer Messinglampe angebracht, als sollte sie das pfeilergeschmückte Tor zur Auffahrt eines weißen Mannes erleuchten.

Die Selbstbehauptung dieses halbfertigen Hauses ist so unleugbar, daß beide Frauen ein Gefühl der Unwirklichkeit erfaßt, als sie zum Gegenstand von Mrs. Starks Kommen zurückkehren, die Untersuchung dessen, was in Phambili Park in der Nacht geschah, als ein Mann auf der Schwelle der jungen Frau ermordet wurde. Diese Art von Nachforschung war normalerweise nicht Sache der Stiftung. Aber in diesem Fall, und in letzter Zeit nehmen solche Fälle zu, gibt es eine Verbindung mit dem Kampf der Stiftung gegen willkürliche

* Grill. A.d.Ü.

Umsiedlungen. Die Leute, die von ihrem ursprünglichen Wohnort vertrieben worden waren, hatten sich illegal in der Nachbarschaft von Phambili Park niedergelassen, weil sie nicht wußten, wohin. Dort wurden sie Opfer der Gewalttätigkeit von Wanderarbeitern, die in einem Arbeiterheim in Phambili Park lebten, und das wiederum verstörte die Einwohner dieses legalen, heraufgestuften Townships. Die junge Frau führt Mrs. Stark auf Wegen im Veld herum, die vom rauhen Fingernagel eines Bulldozers in die Erde gezogen worden sind. Überall Spechtgehämmer, es wird gebaut, wo man auch hinsieht, das Veld liegt offen im unendlichen Licht des klaren Transvaal-Himmels da, die Gerüste ragen in der übertriebenen Perspektive der nackten Ebene hoch empor, Chirico oder Dali haben geglaubt, sich dies vorstellen zu können, Munch sah Frauen mit aufgerissenen Mündern in die Weite fliehen, weg von der schäbigen, rauchumhüllten Wucherung der Shanties dort drüben. Aber wo ist Europa, welchen Platz hat die Scheidung eines Bankers im Kopf einer Frau, die sich ihren Weg durch Trümmer und Unkraut zur sauberen Halluzination eines kleinen Hauses mit Gittern vor den Fenstern und zum Trocknen ausgehängten geblümten Bettlaken sucht. Einer Frau, die mit Familien spricht, die in Garagen leben, während das Haus, das schon seit Jahren in ihrem Kopf lebt, sich langsam in dem Maße materialisiert, wie Geld gespart wird und freie Sonntage zur Verfügung stehen. Die Normalität in diesem Zuhause – in der Garage zu kampieren, ist Zuhause, weil sie die erste Verwirklichung dessen ist, was nur in der Vorstellung existiert hat – ist ebenfalls halluzinatorisch. Was also ist die Normalität? Ist es nicht einfach die Art, wie Menschen unter jeden denkbaren Umständen überleben? Die Kinder, die einen gestohlenen Einkaufswagen aus dem Supermarkt unter dem Gewicht von zwei Wassertonnen zurück zum Squatter Camp schieben (eine der Beschwerden der Einwohner von Phambili Park ist es, daß die Squatter ihre Wasserhähne benutzen) –, diese Kinder erfüllen unter den Begriffen dessen, wo und wie sie leben, eine normale Aufgabe. Sie schreien und boxen einander, springen auf ihrem Weg herum. Eine Messinglampe ist das Wappenschild der Sehnsucht nach dem Besseren, angebracht an einer Wand, an der ein Mob einem Mann den Kopf einschlägt.

Mrs. Stark steckte ihre Notizen in die Schultertasche, sie versicherte, daß sie den Weg zurück in die Stadt finden wird. Ohne das Gesicht einer Bewohnerin der schwarzen Bezirke als Begleitung neben sich, traf sie die Vorsichtsmaßnahme, die Autotüren von innen zu verriegeln und die Fenster hochzukurbeln. Während sie sich in ihrer Kapsel fortbewegte, konnten weder die Notizen in ihrer Tasche und deren zweifelhafte Nützlichkeit noch der Brief, der unter ihrem Notizbuch lag, die Unwirklichkeit des Ortes bannen, den sie gerade hinter sich gelassen hatte. Sie war an Squatter Camps gewöhnt, an Slum Townships, an Existenzformen, derer sich weiße Menschen gar nicht bewußt waren. Aber die plötzliche Illusion suburbaner Häuser, die zufällig hingesetzt hier und dort wie gestrandet auf dem Veld dastanden – mitten in dem weitflächigen Unterholz aus Blech und Sackleinen und Plastik und Pappe, die das natürliche Terrain bildeten –, war auch für sie etwas Neues.

Sie verspürte den dringenden Wunsch, am Straßenrand anzuhalten und den Brief zu lesen.

Aber das hieße, sich ablenken zu lassen; genau wie die Dienstfahrt an einen Ort namens Phambili Park als Grund gedient hatte, den Brief halbgelesen in ihre Tasche zu stecken. Und man hält heutzutage aus keinem Grund und für niemanden auf den Straßen an. Eine Hand am Steuerrad, vergrub sie die andere in die Tasche, um nach dem Brief zu tasten. *Ivan als Kind, die Stirn gerunzelt, ihr eigener Ausdruck der Aufmerksamkeit sah sie aus seinem Gesicht an, von Ben die Gewohnheit, an seiner Nase herumzufingern, wenn er redete (laß das, es ist nicht schön) beim Fleischer, ich hab nie gewußt, daß unser Gehirn so aussieht, eine Messinglampe, die über dem grauen Ausfluß leuchtete ...*

Sie bemerkte, daß sie an der Abbiegung zum Krankenhaus war. Die leise sprechende Zeugin hatte gesagt, daß Leute aus dem Squatter Camp hier Zuflucht gesucht hatten. Also fuhr sie zum Krankenhaus, wurde von den Wachtposten durchgewinkt und stellte den Wagen ab. Aber nicht, um einen Brief zu lesen.

Sie stampfte über geharkten Kies zwischen Beeten militärisch ausgerichteter Ringelblumen hindurch auf die Flügel des Krankenhauses zu, dem Zischen eines Gartensprengers ausweichend. Tauben watschelten herum, um aus den Pfützen zu trinken. Ein zwei Meter hoher Sicherheitszaun unter den Haubenaugen von Stadionscheinwerfern umgab diese Halluzination der Provinzverwaltung von ungestörter Ordnung. Entlang den üblichen roten Ziegelmauern und den grüngestrichenen Wänden des Krankenhauses hatten sich Menschen angesammelt, wie Plastiktüten und Papier an einen Zaun geweht wurden. Frauen saßen auf dem Fußboden, die Beine unter Röcken und Schürzen im Schneidersitz, kleine Kinder hingen an ihnen oder kletterten auf ihnen herum. Zusammengesunkene Männer, die Köpfe auf den Knien, ein Zigarettenstummel in der herabhängenden Hand. Andere standen an die Wand gelehnt, sahen von ihren Füßen auf, die in eingerissenen Sportschuhen steckten. Sie grüßte einige Gruppen, die müde an ihr vorbeiblinzelten. Sie suchte einen Vorwand, um sie anzusprechen, fragte, ob sie in dem Krankenhaus lebten. Eine alte Frau nahm eine Prise Schnupftabak und deutete mit dem Finger, während sie die Nase hochzog. Schlaft ihr da? Eine Frau zog an der Decke, die sie so fest um ihre kräftigen Brüste gebunden hatte, daß sie einschnitt, und sagte in dem Bedürfnis, jemanden anzuklagen: »Sie sagen uns, da ist kein Platz mehr. Hier! Wir schlafen hier!«

Andere begannen sich aus ihrer Betäubung zu regen. Sie schienen Fragen auf Englisch oder Afrikaans nicht zu verstehen – Mrs. Stark wußte aus Erfahrung, daß Menschen unter Schock und in ihrer Verwirrung die Fähigkeit zu antworten verlieren –, aber die Frau mit der Decke sprach für sie. »Fünf Tage bin ich jetzt hier. Was kann ich tun? Der Abschaum hat in der Nacht alles weggenommen, sie sind Mörder – hier, dieser alte Mann, keine Decke, nichts, das Krankenhaus hat ihm 'ne Decke gegeben. Als er weggelaufen ist, haben diese Männer seinen Bruder erwischt, Fernseher, Fahrrad, alles haben sie ihm gestohlen – Scheiße!«

Der Mann hustete, die Knie zusammengepreßt, die Schultern vorgezogen, hatte er sich aus der Gefahr des Lebens gekrümmt; die Babys saugten an Brüsten, nahmen die Milch gierig auf.

»Und diese Frau, sie hat versucht, gestern nach Haus zu gehen, in der Nacht ist sie zurückgekommen. Kein Zweck, schrecklich.«

Die Frau hatte das heitere breite Gesicht, das man am Ende des zwanzigsten Jahrhunderts nur bei jungen Bäuerinnen und Nonnen sieht, sie wird ihrem Mann aus irgendeinem Bantustan in die Stadt gefolgt sein, die keinen Platz für sie hatte, aber weder das Squatter Camp noch die Flucht von dort hatten ausgereicht, um den Anachronismus ihres Gesichts umzuzeichnen und es dem Ort und der Zeit anzupassen. Sie hatte noch nicht die harte Grimasse, die in Falten um die Augen und die steifen, geblähten Nasenflügel der Frau lag, die auf sie wies und die wie ein Raubtier aussah.

Gehorsam bereitete sie sich darauf vor zu sprechen. Ein Buckel unter dem Stoff auf ihrem Rücken war ein Baby. Ein kleines Mädchen versteckte sich hinter ihren dicken Waden. »Freitag da bei Phambili, wo wir leben, kommen sie meinen Mann holen. Wir laufen weg, aber da laufen viele Menschen, in der Nacht, und ich seh nicht, wo sind meine zwei Kinder, die Jungen, ich lauf mit den Kleinen, so (sie hob die Hände zum Rücken, um die Last anzudeuten) – dann als ich am Krankenhaus bin, seh ich meine zwei Kinder nicht. Dann gestern denk ich, ich muß zu meinem Haus zurückgehen und sehen, wo meine Kinder, die Jungen, sind, aber als ich aufs Veld komm, seh ich diese Männer wieder da bei uns ...«

Sie sah die anderen an, irgendjemanden, um Worte für den Anblick zu finden, eine Erklärung, was sie tun sollte.

»Waren es Männer vom Wohnheim, haben sie Knüppel gehabt, Messer, wie waren sie gekleidet?«

Die Frau zog die Beine ihres Babys fester um ihre Taille, sog noch einmal den langen Atem ihrer Panik ein, als sie ihre Kinder schleppend ins Veld geflohen war, wie konnte sie sicher sein, was sie gesehen hatte, wie konnte sie irgend etwas wissen außer dem instinktiven Drang, sich und ihre Kinder in Sicherheit zu bringen.

»Was ist mit dir – hast du vielleicht gesehen, wer sie waren, die Männer, die in der Nacht gekommen sind?«

Die Frau mit der Decke stand auf nackten Füßen breitbeinig vor Mrs. Stark. »Ich? Wenn du sagst, was du siehst, brennen sie dein Haus ab, und sie bringen dich um. Besser, ich seh nichts.« Eine Fliege lief ihr unter dem Auge über die Wange. Ihr war zuviel geschehen, sie merkte nicht, daß ein kleines Raubtier sie behandelte, als wäre sie schon eine Leiche.

Und der Brief. Er lag unten in ihrer Schultertasche unter den Notizen, unter den Zeichen für das ausgetretene Hirn und die Messinglampe und die Leute, die starrend nach Rettung Ausschau hielten, die dunkle Gruppen und Bündel an einer Wand wurden, als sie sich von ihnen entfernte.

Als sie nach Hause kam – es war zu spät, um noch in die Stiftung zu gehen – stieß sie wieder auf den Brief. Sie war allein in dem Haus, das als Beute der Scheidung das ihre war, in einer Lebensordnung, die Rechte und ihre materiellen Absicherungen als gegeben hinnahm – in ihrer Normalität. Es ist immer ihr Haus gewesen; Ben ist bei ihr eingezogen, erst als Liebhaber, dann als Ehemann. Es enthält Tische, Lampen, Poster und gerahmte Fotografien, abgetragene Pfade auf dem Teppich, das Bett – stille Zeugen dieser Normalität.

Sie lehnte sich an das Fensterbrett, auf dem noch etwas Licht des Sonnenuntergangs lag. Die handgeschriebene Adresse der Stiftung war selbst Teil des Textes, der darauf wartete, gelesen zu werden. Warum schreibt er mir und nicht seinem Vater?

Wieso wußte er – dachte er –, daß sie das besser verstehen würde? Der Umschlag war mit der fließenden, aufrechten Handschrift beschrieben, die sich unter ihren Augen aus seinem Kindergarten-Alphabet entwickelt hatte, gesandt an eine vertrauliche Adresse wie ein Liebesbrief; ein Anspruch, mit ihm ein Geheimnis zu teilen, der nicht unter einem Notizbuch wieder hätte auftauchen sollen. Er kann nicht wissen, was sie selbst nicht weiß; ob er der Sohn der Liebe auf dem Fußboden ist (in eben diesem Raum, wo sie jetzt mit dem Brief in der Hand steht), jenes letzten Males mit dem zurückgekehrten Soldaten, oder ob er der Sohn des Liebhabers seiner Mutter ist, Bennets Sohn.

Er weiß es. Irgendwie weiß er es. Sie empfindet das mit irrationaler Gewißheit. Es war immer da, läßt sich nicht leugnen; er sieht nicht nur ihr ähnlich, in den Genen, die ihn geformt haben, steckt das Wissen um seine Empfängnis. Wenn sie nie gewußt hat, wer ihn gezeugt hat, er weiß es. Die ersten Zellen seiner Existenz haben die Information verschlüsselt: er ist das Kind der kinderlosen ersten Ehe, empfangen hier auf dem Schlafzimmerfußboden in einer Stunde, die vergessen sein sollte, nachdem die Ehe vorüber war. Die Information war immer da: als sie und Ben ihn in ihr Bett nahmen, um mit ihm zu schmusen, als kleines Kind; und in der noch nach innen gekehrten Aufmerksamkeit, wenn er langsam aufwachte, richtete er den Blick fest auf ihre Augen; als erwachsener Mann, als Banker, tanzte er mit ihr, hielten sie einander in ihrem Geheimnis in den Armen.

Du hast vielleicht gemerkt, ich glaube, Du hast es gemerkt, als Du das letzte Mal in London warst, daß es nicht so gut lief. Alice hatte mir das Versprechen abgenommen, daß wir den Anschein aufrechterhielten, und ich habe nachgegeben – ein Fehler, wie ich jetzt meine, aber wenn man das ist, was die schuldige Seite genannt wird (so werde ich von den Anwälten bezeichnet …), versucht man kleine Zugeständnisse zu machen, um nicht zu sehr als der Böse zu erscheinen. Ich hätte es wissen müssen, nicht wahr? Alice, das arme Ding, hat sich, nehm ich an, jede Art von Verzögerungstaktik zurechtgelegt, die sie sich ausdenken konnte. Manchmal wünsche ich mir, Du wärst hier, um ihr zu sagen, was Menschen wie Du und ich akzeptieren, etwas das Du Annie und mir zwar nicht wörtlich gesagt hast, was wir aber irgendwie von Dir gelernt haben – man kann Gefühle nicht vortäuschen. Wenn es weg ist, ist es weg. Sie will, daß ich bei ihr bleibe, sie sagt, sie verlangt nicht von mir, daß ich sie liebe. Sie ist zu einer der Art Frauen geworden, die sich damit zufriedengeben, wie eine Prostituierte benutzt zu werden. Soll ich denn mit ihr aus Gott weiß welchen Gründen weiter schlafen – aus hygienischen Gründen, was sie für die sexuellen Bedürfnisse der Männer hält, die angeblich nichts mit Liebe zu tun haben? Sie versteht keine Sekunde, daß der Gedanke mich mit Ekel erfüllt. Ich will kein Gefäß für meinen Sex. Vera, ich bin aus dem herausgewachsen, sie ist das kleine Mädchen, das ich zu den Schulparties ausgeführt habe. Schon seit langem gibt es nichts mehr, worüber ich mit ihr reden könnte, weder meine Arbeit, noch was in den Zeitungen steht, noch meine Gedanken über das Leben. Wenn es nicht um Adam geht, um seine Ohrenschmerzen, seine Schulzensuren, ob er einen neuen Tennisschläger braucht, ist da nichts. Ich kann so nicht leben, sie wählt dieses Leben aus Schwäche, und ich will keinen Anteil daran.

Ich habe eine andere. Habe sie natürlich schon lange. Sie hat mich nicht gedrängt, mich von Alice scheiden zu lassen, das kann ich Dir versichern. Sie ist nicht der Typ, der sich auf emotionale Erpressung einläßt. Sie ist Ungarin, rothaarig, wenn Du wissen willst, wie sie aussieht (!), Halbjüdin, und sie ist sehr intelligent, Investment-Bankerin. Auf ihrer Seite gibt's keine Komplikationen, ihr Mann ist vor fünf Jahren im Alter von neunundreißig gestorben, Gehirntumor. Keine Kinder. Ich weiß nicht, ob ich mit Alice um Adam streiten soll. Er ist fast erwachsen. Wahrscheinlich kriegt sie das Sorgerecht, aber braucht ein Heranwachsender nicht seinen Vater mehr? Für mich ist das schwer zu entscheiden, weil ich immer Vater und Mutter hatte. All die alten Klischees, was das beste für ihn ist undsoweiter. Manchmal will ich nur raus, ich würd dann allem zustimmen. Dann wieder hab ich dem Jungen gegenüber ein schlechtes Gewissen. Das beginnt wie eine der Seifenopern zu klingen, die Alice im Fernsehen anguckt und immer schnell abschaltet, wenn ich hereinkomme. Ohne Zweifel ist jede Scheidung eine Seifenoper. Und man wird nach seiner eigenen Seifenoper süchtig, egal was sonst noch an Wichtigem in der Welt geschieht. Ich bin gerade aus Moskau zurück, es ging um die Finanzierung der Rüstungsindustrie, die nun Fahrzeugteile herstellen soll, Schwerter zu Pflugscharen. Aber es ist soviel profitabler, Waffen zu verkaufen, und sie brauchen Geld, kein Hilfskonsortium kann ihnen das Geld geben, das sie verdienen können, wenn sie Waffen im Mittleren Osten verkaufen. Ich lege ein Foto bei. Es ist ein paar Monate alt, wir sind auf einem Essen in Budapest. Sie ist die Rothaarige neben dem dicken Mann, der steht und eine Rede hält.

Aber es war kein Foto da. Er muß es sich anders überlegt haben; hatte vielleicht das Gefühl, daß ein Foto, ein Gesicht umkringelt, nicht die richtige Art ist, einen Verrat zu verkünden.

Als sie Ben hereinkommen hörte, seinen entspannten Seufzer – zu Hause! –, während er im Flur vor dem Bücherregal stehen blieb, wo immer die tägliche Post hingelegt wurde, verlor sich ihr einsames Zwiegespräch mit Ivans Brief. Der Grund, warum Ivan nicht an Ben geschrieben hatte, lag darin, daß Ben sein Vater war, natürlich mußte das der Grund sein; er weiß, wie sehr Ben ihn liebt und will ihn nicht mit irgendwelchen plötzlichen Anzeichen von Unglück oder Instabilität im Leben seines Sohnes beunruhigen.

Vera warf den Umschlag weg.

Wer sind die Gesichter, die in einer Collage um den großen Mann herum angeordnet sind? Die Poster rollen sich an den Ecken auf, und einige haben verblaßte Streifen, wo das Sonnenlicht Tag um Tag, Monat um Monat in einem Gitter auf ihnen gelegen hat. Die Menschenmengen, die ihr Manifest auf den Straßen tanzen, sind zu jung, um irgend jemanden zu erkennen, der aus der Ära vor dem Exil stammt, es sei denn, er wäre einer der zwei oder drei, über die Lieder gesungen und deren Gesichter auf T-Shirts am Leben gehalten wurden. Didymus ging meist unerkannt umher; jetzt als er selbst verkleidet.

Bei Massenversammlungen saß er mit der Führung zusammen, und der Jubel und die skandierten Sprechchöre galten ihm ebenso wie den anderen Veteranen. Sie hörten sie gerne, aber sie wurden ihnen als einer Gruppe zugerufen, der diese Art von Verehrung zukam; wer sie individuell waren, blieb bedeutungslos. Die Presse machte bei der Zuschreibung der Namen Fehler, und das machte auch nichts. In einer demokratischen Bewegung mußte man den Personenkult auf einem Minimum halten, außer im Fall toter Helden, die ein Vorbild für das Volk waren, ohne die Möglichkeit zu haben, eine Richtung oder Fraktion zu bilden, die zu Spaltungen führen könnte. Die Zeit der Willkommensposter war vorüber; es gab viele neue Gesichter, und bekannte tauchten unerwartet in Positionen auf, die sie vorher nicht gehalten hatten. Aber diese Positionen waren vorläufig – mehr oder weniger auf der Ebene von Dydimus' eigener Anpassung an verschiedene zeitlich begrenzte Rollen.

Als das Datum des Kongresses verkündet wurde, auf dem die Bewegung die Wahlen für ihre höchsten Ämter abhalten würde, begann natürlich der Kampf um diese Positionen. In der starken Gruppe, zu der Didymus zählte, die Gruppe jener, die aus dem Gefängnis und dem Exil zurückgekehrt waren, lag die Hauptaufgabe – die außerhalb der Gruppe nicht offen zugegeben werden durfte – darin, jenen Positionen zuzugestehen, die sie damit verdient hatten, daß sie die Bewegung im Land am Leben erhalten hatten, und zugleich die Schlüsselpositionen denen vorzubehalten, die sie sicherlich dadurch verdient hatten, daß sie die Bewegung aus dem Exil oder dem Gefängnis heraus geführt hatten. Frauengruppen, Jugendgruppen, Gewerkschaftsgruppen waren vollauf damit beschäftigt, Unterstützung für diesen oder jenen Kandidaten zu sammeln; die alte Garde begrüßte das Hinzukommen sovieler neuer Mitglieder als neue Massenbasis, die nach so vielen Jahren der Untergrundarbeit hochwillkommen war. Sie hatte keinen Grund zu befürchten, daß sie nicht wiedergewählt werden würde – Loyalität gegenüber den Militantesten ist in den Massen ein bestimmendes Gefühl, sie hatten das verdient, sie konnten darauf zählen. Inzwischen ließ Didymus ruhig aber fest verlauten, daß er in der neuen Exekutive nicht mehr wie bisher für jede gerade auftauchende Aufgabe zur Verfügung stand. Er wollte den Justizbereich übernehmen oder zumindest etwas auf dieser Ebene; die Genossen der bisherigen Führung, die auf diesem Kongreß entlastet wurden, versicherten ihm im stillen, daß dies für sie eine Selbstverständlichkeit sei.

Unter den möglichen neuen Gesichtern in der Exekutive der Bewegung war auch Sibongile. Sie wurde von einer Verbindung aus Zurückgekehrten und einer Frauenorganisation nominiert – keine der beiden Gruppen war bisher sehr prominent. Er glaubte nicht, daß sie eine wirkliche Chance hatte, war aber stolz über die Anerkennung, die die Nominierung ihr eintrug.

»Sie haben mich nur aufgestellt, weil ich 'ne Frau bin. Mir ist das völlig klar, und ich finde nicht, daß das als Grund gut genug ist. Die Frauen wollen nur eine von uns unter euch Männern da oben sehen.«

»Auf die Frauen trifft das natürlich zu. Aber nicht auf deine Zurückgekehrten. Die wissen, was du kannst, die wissen, wozu du fähig bist.«

»Für sie? Na, dann wissen sie mehr als ich.« Ihr theatralisches, komisches Starren. »Ich weiß nur, daß wir der Regierung erlaubt haben, mit Amnestien und Pässen und nichts sonst davonzukommen. Ich weiß nur, daß wir nicht auf Ausbildungsstätten, Wohnungen bestanden haben – deine Führung hat sich da nicht durchgesetzt, ihr hättet das machen müssen. Mit drei unausgebildeten Jugendlichen und ein paar Pfennigen versuch ich in meinem Büro mit den Folgen fertigzuwerden – und glaub mir, ich verrichte keine Wunder.«

Didymus hatte ihr Ungestüm immer geschätzt. Er akzeptierte den Vorwurf lächelnd. »Ich versprech, ich werd's im neuen Vorstand zum Thema machen.«

Was seit so langer Zeit verboten gewesen ist – eine Versammlung, irgendeine Versammlung – wird zu einer Art Kirmes entfesselter Emotion mit Straßensängern und Akrobaten, mit gemeinsamem Essen und Trinken, das symbolische Bedeutung annimmt, mit der erhobenen Lautstärke der Gespräche nach so langem Schweigen. Die mit Kordeln geschmückten Ordner unbekümmert mitten im Getümmel, als wäre die unerreichbare Evolutionsstufe der Menschheit verwirklicht, da Männer und Frauen sich selbst disziplinieren. Keine Polizei mehr, keine Hunde, kein Tränengas, keine Prügel auf dem Weg zum Polizeiwagen. Selbst wenn es nie kommt, hier und jetzt wird es inszeniert. Und wie immer in der großen Vermischung menschlicher Angelegenheiten verbindet sich das spannungsgeladene Gefühl, daß hier über die Zukunft des Landes entschieden wird, mit der Unzufriedenheit darüber, daß es viel zu wenige Toiletten gibt.

Didymus schlenderte unter allen Bekannten herum, alten Genossen, die sich ihm mit Erinnerungen an Operationen vorstellen mußten, die sie mit ihm durchgeführt hatten. Er hatte die schmeichelnde Taktik des Politikers an sich, die Hand auf der Schulter, das erkennende Lächeln, selbst wenn er nicht wußte, wer ihn da begrüßte. Immer mal wieder entschuldigte er sich, weil er aus dem Gespräch herausgerufen wurde, um mit einem anderen Mitglied der alten Führung zu konferieren – Protokollfragen, Klagen der Presse, Forderungen von Gruppen, die längst im Vorfeld hätten geklärt werden sollen; in einem Land, in dem es für Leute wie diese ein Verbrechen gewesen war, sich zu irgendeinem politischen Zweck zu versammeln, waren Dinge, die anderwärts als Routine betrachtet wurden, tiefe Geheimnisse der Macht und des Privilegs. Während dieses Konklave sich ein wenig abseits hielt, ihre Augen auf die Menge richtend und wieder fort von ihr, und im Schutz ihrer halbabgewandten Rücken dicht zusammenstand, brach das Tremolo aufsteigender, langgezogener, rhythmischer Rufe im Gewirr der Stimmen, im Schlurfen der Bewegung und im Rascheln der Kleidung, im Echo von Husten, Gelächter, dem gleitenden Stampfen der Füße, immer wieder in Gesang aus. Die Menschen singen auf Märschen, sie singen bei Beerdigungen, sie singen auf dem Weg zum Gefängnis; es war ihr Geheimnis, jene ganze Zeit des Verbotenen hindurch.

»Man kann nicht zur Freiheit tanzen«, hatte Sibongile oft bissig im Exil gesagt. Er sah sie, in einer stampfenden und hinundherschwankenden Reihe von Frauen und jungen Männern. Ihre Schultern zuckten rhythmisch, sie hatte den Kopf zurückgeworfen; Sibongile hatte ihren Spaß – oder lernte, wie man sich als Politikerin benahm. Er war amüsiert.

Die Männer der alten Garde saßen während der Ansage der Nominierungen und der Erklärung des Wahlvorgangs auf dem Podium, dem Volk gegenüber, für das sie ins Gefängnis, ins Exil gegangen – und für das sie gestorben waren: in ihren Gesichtern waren die, die fehlten, die nie zurückkommen würden. Didymus sah auf seine Leute hinunter, und plötzlich überfiel ihn am ganzen Körper, in den Händen, die auf den Schenkeln ruhten, die seltsame Erkenntnis, daß er überlebt hatte. Er hatte sich unter ihnen wie ein Toter bewegt; war er unter ärztlicher Behandlung in Moskau gestorben, wie seine Geschichte lautete, und war er in jenen Monaten wie ein Gespenst unter ihnen gewandelt? Verkleidet, unerkannt, existiert man da? Und nun sehen sie ihn; zurückgekehrt ins Leben. Es war die Überzeugung reiner Existenz. Er saß da; er war.

In diesem Zustand hörte er die Verkündigung der Wahlergebnisse. Sein Name war nicht unter denen, die in die neue Exekutive gewählt worden waren. Der Beifall ging weiter, die Rufe, die wie Banner herumflogen, die angefangenen Lieder, die Liste der Namen wurde irgendwo darunter verlesen. *Sibongile Maqoma.* Sie war in einer Traube triumphierender Anhänger verschwunden. Er gratulierte seinen erfolgreichen Genossen, der Arm um die Schulter, die Neigung der Wange zur Wange des anderen, lächerlich, als wäre er ein Preisboxer, der geschlagen war und vortrat, um den Sieger zu umarmen. Niemand sagte etwas, mit der einzigen Ausnahme eines Genossen, der ihm immer feindlich gegenübergestanden hatte: »Das ist verrückt. Daß sie dich fallenlassen, Mann.«

Er bahnte sich einen Weg zu der Sprechchöre rufenden, tanzenden engzusammengedrückten Gruppe um Sibongile, mußte sich hindurchdrängeln, um zu ihr durchzudringen, bis jemand sah, wer er war, und andere anstieß, ihn durchzulassen. Seine Umarmung war wiederum eine öffentliche, der feste Kuß auf den Mund von ihrem Genossen-Ehemann; seine Gegenwart prallte von dem erregten Glanz ihres Gesichtes ab wie das Aufstrahlen eines Stücks Glas in der Sonne. Aber was konnte sie in dem Moment auch sagen – er wurde mit einer Art Respekt von denen, die sie feierten, umringt, eifrige Hände gratulierten dem Ehemann.

Als die Oberfläche der Menge langsam aufbrach wie Schaum auf einer Strömung, tauchte sie wieder auf, trieb untergehakt mit Vera Stark auf ihn zu. Er war wieder auf dem Podium, sammelte Aktentasche und Papiere zusammen, um den Platz für seinen Nachfolger freizumachen. Vera gehörte zur Mannschaft der unabhängigen Beobachter, die die ordnungsgemäße Auszählung der Stimmen kontrollieren sollten – Anwälte galten für diese Aufgabe als am glaubwürdigsten. Von Sibongile freundschaftlich umarmt, als wären sie Schulmädchen nach einem siegreichen Spiel, stand Vera da und wartete darauf, daß er etwas sagte, wissend, daß er das nicht tun würde. »Du kommst über die Zuwahl rein. Es hat nichts zu bedeuten.«

Er tätschelte ihr den Arm, lächelte über die Lüge zwischen ihnen. »Kommt, wir gucken mal, ob's irgendwo was zu trinken gibt – wir müssen auf Sally anstoßen, Mann!«

»Oh, es gibt eine Party! Wir gehen alle hin! Vera kommt in unserem Wagen mit – wer hat die Schlüssel, hab ich sie eingesteckt oder hast du ...« Sibongile hatte diesen abgehobenen, beschwichtigenden Ton gebraucht, als Mpho klein war und zu einer Impfung oder einer Prüfung gebracht werden mußte. Nachdem Vera hinten in den Wagen eingestiegen war, stand Sibongile mit der Hand auf dem Türgriff da, wandte den Kopf, dicht vor ihm. »Bist du in Ordnung ... ?«

»Natürlich bin ich in Ordnung! Was denkst du! Jetzt komm.«

Auf der Party nahm er an den lauten Diskussionen teil, in denen die Zusammensetzung der neuen Führung beurteilt wurde. Sie hatte (›im großen und ganzen‹ war das Wort) die Schlüsselpositionen intakt gelassen, während ein paar früher führende Leute unter Ehrentiteln nach oben abgeschoben worden waren, um Platz für neue mit besseren Kontakten im Land zu schaffen. Didymus gab sich den Anschein, als betrachtete er das Geschehen sehr distanziert; er schaffte es: niemand wagte, ihn zu bedauern. Gegen Ende des Abends, als er und alle anderen, die Alkohol getrunken hatten (die jüngeren Genossen neigten dazu, dies für eine Schwäche der alten Garde zu halten, und tranken Fruchtsaft), in gehobener Stimmung waren, feierten sie vor allem die Leistung des Kongresses selbst. Und auch Didymus hatte sich dazu überredet, daß es nur darauf ankam, daß der Kongress eine konventionelle politische Legitimität für die lange verbotene Bewegung etabliert hatte. Man hatte seine Rolle zu spielen, seine Missionen zu erfüllen, man riskierte das Leben, man verschwand und erschien wieder, ging ins Gefängnis oder Exil, und man konnte für diese Jahre niemandem die Rechnung vorlegen, der Nutzen gehörte nicht einem selbst, und die Leistung lag darin, daß man es so und nicht anders wollte.

Die eheliche Tradition der Leichenschau zwischen Mann und Frau, die zugleich Genossen waren: ein Uhr morgens im Schlafzimmer, schweigende Müdigkeit, das Abstreifen von Schuhen, die zu drücken begonnen haben, das Öffnen von Gürteln, die den Streifen eines langen Tages auf der Haut hinterlassen – aus Sibongile brach es wütend heraus.

»Die hinterlistigen Schweine! Die haben das geplant! Sie wollten dich raushaben, ich kenn diese Intriganten, ich hab ihr schmieriges Grinsen gesehen. Sie haben dir nie verziehen, daß du damals gegen die Landungen an der Küste warst.«

»Ach, Unsinn! Das war eine verrückte Idee, ich war nicht der einzige.«

»Wie kannst du das sagen? Du warst derjenige, welcher. Du warst der, der reingegangen ist und das Gelände erkundet hat, du warst derjenige, der wußte, ob das durchführbar war oder nicht. Was immer du sagen würdest, das Oberkommando würde auf dich hören. Und diese anderen konnten es nicht ertragen, daß sie wie Dummköpfe dastanden.«

Er setzte sich auf das Bett. Das schien sie noch wütender zu machen.

Er sah nicht in ihre Wut auf. »Alles so lange her.«

»Sie haben dir auf die Schulter geklopft, sie haben mit dir in den Ecken geflüstert, ich hab sie gesehen, sogar heute abend, genau dort!

Und die ganze Zeit hatten sie das vorbereitet, dich rauszumanövrieren. Es ist nicht lange her, nicht für sie. Die vergessen nicht, daß sie aus der Sache nicht gut rausgekommen sind.«

Sie zog sich Kleidungsstücke über den Kopf und warf sie durch das Zimmer. Ihr straff gekämmtes Haar löste sich von seinen Kämmen und stand ihr wild um den Kopf, ihr Mund stand eckig offen, der Zorn machte sie häßlich.

»Um Himmels willen, Sibo ...« Er ging vom Englisch auf ihrer beider Sprache über, oder vielmehr ihre, die Sprache ihrer Intimität. »Es ist gelaufen. Es ist geschehen. Ich will mich damit jetzt nicht rumschlagen. Das ist politisches Leben, wir haben im Exil alles besser zusammengehalten, als jemals irgendeine andere Bewegung, es ist jetzt nicht die Zeit, Ärger zu machen. Vielleicht ist irgendeine Absicht dahinter, ich weiß nicht, vielleicht haben sie was anderes mit mir vor.«

»*Hai* du! Was für 'ne Absicht! Willst du dir 'nen Bart wachsen lassen und all das und irgendwo infiltrieren? Wo? Wozu? Wo können wir heutzutage nicht einfach aus dem Flugzeug steigen und reinspazieren? Wir leben nicht in der Vergangenheit!«

»Aber das ist doch, was du sagst – das tun wir –, das war gegen mich geplant wegen etwas, das draußen passiert ist, das vorbei ist. Laß uns schlafen, um Himmels willen.«

Sie lag steif neben ihm, schnell atmend. »Ich schlaf nicht. Ich kann mich nicht umdrehen und es vergessen.«

»Hör zu, Frau.« Er setzte sich mühsam auf. »Du wirst jetzt da sein. Da drin. Hier zu Hause in unserm Land. Denk nur an das, was du tun mußt, du mußt mit jedem in der Exekutive arbeiten, mach keine Feinde aus privaten Gründen.«

Sie antwortete auf Englisch. »Schon aus Prinzip. Hast du das schon mal gehört, Didymus? *Aus Prinzip*.«

»Du mußt viel lernen. Laß mich meine Sache machen.«

»Deine Sache ist meine Sache. Hab ich wie irgendeine andere Frau gelebt, wo der gute Mann jeden Tag pünktlich von der Arbeit nach Hause kommt? Hab ich nicht monatelang nicht gewußt, ob du tot oder am Leben warst? Was? Und war da irgendjemand, den ich fragen konnte? Hab ich je eine Antwort erwartet? Konnte ich unserem Kind sagen, warum sein Vater weg war? *Das ist unsere Sache*.«

»Jetzt nicht mehr. Nicht in der Politik, nicht da, wo du jetzt bist.«

Tiefe Atemzüge verhakten sich in ein paar Schluchzer. Sie hatte immer geweint, wenn sie wütend war. Aber ließ sie auch ein paar Gefühlen der Erregung und des Stolzes freien Lauf, die sie aus Rücksicht auf ihn unterdrückt hatte, als sie in der von Delegierten erfüllten Halle gehört hatte, daß sie eine ihrer Erwählten war?

»Wir scheinen nicht viel Erfolg mit ihnen zu haben.«

Das war alles, was er sagte.

»Wie meinst du das? Das Bankgeschäft ist vielleicht nicht genau das, was du oder ich für ihn ausgesucht hätten, aber er macht es gut, und Annie wollte immer Ärztin werden, und sie ist gut, oder? Und es liegt ihr wirklich am Herzen ...« Aber sie wußte, was er meinte. Annick, die Erbin seines schönen Gesichts, hatte viele Jungen mit nach Hause gebracht, als sie Teenager war, aber seit sie ihr Examen gemacht und eine Stelle beim Gesundheitsamt der Kapprovinz angenommen hatte, schien sie keinen Mann mehr zu haben und machte, obwohl sie in den Dreißigern war, keine Andeutungen, daß sie heiraten wollte. Ivan ließ sich scheiden, ohne Begeisterung für die neue Frau zu zeigen, die offensichtlich ebensosehr Geschäftspartnerin war wie Geliebte. Nach Bens verstecktem Standard großer Gefühle waren das vertrocknete Leben.

»Na ja, wir waren wohl auch nicht so ein gutes Vorbild – zumindest für Ivan.«

»Ich hab mich nie scheiden lassen.«

Die vergessene Hitze des Errötens in den Wangen, hevorgerufen von Ben: Er, der glaubte, er hätte die Frau eines anderen verführt, der aber selbst verführt worden war und seitdem mit keiner anderen Frau geschlafen hatte. Dessen war sie sich sicher, die Gewißheit lag in dem Bild, wie er allein über sein Essen gebeugt in dem Restaurant saß, ein Bild, das zusammen mit der Röte in ihr aufstieg. Ich liebe dich. Auch das war in ihr aufgestiegen, aber sie konnte es nicht sagen, welchen Grund konnte sie für solch eine – Erklärung angeben, in diesem Moment? Welchen Grund gab es? »Egal, es kommt ja auch gar nicht darauf an, ob *wir* Erfolge in ihrem Leben sehen. Es hat mit uns nichts zu tun.«

Seine Handflächen fuhren die Kinnlinie entlang, eine in der Sprache ihrer Ehe vertraute Geste, nicht, wie es scheinen mochte, eine Reaktion auf den Schatten seines dunklen Bartwuchses, der gegen

Abend immer auftauchte, sondern ein Zeichen, daß er anderer Meinung war. »Vielleicht sollten wir den Jungen herholen, wenn sie sich um ihn streiten. Ihm ein stabiles Zuhause geben, für ein oder zwei Jahre.«

Er ging, um Ivan einen Brief zu schreiben, wandte sich von ihrem alarmierten Schweigen ab.

Ben zeigte ihr den Brief nicht, und sie bat auch nicht darum, ihn lesen zu dürfen. Vielleicht hatte er Ivan das Angebot nicht gemacht. Es wurde nicht erwähnt, als Ivan anrief, wie er es ab und zu tat. Oder sie riefen ihn an, wenn sie nicht die Zeit gehabt hatten, ihm zu schreiben, oder nicht daran gedacht hatten. Der Gedanke, daß es in ihrem Leben Raum für noch jemanden geben könnte, wurde verlegt wie ein Dokument, das sich unter den Akten verlor, in denen der Kampf um eine andere Art von Raum jeden Tag anwuchs. An der Grenze im Westen gab es einen Stamm, der umgesiedelt worden war. Man hatte ihm die Konzession gemacht, daß seine Angehörigen an einem Tag des Jahres auf ihr Land zurückkehren durften, um die Gräber ihrer Vorfahren zu pflegen. Am Abend dieses Tages hatten sie das Land aber nicht wieder verlassen, sondern begonnen, Hütten zu bauen. Schweigend beharrten sie darauf, dort bleiben zu dürfen, während der Staat sich darauf vorbereitete, sie zu vertreiben. Zunächst ließ man sie dort – zeitweise, wie die Stiftung gewarnt wurde, die von dem Stamm um Hilfe gebeten worden war. Vera und Lazar Feldman, ein junger Kollege, handelten unter zwei Instruktionen: die eine stammte aus ihrer Ausbildung in Fragen des weltlichen Gesetzes, die Eigner des Landes waren ursprünglich illegal vertrieben worden; die andere stammte von den Leuten, dic ihre Hütten mit Reet bedeckten und sie mit Zäunen aus dornigen Ästen und abgehackten Kakteen umgaben: ihre Vorfahren hatten sie aufgefordert, zurückzukehren und das Land wieder in Besitz zu nehmen.

Es war leicht, diesen Gebrauch des Ahnenkults als politische Taktik zu sehen, die gerissene Bauern sich ausgedacht hatten, um die rationale Klugheit der Anwälte zu umgehen. Aber es gab Augenblicke, in denen Vera, wenn sie den Sprechern des Stammes zuhörte, verwirrt und unsicher war – nicht, was diese Menschen betraf, sondern in sich selbst. Ob nicht die einzige Gültigkeit ihres Anspruchs außerhalb des politischen Kampfes lag, außerhalb der Gesetze, die von Regierungen gemacht wurden, welche kamen und gingen. Lag diese Gültigkeit nicht in der Fortführung des Lebens selbst, unter und über der Erde, die es erhielt? Welchen anderen Anspruch konnte es geben? Die Kriege, die um Land geführt wurden, die Grenzziehungen, die Grundbesitzerklärungen auf Papier – das eine löschte immer wieder das andere aus. Wofür arbeitete sie – oder die Stiftung –, wenn nicht für diesen ursprünglichen Anspruch? Aber in einem juristischen Antrag wirkte das nicht besonders überzeugend – der Mystizismus der Bauern konnte nicht in legales Recht übersetzt werden – dazu war er *zu gut*! Mit einem leichten Rücken auf ihrem Stuhl oder einem halben Lächeln gingen sie und Lazar über die Instruktionen der Ahnen hinweg und konzentrierten sich auf das, was sie aus ihren strategischen Erfahrungen im Kampf gegen das Gesetz gelernt hatten, das Ausnutzen von Gesetzeslücken, vor allem Verzögerungstaktiken. Die neuerliche Vertreibung des Stammes wurde zunächst aufgeschoben – vielleicht so lange, bis die bestehende Politik des Landbesitzes aufgegeben wurde. Wer wußte das schon? Solche Dinge konnte man mit Lazar nicht diskutieren; er war jung und würde nicht verstehen, daß Zweifel nicht bedeuteten, daß der Glaube an die Notwendigkeit der Arbeit aufgegeben wurde. Und noch während dieser Fall sie beschäftigte, kam Oupa mit einem in der Stiftung beliebten Einleitungssatz: Sie haben ein Problem, wir haben ein Problem, er hat ein Problem. Der Besitzer des Mietshauses, in dem er wohnte, wollte einigen Mietern kündigen.

»Das Problem sind die Räume auf dem Dach. Da oben wohnen eine ganze Menge Leute.«

»Aber wer zahlt die Miete für die Räume?«

»Na ja, das ist es eben. Die Mieter der Wohnung haben sie an, sagen wir, eine oder zwei Personen untervermietet. Dann nehmen diese Leute wieder neue auf. Leute, die tagsüber arbeiten, vermieten ihr Bett an Leute, die nachts arbeiten und tagsüber schlafen. So läuft das.«

Ja, so lief das; als die Wohnungen für Weiße gebaut wurden, für ihre Lebensweise, für das weiße Jahrtausend, als sie in den Wohnungen wohnten, hatte jeder Mieter das Recht, einen Bediensteten in den Kammern auf dem Dach unterzubringen.

»Das hab ich nicht gewußt. Deshalb hab ich niemanden da oben.«

Sie lachten gemeinsam über die verpaßte Gelegenheit.

Aber das ›Problem‹ blieb vorhanden, lag zwischen ihnen auf Mrs. Starks Schreibtisch. Oupa hatte zusammen mit den anderen schwarzen Mietern die Kündigung erhalten. Die Stiftung würde sich darum kümmern, würde die Sache für alle schwarzen Mieter vertreten müssen. Oupa war so stolz, so glücklich gewesen, dort einziehen zu können. Aber er war trotzdem fröhlich, stellte sie fest, er trug eine neue Wildlederjacke, braun, und er fragte seine alte Beraterin und Freundin etwas, wonach er nie zuvor gefragt hatte – ob sie ein Theaterstück empfehlen konnte. Sie hatte nicht gewußt, daß er ins Theater ging. Er hatte das Selbstvertrauen einen jungen Mannes an sich, der weiß, daß ein bestimmtes Mädchen ihn attraktiv findet; na ja, seine Frau war weit weg irgendwo auf dem Land, und ihre Abwesenheit gab ihm die Freiheit für neue Bindungen. Vielleicht lebten sie auch längst getrennt, emotional getrennt, aus Gründen, die nur die Abwesenheit deutlich machte. Sie legte bei Gericht nieder, daß die Stiftung gegen die Kündigung Widerspruch einlegen werde; nun mußte sie die Zeit finden, mit den anderen Mietern zu sprechen. In den Fluren von Delville Wood wurden die alten, schwachen Signale aus Hunderteinundzwanzig von der Statik der Beschwerde übertönt, der lauten Empörung, die in Wohnungen um sie herum wogte, in denen sie noch nie gewesen war, und vom Anblick der Gelasse auf dem windigen Dach, das Wasser tröpfelte aus den gemeinsamen Waschräumen, Petroleumherde neben notdürftigen Betten. All das hatte bei ihren verstohlenen Besuchen zur Zeit des weißen Jahrtausends über ihrem Kopf existiert, während sie Otto in seinem Bett liebte.

Ben – Ben verhandelte über die Finanzen eines neuen Unternehmens, in das er eingestiegen war. »Promotional Luggage« hieß es. Sie machte ruckartige, clowneske Bewegungen mit dem Kopf und den Händen, als sie eines Abends den Namen, den Begriff zum ersten Mal hörte. Was sollte das sein?

Die Gesten beleidigten ihn. Er las Hohn oder Lächerlichkeit in ihnen, und sie fand es lästig, dies abstreiten zu müssen. Er mußte geduldig dazu überredet werden, es kalt zu erklären. Koffer und Taschen, die ausschließlich für Geschäftsleute entworfen wurden, nach ihren Anforderungen und mit den Signets ihrer Firmen, in einem Material, das dem jeder anderen bekannten Marke überlegen war. Sonderanfertigungen. Das Geschäftsleben hat seinen Jargon genau wie die Lehrfälle der Stiftung. Sie nahm ein Bad, um die Instruktionen der Ahnen unter der Erde und das Gefühl der Lüge wegzuwaschen, wenn sie an sich selbst dachte, vergraben in Hunderteinundzwanzig, ohne sich der verwehten und verlorenen Realität über ihrem Kopf bewußt zu sein (denn wenn man irgendeine Zeit leugnet, irgendeinen Teil seines Lebens, verliert man die Kontinuität seiner Existenz). Dann zog sie sich an und parfümierte sich, um Ben zu einem Geschäftsessen zu begleiten. Sie waren sich darin einig, daß es ein unerklärlicher Zug von Geschäftsleuten war, kein Gefühl für die Privatheit der Freizeit zu haben; sie waren anscheinend nach der Arbeit des Tages einsam und wollten dieses Vakuum mit einer Fortsetzung derselben Gesellschaft und derselben Gespräche bei ausgedehntem Essen und Trinken füllen.

Er sah sie prüfend an, das Auge des Bildhauers für Linie und Volumen, ihre Beine in einem Filigran aus spitzenartigen schwarzen Strümpfen, die Taille mit einem breiten Gürtel betont, das Gesicht soweit geschminkt, um dem zu entsprechen, was von ihr erwartet wurde. Für sie war das Kalkulation; für ihn legte es etwas von der faszinierenden Distanz zwischen sie, die dagewesen war, als er sie zum ersten Mal gesehen hatte, unnahbar, die Frau eines anderen.

»Du siehst wunderschön aus.«

»Mein alter Flitter.«

Ihre banale Zurschaustellung von Bescheidenheit gab ihm im Auto die Gelegenheit, auf das Thema zurückzukommen. »Wenn ich jetzt nicht was tu, um etwas Geld zu machen, werden wir keine Reserven haben, wenn wir wirklich alt sind. Mein Gott, ich fang schon an, ihr Vokabular zu benutzen. Es wird knapp werden. Das will ich damit sagen. Darum dreht sich's bei Promotional Luggage.«

Sie hatten nie über Vorsorge für ein langes Überleben gesprochen. Ein Land, in dem es soviel Tod gab – warum sollte man da nach einer eigenen Lösung suchen. »Wenn du meinst, daß wir so lange leben.«

»Man kann natürlich immer annehmen, daß man schon sterben wird, bevor das Bargeld ausgeht.«

»Wir werden immer irgendwo unterkommen, Ben. Wir haben immerhin das Haus.«

Sie hatte ihn darin aufgenommen, in die Beute aus der Beziehung zu einem anderen Mann; er hatte den Gedanken, Bildhauer zu werden, aufgegeben, um sie mit Promotional Luggage zu versorgen. Sie streckte die Hand aus und drückte seinen Oberschenkel, ein Bund, einer der Verträge, die ständig in einer Ehe ausgehandelt werden.

Das Restaurant nennt sich »Die Dromedaris«, nach dem Schiff, das den ersten Europäer in dieses Land gebracht hat. Für die Ketten, die Hotels und Restaurants besitzen, ist es Mode, sich den Anschein zu geben, sie ehrten die Geschichte und proklamierten Patriotismus mit solchen Namen. Wobei Geschichte und Patriotismus die Geschichte und den Patriotismus der Siedler meinen. Dies sind Clubs, deren Aufnahmebedingungen darin bestehen, daß der Kandidat teuer gekleidet und willens ist, einen hunderprozentigen Profit auf eine Flasche Wein zu bezahlen. Die Losung stammt aus dem kabbalistischen Vokabular des Gastes selbst – Promotion. Daß dies ein Nobelrestaurant ist, wird vorgezeigt, ohne je ausgesprochen zu werden. Das Hauptgericht wird für alle am Tisch gleichzeitig gebracht, und die Kellner, auf das Zeichen ihres Oberkellners wartend wie Orchestermusiker, die ein Auge auf den Dirigenten richten, heben die Silberdeckel gleichzeitig von den Tellern. Enthüllt werden indessen keine Wunder (sie fängt Bens Blick von der anderen Seite des Tisches auf), sondern Versuche kulinarischer Besonderheit und Originalität, die unvereinbare Zutaten in einer – glücklicherweise – nicht identifizierbaren Mischung verbinden. Iß es. Es ist teuer, daher ist es ein Privileg, ermahnt sie sich. Wenn du es nicht magst, bist du eine Spießerin. Zwischen den Gängen wird wäßriges Eis in Talmisilberbechern gereicht, das den Gaumen zuklebt, statt ihn für weitere Gänge zu erfrischen – ein Ritual, das jemand in der Kette in seinem Eifer übernommen hat, nicht nur Geschichte und Patriotismus, sondern auch Eleganz zu beanspruchen.

Das Dekor einer Galleone paßt nicht schlecht zu der Unterhaltung, denn die Männer sprechen häufig über diesen oder jenen abwesenden Kollegen, der bei irgendeinem Unternehmen »an Bord genommen« wird. Und es gibt andere, die als kleine Fische bezeichnet werden; die Stichlinge im Meer des Kommerzes. Von Frauen erwartet man, daß sie mit anderen Frauen reden, sie weiß das und versucht auch nicht, den Gastgeber in ein Gespräch zu ziehen, an dessen Rechte sie gesetzt worden ist (das kann man wohl so deuten, das damit der Ehemann ausgezeichnet wird, der gerade an Bord genommen worden ist). Er signalisiert beharrlich dem Kellner, ihr Weinglas zu füllen und wirft ihr mit oberflächlicher Aufmerksamkeit freundliche Bemerkungen zu, die weiblichen Interessen entsprechen (Genau wie meine Frau, sie nimmt auch immer die Eisstücke aus dem Wasser. Wo haben Sie ihr Sommerhaus – Plettenberg? versuchen Sie mal etwas davon, sieht interessant aus, nicht, oh, das finde ich auch, das Kap ist zu windig, aber ich bin mit meinem Boot draußen, Wasserski, das ist meine Leidenschaft, Yvonne ist mehr für die Winterferien, Wildparks und alles, wissen Sie).

Es gibt eine Ausnahme im zufriedenen Tischgeplauder, das die Frauen unter dem lauten, kompetitiven Wortwechsel der Männer austauschen. Eine Frau, offenbar burischer Herkunft, gekleidet, frisiert und geschminkt im Fernsehstar-Stil eines unbestimmten Alters, das nie die Vierzig überschreiten wird, während sie zugleich jeden Wandel der Mode mitmacht, schleudert ihren maskarabeschlagenen Blick von einem Sprecher zum anderen, klingelt mit goldenen und elfenbeinernen Armbändern und einer riesigen Uhr in Neonfarben, lacht an den richtigen Stellen, ruft ab und zu eine bewährte Pointe in den Lärm, die eher die Aufmerksamkeit für den Hauptsprecher erhöht, als daß sie sie auf sich zöge. Sie ist die Public-Relations-Frau irgendeiner Gruppe, ein Prototyp; man hat eine Frau gewählt, weil sie einerseits ihre sexuelle Attraktivität zur Schau stellen und ausbeuten, andererseits dies mit erlernter männlicher Aggressivität verbinden kann. Das arme Ding; sie kommt auf hochhackigen Hufen in die Damentoilette geklappert, und hinter der Tür hört man den lärmenden Strom ihres Urins fallen, sie hat sich sogar beigebracht, so draufgängerisch zu pissen wie ein Mann. Oder vielleicht tut Vera ihr unrecht – sie kommt heraus und lächelt. »Mein Gott, ich wär fast geplatzt, oh, tut mir leid.«

Am Tisch steht der Gastgeber höflich auf, um seine Nachbarin zur Rechten sich wieder setzen zu lassen, sie wissen, wie man eine Dame behandelt. Es gibt Zigarren und kleine in glasigem, harten Zucker eingeschlossene Früchte, so wie Coca Cola und süße Brötchen als Leckerbissen in den Townships verteilt werden. Deren Arbeiter sind gerade Gesprächsthema. Ein Streik in der Verpackungsindustrie wird mit dem in den Gerbereien verglichen. Vera gegenüber schiebt ein Mann immer wieder die Brille auf den Nasenrücken hoch und atmet schwer, er sucht nach einer Gelegenheit, in das Gespräch einzubrechen. Schließlich hat er es geschafft: »Wir haben ihnen gesagt – hatten sie alle mit ihrem Betriebsrat zusammengerufen, ich red mit den Kerlen nicht allein, eh, hinterher sagen sie einem bloß, sie hätten kein Mandat gehabt – wir haben gesagt, guckt mal, ihr könnt alle eure Frauen mitbringen (die Hände schlugen mit den Handkanten auf den Tisch, wurden dann wieder gehoben), ihr könnt eure Kinder mitbringen, ihr könnt die ganze Meute mitbringen, wir geben euch Decken, wir liefern was zu essen, dann riskiert ihr nichts, weil ihr den Weg zur Arbeit nicht macht. Die meisten sagten, okay, sie machen's, in Ordnung. Ich hab Mitleid mit denen, wir wollten wirklich helfen, sie können's sich nicht leisten, zwei Tage Lohn zu verlieren, und sie können's nicht riskieren, auf dem Weg zur Arbeit verprügelt zu werden – also ist das 'ne Lösung. Aber da war einer dabei, der sagte nein, er kann nicht hierbleiben. Nicht aus politischen Gründen, nein, nein. Sagt er. Sondern weil er sein Haus nicht zwei Tage allein lassen kann, im Township. Er hat keine Schlösser an der Tür ... Also sag ich ... (wartet das Lachen ab), also sag ich, in Ordnung. Komm Montag und Dienstag nicht zur Arbeit. In Ordnung. Aber dann komm Mittwoch auch nicht wieder.«

Durch gedämpfte Hintergrundmusik, die so unentrinnbar ist wie ein Klingeln im Ohr, kommt ein Ausruf von weiter unten am Tisch: »Die Finger in der Kasse! Wo immer man hinguckt. Ich könnte noch viele Fälle aufzählen ... diese Regierung ist genauso korrupt geworden wie in Schwarzafrika. Wenn sie die Macht verlieren, dann werden sie vorher dafür sorgen, daß sie ihnen eine ruinierte Wirtschaft übergeben. Ein Ausverkauf, wirklich! Alles zu kriegen. Wißt ihr, was in den Pensionsfonds läuft ...« Da ist ein anderer, der sich mit der Vorsicht dessen zurücklehnt, der zuviel getrunken hat, aber die heraussprudelnden Worte bringen ihn aus der Balance: »Ich bin doch ein verdammter Idiot, mit den schwarzen Gewerkschaften irgendwelche Tarifgeschichten auszuhandeln. Ich sollte lieber selbst die Finger in die Kasse stecken und sehen, daß ich rauskomm. Das erste, was sie tun, wenn sie an der Macht sind – mehr als ein Grundbesitz wird verboten. Also geht meine Forellenfarm den Bach runter, und ihr Jungs kriegt keine Einladung mehr zum Fischen da unten …«

Vera sieht, wie sie das lachend abtun, ihr Selbstvertrauen macht ihre Angst zum Witz, sie werden immer einen Weg finden, auf der Dromedaris zu essen, egal welche Regierung kommt. Weiß zu sein, ist so lange eine übersinnliche Macht gewesen, sie spüren sie in sich wie die geheime Fähigkeit, Metall mit einem bloßen Blick zu biegen. Wenn sie »rausgehen«, werden sie später wieder zurückkommen; wir werden sie darum bitten. Sie ist die einzige Frau, die einen Cognac genommen hat (die Public-Relations-Frau hat die allgemein gebilligte weibliche Wahl getroffen und trinkt einen süßen Likör), und sie hat sich der Party auf dem Narrenschiff angeschlossen (auch zuviel Wein), aber für sie ist es ein alter Tanker mit Schlagseite, der seine Fracht ins Meer ergießt und die Gewässer um den neuen Staat verpestet.

Warum trinke ich bei diesen Gelegenheiten? Warum bringt die Pflicht mich zum Trinken? Sie saß im Auto neben Ben, sie waren auf dem Weg nach Hause. Was habe ich getan, daß er in solche Gesellschaft geraten ist, was habe ich ihm getan?

Aber warum ich? Was hat er sich selbst angetan?

Am nächsten Morgen waren sie beide in der Stimmung, über den Abend zu lachen. ›Finger in der Kasse‹ wurde für sie in ihrer Privatsprache zum Losungswort für ironische Urteile.

Das Pulsieren der Wahrnehmung pocht – und erstirbt. Pocht wieder. Wie soll man letztlich zwischen den kreisenden Zeitungsfetzen und den verschmierten Abflüssen auf dem Dach, versteckt vor der Straße und Hunderteinundzwanzig, ein Zeugnis, das nur vor dem Himmel offen daliegt; der Wahrscheinlichkeit in London, Erfüllung oder Unglück in der Verbindung mit einer Rothaarigen zu finden, deren Foto nicht mitgeschickt wurde; dem Anspruch der Ahnen und seiner Kodifizierung in einem Papier zur Bodenverteilung, das Geschäftsfreunde um ein Stück Flußufer für ein Wochenende Forellenfischen bringt, *Besser, ich seh nichts, Dann komm Mittwoch auch nicht wieder* – wie soll man zwischen all dem den eigenen Pulsschlag erkennen: das ist mein Ich.

Was geschieht, geschieht früh am Morgen, wenn die Hand mit der blauen Vene, die sich vom äußeren Handgelenksknochen zum Bereich zwischen Zeigefinger und Mittelfinger zieht, nach dem Radioschalter tastet. Manchmal wenn er die Hand zurückzieht, ergreift sie sie für die Rückkehr ins Leben und schließt die Augen noch einmal, auf die Nachrichten wartend; seine Hand und die ihre, Handfläche an Handfläche der warme Puls eines einzigen Geschöpfes, das nur existiert, solange die Körper noch benommen im Halbbewußtsein daliegen. Die Nachrichten werden von dieser oder jener Bank mit ihrem Computerservice und Girokonten mit Höchstzinssatz dargebracht. Es gibt Kriege und Hungersnöte, die zu weit entfernt sind, um eine Reaktion auszulösen; es gibt Coups und näherrückende Trockenheit, es gibt die Morde der Nacht, noch näher. Eines Morgens: Überfall auf eine Farm; ein weißer Farmer erschossen, die Frau vergewaltigt oder umgebracht, Geld und Auto sind weg. Gestohlen. »Gestohlen« heißt, das Motiv ist Raub; als hätte der Raub in jedem Land zu jeder Zeit dieselbe Bedeutung. Stiehl Autos, stiehl Geld, stiehl Leben. An diesen Morgen bedeutet Raub, denen, die alles zu haben scheinen, alles zu stehlen, was man nicht hat: Geld, ein Auto, das man gegen Geld verkaufen kann, eine Lebensweise mit Haus und Land und Vieh. Warum sollte man sonst töten, statt nur zu rauben? Warum die häßliche alte Frau irgendeines Farmers vergewaltigen? Keine Gewalt ist furchterregender als die Gewalt der Rache, denn das, wofür die Opfer stehen, bringt die Rache über sie. Sie ist selten Vergeltung für eine persönliche Tat, von der man sich freisprechen kann. Die Vergewaltigung hat mit Begehren nichts zu tun; der Penis ist eine Waffe, wie die an den Kopf gehaltene Pistole, seine Entladung ist eine Entladung von Kugeln.

Sie liegt in einem körpergewärmten Bett, die erste Zuflucht nach der Geburt und die letzte, für jene, die das Glück haben, eines natürlichen Todes zu sterben.

Eines Morgens wurde sie plötzlich durch das Wort »Odensville« in der kühlen Rezitation des Nachrichtensprechers hochgeschreckt. »Neun Menschen starben und vierzehn wurden verletzt, als gestern abend im Odensville Squatter Camp Gewalttätigkeiten ausbrachen. Zu dem Zusammenstoß kam es, als ein dort ansässiger Farmer mit einer Gruppe Bewaffneter versuchte, die Squatter zu vertreiben. Die Polizei berichtet, es sei noch unklar, ob die Schußverletzungen auf das Feuer der Gruppe zurückgehen oder durch Kreuzfeuer der Squatter verursacht wurden. Eine AK-47 und drei Makarow-Pistolen wurden am Ort des Geschehens sichergestellt. Der Farmer, Mr. Tertius Odendaal, sagte aus, er habe über Funk das Verteidigungskommando der Farmer zu Hilfe gerufen, als die Squatter dabei beobachtet wurden, wie sie sich im Schutz der Dunkelheit mit Steinen und Waffen seinem Haus näherten.«

Der Stiftung war es nicht gelungen, irgendeinen Kontakt mit dem Farmer Odendaal zu halten. Der Tag, als er die Tür vor ihrer Anwältin, ihrem Fahrer und dem Sprecher der Squatter, Zeph Rapulana, zuschlug, war das Ende der Verhandlungen mit ihm. Die Kommunikation lief über seinen Anwalt. Rapulana kam mehrmals in die Stadt, um mit Vera zu beraten, was die Squatter tun konnten. Ihr war klar geworden, daß es für die Stiftung am besten war, sich von diesem Mann leiten zu lassen, nicht umgekehrt. Er las, fragte nach, informierte sich über alle Komplikationen der juristischen Lage, so daß ihr nur die Aufgabe blieb, das Vorgehen vor Gericht zu bestimmen; es machte ihr Spaß, mit einem wirklichen Kläger zusammenzuarbeiten, statt, wie sonst meistens, alle Entscheidungen für ihre hilflosen Klienten selbst zu treffen. Er saß schweigend da und beobachtete sie in ihrem Büro, während sie hin und her ging, und frustriert von ihren Versuchen berichtete, mit Odendaal ins Gespräch zu kommen. Seine wache Geduld bewirkte, daß er ihr übliches Verhalten in dem Büro übernahm; er war derjenige, der ihr, ohne eine Reaktion zu zeigen, zuhörte, wie sie sonst anderen zuhörte. Es war auf seltsame Art befreiend, fast ein Vergnügen, und es schuf eine ungezwungene Atmosphäre zwischen ihnen. Er hatte parat, was er sagen wollte, aber ein natürlicher Respekt vor der Meinung anderer ließ ihn zunächst alles anhören, was seine Sicht der Dinge verändern konnte. In seinem fließenden Englisch gab es einfache, bäuerliche Wendungen, es war ein wenig altertümelnd in seinem sorgfältigen, grammatisch richtigen

Aufbau, besonders wenn man es mit den vermischten Improvisationen – Fernsehjargon, Afrikaans und Straßen-Slang, die auf das Englische übertragene Syntax der Muttersprache – der Stadtmenschen wie Oupa oder der schwarzen Anwälte der Stiftung verglich. »Odendaal wird nicht nachgeben. Wir können jeden Gedanken in dieser Richtung aufgeben. Unsere einzige Möglichkeit ist es, mit dem Teufel zu essen. Mit einem langen Löffel. Ja ... Wir müssen die Vertreter der Regierung, die uns in diese Lage gebracht haben, so in Verlegenheit bringen, daß sie uns da wieder herausholen.«

»Auf die Provinzverwaltung setzen? Also ... «

»Odendaal hat gedroht, die AWB* mit ihren Gewehren zu holen, um uns zu vertreiben. Das macht keinen sehr guten Eindruck, oder? Im gegenwärtigen politischen Klima wünscht die Regierung sicherlich keine Presseberichte über Schwarze, die von ihrem Land vertrieben werden. Daß das noch immer geschieht.«

»Sie würden sich die Hände nicht schmutzig machen. Es wäre das Werk rechtsradikaler Rebellen.«

»Trotzdem. Man würde sie fragen, warum sie nichts dagegen unternommen haben. Und da haken wir ein. Packen den Stier bei den Hörnern. Er hat bei der TPA** einen Antrag gestellt, ein schwarzes Township auf seinem Land aufzubauen, wir beantragen jetzt bei der TPA, daß sie die Farm ankaufen und sie zu einem vorläufigen Siedlungsgebiet erklären, für den Anfang.«

»Ist einen Versuch wert. Unsere Argumentation wäre, daß es sich hierbei um eine Initiative handelt, Gewalttätigkeiten in einem Gebiet gefährlicher Interessensgegensätze zu vermeiden. Ich glaub schon, daß wir es erstmal so anpacken könnten.«

Halb im Scherz schüttelten sie einander angesichts ihrer »Verschwörung« beide Hände; dann setzten sie sich hin, um den Antrag gemeinsam zu formulieren.

Die anderen beiden Hände, ineinanderliegend, um ein Geschöpf zu schaffen, trennten sich abrupt. Sie stand auf, stolperte herum, um die Schultertasche mit dem Adreß- und Telefonbuch zu finden, das sie immer bei sich hatte, wenn sie das Büro verließ. Sie konzentrierte

* Afrikaner Weerstandsbeweging. Eine Organisation der weißen Rechten. A.d.Ü.

** Provinzverwaltung von Transvaal. A.d.Ü.

sich auf die eingeübte Ordnung ihrer Arbeitsweise, um nicht denken zu müssen – irgend etwas denken zu müssen – sich nicht zu fragen, ob unter den neun Toten ein bestimmter Name war, bis sie am Telefon durchkam und eine Antwort hörte. Zeph Rabulana war ein Squatter, aber er hatte ihr die Nummer eines Verwandten in einem nahen Township gegeben, der einen Laden besaß und im Haus dahinter wohnte. Dort gab es ein Telefon, ob im Haus oder im Laden, wußte sie nicht. Es mußte im Laden sein, und so früh am Morgen war der Laden noch nicht geöffnet. Das Telefon klingelte und klingelte. Ihr erschien das wie eine Antwort: Rapulana würde nie mehr antworten, nirgends. Sie rief Ben, der duschte, durch die Badezimmertür zu, daß etwas Schreckliches passiert war und sie sofort los mußte – er kam an die Tür, das Wasser strömte an ihm herunter – Was? Worum geht's? Was ist passiert? – Er war nackt, sie angezogen, es war eine Begegnung zwischen Fremden. Er rief ihr nach: »Fahr da nicht alleine raus! Vera, hörst du!«

Aber sie war allein. Er kannte den Mann nicht, Zeph Rabulana. Er hatte nicht mit ihm Odendaals Zorn gegenübergestanden, vor Odendaals versperrter Tür, hatte nicht mit ihm Entscheidungen getroffen, die viele Familien berührten, hatte nicht die Würde, die auf Selbstvertrauen ruhende Gerissenheit und Intelligenz aus dem ruhigen schwarzen Gesicht herausgelesen. Sie fuhr zuerst zur leeren Stiftung – noch niemand bei der Arbeit –, um die Papiere abzuholen, die sich mit der Odensville-Angelegenheit befaßten. Als sie schon ein ganzes Stück auf der Landstraße gefahren war, fiel ihr ein, daß sie keine Nachricht hinterlassen hatte, und sie hielt an einer Tankstelle, um das Büro anzurufen. Die junge Frau an der Vermittlung der Stiftung konnte die Stimmen der Tankstellenangestellten hören, die über einem Kartenspiel auf dem Fußboden lachten und stritten, das Gedudel ihres Radios. »Sie feiern ja früh am Morgen, Mrs. Stark!«

Sie fuhr; ihre Gedanken gingen wie hinter Gittern hin und her zwischen dem leeren Büro, in dem Zeph Rapulana über Vernunft und Strategie gesprochen hatte, dem Schreibtisch, von dem aus sie den Brief an die TPA geschrieben hatte, und der Collage in ihrem Kopf, die sich aus so vielen Pressefotos und Fernsehberichten zusammensetzte, so viele springende und fallende, laufende Gestalten, so viele brennende Hütten, so viele Tote, hingeworfen auf die Erde wie Bündel blutbefleckter Wäsche. Zwischen den beiden gab es keine Verbindung. Bevor sie von den Behörden eine Antwort auf den Brief, ihren und Rapulanas Brief, bekommen konnten, bevor die Bürokratie »Schritte einleiten« konnte, hatte die Lösung aller Dinge Schritte gemacht – der Tod, wieder Tote.

Die Autotür schlug vor der Polizeiwache des Distrikts zu, und die Sonne traf sie wie ein Schlag, machte sie nach der langen einsamen Fahrt schwindlig. Staub, das Funkeln des Sicherheitszauns; sie ging unter dem schwerlidrigen, müden Blick eines schwarzen Polizisten vorbei, der die Maschinenpistole auf den fleischigen Oberschenkel gestützt hielt. Drinnen war ein weißer Polizist am Telefon. Er hatte die Ellenbogen auf den Thresen gestützt und versteckte sein flirtendes Gesicht hinter den Händen, es war eines dieser Telefongespräche zwischen jungen Männern und Mädchen, die aus kicherndem Schweigen und intim kurzen Bemerkungen bestehen. Ein weiterer Polizist stand vor einem Aktenschrank, er rauchte und sah zögernd auf die Papiere vor ihm herab. Während sie ihn befragte, sah er immer wieder seitlich auf dieses oder jenes Blatt. Er zuckte die Schultern, ohne zu antworten und rief etwas in Richtung einer offenen Tür, durch die dann ein ranghöherer Polizist erschien. Er war ein gutaussehender Afrikaaner mit einem glänzenden Schnurrbart und einem Napoleon-Schnitt, ein gepflegter Hengst, der eine bestimmte Art mit Frauen hatte. Es war, als wäre er überzeugt, daß er den Frauen irgendwo unter all den Klagen und Sorgen gefiel, ob sie es nun mochten oder nicht. Selbst dieser *Tannie** gegenüber legte er seine herablassende Freundlichkeit an den Tag, ja, ja, er wußte schon, wie man mit überängstlichen Damen umging, die sich Sorgen um ihre schwarzen Bediensteten machten. Diese Geschichte mit den Squattern gestern abend; neun Tote soweit, aber noch keine Namen, die Leichen mußten noch identifiziert werden – wenn die Verwandten zu finden waren, man wußte bei denen nie, sie waren auf diese Camps verstreut. Er schrieb den Namen der Stiftung auf, ohne daß er ihr eine Reaktion darauf zeigte, daß sie mit dieser unruhestiftenden Organisation zu tun hatte. Ja, ja, sie konnten telefonieren und nach ihm persönlich fragen, ja, ja, er war zu jeder Hilfestellung be-

* Tante, ältere Frau. A.d.Ü.

reit. Er knuffte den Kopf des jungen Mannes am Telefon, als er in sein Büro zurückging.

Sie fuhr zu einem Gebäudekomplex aus Werkstatt, Tankstelle, Restaurant und Toiletten an einer Abfahrt von der Straße und fand eine Reihe von Telefonen. Im Laden hörte sie jemand, es klang nach einem Kind, laut atmend an, und legte dann den Hörer beiseite. Vera rief laut: »Hallo! Hallo!«, wie besessen von einer zwecklosen Ungeduld mit allen, der Polizei, dem unbekannten Ladenbesitzer und der ganzen wilden Querfeldeinjagd, die schon so lange ihr Arbeitsleben ausmachte: die Schuldigen zur Verantwortung ziehen, Schlupflöcher im Starrsinn der Ämter finden, den Unwissenden und Ungebildeten helfen. Der offen daliegende Hörer am anderen Ende der Verbindung, die gemächlichen Hintergrundgeräusche der Menschen dort, die sie ignorierten – das war nur eine weitere der üblichen Irritationen, aber es brachte sie zur Verzweiflung und zerstörte die Kontrolle, unter der sie die Tatsache von neun unbekannten Toten gehalten hatte. Wenn das Kind in Reichweite gewesen wäre, hätte sie es geschlagen. Gewalttätigkeit kochte in ihr von irgendwoher hoch. Wenn Odendaal Leute umbringt, legt ihn auch um. Wenn sie diesen guten Mann getötet haben, warum sollten sie dann nicht auch sterben – sie verstand mit ihrem ganzen ungeduldigen, wütenden Körper die Gewalt, die sie, wie andere auch, gedankenlos nannte. Als der Hörer aufgenommen wurde, nannte sie gereizt Namen und Beruf. Die leise heisere Stimme ein Mannes sagte, nein, alles in Ordnung, meinem Vetter geht's gut, ist okay, ihm ist nichts passiert, wenn Sie ihn treffen wollen, kann ich jemanden schicken ...

Er sagte ihr, wie sie zu dem Laden kam. Sie verfuhr sich, mußte an Polizeisperren umkehren, fand einen anderen Weg – da war es, ach ja, sie erinnerte sich, daß sie ihn damals am ersten Tag an diesem Laden abgesetzt hatte, nachdem sie bei Odendaal gewesen waren.

Er war da, stand im Laden, wartete auf sie, er trug eine Krawatte, den rechten Arm in einer Binde, und, blutig durch den Verband sickernd, die zusammengepreßten roten Lippen einer tiefen, von Klammern zusammengezogenen Schnittwunde im schwarzen Fleisch seiner Wange. Er lächelte.

Eine Art Schüchternheit überkam sie, weil er am Leben war. Ein Schauer überlief sie – es war kein Zittern, sondern die bebende Welle, die einen durchläuft,wenn man der Furcht nachgibt oder sich übergeben muß. Sie hatte die Gewißheit, daß er von Odendaal umgebracht worden war, nicht in sich aufkommen lassen, aber nun, da sie ihn sah, traf sie sie auf einen Schlag.

»Es tut mir sehr leid. Sie haben sich Sorgen gemacht. Mein Vetter hat es mir erzählt.« Eine sanfte und ruhige Stimme.

Sie stand da, jemand der von einem anderen Planeten kam, aus dem Weltraum der Sicherheit, stand im trüben Licht des kleinen Ladens, in dem Staubteilchen von Getreide und verschüttetem Zucker trieben; die eingeschlossenen Gerüche der Nacht, Schnupftabak, Seife, gebrauchte Schuhe mit ihrem eingetrockneten Schweiß, Armeejacken, Mäusekot und Wachs lagen dick in der Luft. Er sah, kam sofort zu ihr herüber und ergriff mit der linken Hand auf seltsame Weise ihren Unterarm über dem Handgelenk, hielt ihn so, zwischen ihnen. Vorsichtig, zögernd, legte sich ihre andere Hand über seine.

Er ging ihr voraus zu einem Schuppen hinter dem Laden. Da gab es Plastikstühle und ein ungemachtes Bett, in dem jemand geschlafen hatte. Er schaltete das Radio ab und gab einem Kind Anweisungen. Es brachte Tassen mit süßem, milchigen Tee.

Sie fragte nicht, ob die Squatter sich Odendaals Haus mit Steinen und Waffen genähert hätten. Sie fragte nicht, ob er sie angeführt habe. Er berichtete trocken, ab und zu mit dem Mittelfinger an der Schnittwunde auf seiner Wange entlangfahrend, wie Odendaal und sein Kommando durch das Squatter Camp gezogen waren, schießend, Menschen aus den Hütten herausziehend. Eine Pause, er befühlte die Wunde. Ein nachdenkliches, tiefes Murmeln, sehr ausdrucksvoll in seiner Sprache, das – wie sie aus ihrer Erfahrung mit Schwarzen, die in ihrer Gemeinde Status besitzen – immer eine Art Warnung oder Vorbereitung bedeutete, für das, was danach gesagt wurde. »Jetzt wird die Verwaltung handeln. Nun werden sie sein Land kaufen müssen. Er wird keinen Ärger mehr damit haben. Odendaal im Glück. Er wird Geld kriegen, eine Menge Geld, er wird froh sein. Und das Land ...«

Sie sahen einander an, blickten dann zur Seite.

»Neun Tote, also werden wir's bekommen.« Jetzt war es möglich, es ihm zu sagen: »Wir müssen dafür sorgen, daß eure Leute es bekommen, niemand sonst.«

»Und das schnell. Wann soll ich ins Büro kommen? Ich bring besser den Häuptling mit, für Pretoria ist es immer besser, wenn die Sache vom Häuptling unterstützt wird. Aber zuerst muß ich die Beerdigung vorbereiten.«

»Ich dachte ...« Ihr stand das vorbereitende Murmeln nicht wie ihm zur Verfügung. Er legte den Kopf ermutigend ein wenig schief. »Vielleicht ist es immer eine Art Auferstehung, wenn man dem Tod knapp entkommt. Vielleicht ist so die ganze Legende von Christi Auferstehung aus dem Grab entstanden – ich denke, sie haben ihn vielleicht vom Kreuz genommen und konnten einfach nicht glauben, daß er noch am Leben war, konnten nicht glauben, daß er da war, lebendig, vor ihnen ... das war in Wirklichkeit die Auferstehung. Die ganze Geschichte vom leeren Grab, von dem Wunder, kam daher.« Dann erinnerte sie sich daran, daß er wahrscheinlich gläubig war. Als sie sich zum ersten Mal getroffen hatten, an dem Tag, als sie zu Odendaal fuhren, hatte der Mann die Art bescheidener Selbstgerechtigkeit an sich gehabt, etwas Steifes in seiner Haltung, wie eine Schicht, die sich über das afrikanische Temperament gelegt hatte, die der regelmäßige Kirchenbesuch in ländlichen Leuten anscheinend hervorbrachte. Am Straßenrand hatte er dagesessen wie in einer Kirchenbank. Diese Oberfläche war wie Morgennebel in der Hitze der Ereignisse weggebrannt worden. Sie hatte das im Laufe seiner Verwicklung in diese Ereignisse verfolgen können – er schien ihr wie befreit durch diese Verwicklung. Aber ein Glaube, der in der Kindheit eingeimpft wurde, war oft auch durch die Vernunft und Erfahrung des Erwachsenen nicht zu widerlegen. Vielleicht hatten ihn ihre ketzerischen Zweifel an der Göttlichkeit Christi verletzt.

Er verstand, daß sie über ihn gesprochen hatte.

»Ich konnte noch fahren. Ich hab zwei von ihnen im Wagen zum Krankenhaus gebracht. Er ist voller Blut. Die Frau starb, bevor wir gegen Mitternacht da ankamen. Ja ... Der Junge wird vielleicht überleben. Da hab ich das hier nähen lassen.« Er bewegte den Unterkiefer gegen die Steifheit des Fleisches, das auf seiner Wange zusammengezogen war.

In Veras Wagen fuhren sie zu dem, was Odensville gewesen war.

Die Betäubung in der Nachwirkung einer Katastrophe hatte den Puls der Existenz auf ein Minimum gebracht; die Menschen atmeten, das war alles. Kinder mit den hin- und herfallenden Köpfen schlafender Babys auf dem Rücken saßen herum, es war nicht festzustellen, ob sie draußen saßen oder dort, wo sie gewohnt hatten – jeder Fetzen, der einmal Unterkunft oder Besitz hätte signalisieren können, war zerstört und durcheinandergeworfen. Getrocknete Tränen hatten salzige Spuren auf den grau-schwarzen Wangen der Frauen hinterlassen, die man nicht anblicken durfte. Männer wanderten herum, drehten zersplittertes Holz um, zerrissene Pappe, Plastik, das mit schwarzen Rändern zu fantastischen Wirbeln und Gipfeln verbrannt war wie die erstarrten Wellen auf japanischen Stichen. Eine Nähmaschine unter wild beiseitegetretenen bizarren Hügeln aus Töpfen und Kleidung war ein Kunstwerk einer zerstörten Kultur, das man ausgegraben hatte. In Veras Augen waren die Squatter Camps nie etwas gewesen, das irgendjemand als ein Zuhause betrachten konnte. Jetzt in der Zerstörung der elenden Hütten aus dem, was man auf einer Müllhalde findet, sah sie, daß sie ein Zuhause waren, dieser Ort war ein Zuhause gewesen.

Er redete leise mit Leuten; er und sie sprachen nicht miteinander, alle ignorierten sie, es war, als wäre sie unsichtbar, die Ereignisse der Nacht waren ihren Augen aufgeprägt, machten sie blind für den Tag.

Was ist passiert.

Immer werden Erklärungen erwartet.

»Ich kann nicht … du kannst in der Zeitung lesen, was passiert ist, du wirst im Fernsehen sehen, wie es jetzt da aussieht. Das ist alles. Man kann einfach nicht erklären, wie's im Krieg ist – jeder sieht was anderes.«

Ben hatte einen Fingernagel im Ohr, irgend etwas störte ihn da; der private Moment wirkte wie die bewußte Unaufmerksamkeit eines Beleidigten.

Sie versuchte es noch einmal. »Wenn man selbst da ist, ist es ganz anders, als man geglaubt hat. Und jeder, der da war, würde was anderes berichten … es wär für dich nicht dasselbe wie für mich, oder für andere nicht dasselbe wie für dich.«

»Ist nicht der eigentliche Punkt der, daß du die Nacht da nicht erlebt hast?« Im Ton von jemandem, der glaubt, er kenne sie besser, als sie sich selber.

»Nein nein. Nein nein. Das ist klar. Das hat nichts mit dem zu tun, was ich zu sagen versuche.«

»Du kommst immer, nachdem es geschehen ist: das ist doch deine Arbeit, oder? Immer dasselbe, nichts Neues: die Folgen solcher Dinge. Es ist ja nicht das erste Mal, daß du sowas gesehen hast.«

Im Büro sprach sie einen Augenzeugenbericht über die Situation in Odensville nach dem Angriff auf Tonband. Er kam mit sauberen Überschriften und Rändern im Ausdruck eines Computers auf ihren Schreibtisch zurück. Während sie ihn auf Tippfehler durchsah, empfand sie Verärgerung, fast Verletztheit darüber, daß Ben das, was da geschehen war, als Teil ihrer Routine in der Behandlung von Fällen beschrieb. Der Schmerz katatonischer Regungslosigkeit, ein weiterer Aspekt der Verzweiflung unter den vielen, die sie bereits verstand, war ein schreckliches Wissen, das sie nun herumtragen würde, da sie sich niemals durch eine professionelle Einstellung gegen Gefühle abhärten konnte oder wollte. Das war es, was in Odensville geschehen war; daß sie verstanden hatte. Das andere Geschehen war etwas, dem sie sich nur langsam näherte, zu dem sie als Ablenkung von der Arbeit und all den Ansprüchen ihres Lebens zurückkehrte. Es unterbrach wie ein Kurzschluß alle Hauptlinien des Bewußtseins und der Erinnerung, suchte eine neue Verbindung mit bisher unangetasteten Reserven – so wie man weiß, daß es Verbindungen im Gehirn gibt, die im Laufe eines Lebens unbenutzt bleiben können. Zuerst fiel ihr mit einem Pulsschlag, der halb Ekel, halb Furcht war, plötzlich ein, daß die Geste des Mannes, als er ihren Arm ergriff und sie automatisch ihre Hand einen Moment über seine Knöchel legte, eine Wiederholung des Einverständnisses mit ihrem Hitler-Baby Otto war, eine Liebesaffäre zu beginnen, vor langen Jahren. Ja, in diesem plötzlichen Kontakt hatte damals ein sexuelles Frage-und-Antwort-Spiel gelegen, aber die Annäherung dieses anderen Mannes und die einfache Annahme, daß er das Recht hatte, sie so seltsam zu berühren, und daß sie ihre Hand über die seine legte, war etwas ganz anderes. Und doch unterschied es sich von einem Händeschütteln, das ebensowenig mit irgendeiner Art von Intimität zu tun hatte wie Schulterklopfen mit einem Kuß.

Irgendeiner Art von Intimität? Sie wandte sich wieder und wieder von der Deutung des Vorgangs ab. Bestimmt nicht sexuell. Sie wußte ohne jeden Zweifel, daß ihr Impuls, als sie die Hand auf seine gelegt hatte, nichts mit einer sexuellen Einladung zu tun hatte, weder von ihm noch von ihr. Sie wußte noch während sie den warmen Griff seiner großen Hand spürte, daß seine Geste nichts Sexuelles an sich hatte; die Nerven von Haut und Fleisch erkennen die sinnliche Berührung sofort. Guter Gott, war sie nicht auch zu alt? Was es nicht sogar lächerlich, eine Eitelkeit, daß sie sich vorstellte, diese Geste könne eine Wiederholung jener anderen sein? Sie hatte manchmal befürchtet – in der Zeit, als sie ihn vermißte, in der unkontrollierbaren Sehnsucht ihres Körpers nach dem Mann Otto, nach Hunderteinundzwanzig –, daß sie im Alter eine der Frauen werden könnte, die eine Schwäche für junge Männer haben, daß sie ihr Haar färben und sich im Dunkeln ausziehen würde, um den schlaffen Hintern und den traurigen Bauch vor einem Liebhaber zu verbergen, den sie bezahlt hatte – mit was? Goldgewichte und Seidenhemden sind nur der Anfang. Gott sei Dank – es hatte keine Anzeichen für eine Vorliebe für junge Männer gegeben. Aber was hatte ein solches Mißtrauen gegen sich selbst schon mit der Realität einer Gemeinde zu tun, die unter den Ruinen ihrer Hütten gerade noch atmete, neun Tote, ein Mann mit aufgerissener Wange, der einen Wagen fuhr, während eine Frau auf dem Rücksitz starb – welche Bedeutung konnte ihr Mißtrauen gegen sich selbst haben, welche Realität, gegen das! Wem konnte sie das *Unangebrachte* jeder persönlichen Beschäftigung mit solchen Fragen vermitteln – in einer Situation, in der alle Individualität sich in Terror und Verzweiflung aufgelöst hatte. Nicht dem Liebhaber-Ehemann, dem sie immer alles erzählt hatte, wie sie zumindest glaubte. Nur sich selbst. Erst gibt man die Schulmädchenbeichte auf, dann die Art der Freundschaft mit Männern und Frauen, in der man irgendwann begreift, daß Vertraulichkeiten zu Waffen werden, die man anderen zum späteren Bedauern in die Hand gibt; schließlich erweist sich das Glück, dem Geliebten die Last seines Ichs aufzubürden, als auf Dauer unhaltbar. Der Geliebte ist unter jeder Adresse unbekannt, ein Ich kann man im Gegensatz zu einem Bett nicht teilen, und man kann es auch nicht ablegen.

In den darauffolgenden Wochen, als Zeph Rapulana immer wieder wegen Odensville in die Stiftung kam, begann sie langsam zu verstehen – nicht so sehr durch Nachdenken darüber, als vielmehr, indem sie es unwillkürlich akzeptierte, so wie man eine körperliche Veränderung oder eine Stimmungsveränderung akzeptiert –, daß das, was sie als eine Nachahmung der Vergangenheit verstört hatte, der Beginn einer neuen Befähigung in ihr war, etwas in der Chemie menschlichen Kontaktes, zu dem sie erst jetzt bereit war. Dieser schwarze Mann vom Land, über dessen Leben sie außer seiner Rolle im Odensville-Fall nichts wußte (Frau, Kinder, Verwandte und Freunde), besaß diese Befähigung schon. Deshalb war er in der Lage, sie mit einer Geste zu berühren, die weder eine sexuelle Zärtlichkeit noch ein unpersönliches Händeschütteln war, wie sie es gewöhnlich austauschten. Er verstand, daß ihre Angst, er könne tot sein, deutlich machte, daß er aus Gründen, die nicht erklärt wurden, die auch nicht erklärt zu werden brauchten, nicht einfach nur ein weiteres Individuum war, das im Verlauf ihrer Arbeit in Gefahr geriet. Es gab zwischen ihnen eine Ebene des ruhigen gegenseitigen Verstehens, das nicht sehr tief ging, aber deutlich abgehoben war von den komplizierteren und tiefergehenden Beziehungen, aus denen sie beide kamen. Es war eine Ebene, die weder etwas mit Sex zu tun hatte noch die einer Freundschaft war.

Die Umstände ihrer beider Leben, das was sich an Leben hinter ihnen erstreckte, verhinderte die geteilten Erfahrungen einer normalen Freundschaft. Sie war eine Frau der städtischen Mittelklasse – das war ebenso entscheidend wie die Tatsache, daß sie weiß war. Sie ordnete ihr Leben mit Telefon und Fax, eine Sekretärin und ein Parkplatz für ihren Wagen vor dem Büro waren für sie eine Selbstverständlichkeit; sein Status in der ländlichen Gemeinde – das war bei ihrer Erfahrung solcher Dörfer nicht schwer vorzustellen – wurde durch ordentliche Kleidungsstücke, die an einem Draht hingen, und durch einen kleinen Stapel Bücher und Papiere in einer Baracke markiert. Was hatten sie an Vertrautem gemeinsam, außer der Odensville-Affäre?

Seine Sexualität im späten mittleren Alter wurde zweifellos irgendwo anders befriedigt. Bei aller Reserviertheit Veras hinter ihrem Büroschreibtisch war sehr klar, daß der Unterschied der Hautfarbe für beide kein Tabu gewesen wäre. Sex hatte keinen Anteil an ihrer Wahrnehmung des anderen, sie wußten nur beide, daß der oder die andere aus sexuellen und familiären Beziehungen heraus zu diesen Treffen kamen, die mit ihnen nichts zu tun hatten. Vera hatte sich noch nie einem Mann so nahe gefühlt – es war mehr als ein Hingezogensein zu ihm –, der sie sexuell nicht interessierte. Und es war nicht so, daß sie ihn körperlich unattraktiv fand; vom ersten Mal an, da er ihr vor ihrem Schreibtisch gegenübersaß, fand sie sein breites Gesicht gutgeformt und fest wie polierten Basalt, sein kräftiger, aber graziler Rücken, wenn er einen Raum verließ, gefiel ihr, seine Hände, die ruhig auf den Oberschenkeln ruhten, wenn er sprach. Seine Gegenwart gab ihr eine Ruhe und Sicherheit, von der sie bis dahin nicht gewußt hatte, daß sie sie woanders mit niemandem mehr fand. Es war, als ob sie in der alltäglichen Art ihres fortwährenden Kontakts über die Stiftung zu einem einzigen Geschlecht gehörten – eine Versöhnung all dessen, was sie für sich erfahren hatten, er als Mann, sie als Frau.

Didymus' linkes Auges blinzelte, während das andere von Schlaf verklebt blieb. In dem künstlichen Licht des von den Vorhängen gedämpften frühen Morgens stand sie da, eine auf frischer Tat ertappte Einbrecherin. Das Auge bannte sie. Aber dies war kein Eindringling: Sibongile, die ein frühes Flugzeug gebracht hatte, das Asphaltknirschen erhob sich in der Stille, als das Taxi, das sie nach Hause gebracht hatte, auf der leeren Straße umdrehte.

Sie löste sich aus ihrer Starre. Setzte den Koffer ab. Er schloß beschämt das trübe grüßende Auge, da war es noch besser, so zu tun, als schliefe er, ließe sich zurück in den Schlaf fallen. Sie zog den Koffer auf seinen Rädern über den Teppich, raschelte mit Papieren und klickte Gegenstände an Oberflächen. Dann der Wasserfall der Dusche im Badezimmer. Das Bett neigte sich ein wenig zur Seite, als sie hereinkam. Er wußte, sie wollte ihm zeigen, daß sie ihn nicht aufwecken wollte: als wäre sie nicht da; oder als wäre sie nie fort gewesen.

Er sprach. »Wie war's?«

Er konnte sich einfach nicht erinnern, wo sie hingeschickt worden war, was es diesmal war, Japan, Libyen, nicht die UN, nein. Lieber nicht fragen, wie Gaddafi war.

»Unglaublich.«

Sie lag da und wollte einschlafen, alles, was sie gehört und getan hatte, hell in ihr, sie konnte es nicht auslöschen – es war so, wie er sich gefühlt hatte, wenn er von seinen Missionen zurückkam, bei denen sie nicht hätte fragen können: Wie war's?

Die dichte Atmosphäre der Welt von Diskussionen und Verhandlungen stieg aus ihrem Haar und von ihrer Haut auf, wie Zigarettenrauch an der Kleidung von jemandem hängt, der in einem überfüllten Raum gewesen ist. Er witterte es wie ein Hund, der an den Schuhen seines Herren schnüffelt, um aufzuspüren, wo er gewesen ist.

Sie war ihm fremd und sie war ihm so vertraut wie sein eigener Körper; so mußte es für sie gewesen sein, in jenen Jahren, als er kam und ging; wenn er überhaupt darüber nachdachte, hatte er gedacht, daß es nun einmal so war; es war die Rolle der Frauen. Sie schlief, plötzlich, mit einem schnaubenden Atemholen. Dieser Körper neben dem seinen beanspruchte das ganze Bett, drängte gegen seinen. Der spürte nicht das geringste Begehren nach ihrem.

Er mußte geschlafen haben. Beide erwachten vom Zuschlagen der Tür, als Mpho zur Schule ging, und Sibongile war sofort aus dem Bett heraus, lief barfuß in ihrem schimmernden Nachthemd zu ihrem halbaufgerissen daliegenden Koffer und den Paketen auf dem Fußboden. »Guck mal, was ich für dich hab.« Man ist immer glücklich, wenn man den Daheimgebliebenen zum Trost Geschenke mitbringen kann.

Es war ein schöner Stab (wie er zuerst glaubte), nein, ein Gehstock, Ebenholz. Der Knauf war in der Form einer Faust gearbeitet, die sich um einen Ring schloß, und der Stock selbst war mit Schnitzereien bedeckt, die sich bis zum kupfernen Ringbeschlag an seinem Ende hinunterzogen. »Ist er nicht fantastisch? Was für eine Arbeit darin steckt! Ich wußte, daß du ihn mögen würdest. Ich hatte überall auf dem Markt geguckt, aber ich hatte so wenig Zeit – und dann war da dieser fliegende Händler, so ein Quälgeist vor dem Hotel, eines Tages hielt er den Stock hoch, und ich wußte sofort, der ist für dich. Hier – alles aus einem Stück geschnitzt.«

Sie mochte ihn. Sie setzte sich wieder aufs Bett, als er den Stock von ihr bekommen hatte und unter ihren Augen die Schnitzarbeit nachtastete. Ihre Füße mit den magentafarbenen Nägeln gingen auf und ab, ihre Schenkel legten sich verändernde Glanzkurven in den Satin, der sie bedeckte (er war immer stolz darauf gewesen, wie sie sich kleidete, sie hatte ein Talent dafür, den Anschein ausschweifenden Luxus' zu erwecken, selbst was ihre Dessous anging, selbst als sie im Exil gelebt hatten und arm waren und sie improvisieren mußte). »Und guck dir mal die Maserung an, hier, diese helleren Streifen die Finger hinunter – ist das nicht erstaunlich – und fühl mal, wie schwer und fest.«

Pflichtbewußt hielt er den Stock waagerecht, er setzte sich auf und wog ihn auf den Handflächen. »Wo soll ich ihn hinhängen? Über den Schreibtisch oder vielleicht hier über die Tür.«

Sie schlug sich auf die Schenkel, was einen Schauer über das Satin laufen ließ. »Das ist kein Schmuckstück! Der ist zum Spazierengehen! Dann nimmst du ein bißchen ab! Glaub nicht, ich hätte bei meinen Geschenken keine Hintergedanken, mein Lieber ...« Ihre Stimme durchlief die Stufenleiter ihres Lachens. Sie schwang sich vom Bett herunter, und er konnte sie durch die Zimmer gehen hören, wo sie die Spuren ihrer Abwesenheit inspizierte. Sie schloß Schranktüren in Mphos kleinem Zimmer, öffnete und schloß den Abfalleimer, als sie etwas wegwarf, was er oder Mpho liegengelassen hatten. Der Gehstock ruhte auf seiner Brust. Er öffnete die Augen. Sie erschien in der Schlafzimmertür, wie sie in der Morgendämmerung aus einem fernen Land aufgetaucht war, nur jetzt im Morgenrock, die Arme unter den Brüsten gekreuzt. »Willst du nicht aufstehen?«

»Haben wir's eilig?«

»Oh, komm. Ich hab Hunger.«

Also wollte sie ihn in der Küche haben, um ihm einen Vortrag über die Ergebnisse ihrer Reise zu halten, während sie zusammen das Frühstück vorbereiteten. Sie probierte das an ihm aus – er war schließlich ein in solchen Dingen erfahrener Genosse –, bevor sie ihren Bericht schrieb. Es mußte eine Mission in einem afrikanischen Land gewesen sein – wo hätte der Gehstock sonst herkommen sollen? Wahrscheinlich war sie zu Verhandlungen dorthin geschickt worden, weil die Bewegung da Schulen für die Kinder der im Exil Lebenden und verschiedene andere Gebäude besaß, die nun von der Regierung jenes Landes übernommen werden sollten. Die Parteiführung hatte es ihrem diplomatischen Geschick überlassen, ob man für diese Einrichtungen, die man nicht mehr brauchte, irgendeine Entschädigung bekommen konnte oder ob man sie als Dank dem Land schenken sollte, das den Exilanten Asyl gewährt hatte. Die Schweden hatten die Schule finanziert und Wohnquartiere für die Lehrer gebaut – es hatte also Verbesserungen des Besitzes gegeben, seit das Gastgeberland der Bewegung den Grund und Boden gestiftet hatte. »Ein Diner mit dem Präsidenten, sie haben mir sogar Blumen ins Hotelzimmer geschickt und alles – ich find es ja besser, wenn sie Obst schicken, aber das machen nur die Europäer, auf unserem Kontinent glauben die Leute ja leider nicht, daß Früchte was Gutes sind. Eine laaange Erklärung von ihm, wie wir unsere Sache hier machen sollten, mein Gott, wenn man all die Ratschläge niederschriebe, die wir kriegen, würde das einmal um die Welt reichen – kein Wort über irgendeine Entschädigung für den Besitz. Am nächsten Tag dann die große Zeremonie der Übergabe, Präsidentengarde, Militärkapelle, noch mehr Reden, darunter meine. Aber alles, was ich tun konnte, als ich den Minister dann mal alleine in seinem Büro hatte, war das Versprechen eines landwirtschaftlichen Ausbildungsprogramms aus ihm rauszukriegen, ganz klein, wir könnten ein paar Studenten da raufschicken, keine Studiengebühren, aber wir wären für den Lebensunterhalt verantwortlich. Ich glaub kaum, daß ich das empfehlen kann, oder? Ich komm lieber mit leeren Händen zurück als mit etwas, das wir nicht wollen.«

»Und das Camp?«

Sie machte ihm ein Zeichen, zwei Scheiben Brot in den Toaster zu tun. Dann warf sie sich in ihr Repertoire von sprechenden Gesten, sie breitete die Arme weit aus, schlug die Hände mit einem leisen Klatschen zusammen, so daß sie die Haltung des Gebets nachahmten, sie stützte mit einem zusammensinkenden Seufzen die Ellenbogen auf den Küchentisch.

»Hast du Matthew oder Tatamkulu getroffen?«

»Wer ... «

»Du weißt doch.«

»Sind nicht mehr da.«

»Also bist du hingefahren.«

»Ich hatte Instruktionen. Ich hab Dokumente hingebracht, hab nicht gefragt, was das war.« Sie sagte das, als wäre es das letzte Wort zu diesem Thema. Aber er, nicht sie, hatte einmal von diesem Camp aus operiert, es war in einer der Perioden, als er aus den Exilwohnungen, die sie in Europa und Afrika gehabt hatten, verschwunden war. Er hatte das Recht, nach diesem Camp zu fragen, in dem Spione, die sich in die Bewegung geschlichen hatten, festgehalten wurden, obwohl das kein Diskussionsthema war. Vor kurzem hatte die Bewegung einen öffentlichen Bericht über das Camp herausgegeben, über die Dinge, die dort geschehen waren; unaussprechliche Dinge. Als der Bericht kurz vor der Veröffentlichung stand, hatte er gemeint, es sei besser, ihr zu erzählen, was er ihr niemals erzählt hatte: daß er eine Zeit, eine verzweifelte Zeit, als die Freiheitskämpfer und die Bewegung selbst durch Infiltration in großer Gefahr waren, einer derjenigen gewesen war, die Verdächtige verhörten – ja, er war dort ein Gefängniswärter gewesen. Er hatte ihr die Decknamen der anderen, die das Camp leiteten, genannt, er hatte ihr berichtet, daß zwei von ihnen schließlich zusammen mit ihm gegen die Methoden protestiert hatten, mit denen man Informationen aus den Gefangenen herauspreßte. Sie wußte ganz genau, nach wem er fragte, als er diese Namen erwähnte.

»Es ist also nicht geschlossen.«

Sie hob das Kinn und blinzelte müde. »Sie sind dabei. Ich hab da nicht viele Lebenszeichen gesehen.«

»Hat jemand gesagt, was gemacht wird, wenn Leute, die da gesessen haben, freigelassen werden, wer sie dann hierher zurückbringt? Machen das die Regierungsstellen, die sie damals beauftragt haben, uns zu infiltrieren, oder überläßt man sie einfach ihrem Schicksal? Die tun heutzutage natürlich am liebsten so, als hätte es solche Stellen gar nicht gegeben. Und die Leute kommen sowieso irgendwie hierher, können dann wieder gegen uns eingesetzt werden. Eine Art Recycling ... Na ja, wir konnten nicht so weit vorausdenken; es gab viele Dinge, über die wir nicht nachdenken konnten, da oben.«

»Niemand hat mit mir gesprochen, ich hab nur das übergeben, was ich übergeben sollte. Das war's.«

»Sieht dir nicht ähnlich, daß du dich damit zufriedengibst, ein Bote zu sein.« Er stellte Teller in den Ausguß, den Rücken zu ihr; er wandte den Kopf.

Sie gähnte und gähnte, als ob ihr Kiefer sich lösen wollte, und sie schlenderte aus der Küche hinaus. Zurück ins Bett, um sich von der Reise zu erholen: aber nein, da tauchte sie wieder auf, angezogen, geschminkt, Tasche und Schlüssel in der Hand, auf dem Weg ins Büro. Er saß in seinem Pyjama über dem Becher Kaffee, den er sich noch mal warmgemacht hatte. Sie schämte sich, war es das? Schämte sich, weil er in diesem Camp gewesen war, wo die Methoden, Menschen Informationen durch Schmerz und Demütigung zu entreißen, die sie von der weißen Sicherheitspolizei gelernt hatten, von jenen übernommen wurden, die ihre Opfer gewesen waren. Sie schämte sich, obwohl er schließlich herausgekommen war, sich geweigert hatte, da weiterzumachen. Er hatte sich geweigert und doch verstanden, warum andere die schrecklichen Dinge tun konnten, die sie taten; sie war eben eine Frau, sie verstand die Revolution, aber den Krieg verstand sie nicht.

Er saß in der Küche und war sich des irritierenden Tropfens des Wasserhahns bewußt, den er nicht ganz zugedreht hatte. Aber er war nicht in der Lage, sich abzulenken, indem er aufstand und ihn schloß.

Nein. Sie schämte sich nicht; es war mehr die Sorge um ihre politische Stellung. Da sein Deckname in dem öffentlichen Bericht nicht genannt worden war, ging sie davon aus, daß sie durch ihre Verbindung mit ihm nicht belastet war. Denn manchmal entstand die politische Notwendigkeit, jene zu disziplinieren oder in einigen Fällen sogar aus der Bewegung auszustoßen, die in solche Dinge verwickelt waren. *Unaussprechlich*: selbst das Thema, für Sibongile. Sie will, selbst im Privaten, keine Erinnerungen, keine Vertrautheit mit Namen, sie will nicht, daß er darüber spricht. Sie muß an ihre Stellung denken. Als er da allein in der Küche saß, ging ihm das seltsame Bild durch den Kopf, wie sie hektisch und abgestoßen alle Spuren eines Hundehaufens, in den sie getreten war, von der Sohle ihres Schuhs kratzte.

Sie hatte das Bett gemacht und den Gehstock über die Tagesdecke gelegt. Mpho hatte Ohrringe und andere kleine Geschenke von den Reisen ihrer Mutter ins Ausland; er hatte dies. *Der ist zum Spazierengehen*. Ein Geschenk für einen pensionierten Mann, der damit zufrieden sein sollte, die Zeit angenehm mit ein wenig Bewegung zu verbringen.

Sally Maqoma hat das Restaurant ausgesucht. Man kennt sie hier. Sie bestellt Seezunge. »Sie wissen ja, wie ich sie eß, gegrillt, nicht in Butter oder Öl schwimmend, und viel Zitrone, bringen Sie bitte eine ganze Zitrone.« Sie und ihre alte Freundin Vera Stark haben schon oft versucht, mal zusammenzukommen (wie sie es ausdrücken), und endlich hat Sally einmal eine freie Stunde gefunden, zwischen einem Morgentermin und einem Treffen in Pretoria um halb drei, für das ein Fahrer sie abholen wird. Sie reden über Politik, da haben sie ähnliche Erfahrungen – Vera kennt durch ihre Arbeit und ihre Verbindungen die meisten der Verhandlungen, die insgeheim ablaufen, während die politische Rhetorik behauptet, daß es keine Kontakte geben kann –, aber Sally läßt sich nur selten irgendwelche politischen Vertraulichkeiten entlocken. Vera ist sich dessen bewußt und respektiert die Ausflüchte, während sie sie zugleich zu deuten versucht. Während sie essen und das Mineralwasser trinken, das Sally auf Anraten ihres Arztes reichlich zu sich nehmen soll, hört Vera ihrer Freundin zu und stückelt Gerüchte zusammen, um die Lücken in der Spontaneität des Gesprächs zu füllen. Was Sally nicht sagt, deutet an oder soll andeuten, daß die Delegation, die nach Pretoria fährt (Sally hat von »uns dreien« gesprochen, die eilig dorthin müssen), einen Minister treffen soll, um über die Schulkrise zu sprechen, aber es könnte durchaus sein, daß es sich um eines der Gespräche handelt, welche die Bewegung Gerüchten zufolge mit rechtsextremen weißen Gruppen führt – auf Anfrage dieser Gruppen. Vera versuchte das bärtige Gesicht einer Gestalt in Kommandouniform über das lebhafte, skeptische schwarze Gesicht vor ihr zu legen, das auf sie einredete. Sie konnte eine allgemeine Frage riskieren. »Ist an diesen Zeitungsspekulationen, daß der AWB und andere Gruppen von der Sorte reden wollen, was dran?«

Sally hob die Augenbrauen und schob den Kopf in einer bewußt komischen Bewegung vor. »Das klingt unwahrscheinlich.« Sie nahm einen langen Zug, und als sie das Glas dicht neben Vera Starks Hand abstellte, berührte sie sie leicht. »Alles Unwahrscheinliche ist wahrscheinlich geworden. Das ist heutzutage unsere Politik.«

In ihrem Gelächter tauchte die Nebenströmung ihres Familienlebens auf, die Vertrautheit der Zeit, als sie ihre Kinder zusammen hatten spielen lassen, zu Didys Platten getanzt hatten, der Wochen, als die Maqomas nach ihrer Rückkehr aus dem Exil bei den Starks eingezogen waren. »Hab ich dir das schon erzählt, bei uns gibt's Veränderungen. Ivan ist geschieden, und Bens Vater wohnt jetzt bei uns.«

»Oh, wie ungehörig von Ivan. Die jungen Leute sind nicht wie wir, keine Ausdauer. Aber ich erinner mich, daß sie auch nicht so besonders war, hast du das nicht gesagt … ? Kann für dich kein Vergnügen sein, den alten Mann im Haus zu haben.«

»Ich bin immer ganz gut mit ihm ausgekommen, aber er beansprucht viel Zeit von anderen. Uns.«

»Hol dir jemanden, der auf ihn aufpaßt, Vera, du kannst das nicht, du darfst das nicht. Du hast Wichtigeres … Ich bin sicher, daß ich jemanden für dich finden kann, da kommen immer Leute in mein Büro, arbeitslose Krankenschwestern, nette alte Mamas, längst vergessene Kusinen, Gott weiß was – ich find jemanden für dich, die bei euch wohnt, das ist das, was du brauchst.«

»Ich weiß nicht. Weißt du, es ist schrecklich, richtig alt zu sein, niemand hat mehr Lust, einen zu berühren, niemand mag, wie deine Haut riecht, niemand küßt dich ... Und Ben hat seinen Vater anscheinend nie geliebt. Irgendein Groll aus der Kindheit, du weißt doch, diese Geheimnisse, die keiner außer dem Kind selbst verstehen kann.«

»Ben? Wirklich? Ben ist so ein Süßer, so ein warmer Mensch.«

Die Grenzen der Vertraulichkeit zwischen zwei Menschen verschieben sich ständig, sie öffnen sich hier, schließen sich dort gegen den anderen. Vera Stark konnte nicht aussprechen, was sie sich selbst sagte, Bennet hat geliebt, Ben liebt – nur mich. Er liebt in Ivan nur mich, und was soll ich mit dieser Liebe anfangen ... Der Gedanke stieg in ihr auf wie eine Welle der Angst, gefangen in Stimmen in einem vollbesetzten Restaurant; kein Ort, sich damit auseinanderzusetzen. »Ich hab gehört, daß Didymus den Auftrag bekommen hat, ein Buch zu schreiben. Eine Geschichte der Exilperiode, ja?«

»Eigentlich sollte er mitten in den Nachforschungen sein. Frag mich nicht ... Laß uns Kaffee bestellen.« Sally hatte den wachsam hin- und hergehenden Blick eines Vogels im Baumwipfel, als sie das Kommen und Gehen der Kellner überblickte. Als der Kaffee kam, stellte sie die Tassen zurecht und goß ein, die Wörter mit dem Kaffee abmessend. »Die Hälfte der Zeit steht er morgens nicht mal auf. Ich geh zur Arbeit, ich weiß nicht, wann er sich dazu entschließt, sich zu rasieren und so weiter. Immer irgendwelche Schmerzen oder Beschwerden. Wenn ich abends frag, wie ging's heute – ich mein, Vera, ich zeig jedenfalls *Interesse*, ich rede davon, ob er Leuten geschrieben hat, die ihm Material schicken können, ob er seine Notizen geordnet hat – dann sagt er sowas wie: Wie ging was? Um mich klein zu machen. Um anzudeuten, daß ich Interesse ja nur heuchele ... Weil ich ja den ganzen Tag im Hauptquartier gewesen bin, das ist es. Ist das, was geschehen ist, *meine* Schuld? Kann ich was daran ändern? Er muß aufhören, sich in seinem Selbstmitleid zu suhlen. Ich kann dir sagen (ihre Augen richteten sich auf die Umgebung, die anderen Tische, wo die Unterhaltung anderer Leute und ihre Selbstversunkenheit einen Schutzwall bildeten), ich fange an, das ekelhaft zu finden. Er begreift das nicht; es ekelt mich an.«

Diese Vertraulichkeit ist fast alarmierend; sie entgegenzunehmen bedeutet eigentlich, daß man ihr entsprechen muß, und Vera weiß nicht, versteht noch nicht, was genau das ist, was sie Sally anvertrauen möchte, oder ob dieser Impuls überhaupt noch etwas ist, dem man folgen sollte. Wer hat schon Antworten? Ein bärtiger Mann im Hundehalsband eines Predigers stand in der Tür: *Wie geizig von dir, Vera.* »Er ist Geschichte geworden, statt ein lebendiger Mann zu sein. Wie kann man von jemandem erwarten, das zu akzeptieren?«

Sally ballte die Faust über ihrer Tasse, schüttelte heftig den Kopf. »Das ist ja gerade das Problem. Er glaubt tatsächlich, er ist Geschichte. Er schleicht sich davon, weil er nicht mehr im Zentrum des Geschehens steht, er sieht sich selbst als Geschichte, und die Geschichte hört mit *ihm* auf. Er will einfach nicht akzeptieren, daß weiter Geschichte gemacht wird und daß wir alle sie machen müssen, meine Rolle hat sich geändert, seine Rolle hat sich geändert. Er ist noch immer ein lebendiger Mann, der eine Arbeit zu erledigen hat, auch wenn's nicht die ist, die er sich wünscht.«

»Er soll ein Geschichtswerk schreiben? Das ist die Vergangenheit.«

Sally lehnte schweigend auf dem Tisch, ließ die Stille zwischen ihnen aber nicht anwachsen. »Ich bin von einer Reise zurückgekommen – einer Mission, man könnte denken, ich wär nie weggewesen. Er bringt mich nicht nach Hause.«

Sie sind schließlich keine jungen Frauen, die Schlafzimmergeheimnisse austauschen. Vera versteht den merkwürdigen Ausdruck vielleicht als ein anderes Wort für Willkommen heißen, das aus einer afrikanischen Sprache ins Englische gerutscht ist. Und sie ist weiß, sie hat nie erlebt, was die erlebt haben, die im Exil waren – die Rückkehr des Mannes von Gott weiß woher und Gott weiß wovon (Didymus' Name als einer derjenigen, die mit einem dieser Camps in Verbindung gebracht wurden, ist zum Glück nie öffentlich bekannt geworden). Sie mag verstanden haben, was Sally sagen wollte, oder auch nicht. Didymus bringt sie nicht nach Hause, indem er mit ihr schläft, wie sie es mit ihm zu tun pflegte, damals.

Als Didymus sich ihr näherte, spürte Sibongile keine Reaktion in sich. Mpho war eines Abends aus ihrem Zimmer gekommen, verzaubert – im Sinne von beschenkt, begabt – von der Jugend. Die klaren Linien ihres Körpers im Fetzen eines Kleides, ihrer Lippen und langgezogenen glänzenden Augen mit den Lachfalten in den äußeren Winkeln, die billigen hölzernen Ohrringe, Papageien, die von den zarten Hieroglyphen ihrer Ohren herabbaumelten – sie war die Verkörperung des Glücks. Sie wartete darauf, abgeholt zu werden; wohin wollte sie? Eine Party, es gab soviele Partys, die Eltern konnten die Namen all der Leute, die sie anscheinend so mochten, nicht behalten. Eine Freundin kam eilig, um sie abzuholen, sie schnatterten ihren Weg hinaus. Eine dünne Halskette, die sich durch einen Anhänger zog, lag auf einem Haufen auf dem Tisch. Sie hatte sie abgenommen und dahin geworfen, als die Freundin das Gesicht verzogen hatte: sie paßte nicht zu den Ohrringen. Didymus ließ die Kette von einer Hand in die andere gleiten, lächelnd. Er kam in die Küche, wo Sibongile am Herd stand und in einem Auflauf rührte. Mit dem Vorwand, in den Topf sehen zu wollen, legte er das Kinn auf ihre Schulter. Seine Hand streichelte ihren ein wenig vorstehenden Bauch, während sie das Fleisch mit einer Gabel bewegte. Die Hand umkreiste ihren Nabel in einer halb witzigen Geste, die auf das bevorstehende Mahl verwies, dann bewegte sie sich einen Moment über ihr Becken hinunter.

Nachdem sie gegessen hatten, setzte sie sich an den Computer, den sie für seine Arbeit über die Geschichte des Exils gekauft hatten. Sie starrte einen Moment gebannt auf das leuchtende Wabern des Schirms, als suchte sie nach einem Anzeichen dafür, daß er ihn an diesem Tag überhaupt benutzt hatte. Dann wandte sie sich zu ihm um.

»Mach ruhig.« Er hatte offenbar beschlossen, das so zu verstehen, als wollte sie die Maschine jetzt benutzen. Sie zog frustriert ihre Papiere aus der Tasche und ordnete sie. Er schaltete das Fernsehen an, die Lautstärke heruntergedreht, um sie nicht in ihrer Konzentration zu stören. Anschwellende Musik und die übertriebene Erregung von gesendeten Emotionen drang von dort, wo er saß, zu ihr, während sie Wörter und Wendungen aus einer Rede, die sie in ein paar Tagen halten sollte, herausnahm oder neue einfügte. Sie sah seinen Rücken, wann immer sie die Augen von dem hin- und hergeschobenen Text hob, der in der Phosphoreszenz des Schirms schwamm; etwas an der Haltung des Kopfes zeigte ihr, daß er nichts sah, nichts hörte. Didymus schlief, wie ein Betrunkener in einem Karnevalszug unbewußt mitgezogen von der bedeutungslosen, unpersönlichen Vertrautheit des Mediums, das überall eindringt und niemanden erkennt.

Im Bett nahm er die Zärtlichkeit wieder auf, die er in der Küche begonnen hatte. Seine Hand glitt von ihren Hüften, drückte fester und fester, beschrieb kleinere und kleinere Kreise über dem Hügel ihrer Pubes, seine Finger arbeiteten sich durch das Haar, und der Zeigefinger glitt wie zufällig zwischen die Lippen. Sie warf die Decke zurück und schob sich abrupt aus dem Bett, brach die Verbindung mit seiner Hand. Sie lief im Zimmer herum, als suchte sie etwas, und als sie merkte, daß er sie beobachtete, ging sie hinaus in die anderen Zimmer.

Sie kam zurück und bot ihm als Erklärung an: »Das Verandalicht für Mpho war nicht an.«

»Aber ich hab's angeschaltet.«

»Hast du nicht.«

»Ich vergesse inzwischen aber auch alles.«

Sie lag neben ihm und sagte nicht gute Nacht, um ihm keinen Anlaß zu geben, noch einmal zu versuchen, sich ihr zu nähern.

In dieser Nacht – oder einer anderen Nacht – wachte sie in einer gespannten Traurigkeit auf, in der sie und er sich zusammen verirrt hatten, in der sie gefesselt, versunken waren. Das Geräusch ihres Atems verband sie eng, aber der Abgrund an Dunkelheit war nicht zu überwinden, das Gewicht dieser Tiefe war nicht zu heben. Er hatte das Licht für Mpho nicht vergessen. Sie spürte den Schmerz der Reue – so nutzlos – über diese dumme kleine Gemeinheit tatsächlich zwischen den Rippen, etwas, das sie aus den religiösen Bildern heraufbeschwor, die an den Küchenwänden im Haus ihrer Großmutter in Witbank geklebt hatten, wo sie aufgewachsen war. Im leisen Summen der Nacht schien sie gleichzeitig all die Bilder zu durchleben, die über die Jahre verstreuten Momente, in denen sie sich seiner am intensivsten bewußt gewesen war. Sie hatten sich so oft trennen müssen; was passiert bei diesen Trennungen in dem, der fortgeht, früher er, nun sie? Ist der, der fortgeht, jemals der, der zurückkehrt? Es gibt Wandlungen im Verständnis und im Bewußtsein, die sich nur vollziehen können, wenn man allein ist, fern der Beschränkung durch das Bild, das ein anderer von einem gezeichnet hat. Solche Wandlungen kann man nicht teilen. Man ist für immer mit ihnen allein. Die Bilder sind Ansichtskarten aus Ländern, die nur im Ich des Absenders existieren; man wird sie nie besuchen. Sie mußte sich vergewissern, daß er da war, irgendeine Version von ihm, selbst als verhüllte Körpermasse unter der Bettdecke. Sie zögerte; wo sollte sie ihn berühren? Auf der Stirn? Sollte sie ihm eine Hand an die Wange legen, auf den Hals unter dem Ohr, wo ein Puls antwortete? Sie legte ihren Rücken über die ganze Länge gegen seinen und spürte, wie er im Schlaf leise furzte.

Der alte Mann belegte Annicks Zimmer, und wenn sie zu Besuch kam, mußte sie in das ziehen, das Ivans gewesen war. Wenn sie eine Freundin zum Übernachten nach Hause brachte, mußte die es mit ihr teilen. Ivans Luxus war ein Doppelbett gewesen, auf dem er gerne in der Diagonale seine ganze jugendliche Länge ausstreckte. Vera kaufte eine Couch für das Zimmer, um die Freundin unterzubringen. Die Anwesenheit des alten Mannes hatte das Gleichgewicht des Hauses bereits verändert. Sally hatte ihr Angebot vergessen, oder sie war zu beschäftigt gewesen, aber über Verbindungen in der Stiftung bekam Vera die Verwandte eines Mitarbeiters, die Arbeit suchte. Die Pfade des alten Mannes am Arm der Frau, die jeden Tag kam, um ihm zu helfen, überschnitten die Veras und Bens oder lenkten sie in eine andere Richtung. Auf Veras Haus hatte sich im Laufe der Zeit ein unsichtbares Netz verschiedener Anwesenheiten gelegt. Das kurze Kommen und Gehen, des Soldaten, dessen Seesack, an ihren Toilettetisch gelehnt, im Lack des Fußbodens eine Delle hinterlassen hatte, deren Herkunft vergessen wurde. Die verstohlenen Wege, die Bennet als Liebhaber ins Haus brachte und dann als Ehemann und Vater etablierte. Die Route, welche die Kinder zu nehmen pflegten, aus dem Fenster in Annicks Zimmer hinaus und hinten durch die Küchentür wieder herein, um an Kartoffelchips im Küchenschrank zu kommen, ohne die Eltern zu alarmieren. Und die unsichtbaren Spuren Veras, wenn sie die Funktion eines Schrankfaches änderte, indem sie Weißbücher und Papiere unterbrachte, wo vorher Flugzeugmodelle und zerschlissene Stofftiere gelegen hatten. Oder wenn sie in Zimmer um Zimmer bei einem Sturm die Fenster schloß, um dann auf dem ausgetretenen Pfad, dessen Spur im Holzfußboden ihres Hauses sichtbar war, ein altes Foto ans Licht zu tragen. Wenn sie morgens barfüßig ins Badezimmer hastet, kann es geschehen, daß der alte Mann ihren Weg kreuzt, vorwärtswankend, die gelähmte Hand gekrümmt an seiner Seite hängend, die andere vor sich ausgestreckt, wie ein Blinder, der nach Hindernissen tastet. Er war nicht blind, hatte sich aber angewöhnt, die Hand vorsorglich auszustrecken, falls jemand sie schütteln wollte, denn auch diese Seite seines Körpers hatte den Schlaganfall nicht ohne Schaden überstanden, und es brauchte Zeit und Anstrengung, um die entsprechenden Muskeln zu bewegen, wenn die Gelegenheit kam. Vera mußte sich wieder angewöhnen, einen Morgenmantel zu tragen, wie sie es getan hatte, als noch Kinder im Hause waren und eine Haushilfe, die bei ihnen wohnte, früh aus der Küche kam, um sauberzumachen.

Bens Vater wanderte mit einem Lächeln seltsamer Freude von Treffen zu Treffen, nicht weil er einfältig geworden wäre, sondern weil er das Gefühl der Leistung wieder durchlebte, das ein Kind empfindet, wenn es zu gehen lernt. Das Haus war für ihn ein Territorium, das er täglich eroberte. Thandekas schmeichelndes Gerede schien ihm nichts auszumachen, sie zwinkerte und gestikulierte hinter seinem Rücken, um seine Schwäche zu kommentieren und seinen Stolz über jeden Fortschritt. »Wie geht's ihm heute?« fragte Ben sie immer in Gegenwart seines Vaters; und die Hand, die er hätte ergreifen können, sank unsicher aus dem Weg. Er kaufte seinem Vater Fachzeitschriften und Zeitungen, die ihn interessieren mußten – er war Chemiker gewesen –, und ließ sie auf dem Tisch neben dem Sessel des alten Mannes liegen. Das trat für ihn an die Stelle eines Besuches. Die Hilfe, Thandeka, hatte irgendwann entschieden, daß es Teil ihrer Verantwortung für den alten Mann war, zu sagen, wie er sich fühlte. »Mama, er freut sich so darauf, daß seine Enkelin kommt, ich sag's Ihnen, Mama! Diesmal, wenn sie kommt, ist er hier, hier, Mama! So glücklich! Mama, ich werd ihm dafür einen guten Anzug anziehen.«

Als er an ihrem Arm dann erschien, die abstrakte Freude stellvertretend für ihn auf ihrem Gesicht, wie lächelnde Nonnen den Glanz des Heiligen Geistes ausstrahlen und Politiker ihre unbestimmte Liebe zur Menschheit zeigen, wirkte er für einen Moment unsicher, welche der beiden jungen Frauen, die da angekommen waren, seine Enkelin war. Er hatte sie nicht mehr gesehen, seit sie ein Schulmädchen gewesen war; aber das Gesicht, das Gesicht seines Sohnes, dort in ihrem, war doch sicher unübersehbar. Vera und Ben hatten es irgendwie unterlassen, ihr zu sagen, daß der Großvater jetzt bei ihnen wohnte – wie so oft bei ihnen, hatte jeder geglaubt, der andere hätte es getan. Aber Annick küßte ihn, nahm die alte Hand – kalte, schuppige

Haut wie die einer Schildkröte, die sie einmal als Haustier gehabt hatte – und legte sie in die Hand ihrer Freundin. Sie gebrauchte die alte kindliche Anrede: »Grandpops, das ist Lou, sie ist in der biologischen Abteilung, und sie ist gerade einen Monat in dem Gebiet gewesen, wo du dich auch rumgetrieben hast – Zaire – dem Kongo.«

Seine Stimme brach bei dem Versuch zu reden, aber er verwandelte die Pause in eine Scheinfrage an Vera: »Aber natürlich ist die junge Dame in der biologischen Abteilung, das sind wir alle, aber was macht sie da, das ist die Frage.« Er genoß die kleine Bemerkung und das höfliche Lachen, das sie einbrachte; Ben lächelte nur, seine schwarzen Augen undurchdringlich. Die Enkelin boxte ihre Freundin leicht, so daß sie ihren Haarvorhang schüttelte wie eine von einem Moskito gestochene Stute; beide hatten lange Haare, aber die glatten schwarzen Strähnen, die Annick von ihrem Vater hatte, waren gekräuselt worden, seit ihre Eltern sie zuletzt gesehen hatten. »Grandpops, sie ist eine Professorin, sie hat da oben wichtige Forschungsarbeiten gemacht, es ist faszinierend, wir erzählen dir dann davon.«

»Glauben Sie ihr bloß nicht, Mr. Stark. Wenn wir zu Hause sind und ich was von Mikrobiologie sage, kriegen ihre Augen einen sehr müden Ausdruck, sie will nur wissen, welche Tonbänder ich aus Zaire mitgebracht habe, welche Art von Trommeln und Saiteninstrumente man da noch hören kann.«

Annick folgte Vera mit ihren zwei großen Taschen in Ivans Zimmer, während die Freundin ihren Tee zu dem alten Mann hinübertrug und sich niederließ, um ihm von Zaire zu erzählen. Die Schüchternheit, mit der die Beziehung zu erwachsenen Kindern – die Wirklichkeit trotzt dem Oxymoron – wiederaufgenommen wird, wenn sie aus ihrem Leben zurückkehren, umgab Vera. Jedesmal, wenn Annick nach einer Abwesenheit wieder erschien, war sie die plötzliche lebendige Verkörperung von jemandem, die auf einem Gemälde abgebildet war. Die festen Züge, die Vera im Kopf hatte, begannen sich zu bewegen, die Details der Hautbeschaffenheit, der Blick – was begreift sie, sofort, über ihre Mutter, über uns in diesem Haus, wo sie einst ein Teil von uns war? Ihr Duft – nicht das Parfüm, sondern der Geruch, der vage zurückgeht auf den Duft ihres Haares, als man sie als Kind im Schlaf beobachtete, über sie gebeugt, um zu hören, ob sie atmete.

Fehlt etwas in diesem schönen Gesicht? Sie darf Vera nicht bei diesem suchenden Blick erwischen. Keine Veränderung in der Linie der Brauen; sie werden nie gezupft, sie sind ein für allemal, seehundglatt und glänzend, laufen dünner werdend an der Schläfenhöhlung aus. Bens Samen hat sie so gemacht, nach seinem Bilde. Es sind auch nicht die gekräuselten Haare, obwohl die Frisur wirklich ein Jammer ist; nichts hat sich geändert: es ist etwas, das verschwunden ist. Aber das letzte, was man benutzen kann, um die Beziehung mit Tochter oder Sohn wieder aufzunehmen, ist irgendeine Bemerkung über die äußere Erscheinung.

Vielleicht sollte man erzählen, nicht fragen.

Etwas anbieten, nichts fordern. Sich in ihre Hände legen, in die Hände der Ex-Kinder. Dort das Geheimnis des vollkommen Unerwarteten ablegen: *Was soll ich mit dieser Liebe anfangen.* Wenn eine Ärztin und eine Professorin das zusammen erklären könnten. Oder vor ihr sehr vorsichtig das Gefäß einer geheimen Ruhe abstellen, das aus der übertriebenen Furcht vor dem Tod eines Menschen entstanden ist, der weder Liebhaber noch Ehemann noch Kind war: was würde diese junge Frau, die ihr sicherlich näher stand als jede andere Frau, daraus machen?

Und die ganze Zeit hindurch redete Vera in der üblichen flüchtigen, leicht besorgten und aufgeregten Art einer Gastgeberin, die sicher sein wollte, daß ihre Gäste es bequem hatten. Der Schrank war ausgeräumt, damit sie ihre Kleider aufhängen konnten, der alte Mann würde das Hauptbadezimmer mitbenutzen, so daß sie ihres für sich hatten, die Tochter und ihre Freundin. »Tut mir leid, daß das Zimmer so vollgestellt ist. Aber das Haus ist voll, kein Schlafzimmer mehr, es ging nicht anders, ich hab die Couch gekauft.«

Annick ließ die Taschen auf sie fallen. Sie gab einen erfreuten Seufzer von sich, als sie ein Poster aus der Zeit ihres Bruders noch immer an der Wand sah. »Oh, das wär nicht nötig gewesen. Wir schlafen immer im Doppelbett.«

Die androgyne Harmonie in Bennets männlicher Schönheit, die in die Fraulichkeit dieses Mädchens übersetzt war, ihre Brüste unter dem weiten Pullover von gekreuzten Armen zusammengedrückt, ihr Becken und die Hüften in engen Jeans, lenkten Vera ab, sie war sich bewußt, daß etwas Unmögliches zu ihr durchzudringen versuchte.

Statt dessen begriff sie plötzlich, was in dem verführerischen Gesicht fehlte. Die schwarze Punktierung dieser Schönheit, an genau derselben Stelle wie bei Bennet, unter den langen Wimpern, die den linken Wangenknochen beschatteten. »Was ist mit deinem Schönheitsflecken passiert?«

Annick lachte belehrend: »Der Leberfleck. Ich hab ihn wegmachen lassen. Hat mit Schönheit nichts zu tun; Leberflecken können Hautkrebs auslösen, Ma.«

Die übliche Party, um den Besuch eines Sohnes oder einer Tochter zu feiern. Die üblichen Leute, die vertrauten Gestalten aus der Stiftung – Bens neue Partner aus dem Kofferunternehmen blieben Geschäftsfreunde, die er nicht unbedingt in sein Haus einladen wollte –, die alten Freunde, einst gebannte politische Aktivisten, die nun zu Politikern an Verhandlungstischen geworden waren. Dazu unter den zurückgekehrten Exilanten jene, denen die nun feststehende Amnestie es endlich erlaubte, ohne Furcht vor Verhaftung aus dem Untergrund unter dem Zuhause, dem halben Zuhause, aufzutauchen. Ein paar Diplomaten mittleren Ranges, nützliche Verbindungen zu Finanzquellen in Übersee, das Mitglied einer der UN-Kommissionen, die entsandt worden waren, um die Gewalt im Lande zu überwachen; und schließlich jemand, den niemand außer vielleicht Oupa einordnen konnte, ein Mann, den Vera als Zeph Rapulana vorstellte. Er saß den ganzen Abend hindurch in demselben Sessel, während sich Gruppen bildeten und wieder auflösten, im Garten und im Wohnzimmer, hinaus und hinein. Während Vera mit Getränken und Essen herumlief, war sie sich des Glanzes auf seinen Gesichtsflächen bewußt, die langsam in der sich verdichtenden Dunkelheit versanken wie die natürlichen Linien einer Landschaft, Teil einer Aussicht, die sie jederzeit von ihrem Haus aus haben konnte. Aber Leute kamen zu dieser dunklen unbekannten Gestalt, in irgendeiner Weise angezogen, sie bemerkte das, Didymus, ein Generalkonsul, die UN-Frau, zu deren Aufgabe es sicher auch gehörte, neugierig zu sein. Annie und ihre Freundin Lou saßen, die Schuhe abgestreift und die Füße im Gras, auf den Stufen im aufsteigenden und fallenden Geplauder und Gelächter mit Oupa, Didys und Sallys

Tochter Mpho und Lazar Feldman, einem jungen Anwalt aus der Stiftung, zusammen.

Ben und Vera warfen Blicke auf die Gruppen drinnen und draußen wie Stewardessen, die den Gang eines Flugzeugs hinuntergehen und diskret überprüfen, ob alle angeschnallt sind. Sie schlossen sich jeder Gruppe an und gehörten zu keiner, trafen einander getrennt von den anderen. Er legte ihr die Hand auf die Schulter. Die Nacht öffnete einen gewaltig aufstrebenden Raum über ihnen, machte die Stimmen und Gestalten der menschlichen Gesellschaft, die sie versammelt hatten, zu einem leise summenden Horizont, einem dünnen und fernen Lebenszeichen unter einem unendlichen Blick. War dies alles, was sie gegen die an diesem Morgen aus fahrenden Zügen geworfenen Menschen aufbringen konnten; im Haus ein alter Mann, dessen Glieder verkümmerten; ein Schiff voll nuklearen Abfalls, das sich an diesem Abend vor der Küste herumtrieb und alles im Umkreis von zwölf Kilometern töten konnte? Wie weit ist ein Zwölf-Kilometer-Umkreis für den Tod, wenn diese große Überflutung des Himmels nicht fernzuhalten war? Sie redeten nicht miteinander, sondern schlenderten zusammen die Treppen hinunter, an den Rücken und Beinen derer vorbei, die dort mit ihrer Tochter saßen, in den Garten hinein. Das vernachlässigte Gras streifte Tau an ihren Knöcheln ab; sie kniete einen Moment, um die Hände darin zu vergraben, Ameisen krochen ihr die Handgelenke hoch, Grillen füllten ihr die Ohren, sie stellten den Maßstab der Erde wieder her. Sie entfernten sich langsam von ihrer Party. »Lazar scheint ziemlich angetan von Annie. Ich seh uns schon dabei, von jetzt an die Freundin allein zu unterhalten.«

Vera wurde sich der Hand auf ihrer Schulter bewußt, als wäre sie gerade dorthin gelegt worden. »Das glaub ich nicht.«

»Er ist die richtige Art Mann für sie. Bestimmt gefällt er ihr auch. Er lebt doch mit keiner Frau zusammen, oder? Du weißt doch gewöhnlich, was bei den Leuten in der Stiftung privat läuft.«

»Nichts Festes, soweit ich weiß. Freundinnen, vorübergehende Affären.«

»Ich hab das Gefühl, daß sie miteinander auskommen würden. Sie hat doch keine große Affäre in Kapstadt, die schon die ganze Zeit läuft, oder? Was ist mit dem Arzt, den sie uns mal vorgestellt hat, van der Linde? Hätte sie dir davon erzählt? Dieses Mit-Freundinnen-Zusammenleben ist doch was für Schulmädchen, immer mit anderen Mädchen zusammenstecken – für Teenager ist das ja in Ordnung, aber sie ist über dreißig. Ich glaub einfach, daß es eine Tarnung für was anderes ist – irgendeine Affäre, wahrscheinlich mit einem verheirateten Mann.«

»Sie lebt mit diesem Mädchen zusammen. Sie scheint glücklich zu sein.«

»Deshalb glaub ich ja, daß es irgendwelche Komplikationen mit einem Mann gibt.«

Sie gingen weiter. Musik stotterte vom Haus herüber, eine Kassette war angestellt und dann gestoppt worden. Vera blieb stehen, und er wandte sich um, da er glaubte, daß sie zum Haus zurückgehen würden.

»Ben, sie schlafen miteinander. In einem Bett. Das andere Mädchen schläft nicht auf der Couch. Annie hat mir am Tag, als sie ankamen und ich sie auf ihr Zimmer brachte, gesagt, daß sie immer zusammen schlafen.«

»Mein Gott, was für eine Vorstellung. Kindisch. Sie ist Ärztin und über dreißig. Warum nicht gleich auch noch einen Teddybär.«

Sie näherten sich den Stufen, die jungen Leute saßen da, das Haus war voll anderer Menschen, die aßen und tranken.

»Würdest du je mit einer anderen Frau schlafen?«

»Nein. Aber das weißt du. Wir können jetzt nicht reden.«

Die Party geht weiter. In der Küche stapeln sich Teller über übriggebliebenem Essen, Vera spült Gläser, weil Bens Vorrat zu Ende gegangen ist. Einzeln schließen sie sich dieser oder jener Gruppe an. In einer Ecke des Wohnzimmers wetteifern laute, einander unterbrechende Stimmen mit der Musik. Ein dicker junger Engländer in einem mit Fischen bedruckten Dashiki setzt die Höhe, aus der seine Stimme kommt, ein, um eine Diskussion über die Bedingungen in den Gefangenenlagern der Befreiungsbewegung zu dominieren, die Gegenstand eines längeren Zeitungsberichtes gewesen sind. »Man kann das nicht so verallgemeinern. Die Dinge waren von Camp zu Camp unterschiedlich. Ich selbst kann sagen ... «

Ein Kopf nickte abschätzig. »Als Journalist, von draußen.«

»Ja, als Journalist, der seine Nase da reinsteckt, wo sie nicht willkommen ist. Aber ich hab das nicht im Rahmen meiner Arbeit gemacht. Mein Schwager ist zufällig in zwei dieser Camps gefangengehalten worden, so daß ich ein Bild von außen und von innen habe.«

»Ihr Schwager?«

»Ja, mein Schwager, der Bruder meiner Frau, Jerry Gwangwa.«

Eine kleine schwarze Frau, die den westlichen Gegenpart zum Aufzug ihres weißen Mannes trug, Satinhosen und eine Perlenkette im Ausschnitt ihrer Bluse, stand in der Gruppe und sah immer wieder zu den anderen auf, wie jemand, die den Eindruck beobachtete, den er machte. »Aber zuerst weigerten sie sich, einem irgendwas zu sagen, man mußte ...«

»Warum reden Sie von Dingen, von denen Sie nichts verstehen.«

Seine weiche dicke Kehle pulsierte wie die eines Frosches. Er sah seine Frau nicht an, als er redete. »Mein eigener Schwager wurde auf die Fußsohlen geschlagen, er wurde an den Füßen aufgehängt, in einem anderen Camp wurden solche Methoden nicht angewandt, es war kein Fünf-Sterne-Hotel, aber ... es kommt immer darauf an, wer das Kommando hatte. Ich hatte Kontakt mit ihm ... was ich weiß, ist nicht aus zweiter Hand. Jerry ist nicht verbittert, obwohl wie er da reingeriet ... das ist 'ne andere Geschichte, er hätte da nie drin sein dürfen, während es viele gab, die das sicher verdienten.«

Didymus stand dabei, ein guter Zuhörer, der, wie Vera sah, nichts zur Diskussion beitrug. Er wandte sich mit ihr ab, als sie weiterging, und Tola Richards, die Frau des Journalisten, schloß sich ihnen an.

»Ich wußte nichts von deinem Bruder.«

Sie stand, gestrandet, vor Didymus, vor Vera. Sie gestikulierte mit ihrem Glas, als wollte sie dessen Inhalt jemandem ins Gesicht schütten. »Oh, hast du das noch nicht von Alec gehört? Das ist sein Partythema. Wenn jemand auftaucht, den wir nicht kennen, holt er seine große Geschichte über meinen Bruder heraus, damit sie beeindruckt sind, daß er eine Schwarze geheiratet hat. Ich bin sein Paß, weißt du. Als weißer Ausländer braucht er mich als Legitimation. Weil er mich vorzeigen kann, ist er auf der richtigen Seite. Auf die Weise kommt er überall rein.«

Am besten, man nahm an, daß sie zuviel zu trinken gehabt hatte; Didymus legte ihr den Arm um die Schultern und zog sie in eine Umarmung und sagte etwas in ihrer beider Sprache. Die drei schüttelten es lachend ab. *Wir können jetzt nicht reden*. Irgend jemand winkte die junge Frau zu sich, und sie verließ sie. Didymus und Vera hatten einander nichts zu sagen, kamen aber in einer Distanziertheit, von der beide wußten, daß man sie nicht aufheben konnte, gut miteinander aus. Es war, zumindestens, ihre Distanz; wie ein Ort, den sie einmal zusammen besucht hatten. Er hatte mit einem zweideutigen Satz gelogen. Was er mit ihm verborgen hatte, war: Ich wußte nicht, daß Jerry Gwangwa dein Bruder ist. Aber ich weiß, daß er ein Maulwurf war, ein Agent der südafrikanischen Polizei, neunzehn Jahre alt, er kam mit einer falschen Geschichte nach Tansania, behauptete, er wäre im Gefängnis gewesen und ausgebrochen, und nun wollte er eine militärische Ausbildung beim Umkhonto*. Sein Auftrag war es, Unzufriedenheit unter den Auszubildenden zu säen, sie zu Drogen zu verleiten und ihr Heimweh zu verstärken, Informationen über den Aufenthaltsort militärischer Befehlshaber an andere Agenten zu liefern, damit Attentate auf sie verübt werden konnten. Er hatte schon Blut an den Händen, als er das Land verließ; er hatte zwei Führer der Jugendliga in ihren Betten umgebracht und eine Autobombe gelegt, die drei andere tötete und einem vierten die Beine abriß. Er wurde von Maxi verhört – Deckname für Didymus Maqoma. Er überlebte, gestand, und nachdem er die Amerikaner davon überzeugt hatte, daß er ein Freiheitskämpfer gewesem war, studierte er nun mit einem Stipendium an einer ihrer Universitäten, wollte den Ph. D. machen. Vera konnte nicht wissen, worüber Didymus nachdachte in dem Auge der Stille, in dem er und sie für kurze Zeit mitten in der spätnächtlichen Lebhaftigkeit um sie herum saßen, aber sie hütete sich instinktiv, seine Geistesabwesenheit zu stören. In einem langen Leben gibt es viele verschiedene Nischen des Einverständnisses, die sich aus unterschiedlichen Bedingungen mit unterschiedlichen Menschen entwickeln. Auch wenn sie lange vergessen sind, fühlt man sie plötzlich wieder in den Fingern, wie eine Münze, die einem den Wiedereintritt in eine Gemeinsamkeit erlaubt.

Ben kam mit den beiden Mädchen, seiner Tochter und ihrer Freundin, im Arm auf sie zu, zwang sie, seinen tanzenden Trab mitzumachen. »Ich sag den beiden hier, entweder wir bringen die Leute jetzt

* »Speer der Nation«. Militärischer Arm des Nationalkongresses. A.d.Ü.

mit etwas heißer Musik in Schwung, oder es ist Zeit, sie alle nach Haus zu schicken.« Aber er sah todmüde aus, die Haut um die Augen war so dunkel, als hätte er Fausthiebe auf sie bekommen. Die Linien von der Nase zum Mund waren so tief eingegraben, daß sie seine schönen Lippen herabzogen und vergröberten. Zum zweiten Mal sah sie ihn auf einer Party – wie damals, als sie ihn wie mit dem Blick einer anderen gesehen hatte, zu der Zeit, als er vom Geliebten zum Ehemann wurde – ohne die Linse ihres Bildes von ihm. Annie, lächelnd in seinem Arm, war jetzt die Trägerin dieses Gesichts; er hatte es verloren. Die Müdigkeit zeigte ihn, wie er war, trotz oder wegen der jugendlichen Energie, die er sich abforderte. »Komm, wir zeigen's ihnen.« In den Bergen, die Muskeln vom Klettern des Tages noch leicht zitternd, hatten sie nach der Liebe, nach der Dusche, zusammengestanden in der Einladung der Musik. Da war dieselbe leichte, vorbereitende Bewegung der Schultern, als er jetzt mit Vera zu tanzen begann. Die anderen lachten und applaudierten seinem Können, trieben ihn an. Die Wärme seines Körpers unter seiner Kleidung war die Wärme des Bettes, das sie teilten. Leute sahen sich um, suchten nach den Gastgebern, um sich zu verabschieden; sie machte sich los, um zu ihnen hinüberzugehen, zog seine Hand die ersten paar Schritte hinter sich her. Hinter Oupa, den Maqomas, Lazar, den Richards und der Gesandten der Vereinten Nationen war Zeph Rapulana dabei zu gehen. Sie hatte die ganze Nacht keine Gelegenheit gehabt, mit ihm zu reden. Sally umarmte sie mit ihrer üblichen Formel, begeistert: »Du weißt einfach, wie man sowas macht, was für ein Spaß, wir müssen uns sehen ...«, und sie sah Zeph Rapulana über Sallys Schulter. Er besaß eine Ruhe, die für sie unerreichbar war. Mit der Höflichkeit des Mannes vom Land schüttelte er allen die Hände.

Was ist eine Party? Für Vera war sie in dieser Nacht eine Ablenkung, etwas, das alle vor sich selbst verbarg, eine Dosis Alkohol und Lärm, die abblockt, worüber man nicht nachdenken will.

Wir können jetzt nicht reden.

In der Nacht hatte es noch eine weitere Party gegeben. Als Ben in Pyjamashorts (er hatte immer noch die Figur für sowas) durch den Garten hinausging, um die Sonntagszeitung aus ihrem Schlitz am

Eingangstor zu holen, sah er die Schlagzeile. Eine Weinprobe im Clubhaus eines Golfvereins war mit Handgranaten und Schüssen aus automatischen Gewehren angegriffen worden. Vier der Gäste waren tot, andere verletzt. Langsam ging er zum Haus zurück, den Artikel lesend. Aus den Augenwinkeln nahm er ein paar von den Gästen im Gras stehengelassene Teller und ein Bierglas wahr, der Rest Bier voller ertrunkener Insekten, und wich ihnen aus. Er setzte sich aufs Bett, in dem Vera immer noch lag, und starrte, ohne etwas zu sehen, auf seine mit dunklen Haaren besetzten Beine, während er einem Radiobericht mit Reaktionen auf das Attentat lauschte. Entsetzlich, entsetzlich, sagte ein schwarzer Bischof. Ein feiger Mord an Unschuldigen, kommentierte ein Regierungssprecher. Eine Barbarei, die darauf zurückging, daß die Regierung jede Kontrolle über die Schwarzen verloren habe, sagte die weiße Rechte. Und die ganze Aufregung nur, weil die Opfer Weiße waren, stellte die mit der Bewegung rivalisierende Organisation fest, wobei sie die Verantwortung für den Angriff weder auf sich nahm, noch sie abstritt.

»Connoisseurs vom Dorp.« Ben strich die Finger über die Haare auf seinem Schenkel, hin und her.

»Und sie wissen nicht, wie sowas passieren kann, nicht wahr? Weinprobe und Terrorismus! Ben – es ist, als hätte jemand sowas inszeniert, um zu zeigen, daß der Schrecken aus der Widersprüchlichkeit unseres Leben kommt. Genau das ist es! *Unschuld*, sagen sie. Ich weiß nicht, was das noch heißen soll, wenn es bedeutet, daß wir nicht zur Kenntnis nehmen, was außerhalb des Golfplatzes passiert. Wenn da Leute sitzen können und Kapjahrgänge probieren, und in ihrer ›Unschuld‹ nicht wissen, daß andere mit Gewehren und Bomben leben müssen. Wie weit voneinander entfernt müssen sie sein, wenn so ein schrecklicher Zusammenstoß möglich ist.«

»Weiter als wir es waren.«

Wenn das eine Frage war, schien sie sie nicht gehört zu haben. Über gemähte Greens und geharkte Bunker, über Veld-Farmland führt sie der beruhigende breite Rücken des Mannes, die Tür des Farmhauses schlägt zu. »Wenn man dieses Clubhaus in irgendeinen Film brächte, einen Propagandafilm, würde jeder sagen, das ist zu weit hergeholt, zu offensichtlich, zu symbolisch. Wein und Blut. Aber bei uns passiert sowas.«

Hin und wieder ein Kleidungsstück aufhebend, als erkennten sie es nicht wieder, zogen sie sich an. Im Radio wurde der Bericht über den Angriff noch einmal wiederholt. »Gott sei Dank, daß dieser Haufen die Verantwortung dafür übernommen hat – wenn man's nicht abstreitet, bestätigt man es doch, oder? Dann hat jedenfalls niemand eine Chance, der Bewegung die Schuld in die Schuhe zu schieben.« Ben arbeitete seine Füße in abgewetzte Mokassins hinein. »Kein sehr edler Gedanke, ich weiß.«

»Wie könnte jemand auf die Idee kommen, daß die Bewegung sich auf solch eine Taktik einläßt? Mit welcher Absicht? Es ist nicht gerade der Weg, die Weißen zu beruhigen und ihre Stimmen zu bekommen, wenn es soweit ist.«

Vera war dabei, das Bett zu machen.

»Genau. Deshalb wäre es für die Regierung nützlich, solch einen Verdacht in Umlauf zu bringen. Aber sobald jemand anderes sich die Verantwortung an die Brust heftet – auch noch mit einem netten rassistischen Unterton – du hast ja gehört, was der Mann von der APLA* gesagt hat: die Leute regen sich nur auf, weil die Opfer weiß sind.«

»Aber das ist wahr, das weißt du, Ben. Letzte Woche wurde eine ganze Familie im Schlaf erschossen. Aber in einem schwarzen Township, nicht im Golfclub. Vier oder fünf Zeilen hinten in der Zeitung. Sogar ich erinner mich erst jetzt daran ... Und keine Stellungnahmen von denen, die jetzt so empört sind.«

»Weißt du, was mein Partner sagen würde, wenn du ihm das sagtest? ›Was, wenn Sie in dem Clubhaus gewesen wären? Ihre Frau?‹«

»Also tun wir so, als wären wir empört über diesen Mord unter so vielen. Den jeder tief bedauert, scharf verurteilt undsoweiter.«

»Ja,ja. Man kann doch nicht in irgendeiner Weise die Sicht dieses Mannes von der APLA teilen, oder?«

Zum Frühstück erschienen die jungen Frauen schläfrig zerzaust, ihr Gähnen wurde schnell von den Nachrichten zum Schweigen gebracht. »Stell dir vor, kannst du dir auch nur annähernd vorstellen, wie entsetzt sie gewesen sein müssen, vielleicht haben sie einen Moment lang gedacht, jemand macht einen schlechten Witz, dann wird die Person neben ihnen in Stücke geschossen ... lieber gleich umge-

* Azanian People's Liberation Army. Radikale schwarze Widerstandsgruppe. A.d.Ü.

bracht werden, als zu wissen, daß man als nächster dran ist.« Annie zog die Lippen zwischen die Zähne und umarmte sich selbst. »Denk mal an uns alle gestern abend.« Die beiden Frauen hielten einander auf dem Tisch die Hände, Annies war die oftgeschrubbte Hand einer Ärztin mit kurzen Fingernägeln, die Hand der Freundin war groß, die Finger und Fingernägel niktotinbefleckt. In einem kurzen T-Shirt erwies sich Lou als sehr schlank und muskulös, die Brustwarzen klein unter dem enganliegenden Hemd, wie bei einer Heranwachsenden, eine konkave Brust zwischen kräftigen, runden Schultern. Die verschränkten Hände lagen vor Ben und Vera offen da; ihre Augen wurden dorthin gezogen, während das Gespräch hin und her ging.

Annie war hartnäckig. »Denkst du, wir hätten das sein können?«

»Der Bischof hat gesagt, es hätte mitten in seinem Gottesdienst passieren können.« Vera wandte sich an Lou; es war, als hätte sie sie etwas anderes zu fragen, als das, worüber hier gesprochen wurde. »Ich nehm nicht an, daß die Tatsache, daß wir Schwarze und Weiße waren, einen großen Unterschied gemacht hätte, wenn es denen darum ging, Schrecken zu verbreiten. Die Verhandlungen zu stoppen. Aber denkt mal an den internationalen Aufruhr, wenn die Repräsentantin der Vereinten Nationen umgebracht worden wäre. Das wär wenigstens etwas gewesen, was die Leute draußen aufgeweckt hätte, dann hätten sie begriffen, daß diese Regierung mit der Gewalt nicht fertig wird.«

Lou stieß ein entsetztes Lachen aus. Annie übernahm, vielleicht mit ein wenig Bewunderung, die Verantwortung für ihre Mutter. »Du nimmst die Dinge kühl!« Sie legte den Kopf schief, um Lous zu berühren, es war die anstoßende Geste eines Fohlens, mit der sie als Kind Wärme und Trost von Ben oder Vera verlangt hatte. »Gut ... entschuldigt ihr uns? Dieser nette Lazar hat uns zu einem Spaziergang auf seiner Farm eingeladen, er muß gleich kommen, um uns abzuholen.«

Ben drehte am Radio herum, ging Sender durch, um einen zu finden, der vielleicht weitere Details über das Attentat brachte. »Was haben sie gesagt, wo sie hin wollen?«

»Lazar hat sie irgendwohin eingeladen.«

»Lazar? Oh.«

Wir können jetzt nicht reden.

Er sitzt in ihrem Büro, im Gegenlicht; die ruhige Festigkeit, die von ihm ausgeht. Sie steht auf, um eine Jalousie herunterzuziehen, und seine Gesichtszüge tauchen beobachtend, horchend auf. Was ist es, das sie an diesem Gesicht so berührt? Die Augen – die Augen haben im Zustand der Ruhe diesen Ausdruck des Mitgefühls für andere, des Gemeinschaftsgefühls, es ist ein leichtes Heben des unteren Lides, das eine Falte erzeugt. Sie kann es für sich selbst nicht anders definieren. Wo kommt er her, dieser Ausdruck, der kein Lächeln ist, diese Selbstsicherheit, die nicht versteckte Arroganz ist? Es gibt nichts in ihrer Erfahrung anderer Menschen, was diesen Mann erklärt. Was immer sie versucht, paßt nicht. Trotzdem empfindet sie keine Notwendigkeit, mit persönlichen Fragen in sein Leben einzudringen, Fragen, die für beide zu einer Last werden würden, da sie Umstände berücksichtigen müßten, mit denen sie im Unterschied zum Odensville-Fall nichts zu tun hat.

»Du hast einmal etwas gesagt. ›Wir werden Ihnen oder Ihrer Frau, Ihrer Familie, nichts tun.‹«

»Ja. Ja.«

»Und dann ist er mit seinem Kommando gekommen, und sie haben Leute im Squatter Camp umgebracht.«

»Ja. Das hat er gemacht.«

»So, was ist jetzt mit diesem Attentat, in der Nacht, als wir alle bei mir zu Hause waren. Als wir danach telefoniert haben, hast du gesagt, daß du schockiert bist, daß es eine grausame und schreckliche Angelegenheit war – hast du gesagt. Wie alle anderen auch, wie wir. Ich weiß, du meinst, was du sagst. Ich hab dasselbe gesagt. Aber ich trau mir selbst nicht.«

In seinem geduldigen Versuch zu verstehen, hatte er es nie eilig, mit der eigenen Meinung herauszukommen.

»Welchen Grund hast du, dir nicht zu trauen, Vera?«

»Denselben Grund, niemandem unter uns zu trauen.«

Sie lächelten.

»Wir alle sind uns so überaus einig, daß das menschliche Leben heilig ist. Es ist wie eine Verabredung, wir sehen einander ins Auge und sagen: wir bedauern den Tod von Menschen schlechthin, da gibt es keine anderen Argumente, egal wer's tut oder warum.«

»Ist das denn nicht auch so?«

»Ist das nicht das übliche Gerede der Weißen? Und was hat das mit uns zu tun? Schwarze glauben nicht daran. Als ich gehört hab, wie der APLA-Mann im Radio sagte, die Empörung sei nur so groß, weil diesmal Weiße umgebracht worden sind, konnte ich ihm nur zustimmen. Er hat die Leute schockiert, weil sie ihn als Rassisten betrachten, aber was er gesagt hat, ist mehr als eine Tatsache, Zeph, es ist wahr, es steckt tief in den Weißen, denen Zeitungen und Fernseh- und Radiosender gehören. Aber wir dürfen das nicht sagen, weil wir keine Rassisten sind, wir dürfen es nicht sagen, weil wir immer beweisen müssen, daß Verallgemeinerungen für uns nicht gelten. Wenn es um den Wert menschlichen Lebens geht, gebrauchen wir keine rassischen Kategorien. Mord ist Mord. Tod ist Tod. Blut und Wein vermischen sich. Alles, was wir zustande bringen, ist diese Verschleierung.«

»Die Leute glauben doch gar nicht an das, was die da im Radio sagen.« Er hielt ihr etwas vor, was sie zuvor oft selbst gesagt hatte.

»Ja, die Leute, die ich kenne. Und die Leute, die du kennst, Schwarze?«

»Es gibt welche, die glauben daran.«

»Wie können sie! Sie wissen, daß Odendaal sie umbringen wollte. Was hat ihm schon ihr Leben bedeutet.«

»Diese Sache – wie hast du das genannt, das übliche Gerede, ist eine Art Gesetz, das jeder kennt, nicht wahr – was richtig ist, was falsch ist. Wenn wir feststellen, daß die Leute, die dieses Gerede von sich geben, nicht wirklich meinen, was sie sagen, ist das Gesetz leer, dann bleibt nur noch eines übrig.« Er hielt inne, nahm sich Zeit. »Dann müssen wir das Gesetz in unsere eigenen Hände nehmen.«

Ihr Mund veränderte sich in ihrer Verwirrung.

»Denn wir meinen es: Töten ist töten, jedes Leben ist eines unserer Leben. Also müssen wir selbst für uns zum Gesetz werden.«

Sie war bewegt und platzte mit angestrengter Schnoddrigkeit heraus: »Na, warum auch nicht, es gibt viele, die das aus anderen Gründen gemacht haben.«

Er war in die Stadt gekommen, weil es ein weiteres Treffen mit einem Provinzbeamten gab. Es ging um den Antrag, das Land, das von Odendaal gekauft worden war, zu einem Siedlungsgebiet für die Squatter von Odensville zu erklären. Der Häuptling, mit dem zusammen Zeph in die Stadt gefahren war, sollte Vera und ihn nach

Pretoria begleiten; er war offenbar für das Wochenende bei Freunden abgestiegen, die Zeph nicht kannte. Als Vera und Zeph in den Empfang der Stiftung hinuntergegangen waren, kam er gerade herein, ein Begleiter ein paar Schritte hinter ihm. Der Häuptling war der Sohn der ersten der Frauen seines Vaters, ein junger Mann, der den Kopf ein wenig in den Nacken legte, so daß er die, die ihn begrüßten, mit halbgeschlossenen Augen ansah. Die Hand, die Vera schüttelte, war kalt und feucht wie bei einem Menschen, der die Nacht hindurch getrunken hatte. Zeph Rapulana legte in all seiner reifen Würde die Handflächen zusammen, verbeugte sich mit steifen Knien und sprach eine formale Begrüßung in den Begriffen traditionellen Gehorsams aus. Aber beide wußten, daß der Häuptling nur das zu dem Beamten sagen würde, was Rapulana ihm beigebracht hatte, nur das, was Rapulana und Mrs. Stark von der Juristischen Stiftung beschlossen hatten. Rapulana hatte wie zu sich selbst gesagt: »Seine Interessen liegen woanders. Er wollte nach Johannesburg gehen und lernen, in einer Band mitzuspielen, aber sein verstorbener Vater hat es nicht erlaubt ... Vielleicht war das ein Fehler.«

Vera stand nur dabei, allen Ritualen gegenüber ungläubig. Zeph blieb immer er selbst – im Umgang mit Herren wie mit Sklaven, dennoch konnte er durchaus heucheln. Aber ob er dem Häuptling etwas vormachte oder ihr zeigen wollte, daß er unzweifelhaft ein schwarzer Mann war, erschloß sich ihrer Beobachtung nicht so ohne weiteres. Zugleich beschlich sie die Ahnung, daß ihr Gefühl der Verbindung mit diesem Mann darin liegen mochte, daß sie etwas von ihm lernen konnte – wie alle Nichtgläubigen insgeheim hoffen, sich einen Wert aneignen zu können, ohne den Glauben annehmen zu müssen.

Ihre Tochter ist wieder da, schläft, atmet im Haus, wie damals, als sie Kind war.

Ben schaltet das Licht über dem Bett aus, in dem er und ihre Mutter liegen.

»Ich hoffe immer noch, daß sie sich mal verliebt.«

»Sie *ist* verliebt.«

Wir können jetzt nicht reden.

Er hatte keinen Namen mehr. Sie sprachen von ihm als dem alten Mann; er hatte den zweiten Schlaganfall gehabt und konnte nicht mehr sprechen. Er war inkontinent, und Vera hatte den Eindruck, daß das ganze Haus wie der Menschenaffenkäfig in einem Zoo roch, obwohl Thandekas Pflege durch eine ausgebildete Krankenschwester ergänzt wurde, die nachts kam. Ben sah, wie Vera die Nasenflügel zusammendrückte, und machte sich Sorgen um sie – es war schließlich sein Vater. Es war, als wäre er selbst in Gefahr, ihr ekelhaft zu werden. Er schlug vor, daß man den alten Mann vielleicht besser in ein Privatkrankenhaus stecken sollte, wo er gut aufgehoben wäre. Es war Annick, die widersprach. »Er kriegt hier ausreichend Pflege, mehr kann man nicht machen: es ist ein schwerer Schlaganfall.«

»Also macht es auch keinen Unterschied, wo er ist, Annie. Und dieses Haus ist wirklich nicht darauf eingerichtet, daß Krankenschwestern und all die Geräte hier untergebracht werden – es ist für alle deprimierend und erfüllt keinen Sinn.«

Aber Annick war Ärztin, daran brauchte sie ihren Vater nicht zu erinnern. Sie hatte den notwendigen Kontakt zum Arzt des alten Mannes von Ben übernommen, da Kollegen untereinander offener sein können, selbst wenn sie sich täuschen. Der Arzt täuschte sich, als er Annie sagte, daß er ihrem Vater keinen Schmerz bereiten wollte, indem er ihm mitteilte, daß der alte Mann sich von diesem Schlaganfall nie wieder erholen würde; je schneller sein Leben endete, desto besser. »Es macht einen großen Unterschied. Er mag nicht in der Lage sein, sich zu bewegen oder mit dir zu sprechen, aber er ist nicht bewußtlos. Er weiß, wo er ist. Er weiß, daß er zu Hause ist.«

»Wohl kaum. Er mußte sein Haus aufgeben, wie du weißt. Er ist ja erst ein paar Monate bei uns.«

Annie öffnete den schöngeschnittenen Mund und berührte mit der Zungenspitze die Zähne, eine Angewohnheit die sie zusammen mit seiner Schönheit von ihm geerbt hatte; in ihrer Gegenwart schien es ihm oft, daß die Natur ihn mit seinem eigenen Bild verspottete, ein widerstrebender Narziß. Sie sagte sanft: »Zu Hause, wo du bist, Dad.«

Sie kam in Veras Veranda-Arbeitszimmer und lehnte die Hüfte an den Tisch, wo Vera etwas Wochenendarbeit für die Stiftung machte. »Wär's besser für euch, wenn Lou und ich früher zurückfahren? Du kannst es ruhig sagen.«

»Mein Gott nein, Annie. Es ist besser für uns, daß ihr da seid.«

»Aber wir belegen das zweite Badezimmer.«

»Das macht nichts. Ihr kriegt jedenfalls Thandeka und die Krankenschwester dazu, das zu machen, was sie machen müssen.«

»Lou würde gerne das Kochen übernehmen, weißt du. Sie ist verdammt gut, zu Hause macht sie das alles, ich brauch nicht mal ein Ei zu kochen.«

»Ist das eine faire Arbeitsteilung – ihr arbeitet doch beide.« Vera hob den Kopf nicht von ihren Papieren.

Der Blick ihrer Tochter ging für einen Moment entspannt in den Garten hinaus, wo der schillernde Rücken eines Glanzibisses Pfauenfarben annahm, als er den gebogenen Schnabel ins Gras bohrte. »Was ist mit dir und Ben? Ich weiß noch, als wir Kinder waren, hat er uns meistens zur Schule gebracht und abgeholt und das.« Sie gab es lächelnd zu. »Hat er dich nicht immer verwöhnt – er hatte immer größten Respekt vor deiner Karriere, du bist seine Priorität, und deine ist … na ja, du hast dich immer um soviele andere Leute gekümmert. Gibt es wirklich jemals eine faire Arbeitsteilung, wie du das nennst, zwischen Paaren?«

Das Gefühl, sich einer Äußerung zu nähern, die verändern würde, was sie waren, was sie gewesen waren, seit Vera in der Freude der Absolution geweint hatte, als das Mädchen im Gleichnis Bennets geboren war, wuchs zwischen ihnen, ein Ultraschallsummen, das nur sie hören konnten. Instinktiv – die Papiere der Stiftung lagen unter ihrer Hand – griff Vera zu der unpersönlichen Offenheit ihres Berufsverhaltens: Mrs. Stark sprach.

»Ben kann nicht glauben, daß ihr ein Paar seid. Er weigert sich, das zu sehen.«

»Du meinst, zu akzeptieren?«

»Aber auch, zu sehen. Er deutet einfach nicht, was er sieht.«

Annie machte eine Schlängelbewegung, um sich bequemer auf den Tisch zu setzen, Papiere beiseiteschiebend. »Was glaubt er denn zu sehen?«

»Naja, ich hab ihm gesagt, daß ihr in einem Bett schlaft, daß es deine Entscheidung ist, daraus hat er ein Zeichen irgendeiner Art von Unreife gemacht. Er hat gesagt, warum nicht ein Teddybär.«

Annie lachte. Antragsteller in der Stiftung lachten oft, wenn sie sich gegen eine reale oder nur eingebildete Anklage verteidigten. »Aber ihr habt schwule Freunde, du und Dad, da waren Schwule auf eurer Party. Einige der Stiftungsleute.«

»Männer. Nicht seine Tochter. Er kann es einfach nicht glauben. Er wollte dich mit Lazar verkuppeln, er hatte festgestellt, daß Lazar dich attraktiv fand – du bist schön, das weißt du, Männer könnten annehmen ... dafür können sie nichts.«

Vera war aus ihren Papieren aufgetaucht, sah ihre Tochter voll an, und das Mädchen war überrascht, zitternde Tränen in ihren Augen zu sehen. Um ihr zu helfen, war Annies Stimme beiläufig. »Der arme Lazar, nach meiner Einschätzung ist er eine Biene, die auf jede Blume fliegt. Aber es machte ihm auch nichts aus, mit uns beiden spazieren zu gehen. Ich nehm an, er würde auch noch die Mutter in Kauf nehmen, wenn er meint, daß er so bei einem weiterkommt.«

»Vielleicht hat er auch begriffen, was los ist, und hat gedacht, es ist das Risiko wert. Hat vielleicht geglaubt, daß es einen Mann gibt, der dich zu Männern bekehren könnte. Das ist doch nur natürlich, wenn du ein Mann bist.«

»Diese Arroganz.«

»Nicht wirklich. Vielleicht gibt es eine Chance, immer.«

»Das ist Ben, nicht du! Das ist das, was Ben wirklich glaubt, nicht? Du weißt, daß ich mit Männern zusammengewesen bin. Ich hab sie manchmal mit nach Hause in mein Zimmer gebracht.«

Irgendwo im Haus liegt ein alter Mann, der nicht mehr reden kann: hier, jetzt, es ist Zeit zu reden. Vera überwindet den Impuls, ihre Tochter zu berühren, die Hand auf ihre Wange zu legen, ihr Gesicht nachzuzeichnen. Ihr kommt es so vor, als hätte sie im Laufe der dreißig Jahre die Zeit verpaßt, das zu tun, als hätte sie immer woandershin gesehen, sich abgewandt, während das Mädchen wuchs und sich änderte und sich in ein anderes Ich hineinbewegte.

»Deshalb kann ich das ja nicht verstehen. Mein Liebling, wie kannst du ohne einen Mann auskommen?«

Eine Bitte, ein Aufschrei.

»Oh, sehr gut, Ma! Ich kann für mich selbst sorgen.«

»Das mein ich nicht. Außerdem glaub ich nicht, daß du das tust, du hast jemanden, die für dich sorgt, oder? Gatte, Frau, was immer sie ist. Du hast selbst gerade gesagt, daß es nie eine faire Arbeitsteilung gibt.«

»Gut. Zugegeben. Natürlich kannst *du* von den anderen Abhängigkeiten nichts wissen, wie das funktioniert zwischen ihr und mir, wie bei einem Paar eurer Art.«

Vera hörte sie mit dem sich ansammelnden Schweigen an, das die Entschlossenheit zu reden verrät – gegen das Zögern, sich selbst zu offenbaren.

»Im Bett!« Der amüsierte, sanft herausfordernde Ton; es war, als wäre ihre Mutter ein Teenager, der schüchtern nach Information suchte.

»Ich muß dir sagen, Annie, ich kann nicht verstehen, wie du es ohne Mann vorziehen kannst.« Vera stand auf, um die Glastür zu schließen, die ins Haus führte. In der Privatheit wandte sie sich leidenschaftlich um. »Ohne Mann!«

»Es ist wundervoll. Laß mich das erklären. Eine Frau ist wie du, sie weiß, was du fühlst, was dich zum Fühlen bringt, also ... macht sie ... instinktiv macht sie, was du willst, sie fühlt, was du fühlst, zur gleichen Zeit. Es ist nicht wie mit einem Mann, der seine Art Reiz will, während du deine willst. Oh, ich nehm an, du bist nie mit einer Frau ins Bett gegangen – bei all deiner Eigenständigkeit.«

»Ich hab mich nie von einer auch nur im geringsten angezogen gefühlt. Obwohl du weißt, du hast es auch gesehen, daß ich ein sehr gutes Verhältnis zu ein paar Freundinnen habe.«

»Aber du magst nur Männer. Immer Männer ... « Da war eine Spur von Verurteilung, das Aufzucken einer alten Verletzung in ihrem Lächeln. »Ich nehm an, du hattest noch ein paar Liebhaber, von denen ich nichts weiß. Du hast nichts erlebt außer Männern, Männern.«

»Ja. Ich liebe Männer. Ich meine genau das, was ich sage: wie kann es körperliche Liebe ohne Penis geben. Mir ist es egal, zu was für Feinheiten des Gefühls du es mit all diesen Zärtlichkeiten bringst – und wenn du die andere Partnerin streichelst, streichelst du dich doch im Grunde selbst, oder? Denn du bringst in ihr, wie du sagst, genau das hervor, was du selbst fühlst. Aber mit einem Mann gibt es schließlich dieses wundervolle Eintreten in dich, dieser erstaunliche Vorgang eines männlichen Körpers, der sich verändert und den du in dich aufnehmen kannst. Du kannst mir nicht erzählen, daß es irgendwas Vergleichbares gibt! Es gibt nichts Vergleichbares, keine Nähe wie das. Der Genuß, die Orgasmen – ja, die kann man, wirst du sagen, auch zwischen Frauen haben. Aber mit dem Mann in dir – das ist nicht nur Genuß – worum es geht, ist, daß man nicht mehr allein ist. Man tauscht die Last des Ich aus. Man ist ein anderes Geschöpf.«

Annie war fasziniert von ihrer Mutter und wich dennoch ein wenig vor ihr zurück. »Das Tier mit den zwei Rücken.«

Vera sah sie mit einem plötzlich gequälten Blick an: »Annie, was habe ich getan, daß du mit Männern nichts zu tun haben willst?«

»Wie kommst du darauf, daß was ich bin, von dir bestimmt ist! Das ist, was andere Leute betrifft, gegen all deine Prinzipien, oder?«

Es war nicht nur die Tür, die sie vom Haus und seinen Bewohnern und deren eigenen Existenzen abschloß. Sie hatten sich auf ein Territorium bewegt, daß vielleicht nie wieder betreten, nie wieder gefunden werden würde. Wie Stimmen, die aus dem Mund eines Mediums kommen, sprachen sie mit dem träumerischen Suchen des Unbewußten, auch das Schweigen war laut zwischen ihnen.

Wie sie damals in die Küche kam – die Frau mit nassen Haarsträhnen von dem Bad, das sie in Hunderteinundzwanzig genommen hatte, um die Wangenröte nach der Liebe zu verbergen –, aufgeschreckt, weil es ihren Gedanken so fern war, vom Anblick des Schulmädchens am Tisch mit einem Becher Kakao, das seine Hausaufgaben machte. »Warst du von mir angeekelt?«

»Nein nein. Du hast mir leid getan, ich weiß nicht warum. Ich wollte dich trösten. Wenn ich dich sah, wie du aus dem Bett deines Liebhabers nach Hause kamst. Ich dachte damals, du wärst in einem Alter, wo du Frieden und Ruhe suchen würdest, statt dessen, was du da gemacht hast. Was für'n Alter! Mit siebzehn war für mich jeder über vierzig alt.« Es war das Gefühl einer Verschwörung, die in der Vergangenheit nie anerkannt worden war; keine der beiden brachte den Namen Ben ins Gespräch. »Aber sag mir. Wir ekeln dich an – Lou und ich.«

»Natürlich nicht.«

»Nichts ›natürlich‹. Sag's mir.«

»Das ist kein Ekel.«

»›Solang ich dabei glücklich bin‹, nicht? – was alle Eltern, die keine Enkel kriegen, tapfer runterschlucken und sagen.«

»Nein – ich verurteil dich nicht, ich betrachte, was du tust, nicht als falsch. Es ist nur – die Liebe mit einem Mann, der Penis. Ich muß es sagen. Ich bedaure es tief, daß es das für dich nicht gibt.«

Annie lächelte und erkannte mit ihrem Lächeln an: du meinst es gut, und sie lachten beide. »Was ist mit Ivan? Er hat den Schwanz, den Enkel, und es hat trotzdem nicht funktioniert.«

»Na ja, es löst nicht alle Schwierigkeiten, das geb ich zu.«

»Aber es ist das Wesentliche.«

»Für mich, ja.«

»Siehst du, du hast also ...« Jemand rüttelte an der Glastür, das eifrige schwarze Gesicht Thandekas war durch die Scheibe verzerrt. Annie schob es schnell noch ein, ihrer beider Augen bereits auf der Tür: »... im Grunde dieselbe Sicht wie Dad, für ihn ist das Ding auch das Wesentliche, weil er es hat, er kann den Gedanken nicht ertragen, daß irgendeine Frau das ablehnt, was ihm den Schatz seines Lebens eingebracht hat, dich, dich ...« Thaneka platzte in die Veranda herein, ihr Gesicht der Bannerträger der Gegenwart des alten Mannes im Hause. Und die Verbindung zwischen Annie und Vera ging in dem Alarm verloren, daß irgendeine Krise in seinem Zustand eingetreten war.

Aber es war nur jemand, der Vera am Telefon verlangte. Thandeka, dem Drama des Todes so nahe, schien jedem Vorfall, selbst einem Telefonanruf, ein unverhältnismäßiges Gewicht zu geben.

Sally Maqoma: sie stotterte Unterbrechungen in Veras Freudebekundungen, nach vielen Wochen mal wieder etwas von ihr zu hören, und schnitt den Austausch von einander umkreisenden Nettigkeiten ab, mit denen Freunde die gegenseitige Vernachlässigung entschuldigen. Sie mußte etwas mit Vera besprechen, nicht am Telefon. Vera hatte das Gefühl, daß ihre Herzgefäße, ihre Blutbahnen, nach der Zeit und dem Ort mit Annie, aus denen sie gerade aufgetaucht war, offen lagen. Sallys Stimme drang wie ein körperloser Angriff laut in ihr Ohr. Sie zuckte zurück, zerstreut. Sie erklärte, daß ihr Schwiegervater einen weiteren Schlaganfall gehabt hatte, Krankenschwestern im Haus, Verwirrung – konnte, was immer es war, vielleicht noch einen oder zwei Tage warten?

Ohne Mann.

Trostlos.

Sich diesen Zustand vorzustellen.

Wenn Renoir sagen konnte, er male mit dem Schwanz, warum hat keine Frau je den Mut gehabt zu sagen, ich lebe durch meine Vagina? Liebesaffären als ein kleines ordentliches Motiv, ein Muster, eingewebt in die Textur ihres Lebens – so ist das nie gewesen. Sie ist diejenige, welche, sie versteht, sie hat ihrem Soldatenehemann ein Foto geschickt, auf dem aus Rache ein Kopf umrahmt war – das war es; sie hat ihm niemals seine vorzeitige Ejakulation vergeben. Das ist eine Tatsache. Das einzige Mal, daß er nicht wie ein aufgeregter kleiner Junge für sich kam, war, nachdem sie sich schon getrennt hatten und sich scheiden ließen. Nur dem Namen nach ein Liebhaber; ein Vater, der nie gewußt hat, daß er Vater ist. War das nicht der wirkliche Grund, warum sie ihn verlassen hat? Trotz all der anderen akzeptableren Begründungen, die sie ihrer Umgebung anbot: seine konservative Haltung, seine Liebe zum Sport, die sie nicht teilte, der Fehler, für den beide nichts konnten, einer Kriegsehe zwischen Menschen, die eigentlich noch zu jung waren, um sich zu binden.

War das nicht der wirkliche Grund ihrer Leidenschaft für Bennet? Nicht seine bemerkenswerte Schönheit, noch seine Attraktivität als Künstler, ein Schöpfer in Ton, sondern seine Fähigkeit – entdeckt während des Ausflugs in die Berge –, das aufrechtzuerhalten, was der andere nicht aufrechterhalten konnte, in ihr zu bleiben und die Last des Ich auszutauschen.

Das Tier mit den zwei Rücken zu machen.

Das Emblem, unter dem sie sich an ihr Hitler-Baby erinnert, ist das des ersten Bildes, das sie auf seinen Körper aufmerksam machte. Als er in ihrem Büro saß, streifte er bei einer Armbewegung einen Drahtkorb für Post und riß sich ein wenig Schorf von einem schon verheilten Kratzer; er beachtete das nicht, aber sie sah eine kleine Blutspur unterhalb seines aufgerollten Ärmels. Sie zog eine Hieroglyphe seinen Unterarm hinunter – eine warme Botschaft für sie.

Sie hatte Geld für Seidenhemden und Goldgewichte ausgegeben, während das Schulmädchen zu wenig anzuziehen hatte und einmal aus einem Schulcamp einen bittenden Brief schrieb, weil sie kein Geld hatte, um sich Zahnpasta zu kaufen, und sich schämte, weiterhin die anderer Mädchen zu benutzen. Aber sie mußte verstehen lernen, daß ihre Eltern nicht reich waren, sie durfte nicht verwöhnt werden.

Und dann von der Liebe erschöpft aus dem Bett ihres Liebhabers nach Hause zu kommen.

Die Dusche in Hunderteinundzwanzig, das Bestäuben mit Parfüm, das sorgfältige Wiederherrichten der Frisur (damals waren ihre Haare noch so lang, daß sie mit ihnen seine Brust streicheln konnte) – nichts konnte die Sexualität verhüllen. Ein Lebenszeichen. Ohne es zu wissen, hatte sie sich selbst markiert, genauso wie einst den Mann auf dem Foto.

Mrs. Stark arbeitete an ihrem Schreibtisch am jährlichen Bericht der Stiftung, und Schreibkräfte und Kollegen gingen mit Papieren ein und aus, die sie angefordert hatte, oder gaben Auskünfte, um die sie gebeten hatte. Die Spannung zwischen armen Pächtern und weißen Farmern war nun genauso wichtig geworden wie die alten Squatter-Umsiedlungen und ihre Folgen. Der Stiftung war es gelungen, Kündigungen von Pachtverträgen annullieren zu lassen, die aus Furcht davor ausgesprochen worden waren, daß die Pächter unter einer zukünftigen Mehrheitsregierung Anspruch auf das gepachtete Land erheben könnten. Aber einer dieser erfolgreichen Fälle hatte sich bereits in eine Tragödie verwandelt. Philemon Maseko – in diesem Büro hatte er mit Hilfe eines Übersetzers mit ihr gesprochen – war von einer Gruppe weißer Farmer ein paar Tage, nachdem sie seinen Fall gewonnen hatten, erschossen worden. Es gab keine Festnahmen, keine Namen von Farmern wurden veröffentlicht; die Stiftung war gebeten worden, als Nebenkläger für die Familie des Mannes aufzutreten. Ob es nun eine allgemeine Verstörung war, die zusammen mit Zweifeln an den offensichtlichen Folgen ihrer Arbeit eine deprimierte Stimmung unter den Stiftungsleuten aufkommen ließ, oder ob dies etwas war, was sie aus ihrer eigenen Unzufriedenheit auf die anderen projizierte – es war vorhanden. Selbst Oupa schien unaufmerksam und geistesabwesend. Die leitenden Mitarbeiter der Stiftung waren sich einig, daß man eine Art »Krisen«-Papier zusätzlich zum jährlichen Bericht veröffentlichen sollte. Die Stiftung wollte darin auf die Notwendigkeit verweisen, die Grundbesitz- und Landgesetze drastisch zu revidieren, um eine Katastrophe im ständig anwachsenden Konflikt zwischen Weiß und Schwarz um Zugang zu Land zu verhindern. Vera arbeitete abends, zu Hause, an einem Entwurf. Annies Lou ging einkaufen und kochte. Ben sorgte für die Unterhaltung der zu einem

Gast gewordenen Tochter und der ihrer Freundin. Er nahm sie mit ins Kino oder in einen der sogenannten Clubs, wo schwarze Gruppen die Art Musik spielten, die sie mochten. Die Nachtschwester ging schwer durch den knarrenden Flur, um sich Tee zu machen.

Kein Arsenal an repressiven Gesetzen, keine Armee, keine Polizei kann die Lage stabilisieren – sie ertappte sich selbst beim Gebrauch des offiziösen Jargons, der angewandt wurde, um zu abstrahieren und abzulenken, um das Leichentuch der Ordnung über den Körper Masekos mit seinem Fetzen juristischen Papiers in der toten Hand zu ziehen. *Keine Gesetze, keine Polizeikräfte können weiße Farmer vor dem Bedürfnis und dem Recht von Menschen schützen, die verzweifelt nach einem Stück Land suchen, auf dem sie leben können.* Sie schrieb und schrieb um. Wer wird schon lesen, was auf der Farm Rietvlei, Mooiplaas, Soetfontein, Barendsdrif oder in Odensville geschieht? Die Zeitungen nehmen den einen oder anderen Absatz heraus, formulieren ihn um, und sogar die, die das Original lesen, wissen nichts, haben Odensville nie gesehen, haben weder als Farmer noch als Pächter, der einmal im Jahr, wenn er seine Ernte einbringt, bezahlt wird, auf der »schönen Farm«, am »süßen Brunnen« oder an der Furt des Flusses gelebt, die ein Barend für sich beanspruchte. Wer unter denen, für die »Landreform« den Verlust eines Angelwochenendes bedeutet (ihr Jungs kriegt keine Einladung mehr zum Fischen da unten), wird schon daran interessiert sein, daß die Pächter den Mais und die Rispe verlieren, für die sie jeden Tag gearbeitet haben, seit Generationen? Wie weit sie voneinander entfernt sind. Die Kommissionen, die ihre Sitzungen abhalten, die Versprechungen der Politiker, die Stiftung, die das Gesetz mittels seiner Schlupflöcher bekämpft, und die großen Prinzipien der Gerechtigkeit dahinter: sie alle stehen irgendwo zwischen den beiden Parteien. In ihrem Willen, die Haltung der Stiftung zur Landfrage zu formulieren, verschwand ihr eigenes Leben. Sie hatte keinen Gedanken, keinen Raum in sich für irgend etwas anderes. Als sie einen Moment aufstand, um die Hände in den Rücken zu pressen und sich hintenüber zu beugen, das Gesicht der Decke zugewandt, um die Spannung zu lockern, kam die Anwesenheit Annicks, Annies, mit einem leichten Anflug von Schwindel zu ihr zurück; obwohl das Mädchen gerade in dieser Stunde vielleicht gar nicht im Haus war – die Tatsache ihrer Anwesenheit.

Du hast dich immer um so viele andere Leute gekümmert.

Das siebzehnjährige Schulmädchen allein in der Küche mit den Lehrbüchern, die sie mit Geschenkpapier eingeschlagen und auf die sie Bilder von Filmstars geklebt hat. Sie sieht von der gängigen Lehre der Erwachsenen auf, die besagt, daß Eltern einander lieben, das ist der Sinn von Sex, für Eltern kommen Kinder an erster Stelle und vor allen anderen – und da spaziert ihre Mutter herein, noch warm vom Körper eines anderen Mannes. Aus seinem Bett, erschöpft von der Liebe. Wie kann man von dem Schulmädchen erwarten, daß sie weiß, daß Familien nie so waren, wie man ihr gesagt hat. Wie soll sie akzeptieren können, daß ihr eigener Vater ein »anderer Mann« gewesen ist, daß die Sexualität ihrer Mutter etwas ist, das sich gegen ihre Liebe zu den Kindern durchsetzt?

Etwas, was eine lange Zeit darauf gewartet hatte, eingestanden zu werden, schien Vera plötzlich klar: ihretwegen war Bens Tochter Lesbierin geworden.

In der Nacht ging sie in das Zimmer, in dem er starb. Die schwarze Krankenschwester war in ihrem Sessel eingenickt, der Uniformrock hatte sich bis zu ihren dicken Oberschenkeln hinaufgeschoben. Die Strümpfe saßen so stramm über dem Fleisch, daß sie im Licht der verhängten Lampe silbern glänzten.

Sie sah ihren Schwiegervater an. Seine Hand lag nach oben gekehrt über der Decke. Sie sah ihn lange an. Sie kniete sich ans Bett und sagte leise, dicht an seinem armen, schlaffen Ohr: »Wie ist es?«

Er konnte es nicht hören; oder er hörte es nur als Echo in einer leeren Kammer. Sein Kopf bewegte sich, meinte sie – oder bildete sie es sich nur ein? –, als schüttelte er ihn. Ein Mundwinkel verzog sich. Es war wie bei einem Baby, das noch zu jung ist, um zu lächeln – man konnte es fälschlich für ein Lächeln halten.

Die Ägypter nahmen Mobiliar, Schmuck, Lebensmittel, Wein und Öl mit sich, und Diener, die ihr Leben in der nächsten Welt beenden mußten. Ihm hatte man sogar die falschen Zähne genommen. Da seine Zeit abgelaufen war, hatte man seine Uhr Ben zur Aufbewahrung gegeben. Seine Dienerin, wie für Weiße in diesem Land üblich, war eine schwarze Frau, die sich um die versagenden Funktionen seines Körpers kümmerte, ohne ihn zu beschämen. Dieses schwarze Gesicht, faltig von Müdigkeit, eine tiefe Scheide der Anstrengung zwischen den Augen, als wäre sie in beständiger Sorge, den überfüllten Minibus zu verpassen, der sie von Moletsane oder Chiawelo oder Zondi hierherbrachte, um auf der letzten Schwelle bei ihm zu sein.

Da war sonst niemand.

Wenn die Schwester sah, daß er die Schwelle überschritten hatte, würde sie das Strickzeug in seine Plastiktüte zurücklegen, ihre Wolljacke und den Lippenbefeuchtungsstift einpacken, ihren Lohn abholen – vielleicht bekam sie noch ein paar Orangen geschenkt, die Lou preiswert in ganzen Kästen kaufte –, und dann würde sie gehen.

Vera sortierte die Kleidungsstücke aus, die sie einer Hilfsorganisation geben wollte. Es war einer der Feiertage, die wie Straßen unter aufeinanderfolgenden Regimes neu benannt wurden, um die Verschiebung im Ethos der Macht widerzuspiegeln: Dingane's Day, mit dem die Sieger über diesen schwarzen Kriegerkönig seltsamerweise seine Macht anerkannt hatten, war später zum Tag des Bundes geworden, der seine Niederlage durch einen Handel der Buren mit Gott feierte, und hieß nun Tag des Versprechens, was man wahrscheinlich für semantisch weniger verletzend gegenüber den von Gott verlassenen Schwarzen hielt. Es war das erste Mal, daß sie mit den Kleidungsstücken eines Toten umging; das Leben abgeworfen wie eine Haut. Verschiedene Kleidungsstücke bezeichneten die Ambivalenz der Spezies, der man den alten Mann zuschreiben konnte. Warum zwei Anzüge und dazu noch ein weißes Dinnerjacket, während die Hemden so abgetragen waren, daß es sich nicht mehr lohnte, sie wegzugeben. Und es gab offensichtlich nur drei Paare verformter Schuhe. Ein seidener Morgenrock mit Satinrevers lag noch in Seidenpapier in einer Schachtel, offenbar nie getragen, nach dem Schnitt zu urteilen (sie schüttelte ihn aus) sehr teuer, selbst in den dreißiger Jahren – zu der Zeit mußte er gemacht worden sein. Das Bewußtsein des Überlebenden, daß man so wenig über den Gestorbenen weiß und nun keine Gelegenheit mehr hat, mehr zu wissen, ist eine übliche Begleiterscheinung des Todes. Man kann angesichts der Hinterlassenschaft nur spekulieren: eine der wenigen Rollen, in der ihr der alte Mann geläufig war, bestand in seinem Leben als Engländer unter Männern verschiedener anderer umherschweifender Nationalitäten auf den Vorposten großer europäischer Firmen und in den belgischen Kolonialclubs im Kongo. Dort (Bennet kannte selbst nur einen knappen Umriß seiner eigenen Herkunft, mit dem er sie in den Bergen faszinierte) hatte die Liaison mit der halbspanischen, halblibanesischen Frau eines Pelzhändlers dazu geführt, daß er deren Tochter, die Tochter seiner Geliebten, geheiratet hatte. Der Morgenrock hatte keinen Platz in der Kleidungsspende für Flüchtlinge, für die Opfer einer Dürre. Aber Ben würde ihn auch nicht tragen, er war nichts für ihn. Sie dachte gerade daran, daß die einzige Person, die sie sich in dem Morgenrock vorstellen konnte, die Freude daran hätte, der junge Oupa war, sie würde ihn mit in die Stiftung nehmen und ihn Oupa schenken, als hätte sie ihn in irgendeinem Laden gefunden – da klingelte das Telefon. Es war Oupas Stimme. »Telepathie! Ich hab gerade an Sie gedacht.«

Seine Stimme war heiser vor Aufregung. »Mrs. Stark, kommen Sie bitte her. In die Wohnung.«

Ein Anruf von Oupa an einem Feiertag? Sie hatte ihn sich in dem Morgenrock vorgestellt, aber ihn selbst irgendwo weit fort, wo immer ein junger Mann wie er so einen freien Tag verbrachte. Was um alles in der Welt – ein Unfall, ein Überfall, eine Polizeirazzia, Kündigung – all die gewöhnlichen Gefahren, die ihn umgaben, gingen ihr durch den Kopf. Und sie dachte sofort daran, was sie mitbringen mußte: Geld und ein festes Auftreten gegenüber der Polizei.

»Mrs. Maqoma sagt, daß Sie kommen sollen.«

»Mrs. Maqoma? Aber worum geht's denn? Wieso Mrs. Maqoma?«

Sie hörte, daß er von Stimmen im Hintergrund unterbrochen wurde. Seine Hand mußte sich um die Muschel gelegt und dann wieder gehoben haben. »Bitte, Mrs. Stark, kommen Sie.«

»Oupa, wer weint da, sag mir, was da los ist.« Aber das Gespräch war unterbrochen; sie hatte den Eindruck, daß jemand ihm den Hörer weggenommen und aufgelegt hatte.

Im Wohnzimmer saß Ben mit einem Buch und hörte sein Lieblingsklavierkonzert von Schostakowitsch. Sie blieb einen Augenblick stehen; unterhalb ihres Erschreckens registrierte sie die ruhige Heiterkeit, die er für sich zurückgewonnen hatte, allein mit ihr, nun, da sein Vater und seine Tochter nicht mehr im Haus waren. »Das war Oupa. Merkwürdiger Anruf.«

Er sah sie über seine Brille hinweg an. »An einem Feiertag? Was wollte er?«

»Keine Ahnung. Er hat gesagt, Sally will, daß ich in die Wohnung komme … seine Wohnung«, korrigierte sie sich. »*Sally*.«

»Was macht Sally denn da?«

»Woher soll ich das wissen?« Sie wußte nur, daß sie ihr Versprechen vergessen hatte, Sally anzurufen.

»Soll ich mitkommen … was hast du da?« Die Brille rutschte herunter, seine seltsamen tiefliegenden Augen ruhten auf dem Morgenrock, der über ihrem Arm lag. Die Augen, die ebenso wie das Kleidungsstück zu irgendeinem unerklärten Aspekt im Leben des alten Mannes gehörten, vielleicht gehörten sie und der Morgenrock sogar zusammen? – das Geschenk der Geliebten an ihren Liebhaber und der Sohn, den ihre Tochter ihm geboren hatte – in der Doppelliaison, aus der Bennet hervorgegangen war.

»Nein … nein, aber ich fahr besser mal rüber.«

Oupa gehörte zu ihren Stiftungsverantwortungen, Ben hatte keine Verpflichtung, aus seinem Sessel aufzustehen, seine Bücher, seine Musik zu verlassen. Sie hob den Arm: »Grandpops Prunkstück.« Sie zitierte Annicks kindlichen Namen für den alten Mann.

»Wann hätte er das je getragen.«

»Hat er auch nie. Muß ihm jemand geschenkt haben. Vor langer Zeit, es ist altmodischer Luxus.«

Der Sohn streckte die blasse Hand aus, um ihre zu berühren. Jetzt, da ihnen das Haus allein gehörte, konnte er das wieder tun. Er sagte trocken: »Irgendeine Frau.«

Oupa mußte an der Tür herumgestanden und darauf gewartet haben, ihr zu öffnen. Da war er. Seine Augen mit den gebogenen Wimpern waren mürrisch niedergeschlagen, wie um jeden Vorwurf abzuwehren, und seine Zunge feuchtete die Lippen an, bevor er sprach. »Tut mir leid, ihre Mutter hat mich gezwungen, Sie herzuholen.«

»Und worum geht's denn nun?« Aber sie waren schon in das Zimmer eingetreten, wo ihre Stimme eine Stille unterbrach, die so aufgeladen war, daß sie gerufen zu haben schien. Sie hatte den plötzlichen Impuls – eine Vorahnung –, abzuwehren, sich umzudrehen und wegzugehen: was tue ich hier? Was taten sie alle hier? Sally saß aufrecht auf der Kante des einzigen Sessels; Didy stand mit dem Rücken zum Fernsehapparat, vor Bildern ohne Laut; und auf dem Fußboden saß zu Veras Schock, das Gesicht in die Knie gedrückt und die Arme schützend um den Kopf gelegt, das Mädchen, Mpho. Jetzt kam Vera noch dazu, mit Oupa einen Schritt hinter ihr: als wären sie von einem Regisseur verteilt worden – du hier, du dort. Alle warteten darauf, daß jemand etwas sagte. Nur Didy blinzelte Vera eine Begrüßung zu.

Sallys Gesicht war das einer Fremden, die Vera zur Rede stellte, breit vor Feindseligkeit und Anklage. »Frag deinen Freund, frag den Mann, den du ihr vorgestellt hast, den sie in deinem Haus getroffen hat, den du so gerne mochtest, daß wir sie mit ihm und seinen Freunden rumlaufen ließen. Frag ihn.«

Didy legte den Kopf in den Nacken und stieß einen Atemzug unglücklicher Verlegenheit aus. Er sagte etwas in ihrer Sprache, offenbar eine Art Appell.

»Nein, Vera soll ihn fragen.«

»Ich versteh nicht, warum du Vera da reinziehen mußt.«

»Na ja, wenn es Schwierigkeiten gibt ... unter Freunden ... stecken wir alle drin«, log Vera gegen ihren Impuls, sich aus der Geschichte herauszuhalten.

»Du hast gewußt, daß er verheiratet ist, du weißt, daß sie ein Kind ist, warum hast du uns glauben lassen, er und seine Clique wären netter Umgang für sie, sicher? Warum hast du uns nicht gewarnt?«

Vera wandte sich von Sallys Angriff ab und an Oupa, unsicher, ob sie ihn verteidigen oder ihm Vorwürfe machen sollte. »Was ist zwischen Ihnen und dem Mädchen passiert?«

»Er hat mit meinem Kind geschlafen, mit meiner Tochter. Ich hab sie zum Arzt gebracht, und es stellt sich raus, sie ist schwanger. Das ist passiert. Das kommt von den netten Leuten, die sie bei dir kennengelernt hat. Kein Wort von dir, Vera, kein Wort der Warnung, du mußt gewußt haben, daß er mit ihr rumlief.«

»Ich? Ich wußte nichts davon, ich hatte keine Ahnung. Ich hab nichts mit dem Privatleben der Leute zu tun, die in der Stiftung arbeiten.«

»O doch, das hast du. Du hast ihn in dein Haus eingeladen. Du hast mir nichts gesagt, als sie zu Parties ging, die gar keine Parties waren, er hat sie hierher gebracht, um mit ihr zu schlafen. Du hattest ihn und die anderen netten Freunde in deinem Haus, du und Ben.«

Das Mädchen begann zu wimmern, zog krampfhaft einen Fuß über den anderen. Alle sahen sie an, niemand berührte sie.

Vera wandte sich nicht zu Oupa um, der hinausschlich, um ihr einen Küchenstuhl zu holen, eine Geste, die Sally mit einem verachtungsvollen Blick als Bitte um die Unterstützung seiner Arbeitgeberin und Freundin deutete.

Und zählten die geselligen Mittagspausen in ihrem Büro gar nicht? Die Jahre der Entbehrung auf Robben Island, machten sie es nicht verständlich, daß er eine Schwäche für Wärme und Liebe hatte, für die Versuchung eines reizvollen Mädchens? Aber eines Schulmädchens. Sallys und Didys Tochter. Er setzte den Stuhl hinter ihr ab. »Oupa, du Idiot.« Im Moment, in dem sie diese Bemerkung machte, begriff sie, daß sie von Sally als abschätzige Beleidigung aufgefaßt werden würde. Und zu ihm zu sagen, ist das wahr, wäre noch schlimmer: als ob sie Sallys Worte anzweifelte. Sie blickte auf den gebeugten Kopf Mphos, die Dreadlocks fielen an beiden Seiten ihrer hübschen Ohren herab, von denen Ohrringe gleicher Größe herabbaumelten. Wahrscheinlich hatte das Mädchen auch mit anderen geschlafen, und Oupa war es nun, der als Schuldiger benannt wurde, und er konnte nicht beweisen, daß er es nicht war. Dieses schöne Kind – das sah sie erst jetzt, obwohl sie es schon hätte erkennen müssen, als das Mädchen in ihrem Haus lebte – besaß den ganzen Instinkt ihres Geschlechts, den Annick nie gehabt hatte. Sie wollte die Hand ausstrecken und ihr über den Kopf streichen, aber in Sallys Ausdruck lag eine gebieterische Autorität gegen jeden, der soetwas versuchte.

Vera sprach Didy an, als wäre er wieder der Verkleidete vor ihrer Tür, den sie nicht erkannt hatte. »Woher sollte ich das wissen? Glaubst du, ich hätte nichts getan, ich hätte natürlich mit ihm geredet.«

Sally zog brüsk die Aufmerksamkeit auf sich. »Aber du hättest uns sagen sollen, daß dein netter junger Mann verheiratet war, daß seine Frau nicht hier war, daß er rumlief wie irgendein Mann ... und guck ihn dir an, zehn Jahre älter als dieses Schulmädchen, und kein Respekt für sie oder ihre Eltern. Parties! Sie hat uns angelogen. Wenn eine Freundin sie abholte, steckte er dahinter! Dieses Schwein. Er hat ein Mädchen geschickt, damit wir nicht merkten, daß er hier auf sie wartete.«

Vera wußte, daß es zwecklos war, Oupa zu befragen, aber sie konnte nicht ignorieren, daß dies von ihr erwartet wurde. Ihre Blicke trafen sich, er konnte ihr nicht ausweichen, er zählte auf sie. »Wie hat das angefangen?« Er verstand, was das hieß: *Du weißt, ich hab dir vertraut, es gibt jede Menge anderer Frauen für dich.*

»Es war nichts, alles ganz normal, wir sind alle in Clubs gegangen und haben Musik gehört, Lyriklesungen und sowas. Und dann hat sie gesagt, sie wollte gern ins Theater, sie hat in London öfter Stücke gesehen, und ... ich hab Sie sogar gefragt, wissen Sie noch ... was gut war ... und sie sagte, ihre Eltern dürften nicht wissen, daß sie alleine ausging, sie durfte nur, wenn da andere Mädchen dabei waren, also hat sie ihnen gesagt, sie ginge zu einer Party. Danach haben wir uns dann getroffen.«

»Und seine Frau?« rief Sally aus. »Die Frau und Kinder, und jetzt macht er mein Kind, minderjährig – weiß er das? – das ist strafbar – macht mein Kind schwanger? Er kommt ins Gefängnis, weiß er das!«

»Dein Kind ist nicht minderjährig, red nicht so, Sibo. Sechzehn ist nicht minderjährig. Nach dem Gesetz ist sie eine Erwachsene. Und Drohungen machen doch keinen Sinn. Soll er sich von seiner Frau scheiden lassen? Willst du, daß Mpho mit sechzehn heiratet, sie hat noch nicht mal den Schulabschluß? Wollen wir, daß sie so endet, bevor ihr Leben richtig angefangen hat. Ist es das, was du willst? Natürlich nicht. Also was soll das alles, diese Schuldzuweisungen.«

»Wir hätten sie nie aus London hierherbringen sollen. Sie hätte da in der Schule bleiben sollen. Du wolltest, daß sie nach Hause kommt; dies ›zu Hause‹, wo sie wie jedes Townshipmädchen schwanger wird.«

»Gut, gut. Du wolltest sie auch hier haben. Du suchst schon wieder Schuldige, das bringt überhaupt nichts.«

»Da siehst du, wie man sich auf diese Leute verlassen kann.« Sally redete von Vera, als hätte sie sie nicht hierhergerufen. »Dasselbe wie immer, wollen einem helfen, damit sie auf der richtigen Seite sind. Und richten damit nur Unheil an. Schaden uns.«

»Sibongile, hör auf! Du redest Unsinn, du weiß ja nicht, was du sagst. Es ist mein Fehler, es ist Veras Fehler – was soll das, was wir besprechen müssen, ist, was wir tun wollen, hast du Mpho vergessen, sie sitzt da auf dem Fußboden, sie ist unsere Tochter.«

»Ich weiß nicht, was wir mit ihr machen sollen. Ich weiß nur, daß sie in großen Schwierigkeiten ist.«

»Was wir tun werden, hat nichts mit diesem jungen Mann zu tun. Wir sollten überhaupt nicht hier sein. Er ist da jetzt raus, aus der ganzen Sache. Was zwischen ihm und Mpho passiert ist, ist vorbei. Mehr braucht er nicht zu wissen. Vorbei und zu Ende. Dieses Kind wird nicht geboren werden. Schluß. Vera wird uns helfen.«

Wie konnten sie alle das Mädchen vor ihnen auf dem Fußboden kriechen lassen – ihre Mutter, ihr Vater, Oupa, sie selbst? Vera war beschämt, sagte rauh: »Mpho, steh auf, komm, du bist nicht allein.«

Gewöhnlich so behende und grazil, kam das Mädchen schwerfällig auf die Füße, ihr tränenverquollenes Gesicht hatte die in sich gekehrte Ausdruckslosigkeit, die Vera an Angeklagten vor Gericht kannte, die keine Hoffnung auf Freispruch hatten. Aber sie da stehen zu lassen, war immer noch nicht richtig. Vielleicht liebte sie Oupa; aber so jung und unerfahren sie in den Dingen der Welt war, sie wußte, daß das kein Argument war.

»Du meinst, Mpho sollte eine Abtreibung machen lassen.«

Didymus war daran gewöhnt, zu tun, was getan werden mußte. »Ja. Und wir sind jetzt neu hier. Es muß ohne Gefahr für sie geschehen. Du bist diejenige, die das für uns sicherstellen kann.«

Das Urteil war gesprochen. Das Mädchen ging zu dem Sessel hinüber, wo ihre Mutter saß, und nahm einen Matchbeutel auf, der malerisch mit den Namen von Popgruppen verziert war. Sie ignorierte ihre Mutter und nahm ein Taschentuch heraus, blies hinein.

FUNK DOGS HIPHOP ROCK ELECTRIC PETALS INSTANT KARMA

Ein intensives Unbehagen erfüllte den Raum, als stiege die Temperatur. Mit dem Mädchen wurde umgegangen, als wäre es ein Körper. Sie war ein Körper – unter den Bedingungen der Lösung, die sie gefunden hatten, nichts sonst. Die anderen Aspekte der Situation, die sie zusammengebracht hatte, waren beiseitegeschoben worden – Gefühle, Motive und Verantwortlichkeiten, mit denen keiner umgehen konnte. Didymus trieb Frau und Tochter zur Tür; das Mädchen ging hinaus, ohne jemanden anzusehen außer – auf einen Augenblick – Oupa; Vera sah die Kopfbewegung von hinten, konnte nicht erkennen, ob der Blick einen Bund oder Trotz anzeigte; und sie sah keine darauf antwortende Veränderung in Oupas Gesicht. Didymus nickte Vera zu: »Wir rufen dich an.« Oupa flehte sie mit den Augen und seiner hilflosen Körperhaltung an, nicht mit den Maqomas zu gehen. In plötzlicher Trauer wollte Vera sie aufhalten – Behandelt sie nicht, als wäre sie eine Verbrecherin, umarmt sie, sie ist eure Tochter –, aber das Mädchen, das allein vor den Eltern herging, war schon den Flur hinunter verschwunden. Vera verlangsamte ihren Schritt, um neben dem zögernden Oupa zu bleiben, der sie begleitete, ungeduldig darauf wartete, zu reden. »Ich war nicht der erste, mit dem sie zusammen war.«

»Oh, was macht das schon. Warum sagen Sie mir das? Darum geht's doch nicht.« Vera war ungeduldig mit ihm, weil er sie mit konfusen Entschuldigungen belastete, an die sie selbst schon gedacht hatte. Wenn man sie als Entschuldigungen überhaupt akzeptieren konnte.

»Für Sie nicht. Aber für ihre Eltern. Ich hätte es ihnen gesagt, aber ich wollte Mpho nicht noch mehr Ärger machen.«

Sie gingen ein paar Schritte. »Sie lieben sie also. Oder Sie waren verliebt in sie.«

»Ich weiß nicht. Wie kann ich verliebt sein, ich hab eine Frau.« Er war plötzlich verschlossen, wollte nicht, daß sie in ihn drang.

»Sie meinen, Sie haben nicht das Recht …« Sie lächelte. »Das verhindert nicht, daß sowas geschieht, das wissen Sie doch.«

»Wenn ich sag, ich weiß nicht … sie ist solch ein Kind, als ich so eine Freundin hätte haben können, als ich so jung war, hab ich gesessen. Aber sie kennt auch soviel, was ich nie gesehen hab – London und Europa und so weiter … manchmal lacht sie mich sogar aus, weil ich soviel nicht weiß. In einer Weise ist sie zu jung, und in einer andern ist sie mir weit voraus. Also glaub ich nicht, daß wir's je hinkriegen würden.«

Als sie nach Hause fuhr, wurde ihr klar, daß sie nicht ein einziges Mal daran gedacht hatte, daß diese Wohnung Hunderteinundzwanzig war, Ottos Hunderteinundzwanzig. Alles, was ihr und ihrem Liebhaber diese Wohnung bedeutet hatte, war ihr nun entglitten; auch wenn sie zurückkehrte und die Flure entlangginge, die Wände betrachtete, es würde nichts nützen. Da sie es einmal losgelassen hatte, war es überdeckt, für immer verschwunden. Es besetzte keinen Teil mehr von ihr.

Diese Wohnung war jetzt der Schauplatz, an dem sie, deren Tochter nie ein Kind haben würde, den Auftrag bekommen hatte, dafür zu sorgen, daß das Kind einer anderen Tochter abgetrieben wurde. Sie war die Kupplerin. An dem Tag, als die Maqomas zu ihr kommen und mit ihr über das Vorgehen sprechen sollten, stand Didymus wieder einmal allein vor ihrer Tür.

»Sally will damit nichts zu tun haben.« Er umschrieb, was Sibongile gesagt hatte: Werd es nur los.

»Ist sie immer noch böse auf mich?«

»Sie meint, du solltest den Mann rausschmeißen.«

»Das kann doch nicht ihr Ernst sein! Selbst wenn ich die Macht dazu hätte, was nicht so ist.«

»Natürlich. Sie ist einfach außer sich. Ich kann dir sagen. Es ist nicht einfach. Schließlich ist Mpho unsere einzige Tochter, wir hatten schon die Hoffnung aufgegeben, ein Mädchen zu bekommen, und dann kam sie … Sally hat sie alleine großgezogen, du weißt ja, ich war fast die ganze Zeit weg. Und Mpho verschließt sich einfach, sie redet nicht mit ihrer Mutter, sie redet nicht mal mit mir, obwohl ich ihr gar keine Vorwürfe mache. Ich bin bereit, die ganze Angelegenheit zu vergessen, wenn wir sie hinter uns gebracht haben.«

Didymus sah so verändert aus, so – kampfesmüde, im Vergleich zu dem Mann, der in großer Gefahr gelächelt und gesagt hatte: *Vera, wie geizig von dir*; so isoliert, im Gegensatz zu dem Mann, der in der Einsamkeit der Verkleidung gelebt hatte. Sie hatte den Impuls, etwas im Austausch anzubieten, auch etwas Unerwartetes, wie es Menschen tun, die Wärme für einander empfinden; etwas Privates aus ihrem Leben. »Weißt du, Didy, Annie ist eine Lesbe geworden.«

Er sah weg, schnalzte verwirrt mit der Zunge. Dann, einen Moment später, ein afrikanischer Ausruf: »Joh-joh! Wieso glaubst du das?«

»Ich brauch das nicht zu glauben, sie hat es mir gesagt. Diese Frau, die du auf der Party kennengelernt hast, sie ist die andere Hälfte des Paares.«

»Ich weiß nicht, was ich dazu sagen soll – tut mir leid? Machst du dir Sorgen um sie? Macht es dir was aus?«

»Ich glaub ja, aber nicht aus moralischen Gründen; aus meiner Sicht, weißt du, weil ich eine Frau bin.«

»Ich hab darüber nie viel nachgedacht – unter unseren Leuten, über Männer, die so sind, mein ich. Es gibt sie. Natürlich wird es Teil unserer Verfassung sein, daß es gegen kein Geschlecht irgendeine Diskriminierung gibt ... aber das deckt es nicht ab, wenn ein Kind so wird ... hast du irgendeine Ahnung, was sie dazu gebracht hat?«

»Im Moment ... ich nehm an, wir glauben, daß wir für das verantwortlich sind, was unserer Meinung nach mit unserem Kind schiefgelaufen ist – und nach ihrem Urteil überhaupt nicht schiefgelaufen ist.«

»Wie Sally und ich, mit Mpho.«

»Vielleicht. Der Bösewicht in der ganzen Geschichte hat etwas über Mpho und sich selbst zu mir gesagt. Er nahm an, daß sie es wohl nie hinkriegen würden – er meinte, selbst wenn er nicht verheiratet wär und keine Kinder hätte. Sie sind beide aus ihrem normalen Leben herausgerissen worden, ihr Alter entspricht nicht ihren Erfahrungen, es gibt da Verschiebungen, die nicht zu korrigieren wären. Er hat seine Teenagerjahre verloren, im Gefängnis; sie hat weit über ihre Jahre hinaus Erfahrungen gesammelt, aufgrund eures europäischen Exils.«

»Und unsere Generation hat diese Umstände in beiden Fällen geschaffen … na ja, vielleicht hast du recht. Mann, ich weiß es nicht. Aber das würde ja nicht auf Annie zutreffen, oder?«

»Nein.«

Er merkte, daß dies im Augenblick die Grenze ihrer Vertraulichkeiten war; seine alte Untergrunderfahrung hatte ihn gelehrt, Stimmungen zu erkennen, in denen Menschen etwas preisgaben. Er hatte sich ein Gespür für Situationen bewahrt, in denen Schranken sich schlossen oder hoben.

Sie sprachen – wie über einen Reiseplan oder die Tagesordnung einer Konferenz – über den Arzt, den Vera überredet hatte, indem sie seine Sympathien für die Linke nutzte und die Tatsache, daß er bisher noch nie offen für die Sache der Befreiungspolitik eingetreten war. Jetzt, so hatte sie ihm zu verstehen gegeben, konnte er sein Gewissen beruhigen, konnte etwas beitragen, wenn er den Embryo der Tochter eines politisch bedeutenden Paares beseitigte, das für die Sache im Laufe seines Lebens schon viel geopfert hatte. Ein Termin und der Ort waren festgesetzt.

Vera begleitete Didymus wieder zu seinem Wagen, der dieses Mal offen vor dem Tor stand. Sie blieb zögernd am Seitenfenster stehen, als er eingestiegen war. »Ben weigert sich, es zu glauben, das mit Annie. Er tut so, als wüßte er es nicht.«

Der Radiowecker, dem Mpho im Duty-Free-Shop nicht hatte widerstehen können, als sie von London abflog, weckte sie mit der japanischen Version von »Greensleeves«. Sie lag mit den Fäusten am Mund da, spürte auf ihnen den weichen Atemstrom aus ihrer Nase. Sehr früh morgens aufzuwachen, wenn alle anderen noch schlafen, heißt in der Welt allein zu sein.

Sie stand auf und trat ans Fenster, zog vorsichtig den Vorhang zurück. Alles lag verschwommen im Dunst, nur die gläserne Fassade eines hohen Gebäudes weit hinten auf einem Hügel leuchtete aus ihm heraus, ein Spiegel der noch verborgenen Sonne. Sie streifte das Mickey-Mouse-T-Shirt, in dem sie schlief, ab, ihre Brüste wurden hochgezogen und fielen zurück. Sie warf das Hemd auf das Bett, nahm es dann wieder auf, rollte es zusammen und steckte es in ihren Matchbeutel. Nackt packte sie ein paar weitere Kleidungsstücke ein und eine glupschäugige Stoffkatze. Sie ging zum Fenster, um noch einmal das strahlende Gesicht zu sehen, das ihr aus dem Glas entgegenblickte. Als sie die Bauchmuskeln einzog, um ihre Jeans zuzuziehen, ließ sie ein Gefühl von Furcht und Verwunderung und Unglauben über das, was da in ihr war, totenstill stehen. Einen Kloß von Panik unterdrückte sie, indem sie Spucke herunterschluckte. Sie richtete sich her wie immer: ein gefältetes Gummiband um ihre Dreadlocks wie eine blaue Rose oben auf ihrem Kopf, ein anderes T-Shirt mit einer anderen Aufschrift, bunte Socken, die auf die Knöchel heruntergerollt wurden, schwarze Turnschuhe, die geschwungenen Drähte eines Ohrringpaares aus ihrer Sammlung, das sie in die weichen braunen Ohrläppchen hakte. Mpho. Das ist Mpho. Der Spiegel auf ihrer Kommode fing sie ein, wie die Fassade des Gebäudes die Sonne; da ist sie, nichts hat sich verändert. In ihrem zitternden, mürrischen Kummer drehte sich etwas: einen Augenblick fühlte sie sich heiter und freigelassen; nichts war passiert, sie war gerade aus dem Flugzeug von London gestiegen, um den bewundernden Blicken des Landes zu begegnen, das Zuhause hieß.

Niemand hörte, niemand sah, wie sie die Haustür hinter sich schloß. In diesem weißen Teil der Vorstadt gab es jetzt nur Jogger, die Hamster auf ihrer täglichen Tretmühle. Sie nahm einen leeren Bus zu einer Endstation in der Stadt, wo Schwarze aus den Townships ankommen, um zur Arbeit zu gehen. Straßenkinder lagen in Hauseingängen, wie herangewehte Papp- und Papierfetzen und weggeworfene Bananenschalen im Rinnstein lagen. Frauen bauten Reihen von gekochten Maiskolben auf, die Verkäufer von Uhren, Sonnenbrillen, Vaseline, Baseball-Kappen, Babykleidern packten ihre Ware aus. Ein Schnapsverkäufer stellte auf einer Kiste Literflaschen Bier und kleine Brandyflaschen aus, und vor diesem Altar tanzte ein Mann, immer noch verzückt von einer durchzechten Nacht, nach der *Mbaquanga*-Musik aus dem Kassettenrecorder des Verkäufers um sie herum. Die Frische des Morgens brachte den Geruch von Urin mit sich, wie der Tau den Grasduft verstärkt. Sie ging durch alles mit der unberührbaren, unverschämten Selbstsicherheit der Schönheit, gegen den Strom der Arbeiter, behende zwischen den Kleinbussen hindurch, die wie Rennwagen herumkurvten, bremsten und anfuhren, lächelte in Reaktion auf Bemerkungen, die ihr in einer Sprache zugerufen wurden, von der niemand, der sie machte, geglaubt hätte, daß sie sie nicht verstand.

Der Anblick eines leeren Bettes hat etwas Erschreckendes.

Fort.

Fort, sagt es.

Wohin?

Das ziehende Gefühl der Furcht; Menschen bringen sich um, wenn man sie dazu gebracht hat, sich für ihr Leben zu schämen. Von daher kommt das Extrem der Angst: was hätte getan werden müssen, um den Anblick des leeren Bettes zu verhindern. Was haben wir getan, um das geschehen zu lassen. Sibongile weiß – er braucht es nicht zu sagen, braucht es nicht zu verbergen –, daß Didymus glaubt, sie sei zu hart zu dem Mädchen gewesen.

Eine schrecklich vernünftige Überzeugung trifft sie; natürlich. »Sie ist zu dem Mann gegangen.«

Er zog den Mund zusammen. »Unwahrscheinlich. Er hätte zuviel

Angst. Ich glaub nicht, daß er ein starker Charakter ist. Was immer er als Genosse durchgemacht hat. Ich glaub nicht, daß er sie aufnehmen würde, nach allem.«

Sibongile suchte wieder nach einem Hinweis – keine Nachricht, natürlich nicht, wenn man seine Eltern bestrafen will, hinterläßt man keine Nachricht. Didymus folgte ihr ins Zimmer, ein stummer und anklagender Raum. Mphos Duft war noch da, das Gemisch aus Parfüm und Deodorant und hautwarmer Kleidung, verschwitzte Turnschuhe, der Kaugummi mit Pfefferminzgeschmack, den sie mochte. Sie konnte zu Leuten ausgerissen sein, die sie kannten, Leute, die sie an Orten kennengelernt haben konnte, zu denen junge Leute gingen, Clubs, Discos. Jetzt konnte ihr etwas wirklich Schreckliches geschehen, Vergewaltigung, Drogen.

Sie standen in ihrer Abwesenheit herum.

»Warum hat sie das getan, was meinst du?«

»Angst. Sie hat Angst vor dem, was ihr bevorsteht. Die Operation.«

»Gott nochmal. Das ist doch keine Operation. Ich hab's ihr erklärt, sie schläft dabei, sie fühlt nichts. Ich hab ihr sogar gesagt, daß *ich* eine hatte, daß ich wirklich Bescheid weiß.«

Sein Gesicht veränderte sich. »Warum hast du das gemacht?«

Aber Sibongile – Sally – gehörte der Generation an, die es für emanzipiert hielt, ihre halberwachsenen Kinder mit dem Intimleben ihrer Eltern zu belasten. »Warum nicht? Damit sie nicht soviel Angst hat.«

»Aber wenn du im selben Boot bist – warum sollte sie an ihrem Abenteuer mit dem Mann etwas falsch finden, Mann, die ganze Angelegenheit in der Wohnung, daß sie ihr Gesicht vor uns verstecken mußte ... man wird schwanger, man macht 'ne Abtreibung, was soll's, kein Grund zur Aufregung.«

»Oh, du machst mich wahnsinnig. Reicht das denn nicht, was passiert ist, mußt du nun auch noch ... glaubst du nicht, daß sie wissen sollte, wie unser Leben im Exil war, wie wenig Geld wir manchmal hatten, daß wir nicht mal die Jungens bei uns behalten konnten, wie hätten wir uns noch ein Kind leisten können, damals in Ostdeutschland! Du willst sie immer vor allem beschützen, und du siehst ja, was sie sich selbst antut ... Als ob das, was ich durchmachen mußte, irgendwas damit zu tun hat, daß sie mit dem Mann einer andern rummacht und schwanger wird.«

Er breitete die Arme aus und ließ sie dann fallen: er wollte sich nicht streiten. »Ich geh zu seiner Wohnung und frag ihn, ob er weiß, wo sie ist.«

Sibongile hatte einen Termin, eine Pressekonferenz, das Kind mußte ja an einem solchen Morgen Gott weiß wohin weglaufen. Sie war schon für den öffentlichen Anlaß gekleidet. In ihrer Verzweiflung und Angst hatte sie – wie ein General seine Uniform – ihr maßgeschneidertes Kostüm angezogen, die kleinen Goldohrringe (nichts Auffälliges) und ihre geschnitzten Halsketten angelegt. So wie eine Königsfamilie Kleidung und Schmuck des Landes tragen muß, als wandelnde Reklametafeln für heimische Produkte, sah sie immer darauf, daß sie ein Stück afrikanischen Kunsthandwerks an sich trug. Es war selbstverständlich – und sie erwartete dies auch von ihren Mitarbeiterinnen –, daß persönliche Angelegenheiten der Sache unterzuordnen waren. So war das im Exil immer gewesen, im Untergrund, und so war es jetzt an den Konferenztischen. Öffentliche Auftritte können eine Rüstung sein, in der sich bebendes Fleisch versteckt. Fototermine (das ist es, was die Presse will) bestehen darin, daß das Opfer eine Person zur Schau stellt, die durch die Pflicht von ihrem Ich abgeschnitten ist.

Es war für Sibongile einfach nicht möglich; wenn sie in der Bewegung das war, was zu sein sie die Verantwortung auf sich genommen hatte, war es nicht möglich, anzurufen und zu hinterlassen, daß ihr Stuhl leer sein würde – weil? Weil ein törichtes Kind sich in Schwierigkeiten gebracht und ihre Mutter mit einem verlassenen Bett bestraft hatte. Als sie krank und allein in London war, mit einem Baby, das sie versorgen mußte, hätte sie da ihren Mann von Gott weiß wo sie ihn hingeschickt hatten, aus einem anderen Land, von einem anderen Kontinent, zurückrufen können?

Sie stand da, sah Didymus an, unfähig zu gehen. All die Trennungen und Wiedervereinigungen, die Ankünfte und Abflüge, die Klimata und die Sprachen, das Schlangestehen um die Stempel für Einreise und Ausreise waren zwischen ihnen gegenwärtig – wie ein Wind, der Staub und Papiere in einer Spirale hochreißt.

Er ließ sie frei. »Geh schon. Ich ruf an. Ich hinterlaß eine Nachricht, die dir jemand zustecken kann.«

Der Aufzug rührte sich nicht; er drückte jeden Knopf der Reihe nach. Aus einer Bierdose, die in eine Ecke gerollt war, war der Rest Bier ausgelaufen und hatte den Staub auf dem Fußboden verklebt. Er stieg die Treppen hoch und ging über Flure zur Hunderteinundzwanzig. Windeln, T-Shirts und Unterhosen hingen über den Gitterstäben der Küchenfenster, Türscheiben waren durch Pappe ersetzt worden, Müllbeutel standen an den Wohnungstüren, er mußte um einen Fahrradrahmen ohne Räder herumgehen. Unsere Leute ziehen in das Gehäuse eines Mittelklassenlebens ein, ohne die Mittel oder die Gewohnheiten zu besitzen, seine Vorteile zu nutzen. Also bewohnen sie es und zerstören genau das, was sie glaubten, haben zu wollen. Es wird zu dem Ghetto, dem wir entkommen zu sein meinten. Nur kostet es viel, viel mehr. Der weiße Vermieter dreht das Wasser ab, weil zehn Leute in einer Zweizimmerwohnung, mit zehn Stockwerken multipliziert, das Abwassersystem hoffnungslos überlasten. Die Miete wird nicht bezahlt, und er schaltet die Elektrizität ab. Dieses Gebäude mit seinen Spiegeln im Foyer und seinen holzgetäfelten Aufzügen ist noch nicht ganz so weit, aber es ist auf dem Weg dahin, es ist auf dem Weg. Darum dreht sich's doch bei unserer ›Erziehung zur Demokratie‹, nachdem man gelernt hat, sein Kreuz auf einem Stück Papier zu machen, nachdem man gelernt hat, sich nicht bestechen oder einschüchtern zu lassen, für jemanden zu stimmen, dem man sein Leben nicht anvertrauen will: es geht darum, nicht einfach die Vergangenheit zu bewohnen, nicht in sie einzuziehen, sondern unsere Wohnformen, unser Land zu erneuern, im Rahmen unserer Bedürfnisse zu leben, aber auch nur soviel an Raum und anständiger Ausstattung zu beanspruchen, wie wir uns leisten können. Gut, daß er keine Reden mehr halten mußte; die würden etwas Erhebenderes als diese Gedanken fordern.

Die Klingel funktionierte wahrscheinlich auch nicht. Er schlug mit den Knöcheln gegen das Milchglas und wartete; wenn es lange dauerte, bis jemand öffnete, war sie wohl da. Er spürte, wie ihn eine Welle des Kummers durchlief, als wäre er gekommen, um sein kleines Mädchen nach irgendeiner Missetat von der englischen Schule abzuholen, für die weiße Mitläufer bezahlten, und müßte nun ihre Demütigung miterleben. Dieses verdammte Arschloch: plötzlich war er mit Sibongile in ihrem Zorn über Veras netten jungen Mann einig. Aber ein wäßriger dunkler Umriß war auf der anderen Seite der Tür aufgetaucht; sie ging auf, und da war er, barfuß, in kurzen Sporthosen, eine dicke Scheibe Brot, in die er schon gebissen hatte, in der Hand; sein Gesicht zeigte sofort seine Verlegenheit darüber, so ertappt zu werden.

Didymus sprach Zulu – es war Sibongiles, nicht seine Sprache, und er wußte nicht, was die Sprache dieses Mannes war, aber jeder Schwarze in Johannesburg verstand Zulu zumindest, er wollte in dieser Angelegenheit nicht Englisch sprechen.

War das Mädchen hier?

Nein.

Er wurde nicht gebeten, hereinzukommen, sah aber sofort, daß es nicht nötig war.

Du kennst ihre Freunde, deine Freunde. Weißt du, wo sie sein könnte?

Er verstand nicht: Sie ist nicht zu Hause?

Sie ist in der Nacht verschwunden. Du kennst einige ihrer Freunde … wo würde sie hingehen?

Der junge Mann senkte den Blick verstohlen auf das Stück Brot, das er nicht fallenlassen konnte, hob den Kopf mit einem offenen Gesicht, die Oberlippe zitterte, bevor er mit Gewißheit sprach, ganz ohne Zweifel: Ihre Großmutter. In Alexandra.

Mpho.

Das ist Mpho.

Ihre Tochter bügelte auf dem Küchentisch in dem Haus in Alexandra, wo ihr Vater als kleines Kind gelebt hatte, nachdem seine Eltern den Transkei verlassen hatten. Soviele Länder, Städte, Zimmer, Verstecke, Decknamen – und nun bügelte seine Tochter Laken auf demselben Tisch in derselben Küche, ein Doek* über ihre modische Frisur gebunden. Als wären sie unwillkommene Nachbarn, sagte sie: »Hallo.«

Die alte Frau schälte über einer Schüssel in ihrem Schoß Kartoffeln.

Sie sprachen in ihrer Familiensprache, Xhosa. »Warum sollte ich euch anrufen? Sie kommt oft, oder? Ich dachte, ihr wißt, daß sie hier ist – jedesmal. Warum muß ich anrufen?«

* Kopftuch. A.d.Ü.

»Aber Mama, hat Mpho dir nichts erzählt?«

»Warum sollte sie mir was erzählen, mein Sohn. Sag.«

Sibongiles Eleganz, das Tweedkostüm mit dem Seidenschal, die hochhackigen Lederschuhe und der Glanz dazu passender blauer Strümpfe, hob sie aus allem heraus, was ihm und seiner Mutter in diesen vier Wänden vertraut war. Die alte grau gestrichene Kommode mit ihrem Aufgebot an Emailletellern, an Haken hängenden Bechern, der dreibeinige laut tickende Wecker, der Kühlschrank mit zusammengeknülltem Zeitungspapier unter dem einen lahmen Bein, die riesigen gescheuerten Aluminiumtöpfe auf dem Herd – die Absicherung seiner Kindheit gegen Hunger in mageren Zeiten –, die mit rosa Blondinen und flaumigen Hundebabys illustrierten Kalender, das gerahmte Abendmahl und verblichene Kinderurkunden aus längst vergangener Zeit, Bibelschule, Didymus Maqomas Abgangszeugnis – diese mächtigen unbelebten Dinge bildeten den Hintergrund von Sibongiles Anwesenheit.

»Ich glaub, Mama weiß schon, was ihre Enkelin ihr gesagt hat. Darüber brauchen wir nicht zu reden.« Sibongile sprach eine Mischung aus ihrem eigenen Zulu und den Brocken Xhosa, die sie kannte, um nicht respektlos zu wirken. Aber Englisch war das Medium für Mpho, Englisch war die Erinnerung daran, daß sie nicht vor dem davonlaufen konnte, was sie war, was die Umstände aus ihr gemacht hatten, ein Mädchen, das Unterricht nehmen mußte, um eine Muttersprache zu erlernen. Einmal wieder zu Hause, mußte die neue Welt aus Exil und Heimat zusammengesetzt, mußten beide akzeptiert werden. In dem Vokabular, das Sibongile selbst unbewußt während ihres Exils in London aufgenommen hatte, fand sie diese neueste Eskapade ihrer Tochter – Alexandra – »ärgerlich«, wie die Engländer es ausdrückten, ja, schlicht ärgerlich. Und in ihren Ärger mischte sich eine verborgene hysterische Erleichterung, daß das Mädchen am Leben und sicher war. »Mpho, warum mußtest du mitten in der Nacht oder wann immer es war verschwinden. Du hast nicht mal eine Notiz oder irgendwas dagelassen. Niemand hätte was dagegen gehabt, wenn du gesagt hättest, du wolltest die nächsten paar Tage bei *gogo* verbringen. Das war einfach albern, Liebling.«

Am Ende der »nächsten paar Tage« stand der Termin bei dem Arzt, den Vera gefunden hatte.

Ah, es war immer noch nur Schweigen. Das Mädchen sah nicht auf, faltete routiniert das Laken zusammen, prüfte das Eisen mit dem Zischen eines Fingers, den sie vorher mit der Zunge angefeuchtet hatte, und fuhr über das saubere Rechteck. Aber die alte Frau war nun soweit zu reden: »Unser Volk tut sowas nicht. Unsere Kinder sind ein Segen. Wir sind keine Weißen. Didymus ist mein Sohn. Mpho ist mein Kind. Dieses Kind wird mein Kind sein. Ich werde für das Kind sorgen, hier in meinem Haus. Das habe ich Mpho gesagt.« Sie stand auf, stellte die Schüssel mit den Kartoffeln zur Seite.

Auch Didymus stand von dem Plastikstuhl auf, dessen Schrauben an den Metallrohrbeinen er in geduldiger Nachsicht gedreht hatte. Er ging zu Mpho hinüber und legte ihr die Hand sanft auf den Nacken, die Geste der Liebe, die seinen beiden Frauen vertraut war, seiner Frau und seiner Tochter. »Eines Tages wird Mpho Kinder haben, für die sie selbst sorgen kann. So wird es für sie sein. Aber nicht jetzt. Danke dir, Mama, Sibongile und ich, wir danken dir, daß du so gut für sie sorgst; wir kommen am Wochenende wieder, um sie abzuholen.«

Sorgfältig darauf achtend, daß ihre Bewegung von ihm nicht als Ablehnung der Hand auf ihrem Nacken aufgefaßt werden konnte, sah Mpho langsam auf, band sich das Doek vom Kopf, legte es auf den Tisch, und wandte sich, bereit, ihrem Vater zu.

Eine Anwältin und eine Schreibkraft, beide von der Juristischen Stiftung, sind in dieser Woche bei einer Inspektionsreise Opfer eines Überfalls geworden. Sie wollten sich die Situation auf staatseigenem Land ansehen, das die Regierung in private Hände verkaufen will, bevor eine Übergangsregierung an die Macht kommt. Die Stiftung hat die Absicht der Regierung kritisiert, »das Land Spekulanten und Immobilienhändlern anzubieten, obwohl eine zukünftige Regierung es dringend brauchen wird, um den enormen Boden- und Wohnungsmangel des Landes zu bekämpfen«.

Was alles an Mutmaßung und Vorurteil – in die eine oder andere Richtung – zwischen dem, was passiert ist, und dem Artikel im Innenteil der Zeitung liegt! In den Schlagzeilen oder im abendlichen Wetterleuchten der Gewalt, einer psychedelischen Unterhaltung, das den Fernsehschirm flackernd verdunkelt und erhellt, muß dies als ein Ausbruch schwarzen Hasses gegen eine Weiße erscheinen, die töricht genug war, sich einzubilden, sie hätte irgendeinen Grund, sich in Gegenden aufzuhalten, die von den Weißen selbst zu nur für Schwarze geeigneten Bezirken erklärt worden waren. Oder es könnte ein Ausbruch weißen Hasses gegen weiße Kollaborateure sein, die die Absicht der Schwarzen unterstützen, Land – das Land! – für sich selbst zu besetzen. Wie auch immer, es geschieht ihr recht.

Und die dritte Möglichkeit – hingenommen wie das Wetter, akzeptiert wie die Trockenheit: das Paar könnte beraubt worden sein, weil es die Wagentüren nicht verriegelt hatte, weil es keine Schußwaffe zur Hand hatte. Mit ein bißchen Vernunft wären sie zu Hause geblieben. Hätten sich da rausgehalten.

Mrs. Vera Stark wurde von einer Kugel im Bein getroffen, und Mr. Oupa Sejake wurde an der Brust verwundet.

Was machten sie auf einer Landstraße, die so weit von irgendwelchem staatseigenen Land auf ihrer Route entfernt war? Das herauszufinden, hieße, in diese Leben einzutreten, sowohl wo die beiden Leben einander berührten, als auch, wo sie weit auseinanderliefen. Es hieße, sich klarzumachen, was sie voneinander wußten und was sie nicht wußten; festzustellen, was sie insgeheim voneinander erwarteten, in welcher Weise sie sich einander verpflichtet fühlten. Zumindest soviel zu wissen.

Vera konnte nicht wissen, wie er zu ihr stand, seit sie die Abtreibung für Mpho arrangiert hatte. War er ihr dankbar, oder blieb da ein Ressentiment? Die alte Frau hatte gesagt – das hatte Didymus ihr berichtet – Wir sind keine Weißen. Didymus hatte lächelnd abgewinkt, es war nur eine beiläufige Bemerkung gewesen. Aber vielleicht hätte Oupa gerne ein Kind gehabt, irgendwo, als Erinnerung an das schöne Mädchen, das nicht für ihn war. Sie war nicht auf seiner Ebene, sie sprach und bewegte sich auf eine Art, wie man es in Städten tat, die er nie gesehen hatte. Aber sie war auch ein schwarzes Mädchen, sie teilte mit ihm die Vertrautheit, den gefährlichen Umstand, schwarz zu sein, aufgrund dessen er auf der Gefängnisinsel Tang aus dem Wasser gezogen und im Steinbruch gearbeitet hatte. Oupa hatte seine Frau und seine Kinder nicht bei sich in Hunderteinundzwanzig; was hätte es schon ausgemacht, wenn es ein weiteres Kind gegeben hätte, die Spiegelung der Stunden von Liebe und Männlichkeit, ein Kind, das er mit Geschenken im Haus irgendeiner Großmutter hätte besuchen können?

Er brachte sein Plastiktablett mit Mus und Curryhühnchen nicht mehr zum Lunch in Mrs. Starks Büro. Er diskutierte nicht mehr mit ihr über Fragen seines Jurastudiums. Er kam und ging mit Papieren und Botschaften, und sie sprachen wie üblich über die Dinge der Stiftung, aber er machte keine lebhaften Bemerkungen mehr, seine Augen waren auf die Papiere gerichtet oder in unbestimmte Ferne, während er sich auf den Gesprächsgegenstand konzentrierte. Nur gelegentlich, von der Tür aus, als hätte er etwas vergessen, in einem Moment, der kaum eine Pause zu nennen war: sein Lächeln.

Dieses – in ihren Augen – selbstquälerische Verhalten wurde immer unnötiger. Sie war zunehmend ungeduldig bei dem Gedanken, daß er übertrieben zerknirscht sein sollte. Und das in einem Maße, daß es auf die Arbeit übergriff. Wenn er glaubte, daß *sie* dies von ihm erwartete, so wußte sie nicht, wie sie ihm klarmachen sollte, daß es keineswegs so war. Das Bild Mphos, das ihr durch sein Verhalten ins Gedächtnis gerufen wurde, veränderte seinen Umriß, entwickelte sich, wenn sie über die Geschichte nachdachte. Die bezaubernde Mpho war sich ihrer Attraktivität sehr bewußt, kontrollierte sie vollständig; Mpho war zur Verführung ganz sicher ebenso fähig wie ein Mann; wie dieser junge Mann. Es gab nicht den geringsten Grund zu vermuten, daß sie vergewaltigt worden war, oder sich auch nur unschuldig in eine Lage gebracht hatte, in der es schwierig war, unwillkommene Annäherungsversuche abzuweisen. Die gerissene Kleine hatte ihre Eltern belogen, hatte Freundinnen dazu gebracht, ihr Spiel mitzuspielen und sie zu decken, wenn sie in die Wohnung ging, in das Liebesnest zweier Generationen ...

Auf der Drei-Tage-Fahrt über Land entspannte sich die Stimmung zwischen Mrs. Stark und Oupa etwas, aber sie redeten nur über das, was sie sahen, und die Leute, mit denen sie im Rahmen ihrer Aufgabe sprachen. Sie verbrachten eine Nacht in einem Holiday Inn, wo Oupa im Pool schwamm. Sie trank währenddessen ein Bier auf der Terrasse und bemerkte keine Anzeichen des Protestes unter den weißen Farmern am Nebentisch, zwischen deren herumplatschenden und kreischenden Kindern er sich bewegte. Selbst in dem Dorphotel, wo sie in der zweiten Nacht abstiegen – ein Haus, in dem der Eigner und seine Frau zusammengesunken in der Bar vor dem Fernseher saßen, während der Barkeeper, der gleichzeitig den Empfang machte, ihre Namen und Adressen aufnahm –, wurde ihre Ankunft mit träger Resignation akzeptiert. Das Dorp lag im Sterben; die örtlichen Farmer, die die Bar bevölkert hatten, hatten ihre Farmen aufgegeben und waren aus Furcht vor schwarzen Guerilleros, die über die Grenze kamen, in die Stadt gezogen. Jene, die damals Kommandos gebildet hatten und geblieben waren, versuchten jetzt ihre Farmen zu verkaufen, bevor die Schwarzen ihr Land unter einer neuen Mehrheitsregierung beanspruchen konnten. Ohne schwarze Gäste in der Bar würde sich das Hotel auch nicht mehr lange halten. Aus seinem Sessel rief der Besitzer auf afrikaans: »Zeig *Mevrou* und *Meneer* ihre Zimmer, Klaus, zeig ihnen, wo das Bad ist.«

Darüber lachten sie, wie sie nicht mehr gelacht hatten, seit Oupa sie zu der Wohnung gerufen hatte. Das Faktotum schlurfte hin und her, um ihnen ihr Dinner zu bringen, Lamm, Mais und Kürbis. Sie aßen es mit Genuß, da sie sich beide den Geschmack an den Gerichten ihres Landes erhalten hatten, die andere langweilig und unappetitlich fanden. In seinem weißen Jackett mit hohem Kragen, das in Konturen aus getrocknetem Schweiß erstarrt war wie ein Gipsverband, der seinen Körper enthielt, auf Schuhen humpelnd, die aufgeschnitten waren, um den schmerzenden Füßen Erleichterung zu verschaffen, brachte der alte schwarze Mann Oupas dritte Dose Bier.

»Hat dein *Baas* mich nicht gesehen, als er gesagt hat, du sollst den *Meneer* auf sein Zimmer bringen, Baba?«

In dem schwarzen Gesicht, das vom Alter in noch dunklere Streifen gelegt war, öffnete sich der Mund über einer dicken rosa Zunge. Er sah sich mit komischer Verstohlenheit im leeren Eßzimmer um, bevor er in seiner Sprache antwortete. Oupa, der den alten Mann am Arm hielt, lachte, als er für sie übersetzte: »Der weiße Mann will nichts sehen. Nichts mehr. Nicht, nichts.«

In der Stille eines Aufbruchs am frühen Morgen in einem anderen Teil des Landes, auf einer leeren Straße, Hornvögel flogen beim Näherkommen des Wagens von Kuhhaufen auf, sagte Oupa wie zu sich selbst: »Von hier sind's nur fünfzig Kilometer bis zu meinem Onkel. Wo meine Frau mit den Kindern lebt. Die Abzweigung ist da drüben bei den Bäumen.«

Sie beobachtete, wie die Gruppe Eukalyptusbäume näherrückte; sie konnte lange Streifen der wie gewickelt aussehenden Borke sehen, die von ihren weißen Stämmen abpellten.

»Gut, wir nehmen sie.«

Er wandte ihr den Kopf zu. »Wir fahren hin?«

»Ja.« Mrs. Stark bekräftigte den Verstoß gegen die streng beachteten Regeln der Stiftung, deren Fahrzeuge nicht zu privaten Zwecken benutzt werden durften. Und sie fügte hinzu: »Warum nicht. Es wäre doch sinnlos, so nah zu sein und weiterzufahren.«

An dem Tag also, an dem sie in die Stadt und das Büro hätten zurückfahren sollen, bot sie ihm einen Ausflug; nicht im üblichen Sinne ziellosen Vergnügens, sondern damit er seine Familie wiedersah. Es war so etwas wie eine tastende Entschädigung für das, was in der Stadt zwischen sie getreten war, für das, was ihn – in seinem Selbstgefühl – zu einem Ausgestoßenen gemacht hatte.

Er stellte keine Fragen. Daß er es nicht tat, war schon in sich eine Auflösung der Spannung und eine Rückkehr zu dem alten einfachen Vertrauen zwischen ihnen. Er kurbelte das Fenster herunter, um die

Morgenluft breit hereinstürzen zu lassen, er schob eine Ladysmith-Black-Mambazo-Kassette in den Apparat, er fuhr schneller; es war, als hätte er ein paar der Biere getrunken, die er so gerne mochte. »Sie geben mir also grünes Licht, okay. Ich halt an einem Laden. Hol ein paar Süßigkeiten und sowas.« Als sie sich einer Siedlung näherten, kamen sie an Straßenhändlern vorbei, die Haufen von süßen Kartoffeln und Zwiebeln verkauften. Und da war ein indischer Laden, in dessen Zwielicht er mit beschwingten Schritten verschwand. Er kam mit Chips und Jelly Babies und durchsichtigen Plastikpistolen, die mit süßen, bunten Perlen gefüllt waren, und Päckchen Tee und Zucker wieder heraus – Geschenke, die arme Leute Erwachsenen mitbringen, wie reiche Besucher Blumen schenken.

Wenn sie irgendwo auf ihn hätte warten können, während er Frau und Kinder besuchte, hätte sie vorgeschlagen, daß er sie dort absetzte, damit sie nicht störte. Sie blieb ein Stück hinter ihm zurück, als zwei Kinder den Pappkarton beiseitewarfen, in dem eines gesessen hatte, während das andere es durch den Staub zog, und auf ihn zusprangen, um sich auf ihn zu werfen. Das jüngere hielt ihn am Bein, das ältere hing ihm um den Hals. Von jubelnder Freude behindert, stolperte er durch die Lücke eines Zaunes, der mit Stücken von Stacheldraht und Überbleibseln eines Wellblechdaches aufrechtgehalten wurde, und näherte sich dem kleinen, windschiefen Haus aus Lehmziegeln, das ebenso Teil der Landschaft war wie Termitenhügel im Veld. Eines der Kinder löste sich von ihm und rannte hinein. Drinnen wurde gesprochen; eine Frau trat heraus, ein rundes junges Gesicht gegen die Sonne verzogen, eine Hand schirmte die Augen ab. Sie grüßte – ihren Mann? ihren Ehemann? – respektvoll, distanziert, in der Art eines Menschen, der eine Erklärung erwartet. In ihrer Sprache stellte er Vera vor. Beim Händeschütteln sah sie aus der Nähe die zarte Rundung des Halses mit dem Schimmern der Halsketten in ihren drei kreisrunden Linien.

Diese Unterkünfte, die von Männern gebaut werden, welche in den Städten arbeiten, füllen sich mit Frauen; in dem Allzweckraum hielten sich mehrere auf und ein oder zwei Babys, Fliegen, Hitze kam von einem blankgescheuerten Kohleherd. Der süßliche Geruch von etwas, das da kochte – Innereien? – wurde vom Tee geschluckt, der schnell für die weiße Besucherin gemacht wurde. Die Kinder brachten ihr ihre Schulhefte. Vielleicht dachten sie, daß sie eine Art Lehrerin oder Inspektorin sei. Sie war durch ihre Arbeit mit Häusern wie diesem vertraut, verstreuten Unterkünften, die mit den Müllhalden der weißen Städte aus dem Boden wuchsen. Sie war es gewohnt, als jemand betrachtet zu werden, dem man eine Forderung übermitteln konnte, dem man Aufmerksamkeit schenkte. Sie und die Kinder plapperten und lachten, obwohl sie keine gemeinsame Sprache hatten, während sie ihre Zeichnungen und ihre sorgfältige Schönschrift bewunderte. Die Zeit verging – es gab die Andeutung, daß die Besucher warten sollten, bis das älteste Kind, ein Junge, aus der Schule zurückkam. Aber er erschien nicht, und sein Vater war nicht überrascht oder beunruhigt. »Es ist weit. Und sie spielen auf der Straße, man weiß ja, wie Kinder sind. Manchmal bin ich auch den ganzen Nachmittag weggeblieben, hab einfach vergessen, nach Hause zu kommen ...« Der gutmütig zuredende, lachende Ton seiner Stimme sagte der Mutter, nicht böse auf den Jungen zu sein, aber sie warf den Kopf ablehnend zurück. Solche Gesten der Selbstbehauptung hoben sich von der zurückhaltenden Ruhe ab, mit der sie sich ihm unterordnete. Wie sie da am Küchentisch saß, hätte sie jede der anderen Frauen sein können, die dort murmelten. Ihr Mann aus der Stadt redete, und sie sprach nur, wenn sie gefragt wurde. Ab und zu kicherte sie, wenn andere es taten, und bedeckte den Mund mit der Hand. Die Sonne fiel in einem anderen Winkel durch das mit Blechstreifen vergitterte Fenster. »Zeit, aufzubrechen, was?« beschloß er an Mrs. Stark gewandt. Und während sie sich von allen Frauen verabschiedeten, hingen die Kinder wieder an ihm. Während seine Hände ihre Köpfe streichelten, als wollten sie die Formen speichern, fragte er – verstohlen – ob seine Chefin ihm aushelfen könne. »Zwanzig Rand oder so?«

Erst dann hatten er und seine Frau ein paar Minuten allein. Er legte ihr die Hand auf die Taille und führte sie in den anderen Raum des Hauses, wo man durch die Tür eine gehäkelte Bettdecke sah. Sie schlossen die Tür nicht hinter sich, aber ihre Stimmen waren so leise, daß man sie in der Küche nicht hören konnte. Ob sie sich umarmten, ob sie einander Dinge sagten, die unter den anderen nicht gesagt werden konnten, wußte keiner. Sie waren schon bald wieder da. Er umarmte seine Kinder, scherzte wieder mit den Frauen, ein Mann, ein Liebhaber, ein Gatte, ein Vater. Seine Frau stand etwas abseits – verstört durch einen Einbruch ohne Brief, ohne Warnung, in das Leben, das sie allein zusammenhielt. Ihre Haltung drückte es aus, die Art, wie ihr voller Hals sich über den Schultern erhob, sie allein, unter all den anderen Frauen, besaß ihn; einsam. So sah Vera sie und wußte nicht, daß sie sie niemals vergessen würde.

Sie fuhren davon. Zu sagen, daß er glücklich war: wie sollte man erklären, was das war? Man hätte erwarten sollen, daß er traurig war. Zumindest niedergeschlagen, jetzt, da er mit der Straße wieder den Abstand in sein Leben brachte, die Trennung. Aber er redete über seine Kinder, prahlte damit, wie aufgeregt sie gewesen waren, ihn zu sehen. Er trank tief von dem Gefühl, geliebt zu werden. »Mann, ich wollte, Sie hätten meinen großen Jungen gesehen, das letzte Mal war er schon fast so groß wie ich – hier bis zum Ohr. Und er ist klug, bestimmt ist er jetzt schon klüger als ich ... er kann alles. Weihnachten war einer meiner anderen Onkel mit seinem Auto hier, also sagt der Junge, *Ntatemoholo**, ich wette mir dir, ich kann fahren, also setzt sich sein Onkel neben ihn und gibt ihm die Schlüssel. Und los geht's! Der Junge kommt mit der Kupplung zurecht, den Gängen, alles. Hat er nur durch Zugucken gelernt.«

Zu sagen, daß er glücklich war: das heißt, daß er ganz war. Er hatte sich selbst wieder akzeptiert; Ehemann, Vater, Freiheitskämpfer, Frauenheld und Angestellter bei der Juristischen Stiftung. In dem Augenblick, als sie, auf sein Profil blickend, die Definition gefunden hatte, sah er jemanden, der ihm zuwinkte, der wollte, daß er anhielt. Ein schwarzer Mann schwenkte einen Plastikkanister. Gute Stimmung übersetzt sich in Offenheit anderen gegenüber; der Stiftungswagen bremste und hielt neben dem Bruder in Schwierigkeiten, neben dem Mann, der kein Benzin mehr hatte. Er beugte sich aus dem Fenster und redete mit dem Mann in der Sprache dieses Distriktes. Ein Arm stieß in den Wagen herein und riß die Schlüssel aus dem Zündschloß. Sie hörte das Gurgeln, als der Unterarm in seiner Vorwärtsbewegung gegen Oupas Luftröhre schlug, und sah die Erhebung eines Ringes mit einem roten Stein auf dem Finger. *Tswaya! Aussteigen!* Die Stimme war die eines Mannes, der daran gewöhnt war, Befehle zu geben.

* Onkel. A.d.Ü.

Alle Muskeln in Oupas Körper zogen sich in einer wilden Spannung zusammen, die seinen und ihren Schock in ein Vakuum sog, sie spürte, wie es an ihr zog, als hätte er sie mit einer Hand ergriffen. Er platzte aus der Tür heraus, warf den Mann mit der Kraft seiner Bewegung zurück. Das Wühlen und Schaben und das Tiergrunzen und die Schreie zweier kämpfender Männer. Sie sah, daß ein zweiter Mann mit einem Gewehr hinter dem Lockauto hervorlief, und sie sprang aus dem Wagen, hörte eine Frauenstimme schreien, schreien, und lief schreiend, schreiend, ein anderes Ich, schreiend, dorthin, wo die beiden Männer auf der Straße kämpften. Die Schlüssel waren fortgeworfen, die Hand, die sie gehalten hatte, rang darum, etwas anderes aus der Tasche zu ziehen. Sie und der dritte Mann rannten auf den Schlüsselring zu, der blinkend im Staub lag; sie war voller Furcht vor dem, worauf sie da zustürzte, stampfende Tritte wie die von Hufen kamen auf sie zu, es gab ein lautes Schnappen gigantischer Finger in der Luft! und dann noch eines, das ihr einen mächtigen Schlag in die Wade versetzte. Sie verlor sich selbst, mehr aus Atemnot als durch was immer mit ihrem Bein geschehen war. Das erste, was sie sah, als sie wieder zu sich kam, war der gewöhnliche Anblick eines Mannes, der einen Schlüsselring aufsammelte. Er kam zu ihr herüber und riß ihr, ohne ihr ins Gesicht zu sehen, die Uhr vom Handgelenk. Dann ergriff er ihre linke Hand und zog an dem Ring an ihrem Finger. Sie steckte den Finger in den Mund, näßte ihn mit Spucke und hielt ihm die Hand wieder hin. Er machte ein angeekeltes Gesicht und bedeutete ihr, den Ring abzunehmen. Sie zog ihn mühsam über den Knöchel und gab ihn ihm. Sie wußte nicht, was mit ihrem Bein geschehen war, sie wußte nicht, ob sie aufstehen konnte, er stand über ihr, bereit sie niederzuschlagen, falls sie es versuchte. Die Schultertasche – ihr Geld, das Geld der Stiftung, alle ihre Papiere – waren in dem Kombi, waren seins, er konnte es ohne irgendeine weitere Anstrengung mitnehmen. Als das Gefühl in Form des Schmerzes, der sich seine eigenen Wege bahnte, in ihr Bein zurückkehrte, sah sie, während er sich von ihr fortbewegte, daß er ein schwächlicher Mann war, nicht wie der andere, und die stampfenden Tritte, die sie verfolgt hatten, waren nur durch das Auf und Ab zu großer Joggingschuhe an dünnen Beinen entstanden.

Die beiden Autos fuhren weg. Er – Oupa – lag keuchend dort drüben. In ihren Jeans war ein Riß, ziemlich klein, etwas Blut kam heraus, sie wollte das Hosenbein nicht aufrollen und mehr sehen, sie hatte den Impuls, sich aufzusetzen und die Arme fest um das Bein zu legen, aber sie bewegte sich, auf einem Bein hockend und das andere stützend, auf ihn zu. Sie faßten sich bei der Hand, taub. Tränen der Anstrengung, der Gewalt, mit der er gekämpft hatte, verschmierten den Schmutz auf seinem Gesicht. Er klopfte leicht auf die Rippen an der rechten Seite, um ihr zu zeigen, wo: Blut löschte das Gesicht Bob Marleys aus, das auf sein T-Shirt gedruckt war. Sie waren Ausgesetzte in der Endlosigkeit des Himmels. Sie waren alleingelassen in der sich verkleinernden Perspektive einer leeren ungepflasterten Landstraße, zurückbleibend wie ein Fleck, auf den Hornvögel herabstießen wie auf Kuhhaufen. Irgendwie halfen sie einander an die Straßenseite.

Tränen und Blut. Es war eine Landstraße, sie waren kilometerweit von allem entfernt. Aber die Gewalttätigen, sie sind überall. *Sie wiederzutreffen, Mann! Ich würd sterben vor Angst.* Er rollte ihr Hosenbein vorsichtig hoch und fand: »Oh, mein Gott, da ist ein Loch auf der anderen Seite, die Kugel ist durchgegangen ... die müßte irgendwo hier sein, wo Sie gestanden haben, haben Sie sie gesehen ...« Aber keiner der beiden hatte die Kraft zurückzukriechen und zu suchen. Sie hob sein Hemd hoch und sah das Loch, wie eine Augenhöhle, aus der das Auge herausgerissen war; auf seinem Rücken war keine Austrittswunde. »Sie ist noch drin?«

»Ich kenn mich in Anatomie nicht aus. Aber es ist weit vom Herzen.«

Ihre Uhren waren weg. Sie wußten nicht, wie lange es dauerte, aber es konnte nicht viel später gewesen sein, als ein Viehlaster mit eng zusammengedrängten Tieren für den Schlachthof anhielt und der Fahrer, der sie in seiner Sprache anrief, zu ihnen herüberkam. Sein Gesicht trug den Ausdruck von Entsetzen und Neugier, mit dem ein Mann einem Unglück begegnet, das ihm selbst hätte zustoßen können. Die Tiere drückten sich an die Gatterwände des Lastwagens und starrten sie brüllend an, der Ammoniakgestank ihrer eigenen instinktiven Furcht auf ihrer letzten Reise ging von ihnen aus. Unter den panisch rollenden weißen Augen der Tiere half der Fahrer ihnen ins Führerhaus. Sie war ein Bein, ihr ganzes Wesen in ein Bein hinuntergestopft, eine Konzentration des Schmerzes, die dort unten bis zum

Platzen angefüllt war. Sie blutete; sie starrte auf eine Vase mit einem Zweig künstlicher Nelken, die oben über der Windschutzscheibe hing. Oupa und der Fahrer redeten in ihrer Sprache; obwohl er unter Atemnot litt, hatte er glücklicherweise weniger Schmerzen als sie, vielleicht lag die Kugel in ihm an einem harmlosen Ort des geheimnisvollen menschlichen Körpers.

Oupa hatte seine Kugel auf dem Nachttisch neben dem Krankenhausbett zwischen den Orangensaftflaschen und den Bananen, die seine Freunde von der Stiftung ihm mitgebracht hatten. Es gab keine Trennung mehr zwischen schwarzen und weißen Kranken oder Verletzten, aber die elegante indische Dame, die ein Zimmer mit Vera teilte, klingelte nach einer Schwester, um die Vorhänge um ihr Bett zuziehen zu lassen, als Oupa mit einem Bademantel bekleidet zu Besuch kam. Auf Krücken gestützt, besuchte sie ihn. Wieder und wieder stückelten sie mit großer Lebhaftigkeit die Details zusammen, die sie aus der Verwirrung und Verschwommenheit des Kampfes gerettet hatten. »Hast du den großen Ring mit dem roten Stein bemerkt?« – »Oh, ich seh immer noch seine Hand, wie sie gegen deine Kehle schlug, ich glaub nicht, daß ich das Gesicht wiedererkennen würde, aber die Hand würde ich, glaub ich, unter allen anderen erkennen.« – »Ich hab gehört, wie du geschrien hast, ich dachte, mein Gott, sie bringen sie um.« Sie erschauerten, und sie lachten miteinander: Glück gehabt, noch am Leben zu sein.

Oupas Kugel war ohne Komplikationen durch einen Einschnitt knapp unterhalb der Rippen herausgeholt worden. Sie hatte die Lunge und die Leber verfehlt, nur eine Rippe gestreift und war in Muskelgewebe steckengeblieben. Er war stolz darauf, sich so entschlossen gewehrt zu haben. »Ich glaub, ich bin auf der Insel hart geworden, weißt du, und ich hab ein bißchen Gewichtheben gemacht, na ja, früher, ich glaub, das hat geholfen.« Er nahm seine Kugel in einer Zigarettenschachtel mit zurück in seine Wohnung. Veras Eintrittswunde hatte sich entzündet, und sie mußte nach seiner Entlassung noch ein paar Tage im Krankenhaus bleiben.

Ben rief Annie täglich an, übermittelte ihr Bulletins und bat um medizinischen Rat. Er bestand darauf, daß sie mit dem Krankenhauschirurgen im Kontakt blieb. Er gab Annies beruhigende Versicherungen an Vera weiter, hatte selbst aber offenbar wenig Vertrauen zu den Ärzten. Über lange Strecken saß er schweigend an ihrem Bett und blickte sie an, als müsse er sie aus den Bildern der Zerstörung in seinem Kopf wieder zusammenfügen. Als sie wieder zu Hause war, kam er mehrmals am Tag von der Arbeit an Promotional Luggage vorbei, um sich zu vergewissern, daß sie den Anweisungen des Arztes genau folgte. »Wir sollten irgendwo Urlaub machen.«

Sie las Papiere der Stiftung, die ihr durch einen Boten geschickt worden waren. Andere Papiere lagen auf dem Sofa verstreut. »Ich muß wieder zur Arbeit. Das staut sich da.«

»Nur drei oder vier Tage.«

Sie versuchte, dem Aufmerksamkeit zu schenken, das Bedürfnis zu verstehen; sein Bedürfnis oder ihres. »Wohin denn?«

»Ans Meer.«

»Ich glaub nicht, daß ich damit ins Wasser gehen sollte.«

»In die Berge.«

Die Berge.

Aha, etwas Praktisches gab es da nicht zu verstehen. Es war dumm von ihr, gegen einen Aufenthalt am Wasser zu sein, weil sie nicht würde schwimmen können, genauso wie sie nicht würde klettern können – dies waren keine Berge, in denen man herumstieg, es waren die Berge in ihnen, in ihr und in Bennet, zu denen er zurückkehren wollte. »Ich muß wirklich zurück an die Arbeit.« Nicht bestimmter als ein Murmeln.

Die Wörter fielen mit dem Klappern einer Waffe, die er an sich verborgen getragen hatte, von ihm. »Ich könnte ohne dich nicht leben.«

Eine Welle von Angst, Widerstreben in ihr.

Er begann die Papiere zusammenzusuchen und übereinanderzulegen, die zufällig wie gefallene Blätter auf den sich unter der Decke abzeichnenden Umrissen ihrer Beine lagen. In ihrem entsetzten Schweigen machte er weiter, ein sinnloses Unternehmen, er hob die Papiere auf, die vom Sofa heruntergerutscht waren, brachte Ordnung in Dokumente, deren Abfolge er nicht kannte, er verstand die Ablehnung.

Sie konnte die Gewalt auf der Landstraße nicht als Nachweis ihrer Bedeutung in seinem Leben sehen. Sie konnte die Erfahrung nicht in einem solchen Sinne mit ihm teilen. Sie war nicht für seine Existenz verantwortlich, nein, nein, Liebe schließt einen solchen Bund nicht ein. Nein, nein, davon war in den Bergen nicht die Rede gewesen, das konnte nicht *sein*, nirgends. *Was mit dieser Liebe anfangen?* Jetzt wußte sie, was sie bedeutete, diese Frage, die wie eine Art Schmerz in letzter Zeit immer mal wieder in ihr aufgetaucht war, unvermittelt und sinnlos.

Als er in sein Büro zurückgefahren war, lag sie steif da, den Kopf ins Kissen gedrückt, versuchte Verwirrung und Ärger abzuwehren. Sie setzte sich langsam auf, schob die Decke zurück und rollte das Bein ihrer Trainingshose bis dahin auf, wo das durchbohrte Fleisch, noch immer ein wütendes, fleckiges Purpurrot, mit Metallklammern zusammengehalten wurde.

Der heilige menschliche Körper ist auch nur ein Gegenstand, der geflickt werden kann wie ein Reifen. Das ist die eine Bedeutung dessen, was auf der Straße passiert ist. Etwas, an dem man mit dem Finger entlangfahren kann. Es gibt viele Bedeutungen. Die Gewalt hat viele; heute, in diesem Land: das Werk der Rache, die Wiederkehr des Unterdrückten für die einen; die Rationalisierung ihrer Furcht, ihrer Flucht, für andere. Aber die Erfahrung der Gewalt ist für die Opfer wie die Empfängnis eines Monsterkindes durch Vergewaltigung; nur sie kennen das Gefühl, es auf dem Rücken zu tragen. Nur sie können in dem Wissen, was ihnen geschehen ist, ihre Erfahrung absuchen nach etwas, das sie anders hätten machen können. Haben sie nicht genug nachgedacht, nicht genug Mut gehabt, waren sie nicht schlau genug, nicht vernünftig genug? Wie sehr waren sie noch in ihrer Panik von den Regeln konditioniert, den Spielregeln ihrer Gesellschaft? Halt nie für jemanden auf der Straße an. Laß sie da sterben. Wenn du die Regel nicht beachtest, um einem Bruder zu helfen, Oupa, kriegst du eine Kugel als Souvenir. Du hast die Verbrecher bewundert, mit denen du eine Zelle teilen mußtest – aber sie draußen treffen, diese Leute? Ich würd sterben vor Angst. Die Anziehungskraft der Macht bestimmt uns zu ihren Opfern. Und wenn ich meinen Atem nicht mit Schreien verschwendet hätte, wäre es mir vielleicht gelungen, an die Schlüssel zu kommen, ich hätte die Schweine überfahren können. Aber es ist so leicht, im Rückblick, die Heldin zu spielen. Während du kämpftest, während ich schrie, waren wir uns nicht bewußt, daß wir das bekamen, was wir verdienten – nach den Regeln? Wenn ich zu Hause geblieben wäre, wie es eine weiße Frau in diesen Zeiten tun sollte (welche anderen Zeiten hat es in diesem von Furcht regierten Land je gegeben?), wäre es nicht passiert, geschieht dir recht. Da ist jemand bei dir zu Hause, der ohne dich nicht leben kann. Hast du daran gedacht, als du zugelassen hast, daß sie dir ins Bein schossen?

Sie beugte sich vor, um den Telefonhörer aufzunehmen und Oupa, der schon wieder arbeitete, zu bitten, nach Büroschluß bei ihr vorbeizukommen. Dann fiel ihr ein, daß sie Sally an diesem Nachmittag erwartete. Sally hatte ihre Feindseligkeit Vera gegenüber abgelegt, wie es Menschen tun, wenn einem etwas ausreichend Strafendes zustößt. Aber es war nicht zu erwarten, daß diese Milde auch den jungen Mann einschloß, falls er auftauchte, bevor sie gegangen war. Die Erfahrung der Gewalt macht einen auch egozentrisch, man vergißt die Sorgen anderer – Vera hatte, während sie im Krankenhaus lag, nicht gefragt, ob mit Mpho alles gutgegangen war.

»Ich hab Didymus mitgebracht.« Und sie hatten Blumen. Vera stand auf, um etwas zu trinken zu holen. »Laß sie nicht für uns rumhumpeln, Didy! Geh du.« Aber Vera war schon im Flur, er folgte ihr. »Der junge Mann?« Das Geklapper der Eiswürfel deckte die Frage in derselben Küche ab, in der er als *Umfundisi* hinter geschlossenen Vorhängen Kaffee getrunken hatte.

»Arbeitet schon wieder. Und Mpho?«

»Niemand spricht mehr davon. Sie lacht viel, Freundinnen, sie ist immer beschäftigt. Das, was wir wollten, schätz ich.«

Vera sah sich um, weil er schwieg. »Und? Was stört dich?«

»Scheint mir ein bißchen gefühllos, wie sie ist. Aber ich glaub nicht, daß sie's vergessen hat, tiefer drinnen. In einer Weise haben wir ihr Vertrauen zu uns geopfert. Ich glaub nicht, daß Sally begreift, daß wir's nicht wiederkriegen werden.«

Als sie die Küche verließen, stellte er sich in den Weg. »Der Arzt hat mir gesagt, es war ein Junge. Anscheinend konnte man's schon sehen.«

»Das hätte er nicht tun dürfen!«

»Sie weiß das natürlich nicht, beide wissen nichts davon.«

Vera fragte bewußt auch Sally noch einmal: »Wie ist es mit Mpho gelaufen? Hat's Probleme gegeben?«

Eine momentane Kälte legte sich wie eine Ermahnung über ihr Gesicht. »Ihr geht's ganz gut. Sie hat eine Hauptrolle in einem Stück bekommen, das sie in der Schule aufführen. Die Schule hat akzeptiert, daß sie die Grippe hatte, eine Woche – in der Zeit.«

Man kann alles flicken. Alles knüpft sich irgendwie wieder zusammen. Alles, was bleibt, sind Souvenirs: eine Kugel in einer Zigarettenschachtel, ein halbgeformter Klumpen Fleisch, der in einen Verbrennungsofen geworfen wird.

Ich könnte ohne dich nicht leben.

Ihre Besucher waren weg, und die Bedrohung kehrte zurück. Sie lag da und lauschte dem unbelebtem Rat des Hauses, das in der Abkühlung des späten Nachmittags in den Gelenken knarrte. Die Hand einer Brise hob einen Vorhang. Das Quaken einer alten Gummihupe sagte sechs Uhr an; wie jeden Tag um diese Zeit verkaufte der schwarze Unternehmer Innereien von einem Pappkarton, ihr Blick an die Decke sah ihn wie immer, Portionen, die sich wie blutige Spaghetti wanden, in die Becken der Hinterhofbewohner hebend, die seine Kunden waren. Die Angreifer haben alles genommen. Die Schultertasche mit den Papieren. Das Adreßbuch. Den Ehering. Sie betastet die Stelle, an der er gewesen ist, wie sie die anderen Narben des Angriffs untersucht hat. Dort, wo der Ring gesessen hat, ist jetzt ein blasser Kreis an der Wurzel des Fingers, fühl es, es ist empfindlich, dünnere Haut als die am Rest des Fingers. Papiere, Adreßbuch – Ring; im Gegenteil, zu leben: ohne all das.

Bis der Mann auf der Straße sie dazu zwang, hatte sie den Ring, seit Bennet ihn ihr an den Finger gesteckt hatte, nie abgenommen. Sie hatte ihn getragen, während sie mit Otto im Bett war. Ihr Finger ist nackt; frei.

Sie fuhren eine Woche nach Durban. Der Urlaub gab ihm die Gelegenheit, sich eine Handelsmesse anzusehen, auf der Promotional Luggage ausgestellt war.

Der Ring wurde nie ersetzt.

Mrs. Stark kehrte am Montagmorgen in ihr Büro zurück und hörte, daß Oupa wieder im Krankenhaus war. Es war früh, die Geschichte vage. Nur der junge Mann am Empfang saß an seinem Schreibtisch: Oupa hatte letzte Woche »etwas merkwürdig« herumgesessen, er ging vornübergebeugt und konnte nicht richtig atmen. Dann ging er zum Arzt und kam nicht wieder. Jemand rief den Arzt an und erfuhr, daß er ins Krankenhaus gebracht worden war. Und dann? Was hatte der Arzt dazu gesagt?

Es war nichts Vernünftiges mehr aus dem jungen Mann herauszukriegen, der nicht zuhörte, wenn ihm jemand etwas sagte, der nicht in der Lage war, irgend etwas genau zu berichten. Kein Wunder, daß an die Stiftung gerichtete Botschaften oft in unverständlicher Form ankamen; ihre Gereiztheit über die Nachsicht der Stiftung gegenüber inkompetenten Leuten lenkte sie ab, als sie die Nummer des Arztes wählte. Sie erreichte ihn im Krankenhaus. Schwache innere Blutungen, die Lunge. Na ja, es war schwer zu sagen, warum, offenbar hatte er noch eine Verletzung davongetragen, die man nicht bemerkt hatte, vielleicht eine gebrochene Rippe, vielleicht hatte eine gewaltsame Anstrengung des Patienten dazu geführt, daß ein Lungenflügel durchbohrt wurde. Er wurde drainiert. Oupas Zustand war stabil.

In der Mittagspause gingen Mrs. Stark und Lazar Feldman ihren Kollegen besuchen. Was sollten sie ihm mitbringen? Sie hielten an, um Obst zu kaufen. Im Krankenhaus zeigte man ihnen den Weg zur Intensivstation. Weiße schreiben afrikanische Namen fast immer falsch. Mrs. Stark wiederholte Oupas Namen: lag da nicht ein Fehler vor? Nein, die Intensivstation wurde bestätigt. Ihr Unbehagen wuchs, als sie glänzend gebohnerte Korridore hinuntergingen. Sie bewegten sich in einer Prozession von Bahren, die von Krankenpflegern mit Gesichtsmasken geschoben wurden, alte Männer führten Stangen auf Rädern mit sich, an denen Urinbeutel hingen, die über Schläuche mit ihren Nachthemden verbunden waren. Boten schlitterten mit bändergeschmückten Blumenkörben an ihnen vorbei. Die Gemeinschaft von Lärm und Aktivität hörte schlagartig auf, als sie den letzten Korridor erreichten, nur das schmatzende Geräusch von Lazars Gummisohlen begleitete eine Feierlichkeit, die sich selbst dem skeptischsten Ungläubigen aufdrängt, wenn er sich einem Schrein nähert, wo unbekannte Riten praktiziert werden. Sie schüttelte den Kopf und zuckte an Lazar gewandt die Schultern: was hatte Oupa mit seiner Kugel in der Zigarettenschachtel, erholt von dem, was ihr und ihm auf der Straße passiert war, hier zu suchen? Sie stellte sich vor, wie er sich im Bett aufsetzte, um seinen Besuchern die Geschichte zu erzählen.

An einer Doppeltür war unter einem Kein-Eintritt-Schild eine Glocke angebracht. Sie klingelten, und niemand kam, also ging Vera hinein. Lazar folgte ihr, sorgfältig die Füße hebend, um kein Geräusch zu machen. Zellen öffneten sich auf einen weiten zentralen Bereich. Dort befand sich eine Theke mit Telefonen, Tafeln mit Graphiken und Kurven, weiße Kittel hingen in einer Reihe an der Wand. Eine junge schwarze Schwester in Leinenschuhen ging, um die Oberschwester zu holen.

War hier alles leer?

Ist niemand da?

Ihr Warten war von einem Schweigen erfüllt, daß keiner der beiden deuten konnte; die Gegenwart bewußtloser Menschen.

Die Oberschwester kam aus einer der Türen heraus, sie zog eine Gesichtsmaske von Nasenflügeln, die so rosa waren wie die geschrubbte Haut, die sich auf ihren Knöcheln faltete. »Bett 3? Wir sind sehr zufrieden mit ihm, hat uns heut morgen angelächelt.« Sie bedeutete der Schwester, Lazar das Obst abzunehmen. »Nichts durch den Mund.« Sie zogen sich Kittel an.

Auf einem hohen Bett lag ein Mann, der außer einem Tuch zwischen den Oberschenkeln nackt war, ein gegen die Laken schwarzer Körper. Schläuche verbanden diesen Körper mit Maschinen und Plastikbeuteln, einer bernsteinfarben von Urin, ein anderer dunkel von Blut. Die Schwester überprüfte den Fluß des Salztropfes, als stieße sie eine herunterhängende Blume in die Vase zurück, der Mann kehrte ihnen den Rücken zu, sie gingen langsam auf die andere Seite des Bettes, um ihn zu finden.

Oupa. Ein nackter Mann ist immer ein anderer Mann, bekannt nur der Geliebten oder der Mannschaft, die nach dem Spiel zusammen unter der Dusche steht. Die Freundschaft, die Bürobekanntschaft identifiziert einen Mann nur über den Kopf und die Hände. Der Körper gehört der Freizeit. Selbst in der Intimität der Verletzten, auf der Straße, behalten die Körper ihr Geheimnis. Oupa. Seine flaumigen Wimpern auf geschlossenen Augen, die besondere Stellung seiner aufgeblasenen, runden Nasenflügel gegen die Wange, sein Mund, der dominierende Zug in einem schwarzen Gesicht, die ästhetische Betonung des Mundes in dieser Rasse wie in keiner anderen, als wollte sie die hochentwickelte Funktion anerkennen, die ihm zukommt, da wir mit dem Mund sprechen und singen, küssen und essen – sein Mund, die kühnen Lippen leicht geöffnet, unter ungleichmäßigen Atemzügen ein wenig bebend.

»Er schläft, wir kommen später wieder.«

Die Schwester stand da, als führte sie ihn vor.

»Nein. Bewußtlos. Durch das hohe Fieber, wir versuchen es runterzubringen. Reden Sie mit ihm, vielleicht weckt es ihn auf, wenn er Ihre Stimmen kennt. Manchmal funktioniert das. Machen Sie mal. Reden Sie mit ihm.«

Mit diesen leisen, sanften Rufen holt man ein Kind aus seinem Albtraum, oder man weckt einen Geliebten auf, der verschlafen hat.

»Oupa, Oupa, ich bin's, Lazar.«

»Oupa, wir sind's, Lazar und Vera. Hier. Oupa, ich bin's, Vera.«

Sie nahm die Hand, die in der Nähe seines Gesichts lag. Sie fühlte sich an wie ein Gummihandschuh, der bis zum Platzen mit heißer Luft gefüllt war. Seine Augenlider zeigten die Bewegung der Pupillen unter der Haut. Sie redeten frotzelnd mit ihm, was glaubst du, was du hier machst, wer hat gesagt, daß du Urlaub nehmen kannst, Mann, mein Schreibtisch ist ein Chaos, wir brauchen dich ... Oupa, Lazar und Vera sind hier ... Und sein Kopf bewegte sich ein wenig, oder sie bildeten es sich in der Konzentration, mit der sie ihm ins Gesicht blickten, ein.

»Da, er hört Sie. Sehen Sie?« sagte die Schwester. »Und jetzt werd ich ihn schön mit einem kühlen Schwamm waschen.«

Im Empfang hielt Vera die Frau auf, als sie weggehen wollte. »Warum hat er das Fieber – was ist der Grund für die hohe Temperatur?«

»Sepsis ... das Blut ist in die Körperhöhlungen gelaufen, sehen

Sie.« Die leise Stimme vertraulichen Klatsches. »Er hätte natürlich sofort kommen sollen, als er die ersten Symptome hatte. Goß sich statt dessen mit Schnaps voll ... Aber ich sag Ihnen, zumindest hat er sich nicht aufgegeben, er kämpft, wir sind sehr zufrieden mit ihm.«

Die Schwester gab Lazar das Obst wieder. Es war zum Nachweis ihrer törichten Unkenntnis jenes Vorzimmers des Lebens geworden, zu dem sie geschickt worden waren; dieses stillen Ortes für jene, denen Gewalt angetan worden ist, und in den ihr Kollege eingetreten war, wie man unter dem Gelübde des Schweigens und der Unterordnung in einen Orden eintritt. Im Gegensatz dazu sind die Uninitiierten unbeholfen und aufdringlich und haben nur Nutzloses anzubieten. »O nein, behalten Sie's doch bitte.«

Ein erfreutes Kichern. »O danke, ja. So schöne Trauben!«

Es gab eine offizielle Liste von Stiftungskollegen, die der Reihe nach an jedem Arbeitstag in das Krankenhaus gingen. An den Wochenenden hatten die anderen das Gefühl, daß sie in ihr Privatleben verschwinden durften. Mrs. Stark war älter, bei ihr gab es sicher keine dringenden Familienansprüche, keine Liebesaffären, die auf sie warteten. Sie schloß sich der vorbeiziehenden Menge von Verwandten und Freunden an, die das Krankenhaus samstags und sonntags füllten. Arbeitslose, Bettler und taumelnde Methanoltrinker wiesen eifrig Autos und Minibusse in Parklücken, schlafende Kinder hingen um den Hals des Vaters, da waren Mädchen, die sich geschmückt und geschminkt hatten, um männliche Patienten an ihre Sexualität zu erinnern, Afrikaaner-Tanten in ihren Kirchganghüten, gelangweilte junge Männer, die sich draußen zum Rauchen versammelten, indische Großmütter, die in ihrer weitumhüllten Massigkeit wie Buddhas dasaßen, Popcorntüten und Fruchtsaftkartons steckten hinter den großen Töpfen mit Gummibäumen und Philodendron, die die Leute von der düsteren Sterilität, von den Gerüchen und dem Anblick der Leidenden ablenken sollten; es waren dieselben Topfpflanzen, die in Banken stehen, um den schlangestehenden Menschen die Angst vor der Macht des Geldes zu nehmen.

Das erste Wochenende, und dann das zweite. Oupa, der Körper, der durch das stumme Gesicht als Oupa ausgewiesen wurde, lag, wie er hingelegt worden war, auf dieser oder der anderen Seite, manchmal auf dem Rücken. Und das war etwas, was die Eindringende dort festhielt, wo sie stand, als sie in die Zelle, die immer offen war, eintrat. Keine Privatheit für diesen Körper. Auf dem Rücken, völlig bloßgelegt. Einmal fragte sie, ob man ihn nicht mit einem Laken bedecken könne. Das wurde ungeduldig als unwissende Einmischung abgetan: er war nackt, weil jede körperliche Veränderung, jede Funktion die ganze Zeit überwacht werden mußte. Schwestern kamen alle fünfzehn Minuten herein, um ihn zu beobachten; er mußte nackt sein, damit die Hitze der Infektion, die in ihm tobte, weggefächert werden konnte, sehen Sie die Röte im Gesicht, das purpurartige Rot unter dem Schwarz. Wenn sie allein war – mit ihm, aber allein –, zog sie vorsichtig (er durfte das nie wissen, selbst wenn er die Notwendigkeit der kleinen Geste verstünde, würde sie ihn beschämen) das Stück Tuch zwischen seinen Beinen über die Genitalien, die darunter hervorhingen, von den Schwestern nicht beachtet. Manchmal schien er zu schlafen, nicht nur bewußtlos zu sein. Die Atmung veränderte sich; die Männer, mit denen sie geschlafen hatte, atmeten so, tief in der Nacht. Sie wollte ihm sagen, daß sie – daß zumindest irgendjemand – da war, dennoch war es eine Übertretung, ihn zu berühren, da er so doppelt, so vollständig entrückt schien. An anderen Tagen stand sie, ihre Hand über seine gelegt, da; es war die Geste, die sie aus anderen Zusammenhängen kannte. Sie griff darauf zurück, weil sie keine andere hatte, weil niemand wußte, was er brauchen oder wollen mochte, sie glaubten, daß er keinen Durst litt, weil Salzwasser in seine Adern tropfte, sie glaubten, daß er sich in seiner Nacktheit nicht verwundbar fühlte, weil das Fieber in ihm glühte wie eine Kohle. Ob die Leute, die Hunderteinundzwanzig mit ihm teilten, kamen oder nicht, wußte sie nicht. Und da er aus den schwarzen Townships weggezogen war, hatte er den Kontakt mit Nachbarn und Freunden dort verloren, die meisten wußten nicht, wo er wohnte, jetzt, in einem Gebäude unter Weißen. Wahrscheinlich wäre ihnen auch nicht erlaubt worden, ihn zu sehen; die Oberschwester machte deutlich, daß die Besuche auf die Stiftungsleute begrenzt waren, da er keine Familie zu haben schien.

Natürlich hatte er eine Familie – aber wer wußte schon, wie man die kräftige junge Frau erreichen konnte, die unter all den Frauen saß, zurückgelassen in Veld-Häusern, die wie Iglus aus dem gebaut wurden, was die Umgebung bot, dort Schnee, hier Lehm. Niemand hatte eine Adresse; als Angestellter und als Patient hatte Oupa Hunderteinundzwanzig Delville Wood als ständigen Wohnsitz angegeben. Der einzige Weg, sie zu benachrichtigen, war, die Fahrt von der Abzweigung an den Eukalyptusbäumen nachzuvollziehen – konnte man jemand in der Stiftung entbehren, der hinfuhr? Mrs. Stark kannte den Weg, aber ihr Mann, unterstützt von ihrem Sohn, der aus London zu Besuch gekommen war, verbot ihr entschieden, das Trauma des Überfalls auf diese Weise wiederzubeleben.

Während der Woche gingen Lazar Feldman und andere auf Zehenspitzen hinein und standen ein paar Minuten da. Sie hatten Angst vor zu großer Nähe zu dem, was aus dem vertrauten jungen Mann im Büro geworden war, vor dem grotesken Wunder seiner Verwandlung. Eine der Sekretärinnen, die unterwürfig gelitten hatte, weil sie zu unauffällig aussah, um ihn anzuziehen, weinte. Sie gingen und fanden Entschuldigungen, nicht wiederzukommen; was halfen die Besuche einem Mann, von dem man sagte, er sei Oupa, der nicht merkte, ob jemand da war oder nicht, der nicht wußte, daß er selbst da war.

Vera sah auf die Uhr und erlegte sich selbst auf, zwanzig Minuten auszuhalten. Aber sie vergaß wieder, auf das Zifferblatt zu gucken. Was hieß es, da zu sein? Mußte das Bewußtsein Dinge aufnehmen, erkennen, reagieren können, damit von Anwesenheit gesprochen werden konnte? Hatte nicht das Fleisch ein eigenes Bewußtsein, signalisierte der Körper nicht seine Anwesenheit durch die Lungen, die darum kämpften, mit Hilfe einer Maschine zu atmen, durch die Nieren, die den Urin produzierten, der in einen Plastikbeutel tröpfelte, durch den Stuhl, der sich im Darm bildete?

Ein Insekt läßt sich auf einem Blatt nieder und bewegt langsam die Flügel.

Sie saß da und sah zu.

Die dicke Schwester und die dünne, die chinesische und die schwarze (Schwestern erkennt man an ihrem Rang und ihren offensichtlichsten Zügen, sie scheinen keine Namen zu haben) kamen und gingen, markierten die Zeit rituell, wie die Zunge einer Kirchenglocke an den Gaumen schlug, hörbar, wo der Verkehr noch nicht dicht genug ist, um den Klang zu verschlucken. Wie unwissend, wie weit von dem hier war sie in ihrer Neugier gewesen: *Wie ist es?* So ist es; eine anatomische Demonstration, die nichts ausläßt. Als sie zwischen Vater und Mutter in der Kirche von der moralischen Teilung, der Seele und dem Körper, gehört hatte, und als sie aufgewachsen war und nicht an das Unsichtbare glauben konnte, war es dies, worüber der Priester, ohne es zu wissen, gesprochen hatte: was er die Seele nannte, war Abwesenheit, der Körper war Anwesenheit. Er war jetzt angeschwollen, nicht nur die Hände: eines Tages, als sie hereinkam, war der flache Bauch des jungen Mannes aufgebläht, die Haut stramm und glänzend, ein Anblick wie in den Zerrspiegeln auf der Kirmes. Nach einer Ähnlichkeit im Gesicht zu suchen, hieß, sich einer Sauerstoffmaske gegenüberzusehen. Die Chinesin stieß sie leicht an, damit sie etwas bequemer saß, falls er empfinden konnte. Die Schwarze gebrauchte ein kleines Sauggerät, um etwas Blut aus einem riesigen Zeh zu ziehen, der wieder und wieder angestochen wurde. Die Dicke säuberte den leckenden Anus. Fall er empfinden konnte? Die dumme Kreatur, die der Körper ist, kann nichts sagen. Er ist ein Abbild des Lebens, das rituell, sorgsam betreut wird. Draußen essen die Altardienerinnen in den Pausen Trauben, stellen die Blumen auf, die von toten Patienten hinterlassen werden, und flüstern bei verbotenen Telefonanrufen mit Kindern, die aus der Schule nach Hause gekommen sind, und mit Freunden an deren Arbeitsstelle.

Vera stellte sich die kräftige junge Frau an der Straße nach der Abzweigung bei den Eukalyptusbäumen nicht mehr vor und überlegte nicht mehr, was sie ihr sagen sollte. Ivan, der wieder in dem Haus war, in dem er empfangen worden war, verschwand aus ihrem Bewußtsein, als wäre er noch in England. Das Surren und Klicken der Maschinen, die nun für den Körper atmeten und seinen Abfall ausschieden, legte sich über sein Schweigen. Fern von ihr, innerhalb dieser tiefen Scheu, fand eine letzte Kontemplation statt – ist es nicht das, was es ist ... wie es ist –, die Jahre auf der Insel, die nächtlichen Studien, um in dem, was die Politiker eine neue Zeit nennen, Anwalt zu werden, Freiheit in den Dimensionen einer Wohnung in einem weißen Vorort, ein Pappkasten, der von den Kindern durch den Staub gezogen wird – wer wußte, was in dieser letzten Kontemplation erschien? In dieser Stille begriff sie, daß die Gewißheit, mit der sie den Tod Zeph Rapulanas, der später lebendig vor ihr auftauchen sollte, unter den Neun in Odensville erwartet hatte, eine Zeitverschiebung gewesen war, ein Brief, der zuerst bei einer falschen Adresse angekommen war: die Gewißheit gehörte hierher, wo sie sie nun erreichte, an diesen Ort, in diese Gegenwart.

Unter den Todesopfern der Gewalt, die in der Zeitung aufgeführt werden, ist ein Angestellter der Juristischen Stiftung, Oupa Sejake, der an den Spätfolgen einer Verletzung gestorben ist, die er erlitt, als der Wagen der Stiftung überfallen wurde.

Es war nur anständig, daß die Stiftung bei der Beerdigung vertreten war. Da der junge Mann mehr oder minder ihr Assistent gewesen war, fiel die Wahl auf Mrs. Stark. Lazar Feldman erklärte sich bereit, sie zu begleiten und den Wagen zu fahren, da die Muskeln, die von dem Wadendurchschuß verletzt worden waren, sich beim Niederdrücken des Bremspedals immer noch bemerkbar machten. Aber am Tag, bevor sie aufbrechen sollten, bekam er die Grippe, das perfekte Alibi, sich allem und jedem zu entziehen. Während andere Kollegen einander nicht in die Augen sahen und meinten, jemand müsse an seiner Stelle fahren, sagte sie – ohne selbst zu wissen, an wen sie da dachte –, keine Sorge, sie würde nicht allein fahren müssen. Vielleicht hatte sie daran gedacht, daß Ivan mitkommen könnte; es wäre eine Gelegenheit zu reden, die geheimen Zugänge wieder zu öffnen, die seine lange Abwesenheit verschlossen hatte. Die erste Woche seine Besuches hatte ganz ihm und Ben gehört – zwischen Treffen mit wichtigen Trägern der Stiftung aus Holland und Schweden und den Krankenhausbesuchen, hatte sie kaum Zeit für eine Mahlzeit mit ihrem Sohn gehabt. Ah – aber sie erinnerte sich daran, daß Ben mit einem Stolz, der ihm die Mundwinkel herunterzog, erwähnt hatte, Ivan genieße inzwischen einen solchen Ruf in der internationalen Bankwelt, daß die Entwicklungsbank ihn als Ehrengast zu Gesprächen mit einem Repräsentanten des IMF* eingeladen hatte, die am folgenden Tag stattfinden sollten.

Und während der Prozeß des Sterbens auf sein Ende zuging, hatte das Leben sie noch in anderer Weise beansprucht: der Oberste Gerichtshof hörte die Klage des Farmers Tertius Odendaal gegen die Entscheidung einer untergeordneten Kammer, eine informelle Siedlung auf dem Land zu erlauben, das Odensville genannt wurde und ihm von der Provinzregierung abgekauft worden war. Zeph Rapulana war anwesend, als die Richter die Klage abwiesen. Einer der Anwälte der Stiftung, der ihn begleitet hatte, während sie mit den

* Internationaler Währungsfond. A.d.Ü.

Holländern und Schweden beschäftigt war, überbrachte ihr eine Notiz: »Vera, wir haben gesiegt, wir haben gesiegt, dieses Mal haben wir ihm die Tür vor der Nase zugeschlagen.«

Dieser andere Abschluß eines Prozesses, der wenig Aussicht auf Erfolg gehabt hatte, sprudelte wie eine klare Quelle durch ihre Sorgen. Zeph Rapulana hatte jetzt eine Unterkunft in der Stadt, ein Gartenhäuschen in einer Vorstadt – sein Erfolg in der Odensville-Affäre hatte die Aufmerksamkeit einer Organisation geweckt, die sich mit der Land- und Wohnungsfrage beschäftigte, und sie hatte ihn als Berater angeheuert. Am Telefon redeten sie beide auf einmal, Vera wollte genau wissen, was der Richter gesagt hatte, wie Odendaal reagiert hatte – und es war für sie das Natürlichste auf der Welt, ihm vorzuschlagen, hör zu, warum fährst du morgen nicht mit, dann können wir reden. Er wußte vom Tod des jungen Mannes, von den Schüssen auf der Straße: »Wenn es eine Hilfe ist ...«

Die Eukalyptusbaumgruppe. Dann das Gesicht, das auf sie gewartet hatte, das fordernde Winken: hier, hier, hier passierte es, hier begann der Tod – die Stelle auf der Straße, wo Oupa, neben ihr sitzend, wie jetzt der andere Mann, Zeph, neben ihr saß, angehalten und durchs Fenster gerufen hatte: Bruder.

»Hier waren sie.«

Auf eine Stelle deuten, das ist alles. Der einzige Mensch, mit dem das, was hier geschehen ist, geteilt werden kann, ist verschwunden. Aber der Mann neben ihr ist ein Gegengewicht, mit ihm teilt sie etwas anderes, etwas Lebendiges, das sie mit niemandem sonst teilen könnte. Von dem Tag, an dem Odendaal ihnen die Tür vor der Nase zugeschlagen hatte; von der Feststellung, der Drohung (die zwischen ihnen niemals diskutiert werden konnte). Keine Angst, Meneer Odendaal, wir tun Ihnen nichts, Ihrer Frau, Ihren Kindern, bis zu den neun Toten, bis zu den Worten des Richters, mit denen er Odendaals Klage abwies, der Tür, die sich vor Odendaal schloß – war diese eine Rückgabe von Land an die Leute, denen es gehörte, ihr Recht, das Rapulanas und das ihre, auf stillen Jubel. Wie das Gefühl zwischen Liebenden, das sich auch in der Gegenwart Trauernder fortsetzt, bedeutete er keine Respektlosigkeit gegenüber den Toten. Aus Pausen kameradschaftlichen Schweigens heraus sprach sie ihre Gedanken laut vor sich hin: »Warum tut man immer mehr für die Toten als für die Lebenden? Jetzt fahr ich zu seiner Frau, aber weder ich noch sonst jemand hat sie geholt, als er wenigstens noch am Leben war, auch wenn er nicht mehr gemerkt hätte, daß sie da war. Wir hatten keine richtige Adresse, konnten sie nicht benachrichtigen, ihr nicht telegrafieren, sie anrufen, niemand wußte, wie man sich mit ihr in Verbindung setzen konnte. Die einzige Möglichkeit war, dahin zu fahren. Aber sobald er gestorben war – da erinnerte sich plötzlich jemand im Büro an jemanden, der sein Freund gewesen war, in Soweto ging das von Mund zu Mund, und es fand sich dann doch eine Möglichkeit, ihr etwas mitzuteilen: Oupa ist tot. Einfach so.«

»Und du glaubst nicht, daß er sie von dem Überfall benachrichtigt hat?«

»Ich weiß nicht. Und ob sie's in der Zeitung gelesen hat? Unwahrscheinlich. Es kann natürlich jemand was von dem Fahrer des Viehlasters gehört und das an sie weitergegeben haben. Wie soll man das wissen? Für mich ist es schwer, sich die Gefühle einer solchen Frau vorzustellen – einer Frau, die so leben muß. Du kennst so viele ... ich nehm an, für dich ist es nichts Ungewöhnliches ... Sie kriegt seinen Körper wieder. Und das scheint so wichtig zu sein. Der tote Körper? Sie schien nicht besonders begeistert, als er damals einfach so reinspaziert kam. Aber jemand kam extra – von ihr geschickt –, um für den Transport zu sorgen, das Geld für die Beerdigung. Alles, was die Entfernung und Armut und ... ich weiß nicht – eine Art Ergebung in die Dinge, wie sie sind? – verhindert hat, ist nun möglich, wo darin nur noch so wenig Sinn liegt. Aber ich nehm an, das ist bei euch so üblich.«

Er sah zu, wie die Maisfelder auf sie zukamen und seitlich wegfielen, von der Straße zerschnitten. »Wir haben zuviele Gräber und zuwenig Häuser für die Lebenden.«

Vera verfolgte das Ritual der Bestattung ohne zu verstehen, wie es der Ehefrau irgendeinen Trost bringen konnte. Sie trug einen gepunkteten Rock und eine Kostümjacke, die sie ertrug wie ein enges Paar Schuhe (war das ein Aufzug, den ihr Mann einem Straßenhändler in der Stadt abgekauft hatte?), die Haut ihres betäubt wirkenden Gesichts war von Tränen rauh. Die Kinder trugen weiße Socken und glänzend geputzte Schulschuhe. Der schlaksige Junge, der (an dem Tag, an dem Tag) nicht von der Schule nach Hause gekommen war, hielt die Hand eines zwei- oder dreijährigen, der neugierig in die Grube feuchtriechender Erde starrte, die seinen Vater aufnehmen sollte. Es gab Gesänge, die von großer Schönheit waren, Gesänge dieser zurückgelassenen Frauen, und als sie weinten, nahm eine von ihnen Veras Arm, da sie wegen der Kugel, die ihre Wade durchschlagen hatte, Teil des Sohnes geworden war, um den sie trauerten, und sie weinte mit ihnen, beweinte die schreckliche Verwandlung, die sie auf der Intensivstation gesehen hatte.

Die Gruppe zog zum Haus zurück. Sie war ungeduldig mit sich selbst, verwirrt. »Oupa. Warum wurde er so genannt? Großvater, alter Mann, und nun ist er tot, bevor er dreißig geworden ist. Warum nennt ihr Kinder ›alter Mann‹, um Himmels willen?« Zeph lächelte auf sie herunter. »Das hat was mit Autorität zu tun. Man nimmt das Afrikaaner-Wort für einen geachteten Mann, und es gibt dem Kind, wie sagt man das, verleiht dem Kind Macht. Man gibt ihm die Kraft eines *Baas*.«

Beim Ritual des Händewaschens in den Blechbehältern, die die Frauen aufgestellt hatten, sagte er ihr, daß man von ihr ein paar Worte an die Frau und die Verwandten erwartete. Aber außer ihrer eigenen Sprache verstanden sie nur Afrikaans, die Sprache der Weißen, für die sie hier in der Provinz arbeiteten, und sie sprach nur das Gerichts-Afrikaans; sie hatte für diesen Anlaß nicht die richtigen Worte. »Mach du das, bitte.«

Ein milder Vorwurf. »Woher soll ich wissen, was du sagen willst?«

»Ich will sagen, daß ich nicht weiß, was ich sagen soll.«

»Nein, komm, das geht nicht.«

»Wirklich.«

»Sie wollen wissen, wie er gestorben ist, an welcher Krankheit, was bei dem Überfall passiert ist, daß er Soldat beim Umkhonto war, daß er an seiner Arbeitsstelle geachtet wurde, daß er ein guter Mann war, der nur an seine Familie dachte, obwohl er weit fort war.«

»Da, du weißt es ja alles. Sag ihnen, daß du es für mich in ihrer Sprache sagst.«

Er machte es so wie damals, als er unter seinen Leuten in Odensville war. Die Kadenz seiner Stimme, seine Gesten, verwandelten ein zerrissenes Leben in etwas Ganzes, er wußte genau, wie man das machte, es kam aus seinem Innern, und er verband sich wie in einer Symbiose mit der murmelnden Gruppe, die um ihn herumstand. Sie verstanden die Tradition, und sie verstand, ohne Worte, ohne Tradition, ihr Verständnis. Es war nicht die Wahrheit; der Sohn und Ehemann, der von hier aufgebrochen war, dachte nicht nur an seine Familie, er begehrte ein Mädchen, das Dinge gesehen hatte, die er nie sehen würde, das ein Wissen besaß, das er nie besitzen würde, er war nicht friedlich gestorben, sein Körper hatte in den Versuchen, ihn am Leben zu erhalten, Folterungen erlitten, die denen, die ihn im Gefängnis verhörten, nie eingefallen wären. Es war nicht die Wahrheit, aber dieser Fremde, den sie mitgebracht hatte, machte es unzweifelhaft zur Wahrheit. Wie konnte sie, Mrs. Stark, für einige die strenge Eminenz der Juristischen Stiftung, für andere die Vermittlerin einer Gelegenheitsabtreibung, wissen, was den jungen Mann und die klobige junge Frau mit ihrer bäuerlichen Haltung und den klassischen drei Schönheitslinien um den Hals verband? Wer wollte wissen, ob die Oberschwester recht hatte, als sie sagte, er merkt nichts von dem, was wir mit ihm machen?

Vera hatte sich, zusammen mit den anderen, den Tod von den Händen gewaschen. Im Auto, auf dem Weg zurück in die Stadt, dachte sie anders darüber: »Zumindest haben wir gesehen, daß er zurückgekommen ist. Zumindest ist er zu Hause.«

Die Rolle, die Zeph mit klangvoller, poetischer, feierlicher Stimme gespielt hatte und die von seiner Umgebung in ihm geschaffen schien, war zurückgetreten, auch wenn man spürte, daß sie in ihm steckte und ihn nie verlassen würde. Jetzt sprach er mit einer Nüchternheit, die er mit der vorhergehenden Feierlichkeit durchaus zu versöhnen wußte. In seiner Auseinandersetzung mit Gesetzen, die gemacht waren, ihn zu manipulieren, in Beziehungen, für die es in seinem Leben keine Formeln von Feindschaft oder Freundschaft, von Mißtrauen oder Vertrauen gegeben hatte, entdeckte er Übereinstimmungen, die aus Konflikten und Veränderungen geboren wurden. »Er wollte nicht zurückgehen, nicht wahr?«

Woher wußte er das? Er hatte Oupa nur wenige Male gesehen, zuerst in Odensville und dann in der Stiftung, und natürlich bei der Party in Veras Haus. »Als er mal was getrunken hatte ... ja, da hat er mir erzählt, er wollte all das tun, woran er im Gefängnis gedacht hatte. Er wollte verschwinden und in der Welt herumreisen, nach Kuba – nach England, China, vor allem nach Kuba, überallhin.«

Das Ende eines Ausflugs.

Glück gehabt, am Leben zu sein.

Ivan stattete der Stiftung den Höflichkeitsbesuch ab, den man von einem Sohn erwartete, der an der Arbeit seiner Mutter interessiert war. Und er ging davon aus, daß die Kollegen in der Stiftung an ihrer Familie Anteil nahmen. Die Stiftung ist kein kommerzielles Unternehmen, wo die Geschäftsführer und die Angestellten keine Verbindung haben außer der Absicht, Geld zu machen. Das Wesen ihrer Arbeit, die sich mit den Lebensbedingungen in Gemeinden befaßt, beeinflußt ihr eigenes Gemeinschaftsgefühl. Einer oder zwei der älteren Anwälte kannten ihn noch als Schuljungen oder Jugendlichen; andere wie Lazar Feldman stellten mit ihm auf der Stelle ein freundschaftliches Verhältnis her, was stellvertretend durch die Vertrautheit mit der Mutter möglich wurde. Daß er ihr so ähnlich sah, machte es merkwürdig leicht. In der Unterhaltung mit ihm sagte Lazar, wie leid es ihm tue, Vera bei ihrer Fahrt zu Oupas Beerdigung nicht habe begleiten zu können, er wäre wirklich gern dabeigewesen.

Von der Stiftung führte Ivan Vera zum Mittagessen aus. Nur sie beide, er lud sie ein, sie ging vor ihm her zu dem Tisch, den er in der stillsten Ecke eines guten Restaurants reserviert hatte, die Fortsetzung der geheimen Mittagessen mit einem Geliebten.

»Ist jetzt die Zeit, unsere Notizen zu vergleichen?« Sie war zufrieden spöttisch, gebrauchte den Ausdruck, an den er sich aus der Zeit erinnern würde, als er noch aus dem Internat nach Hause kam. Der richtige Moment, jede Wachsamkeit fallen zu lassen, war plötzlich gekommen, sie hatten kein Alter und bewegten sich leicht in die Vertrautheit hinein wie in ein Element, das sie miteinander teilten.

»Die ganze Zeit, als ich da war – (er las die Weinliste von oben nach unten, auf der Suche nach etwas Besonderem) –, hab ich gedacht, daß du wirklich Glück hast, mit der Stiftung, mein ich. Das sind so gute Leute, so absolut ihrer Arbeit verpflichtet, aber dabei auf intelligente Weise hart – weißt du, wie ich das meine? Man hat nie das Gefühl, daß es so eine Zuflucht der Wohlmeinenden ist, die die Welt, in der ich arbeite, nicht aushalten könnten. Die einfach der Tatsache nicht ins Gesicht sehen wollen, daß sie mit den Reichen arbeiten müssen, wenn sie was für die Armen tun wollen. Und wie sie dich mögen, und du gehst so ganz in dem auf, was du machst … das ist wirklich Glück.«

»Denkst du an dich selbst?«

»An mich? Wie, an mich?«

»Oh, ich will damit nicht sagen, daß du nicht Erfolg hättest, ganz im Gegenteil. Aber das bedeutet ja nicht immer, daß man nicht manchmal denkt, daß man auch was anderes hätte machen können. Etwas, von dem man zu der Zeit nichts wußte; zu der Zeit, als man sich entschied.«

Er sagte es für sie: »Da ist immer was, das man zu der Zeit nicht wußte. Nimmst du Fleisch, zu dem Wein? Magst du immer noch so gerne Calamari – wir könnten was Kleines vorweg nehmen und eine halbe Flasche Weißen zuerst, damit.« Die Angewohnheit der Zurückhaltung in ihrer beider Arbeitsleben – er in der Bank, sie in der Vertraulichkeit des Gesetzes – ließ sie von etwas anderem reden, solange der Kellner neben ihnen stand.

»Ich hab an Dad gedacht – Ben. Was er macht. Es ist für sein Leben so marginal, irgendwie. Er lacht darüber. Aber ich frage mich doch … Nein, ich merke.« Er spürte sofort, daß er vielleicht zu weit ging: seine Mutter hatte die Ellenbogen auf den Tisch gestützt, die Hände zusammengeballt und den Mund an sie gedrückt. »Ich weiß nicht, was für ihn das Zentrale ist. Er sagt, diese Gepäckgeschichte soll … euch beide absichern. Das ist alles.«

»Diese Sorgen, das ist was Neues, das hatte er früher nicht. Ist wohl eine Alterserscheinung, er verkriecht sich in sich selbst. Wenn man hier lebt, ist die Zukunft – nicht die, für die man sich mit Koffern absichern kann – ist die Zukunft eher wie ein Haufen Ziegelsteine. Man kann sich nur entscheiden, dabei zu helfen, ein paar davon richtig hinzulegen.«

»Nach einem Plan, an den du glaubst.«

»Ja. Gewissermaßen.«

»Und du hast die Befriedigung, daß das, was du tust, etwas davon verwirklicht, im voraus, auch wenn's später schiefgehen sollte.«

»Ach«, sie hob den Kopf, spreizte die Hände, »so wenig, nur ein bißchen Zement für eine Ecke. Typisch, daß ich das alte Bild eines Hauses benutze, während so viele Leute keins haben.«

»Sie haben mir davon erzählt, Odensville, was waren die anderen – Moutse? – wo die Leute jetzt das Recht haben, sich niederzulassen. Das muß natürlich eine Befriedigung sein, das hast du für dich, bei all deiner Arbeit, deinen Sorgen – ich mein das nicht als Vorwurf. Ich seh das in deinem Gesicht, an allem an dir, seit ich hier bin. Aber er. In ihm. Nichts davon in ihm. Und ich bin in London, Annie – na ja, er trauert um Annie, weißt du das, man könnte denken, sie wär gestorben – das ist eine andere Geschichte. Was hat er denn außer seinen verdammten Koffern?«

Sie blickte auf, um zu sehen, was er wußte.

»Mich.«

Der Kellner kam mit Tellern auf dem Arm. Ein anderer blieb wartend mit dem Weihrauchfaß einer riesigen Pfeffermühle hinter ihm stehen. Der Wein wurde entkorkt, Ivan hob das Glas und blies seiner Mutter einen Kuß über den Tisch zu. »Wo sind die indischen Kellner, die hier waren, als ich klein war? Jetzt sind sie alle Afrikaner.«

»Sie sind ein Stück die Treppe raufgefallen. Sie sind jetzt in den Kaufhäusern, wo früher Weiße waren – Bekleidungsgeschäfte und sowas. Du bist wie ein alter Mann mit deinen Erinnerungen! Das kommt davon, wenn man ins Exil geht.«

Sie aßen und tranken in dem Zauber, den beide dem anderen während der Trennung zugeschrieben hatten. Beide hatten Liebesaffären hinter sich, die mit solchen Mahlzeiten begonnen hatten, und die Berechnungen bei dieser Variation waren nicht unähnlich: wie weit konnten sie gehen, wie nahe konnten sie dem anderen kommen? Er meinte, er habe sie in seiner Rolle des kleinen Jungen, der zu einem attraktiven Mann geworden war, schon aus ihrer Abwehrstellung herausgelockt.

»Du hast uns nicht erzählt, daß Feldmann nicht mit dir zu der Beerdigung gefahren ist. Du weißt doch, daß du nicht allein hättest fahren sollen.«

»Ich bin nicht allein gefahren.« Sie sah ihn mit schiefgelegtem Kopf an.

»Oh. Das war vernünftig. Aber warum hast du nicht gesagt, daß Feldman krank war und du mit jemand anderem gefahren bist? Ben glaubte, du wärst mit jemandem gefahren, dem er traut. Wieder auf dieser Straße.«

»Ich hab einen Freund mitgenommen, den er kennt, den Mann, der gerade den Odendaal-Fall gewonnen hat, es gibt niemanden, mit dem es sicherer gewesen wäre.«

»Aber Vera.« Er klopfte mit Messer und Gabel einen Tanz auf den Teller. »Ich staune.«

»Wieso, Darling?« Ihr Gesicht wandte sich ihm mit einem Lächeln zu.

Er war mit einer Zurschaustellung mütterlicher Wärme nicht abzulenken. »Warum hast du ihm nicht gesagt, daß es nicht Feldman war? Er dachte, du wärst mit Feldman, in Sicherheit, aber du bist mit jemand anderem gefahren. Als du uns von der Beerdigung erzählt hast, hast du nicht gesagt, daß Feldman gar nicht da war. Das ist kindisch.« Er hat das Recht, so kritisch zu sein; diese Art Spannung hat es, das wissen beide, immer zwischen ihnen gegeben.

»Ich weiß es selber nicht. Ich gebe zu, daß das eine Art Ausflucht ist. Vielleicht find ich es heraus, jetzt, wo du es erwähnt hast.«

Er war fasziniert, zögerte, lehnte sich in seinem Stuhl zurück, richtete sich dann wieder auf. Er sprach mit intensiver Neugier. »Lügst du ihn oft an?«

»Lügt man, wenn man etwas für sich behält?«

»Ich glaub schon. Selbst wenn du es so ausdrückst.«

»Und du?«

»Wen?«

Seine Mutter rollte übertrieben die Augen, verzog das Gesicht – wo sind die Grenzen dessen, was du mir sagen wirst, was kann man voneinander erahnen. »Na ja, die Ungarin.«

Er lachte. Dann schüttelte er den Kopf über das, worauf sie da gestoßen waren. »*Also ja.* Wie du sagst, die Ungarin. Sie will ein Kind. Von mir. Das zum Beispiel. Ich sag ihr: nein, es wird alles zwischen uns verderben, ich will sie für mich. Aber das will ich gar nicht. Es gibt ja schon Adam, eine Geisel zwischen einer Frau, mit der ich nicht mehr zusammenleben konnte, und mir ist genug.«

»Also willst du gar nicht auf Dauer mit der Ungarin zusammenbleiben.«

»Sie hat einen Namen, Mutter! – *Eva.* Nein, wir kommen gut miteinander aus, aber ich bin alt genug, um etwas zu verstehen, was man mit zwanzig nicht weiß; das Leben endet nicht mit der Katastrophe, vierzig zu werden, man wird wahrscheinlich noch eine lange Strecke mit denen, mit der hinter sich bringen müssen, die man jetzt an sich bindet. Eva. Es ist nicht so wie bei dir und Ben, etwas fürs Leben. Ich bin nicht so wie er, leider, nehm ich an. Er hat dich deinem ersten Mann weggenommen, zumindest glaubt er das, und ich meine, deshalb hat er das Gefühl, dir ganz zu gehören. Du bist alles, was er hat, und du bist es immer gewesen.«

»Man kann niemand anderem gehören. Die Liebe gibt einem diese Illusion! Man kann sich vielleicht danach sehnen, aber es geht nicht.« Sie hielt inne, als wäre der Schluck Wein, den sie zu sich nahm, ein Zaubertrank, der ihnen beiden Klarheit schenken würde. »Weißt du, Ben hat einen großen Fehler gemacht. Es war seine Wahl.« Ein kurzer Blick erinnerte ihren Mitverschwörer an die früher gefallene Bemerkung: *Es gibt immer was, das man zu der Zeit nicht weiß.* »Er hat alles, was er brauchte, aufgegeben, im Austausch für etwas, das er wollte. Die Bildhauerei. Sogar seine akademische Karriere – gut, sie sah nicht gerade glänzend aus, aber bis heute hätte er Professor sein können, oder? Was meinst du? Das wäre doch nicht marginal gewesen. Er hat alles auf mich gesetzt.« Ein Gefühl, sich gefährlichen Bereichen zu nähern, zuviel zu sagen, erregte sie, brachte sie dazu fortzufahren. Sie tat genau dasselbe: sie setzte das ganze Gewicht all dessen auf ihren Sohn, ein erwachsenes Kind. Es gibt eine feine Grenze, jenseits derer sich ein Sohn oder eine Tochter mit Erschrecken abwendet. Eltern müssen sich als Eltern definieren lassen.

»Was hat er auf dich gesetzt?«

»Das ganze Gewicht seines Lebens. Diese Liebe, die er hatte. Ich liebe ihn, aber es fällt mir schwer, mich daran zu erinnern, wie verliebt ich in ihn war. Diese Liebesaffäre, die in den Ferien auf dem Drakensberg begann, sie hat sich nicht weiterentwickelt, für ihn. Sie hat sich nicht in andere Dinge verwandelt. Die Geburt der Kinder, das Verschwinden von Freunden ins Exil, ins Gefängnis, die Morde um uns herum, der Tod seines Vaters in unserem Haus, die Veränderung des ganzen Landes. Sie hat sich nicht weiterentwickelt. Nicht einmal die Verwirrung um Annie hat sie bewegen können, nicht einmal deine Scheidung, weil er beides nur in Beziehung zu seinen eigenen Gefühlen auf dem Drakensberg verstanden hat, er hat kein anderes Kriterium. Die Gewalt war immer da, Leute sind immer aufs Veld hinausgetrieben, auf Polizeiwachen verprügelt worden, und die Gangstergewalt, die jetzt mit der Veränderung gekommen ist und die Oupa umgebracht hat – sogar das versteht er jetzt *durch mich*, weil es etwas ist, was *mir* zugestoßen ist, die Kugel, die durch *mein* Bein ging. Liebe. Es ist seit damals soviel passiert. Ivan, ich kann nicht in der Vergangenheit leben.«

»Ich wollte, ich wär nicht so weit weg. Seinetwegen. Weil ich dich immer am meisten geliebt habe, als Kind.«

Das Angebot einer Komplizenschaft, das sie zu übersehen beschloß.

Sie sah ihn nachdenklich an. »Ja, so weit weg. Du bist sein Liebling. Sein einziges Kind, jetzt. Das ist daraus geworden.«

Ihr Tisch war der einzige, der noch besetzt war, aber sie merkten es nicht und blieben sitzen, tranken Kaffee und immer mehr Kaffee, wie ein Liebespaar, das sich nicht trennen konnte.

»Du brauchst überhaupt nichts, Mutter.«

Im Geklapper der Kellner, die das Geschirr von den Tischen räumten, berührte er ihre Wange, um das zu entschärfen, was sie als Urteil empfinden mochte.

»Im Gegenteil, ich merke immer, daß die Antwort da ist, bevor das Bedürfnis erscheint. Dann weiß ich erst, daß überhaupt ein Bedürfnis da war.«

Sie gingen ein wenig berauscht vom Wein und den Vertraulichkeiten auf die Straße hinaus, lachend.

Lüge ich ihn oft an?

Wie sehr wir einander ähneln, das hört nicht mit der Maske auf, die sein Gesicht ist. Er kennt mich, weil er selbst die erste Lüge war. Eines Tages werde ich so alt sein, daß wir sogar darüber reden können. Und er wird sagen: Ich habe das immer gewußt, obwohl er es nicht gewußt haben kann, außer durch den Code der Gene oder die Sprache des Blutes.

Jedesmal, wenn Vera Ben umgeht – ist das nicht einfach eine andere Art von Untreue? Nur ein wenig unterschieden von wirklicher Untreue, vom Schlafen mit jemand anderem, das ist alles. Und genau wie jedesmal nach der Liebe in Hunderteinundzwanzig, macht sie es auch diesmal wieder gut. Nicht indem sie ihre Auslassung rückgängig macht und ihm erzählt, daß Rapulana und nicht Feldman sie auf der Fahrt über die Straße begleitet hat, auf der auch sie hätte sterben und ihn allein zurücklassen können. Sie hätte es als triviale Auslassung darstellen können, die Nennung eines Namens statt eines anderen. Statt dessen fragte sie Ben, ob er mit ihr nach Kapstadt reisen wollte, nachdem Ivan nach London zurückgekehrt war. Die Stiftung hatte dort einen Ableger, und sie mußte da ein paar Probleme lösen. Ivan war fort. »Wir können Annie besuchen.« Wenn er einsam war, mußte er daran erinnert werden, daß er eine Tochter hatte.

Annie bestand darauf, daß sie bei Lou und ihr wohnten. Vera und Ben waren noch nie in diesem gemeinsamen Haushalt gewesen. Er war das Gegenstück zum Haushalt ihrer Eltern. Veras Haus, in das Ben später eingezogen war, um in dem provisorischen Kriegszeit-Mobiliar zu leben, das die Eltern ihres ersten Ehemanns beigesteuert hatten, geschenkte Betten und nicht zusammenpassende Stühle, wurde ästhetisch zusammengehalten – wenn man das so ausdrücken konnte – durch kaffeebefleckte Zeitungen und Illustrierte, in die hastig Silberfischchen verschwanden, groteske Holzschnitte und kleine Tonfiguren, die sie auf Versteigerungen afrikanischer Kunst zu Wohlfahrtszwecken gekauft hatten, Fotos der Kinder, Poster von Reisen, Kommoden, deren Schubladen die Griffe fehlten, Ordnerkästen und alte Utensilien, die eigentlich weggeworfen werden sollten, aber vielleicht doch noch einmal nützlich sein könnten.

Aus dieser zufälligen Collage hatte Annie das mitgenommen, was in diesem Haus als einziges bewußt geschaffen worden war, die weiblichen Torsi, die Ben vor Jahren gemacht hatte. Ihnen begegneten sie in einem viktorianischen Haus wieder, das an einer steilen Straße balancierte. Einer stand am gewölbten Eingang zum Wohnzimmer, der andere im Zentrum einer kleinen Veranda, die sie geschaffen hatten, indem sie eine Wand herausschlagen ließen, wie Lou erklärte. Alte Kapmöbel mit Ahornpatina rochen nach Bienenwachs. Es gab nur ein einziges riesiges abstraktes Gemälde, das die See andeutete. In den Kaminen standen Blumen, und Grünpflanzen zogen sich durch die renovierten Bäder. Die Küche mit ihren Glasfassaden und stählernen

Arbeitsflächen sah aus wie ein Operationssaal. Träge Katzen schliefen wie Hetären auf einer samtbezogenen Chaiselongue in dem Zimmer, das Ben und Vera zugewiesen wurde. Whisky in einer Kristallkaraffe und Eis in einem italienischen Designercooler; Bücher auf den Nachttischen, Darstellungen des Kaps im 19. Jahrhundert von Thomas Bowler und eine Sammlung von Gedichten schwarzer Autorinnen. Bowler war wahrscheinlich für Ben gedacht und das andere für Vera, von Lou nach dem Prinzip ausgewählt, daß das Leben der Schwarzen Veras Gebiet sei, und daß Frauen es sein sollten, wenn sie es nicht waren.

Ben war alarmiert, daß Vera ein wenig hinkte, als sie die enge Treppe mit den perfekt restaurierten Läuferstangen aus Messing hinauf zu Bett gingen. »Du warst doch zu Haus völlig in Ordnung. Was ist passiert?« – »Wir haben keine Treppen zu Hause, oder?« Annie wurde gerufen, um das Bein ihrer Mutter zu untersuchen, während er danebenstand und jede Beschwichtigung seines Erschreckens ignorierte. Er blickte mit gerunzelter Stirn von ihr weg, als wollte er das Beispiel des jungen Mannes abwehren, der mit ihr auf der Straße gewesen und an Verletzungen gestorben war, von denen er sich angeblich schon erholt hatte. »Wahrscheinlich eine leichte Verkürzung der Sehnen, eigentlich nichts. Das ist unvermeidlich, Daddy, der menschliche Körper ersetzt, repariert und in manchen Fällen kann er eine Funktion so anpassen, daß sie an die Stelle einer anderen tritt, aber nichts ist jemals ganz so wie vorher.«

»Ich hab's noch nicht mal gemerkt, ich hab's dir doch gesagt, Ben. Gott sei Dank bin ich keine Ballettänzerin, und für eine Schönheitskonkurrenz bin ich zu alt. Ich hab seit Jahren nur noch Hosen getragen – niemand sieht die Narben.«

Im Schlafzimmer, nackt, lächelte sie ihn an, er lag schon im Bett. »Niemand außer dir.« Die Nacktheit bei Männern und Frauen, die lange zusammengelebt haben, ist in Vertrautheit gekleidet, ein Gewand des Ich. Sie zeigte sich ihm bewußt so. Wenn ihr Körper durch Geburten und die Zeit beschädigt war, so daß die Eitelkeit sie davor bewahrte, ihn irgendjemand anderem zu zeigen, nahm er für Ben (das war der Vorteil) die schöne Form seiner bekannten Fähigkeiten an, das Fleisch erinnerte sich an alles zwischen ihnen. Vera verführte ihn wieder, trotz allem, was sie ihm vorenthielt, sie warf sich in seine Umarmung, nahm sein kraftvolles Eindringen in sie auf wie ein Schwimmer, der unter den hohen Wellen der Brandung hindurchtaucht und unverletzt auf der anderen Seite wieder an die Oberfläche kommt. Sie liebten sich, wie ein Mann und eine Frau es taten, in diesem Haus, wo auf der anderen Seite der Wand zwei Frauen ineinander verschlungen lagen. Das Wissen darum wurde zu einer Art Erregung, Trotz bei ihr, Selbstbehauptung bei ihm.

Am frühen Morgen standen sie an der hölzernen Balustrade der Veranda. Der schwarze Samtvorhang des Berges, Dunst aus seinen Falten atmend, hielt den Tag noch zurück. Als die Sonnenstrahlen schräg über den Gipfel schossen, trieben sie eine Herde Fichten im Licht zusammen, die sich wie Schafe auf der Bergflanke aneinanderdrückten. »Wann hat Annie diese Torsi mitgenommen?«

»Oh, das letzte Mal, als sie da war. Nachdem der alte Mann gestorben war, weißt du das nicht mehr? Sie hat sie von einer Spedition packen und hier runterbringen lassen.«

»Ich weiß nichts davon.«

»Aber sie muß dich doch gefragt haben?«

»Hat sie dich gefragt?«

»Natürlich, und ich hab das so verstanden, daß du sie ihr geschenkt hast.«

»Ich hätte ihr die nie geschenkt.«

»Ich kann nicht glauben, daß sie sowas machen würde.«

»Kann sie jetzt kaum darum bitten, sie mir zurückzugeben.«

»Nein, mach das nicht. Sie muß sie sehr gewollt haben, sie findet deine Arbeiten so gut.«

Lügst du ihn oft an? Vera wußte, daß Lou die Torsi bewundert hatte, Lou hatte gemeint, sie seien – wie hatte sie das ausgedrückt – außerordentlich deutlich. Lou war es, die die Gemälde ausgesucht, die alten Möbel gesammelt hatte. Sie hatte die Umwandlung eines alten Hauses in den Ausdruck einer Lebensform geplant und umgesetzt, ohne seinen äußeren Stil zu verletzen, der auf eine Lebensweise angelegt war, welche die beiden Frauen ablehnten. Die altertümlichen hölzernen Volants an den Veranden und der weißgestrichene schmiedeeiserne Zaun waren noch da, aber das Kinderzimmer war eine Art privaten Schlupfwinkels, den die beiden Frauen teilten und in den andere nie geladen wurden. Die Familienschlafzimmer waren, mit der Ausnahme eines einzigen Gästezimmers, zu einem großen Raum zusammengefaßt worden, und in diesem Raum stand das Herz des Hauses, ein breites niedriges orientalisches Bett unter einem Baldachin, getragen von geschnitzten Säulen, die aus alten Fensterbalken von Sansibar gemacht waren.

Ben hatte Vera für sich als Körper geschaffen, einen Torso ohne Kopf. Und daher war der Torso (wie die Kennerin Lou richtig gesehen hatte) in der Darstellung der Kraft des Körperlichen enorm deutlich. Er hatte keine Identität über den Körper hinaus, und so war der Körper, der Vera war, ohne den Ben nicht leben konnte, in den Ausdruck der Begierde zwischen Frau und Frau verwandelt worden. In Annies Haus waren die kopflosen Torsi zu Haushaltsgöttern geworden.

ANKUNFT

Jetzt nicht, jetzt nicht. Der Tag würde kommen – dazu brauchte man kein Prophet zu sein, nur ein bißchen politisches Gespür war gefordert –, an dem Didymus nach seinem Tod als einer aus jener Gruppe jakobinischer Helden wiederbelebt werden würde, die schreckliche Dinge getan hatten, um den Befreiungskampf in schrecklicher Zeit retten. Aber gegenwärtig war der größte Dienst, den er der Bewegung erweisen konnte, sich vergessen zu lassen. Die Aufzeichner der Geschichte sind nicht die, die Geschichte machen; es ist ehrenvoll genug, daß man ihm die Aufgabe anvertraut, die Geschichte des Kampfes im Exil zu schreiben. Ein Universitätsverlag in den Vereinigten Staaten würde sie veröffentlichen und sie unter anderen Büchern über Spezialgebiete wie Black Studies, Bücher zur Frauenbewegung, zur Homosexualität, Arbeiten über Kindesmißbrauch, Drogensucht oder die Löcher in der Ozonschicht in Literaturzeitschriften anzeigen. Freunde wie Vera Stark fragten, wie er mit dem Buch vorankomme. Es war, als zeigten sie Interesse an einem Kind, indem sie es fragten, wie es sich in der Schule mache. Wenn er Mitglieder des Mehrparteienforums traf, in dem Sibongile mitarbeitete, riefen sie, an seinem Kopf vorbei jemanden ansehend, der sie mehr interessierte: »Großartig, großartig«, bevor er richtig antworten konnte.

Er besuchte als Beobachter Sitzungen einer Patriotic-Front-Konferenz. Mit Sicherheit konnte er Sibongile vorn auf ihrem offiziellen Sitz sehen, während sie nicht immer ausmachen konnte, wo er Platz gefunden hatte. Dabeizusein gab ihm die Gelegenheit, jemanden beiseitezunehmen, mit dem er ein Treffen verabreden wollte – man konnte einen solchen Austausch zwischen alten Genossen kaum ein Interview nennen –, um Informationen zu sammeln oder zu überprüfen, die er für sein Buch brauchte. Er hörte den Sprechern mit einem zusätzlichen Dekodierer zu, der in ihm selbst ablief. Er wußte, an welchen Stellen das Vokabular, die Ausdrucksweise der Kommunisten und der nationalistischen Radikalen revidiert worden war durch die Nähe zur Macht, wo es in Fragen der Verstaatlichung gemäßigt worden war. Und er wußte auch, wo das vorsichtige Denken der Gemäßigten kühner geworden war, weil sie spürten, daß halbherzige Maßnahmen sie jetzt, da die Macht zum Greifen nahe war, aus der Bahn werfen konnten. War das eine Frage der Aufrichtigkeit? Wenn Aufrichtigkeit jeden Kompromiß verdächtig machte, was hatte er denn getan (da hatte Sibongile recht gehabt), damals als er nach Hause gekommen und noch Mitglied der Exekutive gewesen war? Hatte er nicht mit den Buren freundlich an einem Tisch gesessen? Worum ging es denn bei der ganzen Philosophie, dem *Geschäft* – ja – das war's – der Verhandlungen?

Wie er so dasaß, spürte der Beobachter drastische, schnell wechselnde Reaktionen an sich, sein Körper erwärmte sich plötzlich oder zog sich kalt in sich selbst zurück. Nach der Teepause, in der Männer, die zusammen Kraftwerke in die Luft gejagt hatten, sich scherzend als Terroristen ansprachen, und in der anglikanische Kirchenmänner Kuchen mit einem Imam aßen, trat ein Mann ans Mikrofon, der sich damals bei der weißen Regierung entschuldigt hatte, weil er sich in einem Zug auf einen für Weiße reservierten Platz gesetzt hatte. Es war zu der Zeit, als der im Untergrund operierende Didymus bei einer weißen Freundin Kaffee getrunken hatte. In seinen Verkleidungen hatte der Beobachter damals verfolgt, wie der Mann in Zeitungskarikaturen mit seiner unterwürfigen Entschuldigung lächerlich gemacht worden war: *Ach, sorry, Baas, Herr Premierminister, Herr Präsident*. Und er hatte verfolgt, wie der Mann unter dem Hohn der Befreiungsbewegung so lange gekrochen war, bis die Regierung ihn mit der Stiefelspitze anstieß und ihn aufstehen ließ, damit er weiter als von der Regierung ernannter Repräsentant der Bevölkerung in seinem Teil des Landes dienen konnte. Jetzt lächelte er das blinde Lächeln von Pastoren, vor dieser Versammlung von Männern, die den Guerillakrieg überlebt hatten, vor Männern und Frauen, die im Gefängnis gesessen und das Exil erlitten hatten, und er sprach von »unserem Kampf«. Er sprach von »der Bedeutung dieser großartigen Versammlung«, von »meinen Genossen im Kampf der Vergangenheit, die nun die schwere Verantwortung der Zukunft teilen, und an sie mit demselben Mut und demselben Engagement herangehen, die wir in uns trugen, als wir die Übel des Regimes bekämpften. Meine Brüder, so laßt uns voranschreiten ...«

Didymus blickte von dem Mann auf die, die um ihn herum saßen. Männer, mit denen Didymus in der Haft gewesen war, mit denen er die geheimen Kontakte ihrer Maulwurfsexistenz geteilt hatte; mit denen er um ein Haar in einem Sicheren Haus in die Luft gesprengt worden wäre. Er sah seine Frau an, mit der er auf verschiedenen Kontinenten von Exil zu Exil gezogen war. Unglauben zuckte dumpf in seinen Händen und Beinen. Es war wie ein Schmerz. Er sah sich nach jemandem um, dem er zurufen konnte: Das Arschloch, dieses Arschloch. Was hatte der Mann hier zu suchen, unter Leuten, die er mit seiner Kriecherei vor dem weißen Mann beschämt hatte?

Didymus wußte es und konnte es nicht akzeptieren. Eine Wählerschaft. Das war es, was der Mann war. Eine Bevölkerungsgruppe, auf deren Stimmen wir nicht verzichten können, in diesem Gemisch, das wir Einheit nennen. Aber jedes Mal, wenn er ihn ansah, mußte er den aufsteigenden Ekel unterdrücken.

Wenn ich meinen Kopf von sowas befreien könnte, wie man die Kehle befreit, wenn man sich räuspert.

Andere sprachen, und er hatte nicht zugehört.

Seine Aufmerksamkeit trieb zu ihnen zurück. Ein weißer Mann hielt das Mikrofon merkwürdig, als wäre dies eine Geste der Allianz, wie eine erhobene Faust oder die Hand, die beim Schwur auf der Bibel liegt. Didymus kannte ihn natürlich, obwohl er jetzt eine seltsam dicke und haarlose Version seiner selbst war. Die Folge irgendeiner Medikation. Er war krank gewesen – einige sagten, er sei unheilbar krank – und fehlte oft bei den Sitzungen der Exekutive.

Er sagte – was? Er antwortete dem ungehörten Didymus. »Wir haben viele Kompromisse mit der Vergangenheit gemacht. Wir haben viele Kröten geschluckt. Wir haben Beziehungen aufgenommen, die wir nie für möglich oder notwendig gehalten hätten. (Eine alarmierte Bewegung lief durch die Reihe der Delegierten.) Aber wir müssen unserem Volk wirklich dienen. Wir müssen die Menschen überzeugen, daß sie von ehrlichen Leuten vertreten und geführt werden, in jeder Hütte und Baracke, in jedem Arbeiterwohnheim. Wenn sie ihr Kreuz bei unserer ersten allgemeinen Wahl auf einem Stück Papier machen, müssen sie wissen, daß sie Männer und Frauen wählen, die die Macht nicht suchen, um in seidenen Laken zu schlafen, um sich selbst riesige Gehälter zu zahlen, Bestechungsgelder zu bekommen und zu geben, zu unterschlagen und andere zu decken, die stehlen und Steuergelder für Aufträge vergeben, die nie ausgeführt werden. Wenn wir unsere Leute bitten, der neuen Verfassung zu trauen, müssen wir selbst zuerst unser Leben dafür hinlegen und Ehrlichkeit schwören, wir müssen hier und jetzt öffentlich schwören und in einer Verfassung festmauern, daß wir mit der Macht nicht all das übernehmen werden, was das vorherige Regime an sich gerissen hat.«

Natürlich kannte Didymus ihn gut. Er war ein Mann, in dem Tiefen waren, die Didymus in sich selbst kannte, gefährliche Tiefen. Es war bei der Geschichte dieses Landes schwer zu glauben, daß ein weißer Mann sie besaß. Und doch hatte es ein paar von seiner Art gegeben, und was sie, für die Weißen, erreicht hatten, war etwas, das weiße Menschen nie anerkennen würden, weil sie es nie verstehen konnten. Durch solche Leute hatten Weiße eine Akzeptanz gewonnen, trotz ihrer Vergangenheit; nur solch ein Mann konnte erreichen, daß Farbe und Rasse nicht zählten, daß die Versammlung nicht nur schwarz war. Würden die Weißen das jemals verstehen? Solch ein Mann ist ein Vorbild, dem andere wie Didymus' gute Freunde, die Starks, folgen können, ob sie sich dieses Vorbilds nun bewußt sind oder nicht. Solch ein Mann holt ans Tageslicht, was unter Furcht und Gewohnheit begraben ist, unter dem, was man Konditionierung nennt, als ob Menschen abgerichtete Hunde wären.

»... wir werden keine Privatflugzeuge kaufen, damit unsere Minister in Übersee Ferien machen können. Wir werden die Hotelrechnungen für ihre Familien nicht bezahlen, für ihre Geliebten und Mätressen. Wir werden unseren Parlametariern keine Mercedes-Benz bezahlen. Wir werden nichts verhüllen oder verdecken, wir werden die Verschwendung von Steuergeldern nicht unter Top-Secret-Etiketten verstecken. Sie hatten ihre Broeder, wir wollen mit unseren Brüdern nicht so umgehen. Laßt uns unserem Volk sagen – und es meinen: Wir werden nicht lügen, nicht betrügen, sie nicht bestehlen. Ohne das, sage ich euch, sind alle Klauseln der Verfassung, die wir so sorgfältig diskutieren, bedeutungslos!«

Er schloß mit einer plötzlichen, einfachen Geste, als erinnerte er sich an sich selbst, er fuhr sich mit der freien Hand über die Schädeldecke, wo die bleichen Spuren von der Therapie verstrahlter Haare einen Lichtflaum bildeten.

Solch ein Mann ist gefährlich gewesen, weil in seinen Tiefen – seinen und auch in denen, die Didymus als seine eigenen kennt – die Idee notwendiger Gefahr liegt. Und die bedeutet Gerissenheit – der Mann hat gelogen, die Wahrheit verdreht, Fakten geleugnet, wenn dabei etwas für den Kampf zu gewinnen war. Aber nie zu seinem persönlichen Nutzen, das niemals!

Diese Moral wird für immer ein Geheimnis bleiben. Es ist die Moral, die jenseits der alten Rechtfertigung von Mittel und Zweck liegt, die Moral, die er und Didymus eher in dem Sinne kannten, wie die Bibel vom »Erkennen« einer Frau spricht: sie kannten sie, weil sie ganz in ihr aufgingen. Aber was der Mann jetzt sagte, schien mit all dem nichts zu tun zu haben. Was er jetzt sagte, war so endgültig wie seine Krankheit. Er sprach von jenseits der Politik; aber es war nicht die tödliche Krankheit, die aus ihm sprach, es war seine endgültige Schlußfolgerung jenseits der Politik. Es kam aus einer Tiefe, die ein ganzes Leben geschaffen hatte, jenseits jener Tiefen, die er und Didymus kannten. Er war ein pragmatischer, kluger Mann, der niemals zuvor so geredet hätte. Dies war keine Rhetorik, es war seine Botschaft.

Ob die Versammlung der Delegierten, ob die Beobachter um Didymus das nun bemerkten oder nicht – es gab Applaus, weil sein Status als einer der Helden immer Applaus auf sich zog, und sein neuer Heroismus, der seines Kampfes gegen die Krankheit, ihn von neuem verdiente. Aber niemand ergriff das Mikrofon, um das aufzunehmen, was er gesagt hatte. Die Versammlung ging zu anderen Fragen über.

Didymus wollte nach der Sitzung zu seinem alten Kampfgenossen nach vorn gehen und ihm etwas sagen – was? Aber der Mann war nicht in der hinausdrängenden Menge, er entwarf mit zwei anderen offenbar etwas in einer Ecke. Wenn er zu ihnen hinüberging, konnte das wie Neugier wirken. Oder Neid. Wenn man einmal Ablehnung erfahren hat, ist nichts mehr gewiß, selbst zwischen alten Vertrauten.

Der riesige Himmel ließ in weiter Ferne die Knöchel knacken, bereitete sich auf seinen Angriff vor. Unter der Schlafzimmerlampe nähte Sibongile die lose Metallschnalle am Halsband seiner schwarzen Fliege fest. Ihre Augenbrauen waren angesichts dieser Aufgabe in letzter Minute stoisch gehoben; er sollte sie zu einem Empfang am Schluß der Patriotic-Front-Konferenz begleiten. Der Empfang wurde von einer der neuen Botschaften gegeben, die sich in Pretoria niedergelassen hatten. Er sah auf seine Füße in den glänzenden schwarzen Schuhen, die er gekauft hatte, als sie nach Hause gekommen waren. »Was für ein lautes Schweigen, als Dave heute morgen gesprochen hatte. Was bedeutete das?«

Sibongile hatte eine Art, alles abzubrechen, was sie tat, und in eine Feststellung hineinzustarren, die sie verdächtig fand.

»Was sollte das bedeuten?«

»Ich hab erwartet, daß jemand aufsteht und eine solche Rede unterstützt, ich hätte Begeisterung erwartet, von allen da.«

Sie nähte weiter. »Er hat reichlich Beifall gekriegt.«

»Beifall für *ihn*. Das ist immer so – Beifall für Chris, Beifall für Joe, Beifall für Dave. Es wird geklatscht, weil sie *sind*, was sie sind – egal was sie sagen.«

»Aber natürlich war der Beifall auch für das, was er gesagt hat! Du wirst langsam merkwürdig.«

»Aber kein Wort Kommentar, kein Wort, kein einziger Bezug auf seine Rede, als hätte er überhaupt nicht gesprochen. Als wollte das niemand hören.«

»Weil sowieso alle gegen Korruption sind, kein Grund aufzuspringen und zu brüllen: Ja, ich bin deiner Meinung. Jeder glaubt daran, jeder setzt es voraus. Nur du nicht.«

»Nur Dave nicht. Er meinte, ihr solltet das hören.«

Vor dem offenen Fenster verdichtete sich der Himmel wie im Tintennebel, den ein Polyp ausgestoßen hatte. Der angehaltene Atem des kommenden Gewitters ließ die Vögel, Grillen, alles schweigen; er lief kalt über die Oberflächen des Sommers – Blätter, Tücher, Metall, Haut. In dem kleinen Zimmer schien er von Sibongile geschaffen zu sein, er war ihr kalter Ärger, der Vorbote des Gewitters war seine Erkenntnis, daß sie das »ihr« auf sich bezog. Statt sie eilig zu beruhigen, war er plötzlich – mit dem Heranfegen einer Brise, die vor dem Unwetter herlief und das Fenster zuschlug – von tiefem Widerwillen erfüllt. Die brennende Zündschnur eines Blitzes raste über den Himmel und schlug irgendwo ein, das Licht ging aus. Es war eine häusliche Ablenkung, Mpho stolperte mit einem Aufkreischen aus ihrem

Zimmer. Sie kicherte und und legte den Kopf an die Schulter ihres Vaters. Sie umarmten einander. Er beruhigte sie neckend auf Xhosa. Mpho hatte inzwischen einiges von der afrikanischen Sprache gelernt, aber sie würde sich nie wie ein afrikanisches Mädchen an afrikanische Gewitter gewöhnen.

Auf der langsamen Fahrt durch den Regentunnel, in dem die Scheinwerfer mühsam eine Richtung ertasteten, stellten Kassetten von alten Dizzy-Gillespie-Aufnahmen, die ihr Leben begleitet hatten, wo immer sie waren, das fragile Gleichgewicht zwischen Mann und Frau wieder her. Es war ein altes Heilmittel – wenn dies nur ein Streit zwischen Liebenden gewesen wäre. Sibongile erlaubte sich eine Geste wie aus einer Fernsehserie, als sie seine schwarze Fliege mit anerkennendem Gesichtsausdruck geraderückte, bevor sie die Residenz des Botschafters, der vor kurzem aus dem Fernen Osten gekommen war, betraten. Wie selbstsicher und attraktiv Sibongile in den afrikanischen Gewändern und mit dem Turban, die sie zu solchen Gelegenheiten trug, sich jede Konvention der Zeremonie und des Protokolls aus verschiedenen Kulturen zu eigen machte! Die Kontakte während des Exils – aufgrund seiner verschiedenen Positionen in der Bewegung waren sie verpflichtet oder hatten das Privileg, bestimmte Leute zu treffen –, waren vielleicht wichtiger gewesen, aber weniger gesellschaftlich. Ein Vertreter einer Befreiungsbewegung im Exil mag insgeheim von Außenministern empfangen werden, von Kommissaren, von Armee- und Geheimdienstgenerälen, deren Interesse (gemeinsame Ideologie, zukünftiger Zugang zu Rohstoffen, Handelsprivilegien, militärische Zusammenarbeit, eine Ausweitung der Einflußsphäre) an der Niederlage eines bestimmten Regimes sie dazu bringt, eine Befreiungsbewegung zu unterstützen. Aber aus Sicherheitsgründen oder aus Rücksicht auf andere Verbindungen hatten weder der Bittsteller noch der Spender jemals den Wunsch gehabt, diese Abmachungen in Form von Abendkleidung zur Schau zu stellen.

Sibongile war für die Rolle, die sie jetzt spielten, besser geeignet. Sie bewegte sich in dem Raum von Gruppe zu Gruppe, sie hielt sich mit derselben Liebenswürdigkeit unter Mitgliedern der weißen Regierung auf wie unter Genossen der Bewegung oder in einer lauten Ansammlung, die auch den einstigen Apologeten einschloß, der im Zug auf dem Sitz eines weißen Mannes gesessen hatte. Jetzt hörte Didymus das vertraute singende Ansteigen ihrer Stimme, als sie mit dem Mann herumwitzelte, sie machte ihn darauf aufmerksam, daß er der riesigen Tuschzeichnung eines chinesischen Weisen an der Wand hinter ihm ähnelte, der dünne Bart, die über den Kragen stehenden Zotteln, nicht beleidigend, schmeichelnd. Entzückt, weil er den Vergleich als Anspielung auf seine Weisheit aufnahm, antwortete er mit einer Bemerkung, die Didymus nicht verstand, und legte den Arm in onkelhafter Koketterie um ihre nackten Schultern, halb als Kompliment an ihre Fraulichkeit, halb gönnerhaft.

Während Didymus im Gespräch mit anderen dastand, ging er im Geiste quer durch den Raum und riß sie von ihm weg, schlug ihm mit der Faust in das lächelnde Gesicht, das jede Selbstachtung in jener Entschuldigung für etwas, das sein Recht war, verloren hatte, und ohrfeigte die Frau, die seine Berührung hinnahm. Ohrfeigte Sibongile. Als wäre Sibongile so unterwürfig wie der Mann, als ließe sie sich herumkommandieren; als wäre er, Didymus, die Art Mann, die es als ihr Recht betrachteten, ihre Frauen zu schlagen. Sibongile war seine Kampfgenossin, war es immer gewesen. Das ging über die Tatsache, daß sie seine Frau war, weit hinaus. Die Vorstellung, die in ihm abgelaufen war, machte in der Realität keinen Sinn. Sibongile hatte eine Mission zu erfüllen, sie arbeitete unter bestimmten Bedingungen an einem Auftrag, wie er es oft getan hatte. Er sagte nichts über den Vorfall. Er war zärtlich zu ihr, als sie in der Nacht nach Hause kamen. Sibongile hatte das Gefühl, er glaubte, etwas wiedergutmachen zu müssen – etwas, das zu ihr oder über sie gesagt worden war? War sie verwundbar – war da etwas, an dem die Presse ansetzen konnte (sie kannte solche Abläufe)? Sie war sich dessen nicht bewußt, aber es würde sich vielleicht zeigen, würde ihr schaden im Laufe der Zeit, irgendwann?

»Wie fandst du's?«

»Was?«

»Naja, der Botschafter, der Abend, das Ganze.«

Er antwortete in ihrer Sprache, der Sprache ihrer Intimität. »Wie alles andere jetzt. Komplimente mit Ausländern tauschen, um Handelsabkommen zu kriegen, Bündnisse, vielleicht auch Waffen, wenn wir sowas noch mal brauchen sollten. Mit Freunden und Feinden essen und trinken, selbst wenn sie früher dein Blut getrunken haben.

Unsere Väter haben das unter einem Baum gemacht, aber sie hatten ihre *impis* * bereit. *Public Relations.*«

Sie wickelte sich den Turban vom Kopf, tastete in ihrem befreiten Haar, als suchte sie nach dem, was ihr in seinen Augen passierte. Nichts; eines seiner Geheimnisse. »Ich hab gemerkt, daß du dich gelangweilt hast.«

Aber die Phantasievorstellung dieses Abends entsprang aus Überzeugungen, wie unvernünftig und unangemessen, veraltet sie auch sein mochten. Er konnte sie nicht loswerden. Er hatte sein ganzes Leben nach ihnen gelebt; ganze Leben, in verschiedenen Rollen. Verräter kommen in allen Formen, groß und klein, und jene, die kleine Verrätereien begehen, die sich beim Feind entschuldigen, die sich selbst erniedrigen, anderen hinten reinkriechen, sind ebensowenig zu ertragen wie die Spione, die eine Befreiungsarmee infiltrieren und gefaßt und in Lager geschickt werden. Und in diesen Lagern gab es Leute, die sie verhörten, auch wenn das heute niemand mehr hören will, und niemand mehr zugeben will, daß sie wußten, was das bedeutete. Was im Krieg getan werden muß, ist schrecklich, und wenn das vergessen werden muß, dann muß auch das vergessen werden, was die Verräter gemacht haben. Ist es das? Ja, das ist es.

Das war Didymus' Geheimnis. Seine Launen, die Widersprüche, von denen er nicht reden konnte. Er vergrub sich in sich selbst, ohne die Lösung, die in der Hinnahme liegt. Das alte Schweigen, das zwischen ihm und seiner Frau eine Notwendigkeit gewesen war, als er von seinen Missionen in ihre Exilwohnungen zurückkam, die Wochen und Monate, von denen er nicht sprechen konnte, war wieder zu ihnen zurückgekehrt, jetzt da sie wirklich zu Hause waren, zusammen.

Und dann geschah etwas. Die Geschicke der Menschen bewegen sich immer in natürlicher Ungewißheit, Leben und Zeitabschnitte enden in Krankheit, Alter – und in Zufällen. Zufälle sind genau das: etwas Ungeplantes, etwas, das niemand vorhergesehen hat.

Attentate sind geplant. Ein Attentat ist vorherbestimmt. Es gibt

* Speere. A.d.Ü.

keine Ungewißheit; nur reine Absicht. Ein Attentat schlägt wie eine Axt durch die Struktur des Lebens, die erträgliche und ertragene, zerreißt das Fortschreiten der Vergangenheit in die Gegenwart und Zukunft. Der Mord trifft die Leben um einen Einzelnen, ein Attentat reißt das Leben eines Landes auf, legt die Nervenbahnen bloß, die dabei waren, sich in das Fleisch ziviler Institutionen zu hüllen. Ein Attentat ist eine klaffende Wunde.

Der Tod eines alten Führers kann verstanden werden, er fügt sich in die Kontinuität seines Lebens, sein Werk ist getan. Die Ermordung eines jungen Führers, vor seiner Haustür, an diesem Tag wie jedem anderen – daraus ist kein Sinn zu machen, außer im Kopf dessen, der den Revolver gehalten hat. Kein Sinn, auch wenn die Priester und Pastoren davon sprechen, ihn Gott zu empfehlen, auch wenn die Gebete davon sprechen, ihn zur Ruhe zu legen, und die Redner auf der Beerdigung versichern, daß sein Geist weiterleben wird. Sein Platz und seine Arbeit waren auf der Erde, *hier, jetzt,* nicht bei Gott, wo immer das sein mochte. Sein Leben war der Tat gewidmet, nicht der Ruhe, und das Überleben seines Geistes wird für das verrückte Vergnügen der Plünderei, der Brandstiftung, des Mordens beansprucht – als Rache für seinen Tod.

Aber auch der offensichtlich Unersetzliche muß noch in der Verwirrung des Verlustes ersetzt werden. Mit seiner Ermordung wird die Bedeutung des jungen Führers in den Verhandlungen deutlicher denn je. Seine Anwesenheit trug die besondere Autorität der Guerilla-Vergangenheit in sich, gerade jetzt, da es um den Frieden ging. Wenn Männer wie er Frieden wollten, wer konnte dann daran zweifeln, daß Frieden erreichbar war? Wenn ein Mann wie er da war, seine jungen Gefolgsleute zu überzeugen, wie konnten sie nicht auf ihn hören?

Didymus war einer von denen, die den Kampfanzug wieder überstreiften, den sie in den Lagern und im Busch getragen hatten, eine Rolle, die keine Verkleidung, sondern sein eigentliches Ich war, und er trug das Gewicht des Sarges auf der Schulter. An dem Morgen hatte er in der Zeitung den Brief eines weißen Mannes gelesen, der sich mit der Begeisterung der Rache darüber freute, daß der Mann, den sie zu Grabe trugen, durch das Schwert gelebt hatte und durch das Schwert umgekommen war. Er war zornig über den Brief gewesen, aber jetzt, mit der Trauer so spürbar auf der Schulter, empfand er Frieden in sich selbst und für den Mann, den er trug. Er hatte die Notwendigkeit, durch das Schwert zu leben, akzeptiert, und er war bereit gewesen, wie Didymus selbst, durch das Schwert zu sterben.

In den Tagen, die dem Attentat auf den jungen Führer folgten, wurden Didymus und Leute wie er aufgesucht und um Rat befragt, wie die Lücke zu schließen sei.

Didymus hatte den Kampfanzug wieder getragen, war aus der Vergangenheit aufgetaucht. Der Tag war – durch die Tragödie aus der Logik der Geschichte herausgerissen – früher gekommen als erwartet.

Leere Häuser. ZU VERKAUFEN. Die tragbaren Schilder der Makler stehen an Straßenecken, Pfeile zeigen die Richtung an: ZU BESICHTIGEN. Hinweise in der Schnitzeljagd der Flucht. An Sonntagnachmittagen sind die vielen Autos vor einem Haus nicht Anzeichen einer Party, sondern einer anderen Form der Unterhaltung, der Neugier, sich anzusehen, was andere Leute aufgeben – nicht alle, die den Maklerschildern folgen, sind mögliche Käufer.

Das ist bereits ein paar Mal passiert in dem Viertel, wo Vera Stark noch immer in dem Haus wohnt, das eines der beiden Hinterlassenschaften einer früheren Verbindung ist. Das Sharpeville-Massaker in den sechziger Jahren, der Schüleraufstand der Siebziger, jetzt das Attentat. Obwohl all diese düsteren Ereignisse die Hand nicht auf die Bewohner der weißen Vororte legten (sie leiden nur unter den gewalttätigen Raubzügen, gegen die sie sich mit Zäunen, Alarmanlagen, Hunden und Revolvern zu schützen suchen), brachten sie eine Reihe von Leuten dazu, die Koffer zu packen. In den Wirtschaftsstatistiken melden die Speditionsfirmen in einer Zeit der Rezession beispiellose Umsatzsteigerungen, ihre Werbefeldzüge schließen Fernseh- und Radiospots ein.

ZU VERKAUFEN. ZU BESICHTIGEN. Sind dies suburbane Museen, die ein Leben ausstellen, das zu Ende gegangen ist? Gehen deshalb die, die einst so stolz auf ihr Haus waren, auf und davon? Müssen sie wirklich um ihr Leben fürchten, oder fürchten sie Gesetze, die das Leben ändern werden?

Vera und Ben Stark fahren auf ihrem Weg zum Flughafen an den Schildern vorbei. Sie bringen niemanden weg, sie holen jemanden ab.

Einige Monate zuvor hatte Ivan ihnen einen weiteren Brief aus London geschickt. Einen, der den kurzen Nachrichten und Postkarten nicht ähnelte, die Telefongespräche ergänzten und das Bewußtsein von der Existenz des anderen am Leben erhielten, die lockeren Familienverbindungen nicht abreißen ließen. Nach der ersten Seite brach der Brief ab und wurde dann unter einem neuen Datum fortgesetzt: es war ein Brief, der dem Schreiber schwerfiel, er wußte offenbar nicht, wie er aufgenommen werden würde. Er war diesmal an sie beide gerichtet. Vera reichte ihn Ben. Eine Geste, die ausdrückte, wieviel Ivan ihm bedeutete.

»Ich les ihn vor.«

»Nein, ich kann warten.« Sie öffnet andere Post, zerriß Werbung, legte Rechnungen beiseite, aber während er las, streckte er die Hand nach ihr aus. Sie rutschte zu ihm hinüber, um über seine Schulter hinweg mitzulesen.

»O mein Gott.«

»Warte mal, Ben, laß uns ihn erst ganz lesen.«

Aber er sog die Luft durch geblähte Nasenflügel ein, hatte die Hand auf die Briefseite gelegt.

Der Junge, Ivans Sohn Adam, war wegen Trunkenheit am Steuer festgenommen, auf Bewährung verurteilt worden, aber nur nachdem Ivan selbst bei den Behörden vorstellig geworden war, und dann war der Junge wieder festgenommen worden, zum dritten Mal wegen zu schnellen Fahrens, er hatte den Führerschein verloren.

Vera fand nicht, daß das eine Tragödie war ... sie verbrachte jeden Tag mit Leuten, die sich um ihre Kinder ganz andere Sorgen machten, weil sie Steine warfen, nicht wieder zur Schule gehen konnten, die der Polizei bei Demonstrationen und Sit-ins trotzten und es riskierten, erschossen zu werden. Sie dachte an die Gefahren auf den Straßen Londons und sagte: »Zumindest nimmt er keine Drogen.«

Sie lasen weiter. Ivan gab der Mutter einen Großteil der Schuld – »ich weiß, daß ich nur ein Wochenendvater bin, und manchmal nicht mal das«. *Um es deutlich zu sagen, Adam ist zu intelligent für sie. Sie ist kein Widerpart für ihn, also macht er, was er will. Sie macht Szenen. Sie ruft mich auf der ganzen Welt an, immer diese dringenden Botschaften, sie sofort zurückzurufen. Ich denke, daß Gott weiß was mit Adam passiert ist, und dann ist es nur immer dieselbe Heulerei am Telefon, er hört nicht auf sie, er ist morgens um fünf nach Hause gekommen, er bringt seine Freundinnen nicht mit nach Hause, er trägt zerrissene Jeans, was soll sie tun. Und es ist irgendwann nicht mehr die Frage, was sie tun soll, sondern was ich tun muß, ich seh das mit jedem Tag klarer.*

Ich muß was unternehmen, wenn Adam nicht im besten Fall ein Aussteiger werden oder im schlimmsten Fall im Knast enden soll.

Hier hatte er den Brief beiseitegelegt wie Vera ihre Rechnungen. Drei Tage später begann er wieder. *Ich hab gesagt, ich muß etwas tun. Ihr werdet denken, es ist ganz klar, was ich tun muß. Ich sollte versuchen, selbst das Sorgerecht zu bekommen.(Sie hat es, bis er achtzehn wird.) Vieles deutet darauf hin, daß die Mutter nicht in der Lage ist, ihn zu erziehen – die Festnahmen bezeugen das, oder? Vera, Du bist die Anwältin in der Familie, aber solche Fälle, Scheidungsgeschichten, sind nicht gerade Deine Spezialität. Heutzutage wiegt die Vorliebe des Kindes für Mutter oder Vater vor Gericht ziemlich schwer. Ich bin mir ziemlich sicher, daß er lieber bei mir wäre, wenn auch aus zweifelhaften Gründen, fürchte ich. Er ist ihr Gemecker leid, ihren Anspruch, daß er seine Freundinnen mit nach Hause bringt, damit sie sich mit ihnen beim Tee unterhalten kann (das ist es, was sie wirklich will, sie hat dieses mädchenhafte Getue nie richtig abgelegt, sieht sich selbst als eine von ihnen, und Ihr wißt, wie sehr die Jugendlichen das hassen – das hast Du nie gemacht, Vera, niemals, ein großer Vorteil bei der wenigen Zeit, die Du für uns hattest, als wir in Adams Alter waren). Er weiß, daß ich viel weg bin,und dann hätte er freie Bahn. Und er ist alt genug, erfahren genug, um zu wissen, daß ich ihm bei seinen Beziehungen zu Mädchen nicht moralisch kommen kann, weil ich selber mit einer Frau zusammenlebe, mit der ich nicht verheiratet bin. Und er scheint viele Mädchen zu haben.*

Was mich zu dem bringt, worum ich mir am meisten Sorgen mache. Das Übliche. Aids. Er hat alle Informationen und kennt all die Warnungen (die fangen damit in der Schule schon bei kleinen Kindern an), und ich hab meine hinzugefügt, hab ihm gesagt, daß er, so wie er nie ohne Kreditkarte ausgeht, auch nie ohne Kondom ausgehen soll – aber … Also, ich sollte besser direkt damit herauskommen. Wenn seine Mutter nicht in der Lage ist, in dieser Phase seines Lebens mit ihm zurechtzukommen, bin ich es auch nicht, auch wenn's mir schwerfällt, das zuzugeben. Ich glaube, daß er Zeit braucht, um reifer zu werden, fort von uns beiden, bevor er an die Uni geht oder sich für sonstwas ausbilden läßt, was er machen will (bis jetzt weiß er nicht, was, und das ist natürlich Teil des Problems). Wenn er erstmal in der Ausbildung ist und für sich lebt – ich werde ihm eine Wohnung mieten oder sowas – werden er und ich sicher miteinander auskommen und uns auch näher sein. (Das soll nicht heißen, daß wir uns jetzt nicht vertragen, es heißt nur, daß ich weiß, ich kann ihm das nicht geben, was er, ohne es zu wissen, braucht!) Also frage ich Euch, ob er nicht zu Euch kommen könnte, nach Hause, in unser altes Haus, das nichts und niemanden abweist, soweit ich weiß, Ma. Ich habe das Gefühl, daß seine Mutter zustimmen wird, obwohl sie einen Riesentanz machen würde, wenn ich wollte, daß er zu mir und der Ungarin zieht. Wenn Vera und Du, Dad, ihn für, sagen wir, ein Jahr bei Euch aufnehmt, würde er, meine ich, eine neue Perspektive auf sein Leben bekommen. Wenn Ben etwas zu tun für ihn fände, irgendeine Arbeit – das ist nicht gegen Dich gerichtet, Vera, aber ganz ehrlich, ich will nicht, daß er aus den Schwierigkeiten hier rauskommt und gleich in andere reinrutscht, ich will nicht, daß er sich in die Politik einmischt. Alles, was Du ihm anbieten kannst, hätte dieses Risiko. Eine Kugel im Bein ist genug. Also bitte keine guten Werke, keine tapferen Werke. Das ist nicht sein Land, er schuldet ihm nichts. Er war ganz gut in der Schule und nimmt jetzt, weil ich darauf bestanden habe, Privatunterricht, um wirklich gut auf die Uni vorbereitet zu sein. Der Kurs wird bald vorbei sein. Im Idealfall sollte er dann zu Euch kommen. Die Handschrift wurde größer und zog sich über die Seite auseinander. *Es hat keine Eile. Denkt darüber nach. Tut es für mich. Ich kann Euch fragen, weil ich Euch liebe, Ben, Vera.*

Jetzt können wir reden.

Das ist etwas, worüber sie reden können. Jetzt; jederzeit. Was immer mit Ivan zu tun hat, fordert Bens Aufmerksamkeit und Energie offen heraus. Er erinnerte sich an Veras unglückliches Schweigen, als Ivan sich scheiden ließ – schon damals hatte er an diese Lösung für den Jungen gedacht –, und er vorgeschlagen hatte, daß sie den Jungen für eine Weile aufnehmen könnten. Ben stand auf, drehte sie zu sich und hob mit den Zeigefingern ihr kurzes Haar hinter die Ohren, als wären es noch die langen Strähnen, die er zurückgeschoben hatte, um ihr Gesicht zu betrachten, als es ihm neu war. Er küßte sie, eine seiner langen Umarmungen, sinnlich wie immer, wenn er sie berührte, den Brief hielt er immer noch in einer Hand, während er die Arme um sie gelegt hatte. »Es wird so sein, als hätten wir Ivan wieder hier. Es wird gutgehen.«

Sie redeten viele Male darüber, an vielen Abenden. Bens praktische Vorschläge dafür, wie sie Ivan auf taktvolle Art den Jungen abnehmen konnten ...

»Er ist kein Junge.«

... wie sie die Dinge organisieren konnten, um seinen Bedürfnissen entgegenzukommen und seinen Neigungen zu entsprechen ...

»Unser Leben organisieren.«

Veras tiefer Widerwille. Halb trotzig, halb beschämt begriff sie, daß sie nicht gemerkt hatte, wie sehr ihr (was war es?) Bedürfnis nach Privatheit gewachsen war. Wie konnte jemand wie sie, deren Arbeit so öffentlich war, so verwickelt in das Leben anderer, zur gleichen Zeit dieses Bedürfnis haben? Sie wußte nicht, konnte sich nicht entscheiden, ob das ein Selbstschutz war, eine Notwendigkeit (sie sah, daß jene, die im Unterschied zu ihr wirklich öffentliche Gestalten waren, umkreist wurden von Piranhas der öffentlichen Anbetung), oder ob es das frühe Zeichen einer krankhaften Empfindlichkeit war, wie das erste unbemerkte Symptom eines körperlichen Versagens. Auf dunkle Weise war es verbunden – sie jagte es in zufälligen Dissoziationen durch Labyrinthe des Unbewußten – mit der Stimme, die sich mehrere Male in ihr gemeldet hatte, mit der impulsiven Frage: Was soll ich mit dieser Liebe anfangen?

Ivan, Ivan. Ihr Doppelgänger (wie Ben sie beide liebt, sie in ihm, und ihn in ihr); ihr Eindringling. Er war in ihrem Körper herangereift, war von einer bloßen Episode in ihr wirkliches Leben übergesprungen. Und jetzt schickte er seinen Repräsentanten, seinen Ersatz, und sie mußte »ihr Leben organisieren«, noch einmal, um Platz für ihn zu schaffen.

Ihr *tägliches* Leben. Darüber drückte sie gereizt, obsessiv ihre Gefühle aus; *das tägliche Leben*. Sie stritt mit Ben über Details, die ihn erstaunten, hausfrauliche Nörgeleien über die Störungen kleiner täglicher Abläufe, die sie voraussah. Sie hätte es vorher nie für möglich gehalten, daß man über so etwas überhaupt reden könnte, es brauchte so wenig Überlegung, wie sich die Zähne zu putzen. Junge Männer warfen ihre schmutzige Wäsche immer einfach auf einen Haufen; Esther Dhlomo, die einmal in der Woche kam, um zu waschen und zu bügeln, würde zweimal kommen müssen. Das einfache Essen, das Vera schnell anrichtete, wenn sie aus der Stiftung nach Hause kam –

Ben war damit zufrieden, aber ein junger Mann würde Fleisch wollen. Und das Telefon? Er würde stundenlang am Telefon sein, niemand wäre mehr in der Lage, sie zu erreichen. Sie mußten lange, bevor er kam, eine zweite Leitung beantragen, einen Apparat in seinem Zimmer aufstellen.

Ben antwortete auf all diese Fragen und wurde nur manchmal ungeduldig. Er lächelte, wies Vera auf das Gute im Leben der Eltern von Erwachsenen hin, deren Kinder konnten die Leere füllen, die doch sicherlich da war. »Er kann Ivans altes Zimmer haben.«

Was Ben an dieser Zuteilung freute, eine Gemeinsamkeit, die den Sohn an den Vater band, schreckte Vera in einem plötzlichen Gefühlsumschwung auf. Sie begriff, daß sie den Sohn mit dem Vater gleichgesetzt hatte, aber vor Ivan sollte Adam ja gerade gerettet werden. Ivans Zimmer, ja, weil es das Zimmer Annicks und ihrer Geliebten geworden war. Ein Zimmer, das keine Nachfolge des Vaters andeutete. Dort konnte er er selbst sein, was immer das sein würde.

An den Schildern vorbei.

Ein puderiger Transvaaltag am Ende der Sommertrockenheit beruhigte das Auge. Blasses, mürbes Gras lag niedergedrückt am Straßenrand, ein feines Staubpastell auf Blättern und Dächern unter einem Himmel, den die Nacht angehaucht und poliert hatte. Während sie schweigend zum Flughafen fuhren, empfanden Ben und Vera eine Nähe, die mehr war als nur ein Waffenstillstand im Konflikt ihrer gegensätzlichen Erwartungen. Er legte die Hand in ihren Schoß, ein Siegel auf ihrem Streit um Ivans Vorschlag – Ivans Erpressung, für Vera; sein Recht und ein Liebesbeweis, für Ben. Aber auch ein Siegel auf alles, was zwischen ihnen im Laufe ihrer Jahre zerbrochen war, auf die Haarrisse, die die Unmöglichkeit, einen anderen Menschen zu kennen, hinterlassen hatte – trotz allen Vertrauens, trotz des Austausches der Bürde des Ichs, auf den Vera solchen Wert legte, in der körperlichen Liebe, die sie zusammen seit der Inititation in den Bergen zahllose Male erlebt hatten.

Sie, die so besorgt gewesen war, so feindselig, war jetzt heiter; Mrs. Stark von der Stiftung hatte Vera beigebracht, daß man Dinge, die man nicht vermeiden konnte, ohne weiteren Konflikt oder Energieverlust akzeptieren mußte. Ben war derjenige, dessen Vorfreude darauf, Ivans Sohn in Empfang zu nehmen, in Sorge umgeschlagen war. Trotzdem war die Atmosphäre zwischen ihnen nun so, als atmeten sie im Gleichklang. Es war eine Einheit, die zwischen Menschen, die schon lange zusammenleben, kurz auftauchen kann und dann wieder verschwindet, durch Absicht oder Wille nicht zu erhalten oder wiederzufinden. Diese Kapsel ihrer Existenz schien sich in der Isolation des Wagens – Klimaanlage, verriegelte Türen und geschlossene Fenster – gegen die Landschaft, die sie sahen, zu wiederholen: diese Landschaft war nicht unschuldig. Jeden Tag gab es Schießereien an den Straßen, Angriffe wie jener, der Oupa umgebracht hatte, Schüsse im Kreuzfeuer rivalisierender politischer Gruppen, Überfälle von Banden, die sich als Revolutionäre ausgaben. Als das endgültige Datum für die Ankunft des Jungen besprochen worden war, hatte Vera zu Ben gesagt, daß sie Ivan über die Risiken aufklären müßten, denen sein Sohn ausgesetzt sein würde, den gewöhnlichen Alltagsrisiken in diesem Land, zu dieser Zeit. Ben schämte sich, ihren Motiven zu mißtrauen. Für ihn war es undenkbar, daß Vera, die ihn so offen ausgewählt hatte, jemals verschlagen sein könnte. Also hatte er Ivan einen nüchternen Brief geschrieben, mit einer Verkrampfung in den Fingern bei dem Gedanken, daß der Junge nun vielleicht doch nicht kommen würde. Obwohl Ivan wissen mußte, daß niemand diesen Risiken ausweichen konnte – im Gegensatz zu den Risiken, die eine Mitarbeit im Umkreis der Stiftung bedeutet hätte, wie er seine Mutter ermahnt hatte –, antwortete er, er sei sicher, daß seine Eltern gut auf den Jungen aufpassen würden. *Ich hoffe nur, daß es keinen Widerspruch in letzter Minute von seiner Mutter gibt, weil sie irgendwas hört … Aber sie hat sich eigentlich nie für das interessiert, was in der Welt vorgeht.* Was immer Veras Motive gewesen waren, angesichts dieser Antwort machte sie sich nun Sorgen, daß Ben (den dunklen Kopf gebeugt, nachdenklich) merken könnte, wie entschlossen Ivan war, den Jungen loszuwerden. Irgendwie schuldete sie Bennet seine Illusionen – nannte ihn in Gedanken wieder Bennet, wenn sie versuchte, diese Schuld abzutragen.

Als sie vom Parkplatz zum Flughafengebäude gingen, lachte er nervös auf und bemerkte, es sei schade, daß es noch zu früh für einen Drink war.

»Wieso, warum nicht? Laß uns einfach was trinken. Glaubst du, die Bar ist offen? Ja! – was hättest du gerne?« Sie lachte mit ihm, während sie miteinander berieten, was um elf Uhr morgens ein angemessener Drink war – »wie ein Säuferpaar«. »Gin Tonic?« – »Nein, dann muß ich pinkeln gehen, wenn das Flugzeug landet.« – »Sherry, brauner Sherry, als ich ein junges Mädchen war, wurde das als ein angemessen milder Drink betrachtet – und er treibt, glaub ich, nicht.«

Keine Menge drängte hüpfend, singend, tanzend gegen die Barriere, um diese Touristengruppen und Reisenden zu begrüßen, die von Ferien oder Geschäftsreisen statt aus dem Exil zurückkehrten. Keine Spruchbänder; Abholer von Reiseveranstaltern hielten gleichgültig die Namen von Japanern, Deutschen, Franzosen und Taiwanesen hoch, die sie zu ihren Hotels begleiten wollten. Keine Kinder, die in fremden Ländern empfangen worden waren, wurden von Händen zu Händen geworfen; nur kleine indische Jungen, die in ihren Miniaturanzügen zwergenhaft wirkten, und kleine weiße Mädchen, die wie ihre Mütter geblümte Strumpfhosen trugen, liefen um Familien herum, die geduldig wie Vieh dastanden und darauf warteten, Großväter, zurück aus Mekka, zu begrüßen, oder Väter von Geschäftsreisen in einer anderen Hemisphäre. Ben und Veras Passagier war unter den ersten, die herauskamen. Da war er, schob gelassen einen Gepäckwagen, während andere sich an ihm vorbeidrängten, ein großer Junge mit einem bronzenen Pferdeschwanz, der hin- und herzuckte, als er sich beiläufig umsah. Ben machte keine Bewegung, nahm diesen ersten Moment in sich auf, den ersten Anblick, voller Gefühl. Es war Vera, die sich auf die Fußballen stellte und winkte und lächelte. Jetzt steuerte der Junge, den Wagen herumziehend, auf sie zu. Sie hatten ihn zuletzt vor weniger als einem Jahr gesehen, in London, er konnte sich nicht sehr verändert haben, es war derselbe – so schien es Vera – altmodische Stil der Sechziger, der Ohrring, das lange Haar; offensichtlich waren die Hippies weit genug in die Geschichte zurückgetreten, um ein Revival möglich zu machen, obwohl ihr blumenbestreuter Pfad inzwischen voller Pistolen lag, ihre Haschischträume zu Drogenkartellen geworden waren und ihre sexuelle Freiheit schrecklicher als durch jedes konventionelle Tabu durch eine tödliche Krankheit beendet worden war. Nur sein Kinn hatte sich verändert. Nun, da er ihnen das Gesicht zuwandte, hatte er den kantigen

Kieferwinkel eines gutaussehenden Mannes, nur von hinten, mit dem Pferdeschwanz, der lockig auf die Schultern fiel, hätte man ihn mit einem Mädchen verwechseln können. Als sie einander umarmten, spürte man den Widerstand des Bartes einer Nacht auf seinen Wangen.

Vom Rücksitz des Wagens vornübergelehnt, redete er in seinem Londoner Akzent drauflos, gut erzogen, aber ein wenig Cockney, erzählte ihnen von dem unglaublich dicken Mann, der über die Armlehne hinausgequollen war, und wie er mitten in der Nacht mit der Stewardeß geredet hatte – nicht mit dem Stewart, der vorher schon gesagt hatte, da könnte er nichts machen –, ob sie ihm nicht einen anderen Platz besorgen könnte – und dann kam er tatsächlich in die Busineßklasse! Er war voller Energie und Selbstvertrauen, es war, als wäre er gekommen, um Ferien zu machen. Er war noch nie im Heimatland seines Vaters gewesen; die Frau neben ihm in der Busineßklasse hatte ihm von allem erzählt, Kruger Park, Okavango, dem Kap ... er freue sich sehr darauf, ein bißchen rumzukommen. Die gute Laune hielt sich zwischen den dreien, als sie ihm zu Hause sein Zimmer zeigten. Abends vor dem besonderen Dinner, das Vera zubereitet hatte, öffnete Ben eine Flasche Champagner.

Nach dem Dinner kam die erste der unbehaglichen Stunden, die in den nächsten Wochen jeden Abend folgen sollten. Vera ging wie üblich in ihren privaten Raum, die umschlossene Veranda, die ihr Arbeitszimmer war, und Ben las im Wohnzimmer. Obwohl der junge Mann gerade dreizehn Stunden im Flugzeug zugebracht hatte, war er nicht müde, er sollte abends nie müde sein. Er wanderte im Wohnzimmer herum, sah sich Bücher und Bilder an, nahm Zeitungen auf und die Kunstjournale, die Ben abonniert hatte, die Veröffentlichungen der Stiftung und die Kopien von Zeitungsartikeln über die Bodengesetze und die Vertreibungen, die aus Veras Arbeitszimmer ins Wohnzimmer übertraten. Er ging hinaus in die Nacht und schritt die Peripherie des Gartens ab. Vom Wohnzimmerfenster aus sah Vera ihn am Gartentor stehen, vor dem netzartigen Widerschein der Straßenlaternen im Laub der Bäume, der verwischte Schimmer des allnächtlichen Neonsonnenuntergangs über der Stadt. Er stand mit der Regungslosigkeit eines Menschen da, der den fernen Turbinen des Lebens lauschte: ein gefangenes Tier, das in seinem neuen Käfig auf- und abläuft und dabei eine unbekannte Freiheit sieht und hört, da draußen.

Der Kruger Park, das Okavango Delta, das Kap. »Natürlich werden wir zusammen Reisen machen, aber erstmal muß ich einen Job für dich finden. Muß schließlich ein verantwortungsvoller Großvater sein … Was würdst du gerne machen? Ich kann dir nicht versprechen, genau das zu finden, aber wir können's ja mal versuchen.«

»Hast du gemerkt, daß die Leute denken, ich wär dein Sohn? Du siehst nicht wie mein Großvater aus, Ben!«

Vera rief dazwischen: »Und ich? Ich seh also wirklich aus wie eine Großmutter, was?«

»Sag mal, färbst du ihm die Haare? Wieso sind die immer noch schwarz?«

Diese Art leichten Sparrings war die anfängliche Kommunikation zwischen Vera und dem Jungen, Adam. »Sie sind immer schwarz gewesen, ganz schwarz, haben sich nie verändert. Genauso wie sie waren, als ich ihn zum ersten Mal gesehen hab.« Der Junge fragt nicht, wo das war, die Jugend einer Großmutter ist etwas Unvorstellbares. Aber ihre Bemerkung bringt auf Bens Gesicht ein Lächeln hervor. »Da sind graue dazwischen, wenn man genau hinguckt.«

»Was würd ich gerne machen? Also, was würd ich gerne machen? Vera? Ben? Sonst wird mir immer gesagt, was ich tun soll, ich bin diese großen Entscheidungen nicht gewöhnt.«

Die drei saßen im Garten; er war in einem Alter, in dem er stundenlang in der Sonne liegen konnte, vielleicht wuchs er einfach nur, vollendete den körperlichen Übergang zum Erwachsensein, vielleicht rührte sich sein Penis insgeheim in der Wärme.

»Deshalb frag ich ja.«

»Aber ich weiß es wirklich nicht.« Es war sinnlos, ihnen zu sagen, was er wollte, zum Kruger Park trampen, zum Okavango, ans Kap; auch sie, die ihn anblickte, als wüßte sie es, die mit einem leichten Zucken des Mundwinkels lächelte, würde ihn nicht loslassen. Sie allein würde es vielleicht sogar tun: aber sie wollte keinen Streit mit ihrem Mann. Er hatte schnell begriffen, daß seine Anwesenheit in diesem Haus eine Art Geschenk für seinen Großvater war, sie wollte diesen Enkel hier eigentlich nicht haben. Trotzdem mochte er sie; ihre Neckerei war das Zugeständnis, daß auch sie ihn mochte, während sie beide wußten, daß er nicht wirklich willkommen war. »Vielleicht könnte ich irgendwas in Veras Stiftung tun, was sie davon erzählt, klingt sehr interessant. Ich würde da eine Menge Leute treffen.«

»Das ist ausgeschlossen.«

Er sah von Ben zu Vera. Sie machte in ihrer Frag-mich-nicht-Amüsiertheit eine kleine Bewegung.

»Ivan wollte das auf keinen Fall.«

»Ben, das muß Ivan ihm doch selbst gesagt haben.«

»Nein, ich schwör's euch! Er hat nichts davon gesagt.«

»Weil sie mir ins Bein geschossen haben. Er meint, daß alles, was mit der Stiftung zu tun hat, für dich gefährlich werden könnte.«

»So'n Blödsinn! Genausogut könnte mich 'ne IRA-Bombe in London erwischen, oder?«

»Die Häufigkeit ist nicht ganz vergleichbar. Vera ist mit dem Leben davongekommen. Das Leben hier ist gefährlich, sogar hier im Garten, in diesem Haus, wenn Leute kommen, um einen auszurauben, erschießen oder erstechen sie die Leute manchmal auch. Wenn man die falsche Straße runtergeht und in eine Demonstration gerät, kann man Tränengas abbekommen oder erschossen werden, du wirst noch begreifen, warum das hier so ist.«

»Ich bin nicht so unerfahren.«

»Nein, das hat mit Erfahrung nichts zu tun. Man muß einfach akzeptieren, daß es hier Risiken gibt, vor denen man sich nicht schützen kann. Und gewisse Aspekte von Veras Arbeit fügen denen noch einige hinzu. Ivan will das vermeiden.«

»Na gut, dann irgendwas anderes. Irgendwas. Es soll ja nicht fürs Leben sein, nicht?« Er versteckte seine Gereiztheit gegen seinen Vater, gegen sie, in einem Schmollen.

»Aber natürlich ...« Ben hielt inne, vermied das zu emotionale ›unglücklich‹, »ich will ja nicht, daß du dich langweilst.«

Er antwortete nicht, saß da und sog an der Höhlung unter der Unterlippe. Er wußte, sie wollten, daß er aufstand und ins Haus ging, damit sie über ihn reden konnten. Er rührte sich nicht. Vera erhob sich mit einer Langsamkeit, die eine Herausforderung war, sie berührte eine Pflanze, wischte Blattläuse von den Knospen und ging hinein.

»Bis später.« Ben folgte ihr.

Im Schlafzimmer blieb sie bei ihm, während er Jeans und Laufschuhe anzog. Ben lief immer gern, wenn etwas ihm zu schaffen machte; ein gutes Hausrezept. Er stand in seiner Unterhose da und nahm die Jeans aus einem der großzügigen Einbauschränke, die die Eltern ihres ersten Mannes hatten einbauen lassen. Er hatte immer noch schöne, kräftige Beine, die Knöchel und Knie perfekt ausgeprägt, die Oberschenkel muskulös unter glatten schwarzen Haaren. Sie betrachtete ihn, als wäre er eine Statue, eine der Arbeiten von Gliedern und Torsi, die er früher gemacht hatte.

»Er meint das nicht wirklich, er will gar nicht in der Stiftung arbeiten. Er ist überhaupt nicht enttäuscht, glaub mir.«

»Ich weiß nicht, es war der einzige Vorschlag, den er gemacht hat.«

»Er will doch nur zeigen, daß er dieses ganze Pseudoexil nicht ernst nimmt, was immer wir tun. Es ist so eine Art Flirt mit uns.«

Adam begann in Bens Firma, bei Promotional Luggage, zu arbeiten. Die Umsätze waren stark gefallen, es lag an der Rezession und an den Arbeitskämpfen, die Reisekosten waren wegen der Geldentwertung gestiegen – eigentlich nicht die Zeit, zusätzliche Arbeitskräfte einzustellen. Aber Ben wußte, daß er für den jungen Mann nichts anderes finden würde; sein Schulabschluß qualifizierte ihn nur für einfache Jobs, und wo es eine offene Stelle dieser Art gab, fanden die Unternehmen es nützlich, zu »afrikanisieren«. Niemand wollte den Eindruck erwecken, einem weißen Ausländer eine Art Freifahrtschein zu geben, auch nicht als Gefallen für einen Freund.

Adam war zu jung, um als Vertreter zu arbeiten – wer würde bei einem Jungen mit Präraffaeliten-Locken teure Aktentaschen bestellen? Der Gedanke amüsierte Ben.

»Laß ihn ganz unten anfangen. Als Bote und Teejunge. Wie jeder schwarze Junge.«

Typisch Vera.

»Heutzutage läuft das über Fax und Kaffeemaschinen. Das weißt du doch.«

Er schuf für Adam eine Stelle, die es vorher nicht gegeben hatte, im Bereich Design und Produktion, da konnte er was lernen. Ben hatte mit seinem Partner abgesprochen, daß er das Gehalt privat zahlte, Vera wußte nichts davon. Anscheinend dachte Ivan nicht daran, ihm Geld in die Verbannung zu schicken; andererseits konnte er nicht ganz mittellos herumlaufen, und ein Schuljungentaschengeld von ihnen entgegenzunehmen, wäre demütigend für ihn gewesen. Er gab fast sein ganzes erstes Monatsgehalt für CDs aus, ein Abspielgerät hatte er im Gepäck mitgebracht. Veras Haus war nun von der einen Störung erfüllt, über die sie sich nicht vorausschauend bei Ben beklagt hatte. Viele verzweifelte Stimmen, die sie unterschiedslos für Michael Jackson hielt, erklangen, begleitet von einem schweren Rhythmus, aus dem Zimmer, das früher Ivans gewesen war.

Zeph Rapulana speist jetzt an Bord der Dromedaris.

Er ist mehr oder weniger dauerhaft von Odensville in die Stadt gezogen. In Odensville, dem erkämpften Siedlungsgebiet, hat er ein Haus für seine Familie gebaut. Er selbst hat das Gartenhäuschen verlassen und ein Haus in einem Vorort von bescheidenem Wohlstand gemietet. Ein weißes Paar hat es in der letzten Emigrationswelle nach Australien oder Amerika verlassen. Mit den Apartheidgesetzen ist die tiefer als jedes Gesetz reichende Überzeugung verschwunden, daß nur Weiße in diesen schöneren Vierteln wohnen können. Jetzt kann jeder, der in der Lage ist, die Miete zu bezahlen oder einen Besitz zu kaufen, das tun. Viele Weiße, die an sich gegen jedes rassische Vorurteil sind und der Abschaffung der Rassentrennung applaudiert haben, geben idealistische Kommentare ab, wann immer ein schwarzer Mann oder eine schwarze Frau in ihrer – der Weißen – Welt der akademischen Berufe, der Finanz oder des Unternehmertums erfolgreich genug ist, um in eines der früher weißen Viertel zu ziehen. Es gibt so viele Schwarze, die in entwürdigender Armut leben, wie kann ein Schwarzer da in einem Haus mit großem Garten und elektronisch verschließbarer Garage für seinen Wagen wohnen, geschützt von privaten Sicherheitsdiensten? Wenn man Gerechtigkeit für die Schwarzen fordern soll, müssen sie sich alle durch Armut qualifizieren. Er müßte eigentlich mit einem Dutzend anderer in einer Wellblechhütte ohne elektrisches Licht wohnen, wo der Kot aus gebrochenen Leitungen rinnt. Er müßte eigentlich vor einer Tür stehen, die ihm der Farmer vor der Nase zugeschlagen hat, und ohne Drohung, friedlich, sagen: Wir tun Ihnen nichts. Ihnen nicht, und Ihrer Frau und Ihren Kindern auch nicht. Niemals. Was immer ihr uns antut. Niemals. Und wir werden nie in eure Vorstandsetagen eindringen, wir werden nie den Sessel hinter dem Schreibtisch des Geschäftsführers beanspruchen, die Robe eines Richters, die Uniform des Oberkommandierenden.

Wenn Vera auf einen Kaffee an seinen Tisch kommt, vergleichen sie ihre Beobachtungen. Vera ist scharfzüngig, was die Gäste der Dromedaris betrifft, neckt ihn ein bißchen, seine Rolle als Infiltrator neuer Art. Er ist so ruhig wie die Infiltratoren der alten Art. »Natürlich haben sie hinter dem ganzen Getue mit dem geräucherten Lachs und dem Wein, den sie ständig nachschenken, Schwierigkeiten, einen schwarzen Mann ernst zu nehmen, das versteh ich. Natürlich versteh ich das.« Er ist weder sarkastisch noch macht er Witze.

Vera lächelt. »›Ich kenne den weißen Mann‹.« Und sie lachen.

»Na ja, ich hab ihn lange studiert.«

»Aber du kommst mit ihnen zurecht – das ist nicht nur oberflächliche Höflichkeit. Ich mein, du bringst sie dazu, dich ernst zu nehmen. Sie hören auf dich, oder?«

»Langsam, langsam – ja.« Er sitzt im Aufsichtsrat mehrerer Finanzierungsgesellschaften, eines Entwicklungsinstitutes, zweier Banken. »Ich finde, ich bin nicht dekorativ genug, um nur im Schaufenster zu sitzen.«

»Oh, *ich* finde das auch! Ich würd allerdings sagen, daß sie bestimmt darauf gesetzt haben, daß du dekorativ genug wärst, mit deinem Hintergrund im Wohnungsausschuß – sie haben sich gedacht, das sieht gut aus, du brauchst im Aufsichtsrat weiter nichts zu sagen, du verleihst ihnen genug Glaubwürdigkeit, den Anschein von Fortschrittlichkeit, wenn du nur da bist. Und dann merken sie, daß sie da keine Stoffpuppe eingekauft haben, sie haben dich. Ich hätte sie warnen können.«

»Ich bin nur der Schulmeister, der versucht sie so zu erziehen, daß sie einen Teil ihrer Profite in Unternehmen stecken, die unseren Leuten nützen. Deren Arbeit hat schließlich die Profite ermöglicht. Das ist alles. Billige Kredite für Wohnungsbau, Berufsausbildung statt Kasinos, Unterstützung für Schwarze, damit wir eigene finanzielle Institutionen kriegen – und die richtige Art der Zusammenarbeit, damit auch gesichert ist, daß wir keinen Fehlschlag erleben, während wir Erfahrungen sammeln. Es ist wie alles andere bei uns Schwarzen, Vera; wenn wir versagen, ist das der Beweis, daß wir keinen Erfolg haben können, weil Schwarze keinen Erfolg haben können. Es ist eine Falle, sie geben uns Geld, aber nicht die Expertise, die dazugehört. ›Siehst du, was da passiert ist? Sie können's nicht‹.«

»Wahrscheinlich werden wir doch die Banken verstaatlichen – und dann?«

Er beugte sich mit einem sanften Lächeln zu ihr: »Ich glaub, du hast da eine andere Politik als ich, Vera.«

Sie lehnte sich in ihrem Stuhl zurück, die Kaffeetasse auf der Armlehne, die Beine ausgestreckt und in Knöchelhöhe übereinandergelegt. Wenn sie mit ihm zusammen war, redeten sie entspannt, ohne Hektik miteinander. In jeder Begegnung zwischen Menschen wird ein Rhythmus etabliert, der immer wieder aufgenommen wird, wenn diese Menschen sich treffen. »Freies Unternehmertum ... ich glaub manchmal, ich kann dir da sogar folgen.«

»Die Banken, die wir jetzt aufbauen, gehören unseren Leuten sowieso schon. Da wird sich wenig ändern – wahrscheinlich werden ein paar Regierungsleute im Aufsichtsrat sitzen, einige der Direktoren werden gehen.«

Er? Er wird weiterziehen, wie er es nach der Odensvillegeschichte getan hat, nachdem er gemacht hatte, was gemacht werden mußte, als es gemacht werden mußte.

»Ich frag mich, was du wirklich über sie denkst. Wenn du mit ihnen zusammen bist.«

»Menschen. Menschliche Wesen, Männer wie alle anderen.«

»Oh, komm. Das ist die politisch korrekte Antwort. Und die Frauen? Die wenigen Frauen, die ich in den Kreisen getroffen habe, waren nicht, was ich wie alle anderen nennen würde.«

»Mir fallen keine Frauen ein ... ja, da ist eine.«

»Die Arme.«

»Na ja, wahrscheinlich. Aber ich muß zugeben, ich hab's nicht gemerkt, wie sie behandelt wurde. Das ist auch unter uns schwarzen Männern üblich gewesen. Ich nehm an, daß ich von meiner Kindheit an konditioniert worden bin. Obwohl ich gerne denken möchte, ich hätte mich gegen all das gewehrt!«

»Du bist der am wenigsten konditionierte Mensch, den ich kenne. Ich habe mich total in dir getäuscht, als ich dich das erste Mal gesehen hab, mit dem Hut in der Hand. Ich habe Würde mit Servilität verwechselt. Das kann ich dir jetzt ja sagen.«

Er vermied persönliche Bemerkungen, indem er sich in sich selbst zurückzog. Er schenkte sich Kaffee nach. »Du auch?« Sie legte die

Hand über ihre Tasse. »Ich mein, würdest du sagen, du bist konditioniert?«

Sie wußte, daß er sagten wollte, er glaube das nicht, während er zugleich dachte, daß sie nicht auf diese Weise persönlich werden mußten. Auf andere Weise existierte diese Ebene bereits zwischen ihnen.

»Im Moment seh ich mich dazu gezwungen, mehr als ich's vielleicht bin. Der Junge meines Sohns wohnt bei uns.«

Er korrigierte die umständliche Bezeichnung: »Dein Enkel.«

»Enkel. Ich bin mir nicht sicher, wie wir uns verhalten sollen – verstehst du? Ich weiß nicht, was er erwartet, was das Richtige ist.«

So hörte er auch in den Vorstandskonferenzen zu, darauf wartend, die Motive der Redner zu entziffern, ihnen Zeit lassend.

»Was ich für ihn sein soll.«

»Du bist Vera.« Das war sein letztes Wort, keine Einschränkungen.

Sie lachte und verzog das Gesicht.

Sie hatten laut darüber nachgedacht, daß Schüler schwarzer Schulen wieder demonstrierten, diesmal gegen die Zahlung von Prüfungsgebühren. Er nahm das zweifelnd wieder auf: »Ich frage mich, warum wir sie Kinder nennen. Achtzehn, neunzehn, manchmal über zwanzig Jahre alt, und das ist Teil dessen, was so schrecklich schiefgegangen ist. Wenn die Eltern nicht zu arm gewesen wären, um sie weiter zur Schule gehen zu lassen, als sie klein waren, wenn es genug Schulen gegeben hätte, um sie alle im richtigen Alter aufzunehmen, in dem Alter, wenn weiße Kinder mit der Schule anfangen, wenn sie nicht im Land herumgejagt worden wären bei all den Vertreibungen und Umsiedlungen – wenn sie wirklich eine Chance gehabt hätten, Kinder wie andere Kinder zu *sein* –, dann wären sie jetzt nicht junge Männer und Frauen, die wie Kinder behandelt werden. Sie würden nicht diese Dinge tun, die den Leuten soviel Angst machen, die Dinge, die junge Männer und Frauen tun, wenn sie wütend sind. In diesem Land ist alles falsch gelaufen.«

»Und wir müssen daran glauben, daß wir's in Ordnung bringen können.«

»Hier ein Stückchen und da ein Stückchen. Es ist alles zerbrochen. Du tust, was du kannst, ich tu, was ich kann. Das ist alles.«

Vera sah in die Fläche ihrer rechten Hand, als suchte sie (so schien es ihm) darin etwas zu lesen. Aber sie wandte sich der Ablenkung irgendeines Fleckens zu, um mit ihrer Ungewißheit fertig zu werden; sie kratzte ein wenig an den winzigen Körnern von zwei Warzen herum, die von Zeit zu Zeit auf ihrer Handfläche kamen und gingen. »Also ist es eine Art historischer Prozeß im Rückwärtsgang, in dem wir uns befinden. Die Zukunft besteht darin, die Vergangenheit rückgängig zu machen.«

»Du glaubst immer noch, die Geschichte wird es durch uns tun. Ich glaube, wir handeln durch Gottes Willen.«

»Ich weiß. Ich weiß, daß du das tust.« Es war die Glaubenserklärung einer Atheistin: sie glaubte an einen Menschen.

Sie saßen eine Weile schweigend da, ohne es zu bemerken. Sie waren sich in ihrer unterschiedlichen Meinung näher, als sie es vielleicht in der Übereinstimmung mit anderen gewesen wären.

Wenn Politik sich Gangstermethoden bedient, übernimmt die Berichterstattung auch das Gangstervokabular. Der Jargon der Verbrechensserien, an denen sich die Zuschauer Abend um Abend vergnügen, wird zu der Sprache, mit der die geplante Ermordung politischer Führer und der Leute in ihrer Umgebung vorbereitet wird. Da gibt es eine Todesliste, da gibt es ›Hitmen‹. Wie im Film – aber diese harten Jungs sind keine Schauspieler, die sich Balaclava-Mützen übergestülpt haben, sie sind Individuen, die von anderen überzeugt worden sind, daß sie eine Mission zu erfüllen haben: die Rettung dieser oder jener politischen Ideologie, einer rassistischen oder nationalistischen Organisation, eines religiösen Glaubens.

Erst nach einem vollzogenen Attentat wird die Todesliste denen zugänglich gemacht, deren Namen sich auf ihr befinden. Niemand aus dem Innenministerium oder von der Polizei gibt dafür eine offizielle Erklärung ab, so daß sich gerade aus diesem Umstand eine Erklärung ableiten läßt: unter denjenigen in offiziellen Kreisen, die diese Liste zurückhielten, mußte es einige geben, die selbst in die Aufstellung der Liste und die Beauftragung der Mörder verwickelt waren. Aber es gibt so viele Organisationen, so viele messianische Ansprüche auf ein privilegiertes Schicksal, die von keiner Verfassung auf der Welt abgedeckt sind, daß jede von ihnen für das Attentat verantwortlich sein könnte. Wenn es eine Festnahme gibt – und meistens gibt es keine –, erscheint der Verhaftete wie ein seltsames Wesen, das jeder dieser Organisationen gedient haben könnte. Denn obwohl sie feierlich untereinander streiten, ist ihre Sehnsucht dieselbe, sie sehnen sich nach dem Unmöglichen (einer Flucht vor der Geschichte, würde Vera Stark es nennen), nach der Wiederherstellung des Lebens, wie es vorher war. Sie sind bereit, dafür zu töten, obwohl nichts dieses Leben zurückbringen kann. Das Attentat ist eine Opfergabe, für die es keine Götter mehr gibt.

Sibongile Maqoma steht auf einer Todesliste. Das Telefon klingelte, während sie über dem Grill ein paar Koteletts umdrehte. Mpho, die immer zum Telefon stürzte, weil sie sicher war, daß jeder abendliche

Anruf nur ihr gelten konnte, rief ihrer Mutter durch das Zischen etwas zu, und Sibongile nahm das tragbare Telefon auf, das sie ebenso wie einen Beeper besorgt hat, um ihr Leben handhabbar zu machen. Als sie die langsam-betonte Stimme eines Afrikaaners hörte, der Englisch sprach, bedeutete sie schnell mit der freien Hand Didymus, der gerade eine Flasche Bier öffnete, an den Apparat im Wohnzimmer zu gehen und zuzuhören.

Es hatte einen oder zwei bösartige Anrufe gegeben, seit sie Mitglied einer Mehrparteienkommission geworden war, die mit der Regierung verhandelte. Ein mit krakeligen Großbuchstaben beschriebener Zettel war unter der Haustür durchgeschoben worden, in der sie eine schwarze Sau genannt wurde, die ihre Möse aus der Politik heraushalten sollte. Aber nun wurde ihr in einer gleichbleibenden monotonen Stimme am Telefon mitgeteilt, daß sie auf einer Todesliste stand! Der Mann hätte auch eine Einkaufsliste vorlesen können. Wenn der Polizeioberst ihr jedenfalls jemanden geschickt hätte, um es ihr persönlich zu sagen; aber ein Telefonanruf!

Sie stürzte mit einem hohen Kichern ins Wohnzimmer, bebend. Didymus und Mpho starrten sie an, als hätte die Drohung sichtbare Spuren an ihr hinterlassen. »Es war so beiläufig, ich wollte fast sagen, vielen Dank, aber meine Koteletts brennen an.«

Mpho warf sich auf ihre Mutter und begann zu weinen. Sibongile versuchte, Mphos Gesicht zu heben und schalt sie liebevoll, sei nicht albern, es ist doch nichts passiert, mit mir ist alles in Ordnung. »Aber er hat gesagt, sie bringen dich um.« Didymus schaltete sich ein, den Arm um sie gelegt. »Du verstehst das nicht richtig, er hat gesagt, ihr Name ist auf einer Liste, einer ganzen Liste mit anderen Leuten, einige hingekritzelte Namen, das ist alles. Deine Mutter ist nicht wirklich ein Ziel, sie gehört nicht zur obersten Führung.«

»Aber sie ist dabei, oder nicht, sie sitzt da oben, sie ist bei den Verhandlungen dabei, die diese schrecklichen Leute stoppen wollen. Sie hassen uns! Sie hassen sie!«

Sie hatten ihr von dem unter der Tür durchgeschobenen Zettel nichts erzählt; aber sie konnten sie nicht damit ablenken, daß sie bloß sagten, sei nicht albern, es ist nichts. Sie saß, den Kopf auf der Schulter ihres Vaters, da; Sibongile wiederholte exakt, was der Polizeibeamte ihr gesagt hatte. Zumindest hatte sie ihrer Ungläubigkeit soweit widerstanden, daß sie ihn gefragt hatte, wo die Liste herkam: das dürfe im Interesse gewisser Nachforschungen nicht enthüllt werden. Das war alles. Sie beruhigten das Mädchen, Sibongile nahm ihre Hände in die ihren, drehte die Silber- und Elefantenhaarringe an ihren Fingern, Didymus streichelte ihr das Haar, während sie über die verschiedenen Möglichkeiten redeten, als wären sie etwas Alltägliches: welche Gruppe für die Liste verantwortlich war und wie die Polizei sie gefunden hatte. Im Haus von irgendjemandem, in einem Büro – wo? Aber Didymus hatte Erfahrung in diesen Dingen. »Es kommt aus einem Verhör. Sie haben jemanden zum Singen gebracht.«

In ihrer Angst wurde Mpho wieder zu einem kleinen Mädchen. »Daddy, du mußt die Polizei dazu bringen, uns zu bewachen, du mußt!«

»Süße, ich bin mir nicht sicher, daß das die beste Lösung wäre … Aber wir werden vorsichtig sein.«

»Aber wie kann man vorsichtig sein! Man kann doch nicht die ganze Zeit drinnen bleiben. Was ist schon alles passiert, man braucht nur an die Ecke gehen, um 'ne Zeitung zu holen, die Straße runter, und sie können vorbeifahren und auf einen schießen, wenn man zurückkommt, direkt vor der Tür. Und dann bin ich wie dieses andere Mädchen bei der Beerdigung ihres Vaters – ich hab sie im Fernsehen gesehen –, und seh zu, wie sie meine Mutter ins Grab legen.«

Das Telefon klingelte wieder, und sie sprang reflexhaft auf, um abzunehmen. Didymus rief hinter ihr her: »Sag nichts davon, wer immer es ist.«

Auch für sie gab es keine Götter, denen sie sich hätten zuwenden können. Kein neuer Staat, noch nicht. Keine Sicherheit, die nicht zugleich Teil der Bedrohung war. Ihr Gefühl für das Haus, das nun endlich ihr Zuhause geworden war, veränderte sich. Die Dimensionen der Räume schrumpften, die Wände waren zerbrechlich. Die bemalten Sicherungsstangen an der Haustür, die die Vormieter angebracht hatten, waren Spielzeug, das kleine Diebe fernhalten konnte. Die Schlösser an den Türen waren nichts für eine Macht, die die Schlüssel zu allem in jedermanns Leben hatte, die sie ins Exil geschickt und sie wieder ins Land gelassen hatte. Tagsüber führten sie ihr übliches Leben fort, und abends saßen sie in den Möbeln, die Sibongile gekauft hatte, wie in einem Wartezimmer.

Adam und Vera kamen sich durch kaputte Dinge näher. Sie wußte nicht, wie sie mit ihm in Kontakt kommen konnte, und er nicht, wie mit ihr – wenn er darüber überhaupt nachdachte. So passierte es von alleine. Indem er Dinge heilmachte. Als ob eine Seite an ihm, die er nicht gerne eingestehen wollte und die unter dem Draufgängertum – sich betrinken, den Führerschein verlieren – verborgen lag, ein schamhaftes Vergnügen daran hatte, herumzubasteln, andere Dinge als frisierte Motorräder zum Funktionieren zu bringen. Es begann mit der Waschmaschine, als das Wasser nach dem Spülgang nicht abgepumpt wurde, und jetzt war es der Computer in Veras Veranda-Arbeitszimmer. Sie saß auf ihrem Drehsessel davor, und er hockte neben ihr. Sie zeigte ihm, daß die Maschine entweder nicht auf ihre Anweisungen reagierte oder sie ablehnte. Es war, ob sie beide sich gegen eine dritte Person von hartnäckiger Sturheit zusammengeschlossen hatten. Sie begannen über ihre eigene Frustration zu lachen. »Laß ihn mal ein bißchen abkühlen. Ich glaub, ich weiß, wie's geht.«

»Aber wieso glaubst du, du kannst es in Ordnung bringen?«

»Na ja, mir ist da was eingefallen … wir fangen gleich nochmal an.« Er ging in die Küche und holte zwei Kartons Guajavasaft, nach dem er im Land seines Vaters süchtig geworden war. Sie tranken ihn durch Strohhalme.

Da Maschinen das Feld waren, auf dem sie am besten miteinander umgehen konnten, war es leicht für sie, bei dem Thema zu bleiben. »Was meinst du, warum geht mein Auto plötzlich im Leerlauf immer aus? Das ist wirklich lästig, gestern jedesmal an der Ampel: Motor aus. Ich werd wohl zur Werkstatt fahren müssen, und da wollen sie es dann den halben Tag behalten, das ganze Palaver, dann muß ich den Wagen von jemand aus der Stiftung borgen … schrecklich.«

»Hat wahrscheinlich was mit der Benzinzufuhr zu tun.« Sie sah, daß er sich freute, zu Rat gezogen zu werden. »Wenn du mir die Schlüssel gibst, fahr ich heut nachmittag mal ein Stück und guck's mir an. Ist wahrscheinlich nur eine kleine Einstellungssache, da brauchst du der Werkstatt kein Vermögen zu zahlen.«

Ihm die Schlüssel geben; er war gerissen, dieser Junge, er nutzte die Vertraulichkeit dieses Augenblicks zwischen ihnen aus, um wieder fahren zu dürfen. Sie lächelte mit geschlossenen Lippen, zweifelnd: *wir verstehen einander*: »Und wenn du jemanden anfährst? Dann zahlt die Versicherung nicht, und du kommst vor Gericht, das ist ein ernsthaftes Vergehen.«

»Oh, wie soll denn jemand was von der Führerscheingeschichte wissen, damals in England!«

»Weil du ihn zeigen müßtest. Ist er nicht eingezogen? Oder wenn du ihn hast, ist da nicht was reingestempelt?«

»Ich hab einen internationalen, nach dem sie nicht gefragt haben. Den hab ich hier bei mir!«

Vera wollte die Nähe zu ihm nicht aufs Spiel setzen, wollte nicht streng sein, die Juristin, die zu korrekt war, um über seinen zwielichtigen Vorschlag amüsiert zu sein. »Das ist ein strafverschärfender Umstand, Mann!«

»Ich würd beim Pusten nicht erwischt werden, oder? Du und Ben, ihr bietet mir nie was zu trinken an, oder? Ich verwandel mich noch in eine Guajava.«

Vera lachte immer noch anerkennend. »Nein, Adam, nein, was für Notfallpläne du auch hast … es ist keine gute Idee.«

Er sah sie offen an, so jung, so bezaubernd, von den anderen Erwachsenen wie eine Bürde beiseitegeschoben – von seinen Eltern, von ihrem Sohn. »Vera, ich möchte jemanden, den du kennst und sehr gern magst, zu einem Jazz-Festival mitnehmen, außerhalb der Stadt, wie heißt das noch, Brotherstroom …«

»*Broeder*stroom?«

»So ähnlich. Ich brauch einen Wagen, um mit Mpho sonnabend dahinzufahren, du gehst an dem Tag nicht ins Büro, Ben ist zu Hause, und du könntest seinen Wagen nehmen?«

Er war verblüfft über die Veränderung in ihrem Gesicht und in der Haltung ihres Körpers auf dem Stuhl.

»Wo hast du sie getroffen?«

Er lachte auf, sie bewußt mißverstehend, als hätte sie vergessen. »Bei euch zu Hause. Als sie mit ihren Eltern hier war.«

»Ich meine, seitdem.«

»Sie ist vor ein paar Wochen in den Laden gekommen. Wie sich rausstellte, mag sie dieselben Gruppen wie ich.« Adam hatte selbst einen Job gefunden und Promotional Luggage verlassen. Als Kunde in dem Musikladen CeeDee Den hatte er eine solche Kenntnis aller Arten von Popmusik verraten, daß man ihm dort eine Stelle angeboten hatte. Er glaubte, ganz zu Recht, daß Vera insgeheim seine Veränderung in Richtung auf mehr Unabhängigkeit billigte, eine Befreiung aus der autoritären Kette Vater-Großvater, während Ben das eher mit einem unausgesprochenen Gefühl des Verlassenwerdens hingenommen hatte.

Vera kämpfte offensichtlich mit irgendeiner Formulierung, was immer es war, das sie sagen wollte. Er beobachtete sie ungeduldig. Wer konnte schon Leute begreifen, die sich weiter und weiter von ihrer Jugend entfernten. Sie verstanden sich so gut, und jetzt war sie vor seinen Augen in einen Bereich verschwunden, den er vielleicht in fünfzig Jahren oder so erreichen würde.

»Du solltest dich von ihr fernhalten – von Mpho.« Nach all der Vorbereitung, war das, was aus ihrem Mund kam, grob.

»Aber warum? Sie ist ein verdammt nettes Mädchen. Wir haben Spaß zusammen, was ist daran falsch? Warum soll ich mich auf einmal fernhalten?«

»Weil ich dich darum bitte.«

Der lahme Grund lag zwischen ihnen.

Da mußte mehr dahinterstecken: sein Blick befragte sie, keine Antwort. Plötzlich war er wieder überrascht: »Weil sie schwarz ist. Weil sie schwarz ist!«

Sie neigte den Kopf und sah unter ihren Brauen zu ihm auf.

Was war es dann, was war es, Vera wußte genausogut wie er, daß er ›Weil ich darum bitte‹ nicht akzeptieren konnte.

»Weil sie schwierig ist. Ja, ich mag sie sehr, und sie ist ein besonders attraktives Mädchen, bezaubernd, aber es ist besser, sich da rauszuhalten.«

»Besser für sie oder für mich? Für wen?«

»Ich weiß nicht, wie gut du sie kennst, wieviel sie dir von sich erzählt hat.«

»Wir sind ein paarmal ausgegangen, in eine Disco und in einen

Club, wir haben keine schweren Diskussionen über unser *Leben*!« Er hatte genug von seinen eigenen Familienproblemen gehabt; konnten ältere Leute nicht verstehen, daß es für Jugendliche auch noch andere Interessen gab.

»Ihre Eltern sind seit langem meine Freunde, und ich bin in Schwierigkeiten reingezogen worden, die sie mit ihr hatten. Es ging um einen Mann.« Es hatte keinen Sinn, ihn wie ein Kind zu behandeln; er war auch ein Mann. »Das war für alle sehr schmerzlich. Der junge Mann war auch ein enger Freund von mir. Er ist tot.«

Tot.

Der Gedanke des Todes, so entfernt von jemandem, der siebzehn war, brachte ihn auf eine Ebene mit Veras Deutung seines Verhältnisses zu Mpho, auch wenn er das Ganze nicht verstand. »Sie hat nichts davon gesagt. Ich mein, sie ist immer so gut drauf und alles.«

»Es ist nur, daß es ihren Eltern dabei ebenso schlecht ging wie ihr, und sie sind Leute mit jeder Art besonderer Verantwortung, noch mehr persönliche Schwierigkeiten zu dem, was sie sowieso zu tragen haben, sollten sie nicht haben. Du weißt doch, daß ihre Mutter auf der Todesliste ist. Es gibt Leute, die sie umbringen wollen.«

»Ist das wirklich wahr? Mein Gott, ich kann mir nicht vorstellen, irgendjemanden in London zu kennen, der von Leuten beschattet wird, die ihn umlegen wollen. Das ist ja wie im Film.«

»Hier ist das kein Film.«

»Ja, ja.« Ein verwirrter Ausdruck von Unzufriedenheit legte sich auf sein Gesicht; vielleicht fragte er sich, was er hier machte. Warum er durch ein Komplott der Erwachsenen hierhergeschickt worden war.

»Wenn du was mit ihr anfängst, Adam. Wenn du mit ihr schläfst. Ich muß dir sagen, Sibongile und Didymus würden mich dafür verantwortlich machen – dafür, sie wieder in eine schwierige Situation gebracht zu haben, emotional – und auch sonst. Ich weiß, du bist erwachsen, du mußt dein Leben führen … aber das wär ein Drama, in das du nicht geraten solltest. Und wenn du es schon getan hast – wenn du mit ihr schläfst …«

Die Offenheit erzeugte eine Art heimlichen Vertrauens zwischen ihnen. Sie war schließlich doch nicht so alt für ihn; für sie war er doch nicht so jung.

»Noch nicht, aber ich glaub schon, daß sie's machen würde, ich mein, sie ist zu allem bereit. Sie mag mich ... und ich find sie natürlich toll. Wer würde das nicht?«

Er begann die Tasten des Computers wieder zu berühren, wie man die Finger über ein Klavier gleiten lassen würde.

Seine offenbare Fügsamkeit berührte sie, sie erklärte weiter: »Weißt du, ich würde sowas nie sagen, wenn es irgendein anderes Mädchen wäre, mit dem du schlafen wolltest. Es liegt auch nicht daran, daß ich Angst davor hätte, die Schuld zu bekommen, das ist nicht so wichtig. Es geht um die Maqomas.«

»Was ihr für komplizierte Leben führt.« Die Neugier und Überlegenheit der Distanz, der Jugend.

Vera sah mit ihm auf den Schirm. »Und in London?«

»Oh, in London muß Dad sich nur um meine Mutter und die Ungarin Sorgen machen.«

»Guck mal, jetzt macht er das wieder ... !«

Ihre Augen bewegten sich im Duett über die säuregrünen Zeichen, die auf dem Schirm aufglühten und verschwanden. Er redete weiter, jetzt im Plauderton. »Weißt du, ich wollte dich schon lange fragen und hab's immer vergessen, hat Dad dir davon erzählt? Er ist zufällig auf deinen Ex-Mann gestoßen. Er war in Sidney auf einer dieser Konferenzen, wo alle solche Namenschilder tragen, und ein Mann kam in der Bar auf ihn zu und sagte: Sie sind Veras Sohn, nicht? Es war verrückt – er hat zur Vorstellung gesagt: Ich bin ihr Mann.«

Veras Augen blieben auf den Schirm gerichtet, aber er spürte, daß ihre Aufmerksamkeit abgeschnitten war wie Strom, der plötzlich abgeschaltet wurde.

»Na ja, war er auch.«

Und dann sah der Junge fasziniert etwas, von dem er nicht geglaubt hätte, daß es bei älteren Leuten, richtigen Erwachsenen, je geschehen könnte, daß sie es je nötig haben könnten, da sie keine Autorität zu fürchten hatten: eine plötzliche Wachsamkeit, die dann sofort in eine vorgespiegelte Gleichgültigkeit verwandelt wurde. Wenn er diesen Fluchtweg, den er nur zu gut kannte, nicht bemerkt hätte, wäre er nie mutig genug gewesen, in sie zu dringen. »Muß uralte Geschichte sein.«

Ihre Schultern hoben sich und fielen.

»Wie alt warst du, als du ihn geheiratet hast?«

»Dein Alter.«

»Gott, wie schrecklich.«

»Na ja, es war im Krieg. Der ist ein Treibhaus für diese Dinge. Man verliebt sich oder glaubt, es zu tun. Leute sterben, also verlegt die Natur das Paarungsalter vor, um die Toten zu ersetzen. Dasselbe passiert bei den jungen Schwarzen in den Townships, bei all der Gewalt da. Das Leben ist billig, Sex ist ein Trick, um sie dazu zu kriegen, Kinder zu bekommen.«

»Als du jung warst, war Sex gleichbedeutend mit Heiraten.«

»Im allgemeinen ja. Für Mädchen ganz bestimmt. Wenn man Sex wollte, glaubte man, daß man die Ehe wollte.«

Sie erwogen das, eine behagliche Pause zwischen ihnen.

»Ich kann mir das nicht vorstellen. Wir haben jetzt den Sex. Und wir haben Aids … also?«

»Sieht so aus, als gäbe es sowas wie sexuelle Freiheit nicht. Na ja, vielleicht hat zumindest eine Generation sie gehabt – Ivan und Annie. Zwischen dem Ende der Notwendigkeit zu heiraten und dem Auftauchen der Seuche.«

»Scheint ihnen nicht sehr geholfen zu haben. Dad hat sich scheiden lassen, genau wie du. Wenn ich bei ihm bin und wenn ich bei meiner Mutter bin, frag ich mich, warum in aller Welt sie je geheiratet haben. Und was ist mit Annie?«

»Wie meinst du?« Also mußte Ivan Annies Wahl als eine Katastrophe erzählt haben.

»Du weißt, was ich mein.«

»Daß Annie lesbisch ist.«

Ein Schatten von Verlegenheit ging über sein Gesicht, bevor er den Gedanken weiterverfolgte: »Das ist also auch Teil der Freiheit.«

»Das nehm ich an, Adam. Ja.«

»Aber wann glaubst du, ist das passiert? Als sie in meinem Alter war? Hatte sie Jungen?«

»Natürlich – sie ist schön. Wie Ben; die Leute verlieben sich in diese Art Schönheit. Es hat Jungen, Männer gegeben, aber sie haben in ihr irgendwie nicht die richtige Reaktion geweckt.«

»Aber eine andere Frau. Warum, glaubst du – warum hat sie sich dafür entschieden?«

Ihrer beider Aufmerksamkeit traf sich und wandte sich wieder ab wie das Umblättern einer Seite, vor und zurück. Was ihn anging, so gab er ihr Zeit nachzudenken, ihm etwas anzubieten, von dem er lernen konnte. Fast hätte sie es gesagt: hätte es über diesen unwahrscheinlichen Vertrauten ausgegossen. Furcht vor Männern, weil ihre Mutter von einem Mann ›weggenommen‹ worden war, weil er in das Nest der Familie eingebrochen war. Aber sie antwortete mit gespielter Sorglosigkeit und Selbstherabsetzung: »Manchmal glaub ich, ich wüßte es, aber das ist natürlich Unsinn. Vielleicht ist der ›Grund‹ – wenn man es so ausdrücken kann, Homosexuelle werden wütend, wenn man auch nur andeutet, es sei unnormal – vielleicht ist er physisch. Vielleicht psychologisch. Es gibt viele Theorien. Aber Annie würde sagen: Wahl. Freie Wahl.«

Dann sagte er, was Ben einmal gesagt hatte, vielleicht die Frage, die alle heterosexuellen Männer einer Frau stellen, wenn sie über die Ablehnung ihres Geschlechts nachdenken. »Könntest du mit einer Frau schlafen? Ich mein, als du jung warst, nicht jetzt.« Sie lächelte darüber, daß er sie taktvoll von jedem Überleben einer Sexualität freisprach, als wäre das eine Schande gewesen.

»Ich hab nur Männer geliebt.«

»Manche Leute sagen, man sollte es mal versuchen ... ich weiß nicht. Sowas oder sowas ähnliches mit einem Mann zu machen, das kann ich mir nicht vorstellen. Ich mein, wenn man's mit Mädchen gemacht hat, wie kann man da glauben, es könnte was besseres geben. Ich liebe Mädchen.«

»Dafür brauchst du dich nicht zu entschuldigen!«

»Diese Geschichte mit dem Krieg, daß du den Mann geheiratet hast. Aber Kinder hast du nicht gehabt, oder?«

»Nein.«

»Vor Ivan.«

»Vor Ivan nicht.«

»Hat Dad wirklich nichts davon gesagt, daß er ihn getroffen hat?«

»Du weißt doch, daß es in seinen Briefen vor allem um dich ging.«

Der sanfte Vorwurf lenkte ihn ab, er lächelte in eine andere Richtung. Aber er befummelte eine kleine Schwellung an seinem Kiefer, wo ein rasiertes Haar sich in die Haut gegraben hatte.

»Er hat ihn nicht nur auf der Konferenz getroffen. Sie sind zusammen zum Tauchen gefahren, ans Barrier Reef.«

Zwischen ihnen lag das abwartende Schweigen, das entsteht, wenn der eine die Reaktion des anderen spürt, ohne zu wissen, worum es geht. Eine instinktiv aufgefangene Spannung, eine Art Prickeln der Nerven.

»Sie scheinen viel Spaß gehabt zu haben, die beiden.« Seine Neugier wuchs; sie schloß ihn und Vera eng ein.

»Ich hab gehört, das Barrier Reef soll wundervoll sein.«

»Oh, er hat erzählt, er hätte nie was besseres erlebt. Daß Dad sich so von jemandem irgendwohin mitnehmen läßt! Es ist so untypisch für ihn.«

»Was ist denn typisch für ihn?«

»Na ja, er ist nicht gerade … spontan« – erfreut, das richtige Wort gefunden zu haben – »… wie du gewesen sein mußt. Er überlegt sich immer alles ganz genau. Man sieht's schon daran, wie lange er gebraucht hat, bis er sich zwischen meiner Mutter und der Ungarin entschieden hat. Aber vielleicht war es auch, weil der Mann dich gekannt hat. Er war nicht irgendein Fremder in einer Bar.«

»Vielleicht. Man weiß nie, was ein Sohn oder eine Tochter versteht oder nicht; von dem, was wir für unseren Charakter halten.«

»Ja, alte Leute sind so verschlossen! … Hast du Ivan je davon erzählt, was du gerade gesagt hast, über den Krieg und Sex und alles?« Er schüttelte langsam den Kopf in der Gewißheit, daß sie das verneinen würde, und das tat sie auch, beide lächelten über ihre Folgsamkeit.

Sie wandten sich wieder dem Computer zu. »Er ist wirklich abgestürzt. Ich guck mal, ob ich die Dateien rausholen kann, versuch die Sicherungskopien.«

Sie sagte, sie würde ihm das überlassen. Er hatte das Gefühl, irgendeinen Sieg über sie errungen zu haben: sie war nun zugleich seine Großmutter und auch Vera. Er wandte sich zu ihr um. »Ich nehm ein anderes Mädchen mit – du gibst mir sonnabend den Wagen?«

Konsequenzen.

Vater und Sohn.

Vera sieht sie. Sie schwimmen durch ruinierte Korallenpaläste aufeinander zu, die Füße mit den Schwimmflossen schwingen auf und ab, Streifen des Lichts und der Strömung gehen über sie hinweg, und, vergrößert durch Wasser, erkennen sie einander. Ivans Gesicht ist das Gesicht der jungen Frau auf dem Schlafzimmerfußboden, er ist das zappelnde Sperma, durch die Zeit aus dem Blick und dem Bewußtsein vergrößert zu dem Mann mit Namensschild, der in einer Bar angesprochen wird. Ohne das Namensschild wäre er eine zufällige Ähnlichkeit gewesen, kein verwandtes Blut: auf beiden Seiten des Ozeans wurden zufällig zwei Wesen mit denselben Zügen geboren. Vera, diese eigensinnige, sinnliche Zicke Vera, hatte die Befruchtung natürlich in eine Jungfrauengeburt umwandeln müssen. Beweis ihres Betrugs war, daß sie sich selbst, nur sich selbst, für ihren neuen Liebhaber reproduzierte, in männlicher Form. Und Ivan fühlt sich zu dem Mann hingezogen, den er nie gesehen hat, von dem nie gesprochen wurde, der einmal mit einem Mädchen verheiratet gewesen ist, das zu seiner Mutter wurde; solch eine Anziehung ist eine Art des Erkennens. Das beste, was er je erlebt hat, mit dem Mann zusammen.

Vater und Sohn. Kein Ende an Konsequenzen. Eine Konsequenz ist es jetzt, daß der siebzehnjährige Junge einer von Veras Vertrauten geworden ist. Er weiß, daß sie etwas verbirgt, um das herum sie andere Geständnisse macht. Er selbst macht das auch, um sich gegen die Erwachsenen zu schützen. Sie erkennt das an – eine andere Art des Erkennens –, indem sie ihn ohne gültigen Führerschein Auto fahren läßt. Und sie beide, als Freunde, verbergen das vor Ben.

Sie muß einiges neu definieren. Freunde. Freunde sind verschiedene Individuen, denen man Geständnisse macht und Persönliches anvertraut. Der Akt, der zu diesen Freundschaften führt – es sind mehrere, weil die verschiedenen Aspekte des Ich nicht alle einer Person aufgeladen werden können – ist gleichbedeutend mit dem, die Last des Ich mit einem anderen auszutauschen – es ist der Akt, durch den sie bisher die sexuelle Liebe definiert hat.

Mrs. Vera Stark, Vizedirektorin der Juristischen Stiftung (am Ende hat sie einen Titel doch nicht vermeiden können) findet sich in den Zeitungen unter den Gesichtern derer, die man nominiert hat, Mitglieder des Technischen Komitees zur Vorbereitung einer neuen Verfassung zu werden. Vera hatte davon gehört, daß ihr Name in diesem Zusammenhang gefallen war, aber sie hatte die Möglichkeit einer tatsächlichen Nominierung nicht ernst genommen. Es gab soviele Kommissionen und Komitees, jeden Tag wurden neue geschaffen, entweder um die Hitze des Wandels von Hand zu Hand weiterzugeben oder um ein Ethos der Demokratie zu entwickeln, während die Kulissen des alten Hegemonie-Theaters umgerissen wurden. Einige Gruppen wollten sie weiter im Weg stehenlassen – sie hofften, daß man ihnen ein Efeu der Achtbarkeit aufmalen könne; andere wollten den Müll mit sich in eine Enklave führen, um dort unter Menschen einer einzigen Hautfarbe und Sprache zu leben, und sie trabten zu Pferd in Uniform und mit Gewehren auf den Straßen herum, um ihr nazistisches Neo-Arkadien zu einer glaubwürdigen Bedrohung zu machen. Einige unternehmungslustige Anpasser an die kommende Ordnung, die glaubten, daß man auch dann noch Geld machen konnte, wenn man die politische Kontrolle aufgab, wollten die höchste Reliquie der Macht des toten Regimes, Robben Island, an eine Firma verpachten, die dort Hotels und Freizeitanlagen bauen sollte. Ein früherer politischer Gefangener, dessen Verwandte die Stiftung bei einer Landstreitigkeit vertrat, äußerte Vera gegenüber den entgegengesetzten Anspruch: *Wir haben unser Leben da verbracht. Wie haben sie uns verdient. Die Insel gehört uns.*

Vera war sehr vorsichtig in der Bewertung dessen, was die Nominierung bedeutete. Nicht in den Begriffen öffentlicher Popularität: da es Komitees zu allen Fragen gab – und was stand jetzt nicht in Frage? – gab es sicher eine verzweifelte Suche nach Leuten, die auch nur annähernd qualifiziert waren.

Ben blickte sie bewundernd an, er sah das Licht anderer auf ihr spielen und war stolz darauf. Er tadelte ihr Zögern. »Man lehnt eine Ehre nicht ab! Und du hast es, verdammt noch mal, verdient. Deine Qualifikation als Juristin ist so gut wie die irgendeines anderen – besser. Keiner hat deine Erfahrung. Was wissen die schon von ländlichen Gemeinden und Squatter Camps, von all den Bevölkerungsgruppen, die da berücksichtigt werden müssen.«

Auf seinen Vorschlag hatten sie sich zum Lunch getroffen. Die neue Entwicklung bot die Gelegenheit, das wieder aufzunehmen, was früher ein Mittel gewesen war, um einander während der Trennung des Arbeitstages zu sehen. Sie pickte weiter Oliven aus ihrem Salat. Er beobachtete sie. »Du denkst doch nicht daran, es abzulehnen, Vera, oder?« Sie wußte nicht, was sie von ihm erwartete, was er sagen sollte, was sie von ihm wollte. Als der Kaffee kam, saß sie über ihrer Tasse, schob die Haut über ihren Wangenknochen mit den Fingerspitzen auf die Schläfen zu, unter die Augen. Alles, was sie von Ben bekam, war seine Betroffenheit über ihre Unentschiedenheit und ihre scheinbare Unfähigkeit, sie zu erklären. Dann mußte sie ins Büro zurück; da war die Verlegenheit, daß er es nicht eilig hatte, seine Geschäfte liefen schlecht, und er hatte keinen Grund, die Ablenkung des Mittagsessens zu verkürzen. Sie berührte verständnisvoll seine Hand und ging, guck nicht zurück auf ihn, der da noch saß, allein.

An ihrem Schreibtisch sitzend, blickte sie auf die Tür, die so vertraut war, daß sie sie nicht mehr sah. Vor ihr lag der Schleier eines Gedankenbildes, das Eintreten Oupas mit seinen Papieren und dem Plastiktablett mit Curryhuhn und Maisbrei. Wenn er nicht mehr da war, so war auch sie schon woanders. Wann hatte sie angefangen, eine vertraute Szene (das Schlafzimmer bei Nacht, die Wasseroberfläche in einem Glas, die abgelegten Kleider) plötzlich so zu sehen, als beschriebe sie sich selbst etwas, das bereits der Vergangenheit angehörte? Es war, als sie einen jungen Liebhaber in Hunderteinundzwanzig, so lebendig in ihrem Gedächtnis, neben sich hatte. Das Hitlerbaby. So lange her, tatsächlich. Sie empfand ihre Existenz, als wäre sie in das Haus eines Fremden getreten und hätte einen Brief gesehen, den sie selbst geschrieben hatte, in ihrer Handschrift adressiert. Da lag er, überbracht und noch nicht geöffnet: der Impuls, ihn aufzunehmen, ihn zurückzunehmen.

Einer nach dem anderen beendeten ihre Kollegen die Arbeit und verließen das Büro. Sie hörte, wie die Reinmachefrau Papierkörbe mit einem Schlag auf die Unterseite leerte. Sie sang dazu in dem seltsamen, fast atonalen Sopran der schwarzen Frauen – der griechische Chor zu ihrem Leben. Sie begegneten einander im Korridor, als Vera auf dem Weg hinaus war. Sie fragte wie auf Stichwort nach Bellas großer Liebe, dem Frauenchor von Dobsonville, der an Chorgesangswettbewerben teilnahm, und Bella antwortete mit der von ihr erwarteten Dankbarkeit: »Oh, gut, sehr gut, haben gerade einen zweiten Platz gemacht.«

Das schiefstehende Stoppschild an einer Kreuzung, die prachtvolle purpurrote Bougainvillea, die an einer Mauer Spalier stand, der Zaun, an dessen Latten sich sehnsüchtig die schwarzweiße Maske eines Huskys drückte, die Stelle, an der die Elefantenfußwurzeln, die einen Belhambrabaum stützten, den Asphalt der Straßendecke wie die Betttücher eines ruhelosen Schläfers gehoben hatten; das Abbiegen in eine Seitenstraße, wo diese Signale an ihr Ziel kamen. Sie zog die Abendzeitung aus Zeph Rapulanas Briefkasten und nahm sie mit zur Haustür. Klingelte; stand geduldig da. Die Stille eines leeren Hauses, in dem seine elektrische Wanduhr (ein Verfechter der Pünktlichkeit, sagt er von sich selbst, keine afrikanische Zeit für ihn!) am Rande der Hörbarkeit sirrt und Papiere sich unter dem Luftstrom eines offengelassenen Oberlichts leicht bewegen. Nach einer Weile wandte sie sich um und ging in den Garten, wo unter einer Jakaranda zwei Plastikstühle und ein Tisch standen. Da setzte sie sich und las die Zeitung. Sie fand es nicht schwierig, sich voll darauf zu konzentrieren. Die Dimension der Wachheit, in der sie sich im Büro bewegt hatte, war zurückgetreten. Vera wartete nicht einmal darauf, daß der Besitzer dieser Zuflucht nach Hause kam. Wenn er nicht gekommen wäre, hätte sie sich einfach erhoben, die Zeitung zusammengefaltet und sie sorgsam auf die Schwelle gelegt und wäre gegangen. Aber sie hörte, wie sein Wagen mit schlurfenden Reifen in die Garage fuhr, und einen Moment später kam er durch eine Seitenpforte in den kleinen Garten. Er hatte ihn mit Palmen und Baumfarnen bepflanzt, die er aus irgendeinem alten Heimatort seiner Familie im Lowveld geholt hatte. Es war nicht das Squatter Camp Odensville, das für sie sein Herkunftsort war.

Er lächelte ohne Überraschung, als rechnete er immer damit, sie hier zu finden; oder eher aufgrund der afrikanischen Eigenheit – die sie oft zum Verzweifeln brachte –, jederzeit ohne telefonische Anmeldung vorbeizukommen, ohne Respekt für eine Privatsphäre. Hier funktionierte das umgekehrt, in afrikanischen Häusern war es selbstverständlich, daß Gäste kamen, wann immer sie wollten. Er trug einen seiner Dromedaris-Anzüge, ein elegantes Grau, aber sie tauschten die übliche Umarmung mit angedeuteten Wangenküssen, die die Befreiungsbewegung von den Diktatoren übernommen hatte. Er zog das Jackett aus und ließ sich in Hemdsärmeln nieder.

»Es ist eine Ehre.« Sie erprobte es an ihm.

»Oh, sicher.«

»Aber ist eine Ehre das Nützlichste. Für mich.«

»Wie meinst du das, Vera?«

»Geht es mir nicht besser, ist es nicht besser für mich, wenn ich meine Arbeit in der Stiftung mache – ich mach sie ja nicht schlecht, oder? – als wenn ich mich in eine Position bringe, in der schrecklich wichtige Entscheidungen getroffen werden müssen, Lebensbedingungen für andere Menschen – für das ganze Land. Wenn ich mich da oben hin bewege, eine Etage über ihnen.«

»Es kommt immer darauf an, was man aus einer Ehre macht. Weißt du, du erinnerst mich daran, daß ich nichts gegen das habe, was die Leute als Ehre betrachten. Einige unserer Leute meinen sogar, es wär eine Ehre, zu einer Vorstandssitzung zu gehen. Aber du und ich, wir wissen, daß es was anderes ist. Was hast du mal gesagt? – Infiltration.«

»Aber dies ist was anderes. Es läuft darauf hinaus, sich in eine Machtposition zu bringen. Was ist eine Verfassung anderes als die Praktizierung der Menschenrechte durch Gesetz? Das praktische Mittel, um unseren schönen Phrasen Substanz zu geben – Die Würde des Menschen ist ... «

»Du wirst dich nur mit dem Entwurf auseinandersetzen müssen. Eine Vorlage für den Übergangsrat. Es ist keine endgültige, totale Verantwortung, die unsere Enkel dir einmal vorhalten könnten.«

»Na ja, aber der Entwurf wird alles miteinander vereinigen müssen, damit die endgültige Verfassung so etwas wie einen Zusammenhang hat. Denk nur mal an die Regionen; die leidenschaftlichen Streitereien um die Regionen, jeder mit seiner selbstgemachten Landkarte und den Befugnissen, die er da haben will. Die Odendaals, die Buthelezis und Mangopes, die alle rumschreien und mit den Füßen stampfen, weil sie das Recht haben wollen, mit den Menschen in diesem oder jenem Teil des Landes zu tun, was sie wollen, bloß keine Einmischung der Zentralregierung.«

»Aber genau da wird die letzte Schlacht geschlagen! Da, in dem Komitee! Das ist das letzte Keuchen des alten Regimes, da werden wir's hören! Einen Atemzug hat es noch. Tu's, Vera, mach es!«

Sie schwankte, ungewiß, halb lächelnd; er war gewöhnlich nicht so hitzig.

Als wäre er wieder in seinem ländlichen Büro und hätte sie vorgeladen, sagte er wie ein Schullehrer: »Es ist deine Pflicht.«

Aber sie konnte sich nicht so selbstgerecht sehen.

»Gut. Es ist Macht. Und Macht erschreckt dich.«

»Ich weiß nicht.« Sie empfand eine vage Aggression. »Ja, sie ... ich bin nicht wie du: ich hab solange einem Volk angehört, das sie grauenhaft eingesetzt hat. Ich mißtraue ihr.«

»Für dich. Aber wenn dieses Komitee seine Arbeit richtig macht, bedeutet das eine reale Ermächtigung für unsere Leute.«

Sie hatten das stille Einvernehmen, daß er als Schwarzer über Schwarze sprach, wenn er »unsere Leute« sagte. Es war ein subtiler Unterschied zu dem »wir« oder »uns«, mit dem er sich selbst und sie meinte. Sie akzeptierten einander weiterhin als genau das, was sie waren, es gab niemals das Gefühl, daß der eine das private Territorium im Rücken des anderen zu betreten versuchte. Ihr war der Gedanke gekommen, daß dies die Grundlage war, die es zwischen Mann und Frau im allgemeinen geben sollte, wo es nicht eine Frage der Abstammung, sondern eine des Geschlechts war.

»Es ist nur ein gradueller Unterschied, ob ich im Aufsichtsrat sitze oder du eine Rolle in dem Komitee spielst – das ist nur etwas dringlicher. Du hast nie Zweifel daran gehabt, daß ich da sitzen sollte.«

»Natürlich nicht. Wer könnte etwas dagegen haben. Du schaffst Raum für Schwarze in der Finanzwelt. Sogar die Ex-Stalinisten unter uns wollen das. Es gibt kein Tausendjähriges Reich, nur den IMF und die Weltbank.«

»Es gibt viele, die was dagegen haben! Ich bin da nur wegen des Gehalts reingegangen. Ich wohne in einem Vorort im Norden statt in Alexandra oder Soweto.« Er lächelte über ihre Gewißheit.

Sie hatte ihn mit dem vornehmen Restaurant aufgezogen. Sie machte mit der Zunge ts, ts und warf den Kopf, um ihre Geringschätzung sich selbst und seinen anderen Kritikern gegenüber auszudrücken. Wenn man an ihn glaubte, mußte man akzeptieren, daß die Linke – um es in den Lebensbedingungen der Mehrheit statt in Ideologie auszudrücken – Lösungen finden konnte, indem sie sich der Mittel des Kapitalismus bedient. Wenn man sich die Nachbarländer auf diesem Kontinent ansah, welche anderen Lösungen gab es gegenwärtig?

»Ich soll mich also unter die kleinen Götter mischen, die entscheiden, wie dieses Land aussehen wird? Die Art der Volksvertretung, die Regionen... Und was wird aus der Stiftung? Ich wäre Monate weg, weißt du. Und wir haben sowieso immer zuwenig Leute. Es wird soviel Arbeit geben, die Dinge werden sich noch richtig aufheizen, bevor die neue Regierung kommt. Die Leute haben Angst, daß die alten Grenzen festgeschrieben werden, wenn man sein Land nicht vorher zurückkriegt. Es gibt Gebiete an den Grenzen von Homelands, und die Homelands wollen zum Teil nicht ins Ganze integriert werden. Wir brauchen jetzt Gerichtsentscheidungen, um das Land schnell beanspruchen zu können, und du weißt, was für ein Gerangel das sein kann. Probleme wie Zevenfontein – wer, schwarz oder weiß, will diese armen Leute als Squatter in einem Mittelklassenvorort? Und Matiwanes Kop, Thembalihle, Cornfields – sie wollen ihr Land wiederhaben. Gestern war ich – wieder mal – in Pretoria, bei der Beratenden Kommission für Landzuweisung.«

»Das alte Schlachtfeld.«

»Genau. Mogopa war dran. Eine Anhörung, die wir für die Delegation aus Mogopa organisiert hatten. Weißt du, was einer von denen zur Kommission gesagt hat? ›Die Regierung ist ein Dieb, der gefaßt worden ist, aber nur die Hälfte des Gestohlenen zurückgegeben hat.‹ Der Antrag auf Rückerstattung der beiden Farmen, die ihnen Mitte der Achtziger weggenommen worden sind, hat dazu geführt, daß sie nur eine wiederbekommen haben, und das ist Swartrand, die mit dem weniger fruchtbaren Boden. Also fechten wir das an. Der Mann platzte durch unseren juristischen Jargon, wie durch einen Papierreifen. ›Jetzt, wo das Land an uns zurückgegeben werden soll, gibt es nur noch Gerede, Gerede … die Regierung stiehlt das Eigentum der Menschen und setzt dann eine Kommission ein.‹ Da war ein alter Mann, Abram Mabidikama, ich muß immer an ihn denken, der sagte, wenn er zusieht, wie die weißen Farmer ihr Vieh auf Hartebeeslaagte weiden, sei es so, als müsse er zusehen, daß ein entführtes Kind für jemand anderen arbeiten muß, ›während ich nichts habe‹. Und dann stand er da und sagte ihnen, wir werden ›bis zum Ende der Zeit‹ um unser Land kämpfen.«

Zeph wiederholte leise, für sich selbst und sie beide: »Bis zum Ende der Zeit.«

Der alte Mann hatte nicht gesagt, was auf Demonstrationen gerufen wurde: *Tod dem Buren, Tod dem Farmer*; aber wie Odendaal sich hinter der zugeschlagenen Tür versteckte, als der Mann, der ihr in Hemdsärmeln mit Manschettenknöpfen gegenübersaß, gesagt hatte: *Meneer, wir tun Ihnen nichts. Ihnen nicht und Ihrer Frau und Ihren Kindern*, fummelten die Kommissionsmitglieder an ihren Kulis, versteckten sich vor der Drohung hinter ihren Bifokalbrillen.

»Welches Stück Papier, das von der Bande der weißen Rechten und den Homeland-Führern bekämpft werden wird, kann wichtiger sein als die Chance sicherzugehen, jetzt sicherzugehen, daß die Menschen endlich einen Platz finden, an dem sie *bleiben* können, um Himmels willen – nie mehr aus einem Nichts in das nächste gejagt werden. Zumindest weiß ich, daß ich da etwas erreichen kann. Jemand anders kann doch in dem Komitee sitzen? Das ist leichter, als mich bei der Stiftung zu ersetzen.«

»Viele Dinge machen scheinbar keinen Sinn, weil wir es so eilig haben. Wir sind gezwungen, alles schnell zu machen, und dann wird das eine wegen des anderen weggeschoben, wird umgeworfen, damit etwas Größeres vorankommt.«

»Aber nichts ist damit vergleichbar.«

»Nein. Wir müssen uns von den alten Vergleichsstandards verabschieden, was wichtig ist und was nicht. Wir wägen nicht nur einen Sack Salz gegen einen Sack Mais ab, Vera.«

»Ich soll still in einem Komitee sitzen, während irgendwo auf der Straße jemand Sallys und Didys Haus beobachtet und auf die Chance wartet, sie umzubringen?«

»Hast du sie gesehen?«

»Ich hab ihr einen Blumenstrauß mitgebracht, und das war ganz falsch – als ob sie krank wär, oder wie wir's machen, wenn jemand gestorben ist. Sie hat ihn mit einem etwas komischen Gesichtsausdruck angenommen.«

»Du solltest oft hingehen. Wenn etwas Bedrohliches auftaucht, braucht man Besucher. Ich hab die Erfahrung selbst gemacht.«

»Sie und Didy kommen uns nicht besuchen. Als wär es eine Seuche. Oder ein Fluch. Sie wollen niemanden dem Risiko aussetzen. Sally ist natürlich voller großer Worte, sie sagt, man kann nie wissen, ob der Mann gut schießt, er könnte aus Versehen jemand anderen treffen.«

Die Sonne war untergegangen, und der von unten beleuchtete Himmel stand voller Perlenwolken. Sie erhob sich und streckte sich dem Himmel entgegen. Sie gingen zusammen zur Pforte, teilten das Ende des Tages ohne Häuslichkeit, er fragte sie nicht, was sie tun würde, sie sagte nicht, wie sie sich entscheiden würde. Geistesabwesend knickte er eine gelbe Rose von einem Busch neben der Pforte. Dann gab er sie ihr. Sie rollte den Stiel zwischen den Fingern.

»Paß auf die Dornen auf.«

»Ermächtigung, Zeph. Was soll das heißen? Was ist mit dem passiert, was wir immer Gerechtigkeit genannt haben?«

Didymus begleitete Sibongile mit einem Revolver in der Innentasche seines Jacketts überallhin. Aufgrund seiner politischen Vergangenheit hätte man ihm nie einen Waffenschein gegeben, wenn er ihn beantragt hätte. Die Bewegung verschaffte ihm die Waffe, unter ihrer eigenen Form der Legalität. Nicht nur der Staat, sondern auch die Fraktionen in ihm, die er nicht unter Kontrolle hatte und die schon gegen die zögernden Abtretungen der Macht rebellierten, hatten das ganze Arsenal der Armee und der Polizei zu ihrer Verfügung. Was waren dagegen ein paar versteckte Lager hereingeschmuggelter Feuerwaffen – symbolisiert durch die mythisierte, oft besungene, oft abgebildete AK–47? Wenn Polizeischutz kühl angeboten wird, steht diese Realität dahinter: zu der Leibwache kann durchaus der Attentäter zählen. Den auf der Straße vor dem Hause patrouillieren zu lassen, dem ersten Zuhause in der Heimat, wo Didymus und Sibongile und ihre Tochter beim Abendessen sitzen, den hinter ihrem Kopf auf dem Rücksitz zu wissen, wenn sie in die Stadt fährt!

Sibongile sieht das Ding, den Revolver, mit Abscheu an und fragt Didymus ständig, ob er auch wirklich gesichert ist, da an seinem Körper. Aber er ist kein weißer Ehemann aus der Vorstadt, der Instruktionen braucht, wie man mit einer Waffe ›umgeht‹ – so lautet der professionell klingende Ausdruck, den Amateure als einen Euphemismus für das Erlernen des Tötens benutzen. Und er wird nicht den Falschen, nicht irgendjemanden zufällig treffen, versichert er ihr.

Und sie wissen beide, daß der Mörder kein Ziel abgeben wird, wenn er zuschlägt. Es wird, wie bei anderen geschehen, ein Kugelhagel aus einem vorüberfahrenden Wagen sein. Oder ein Schuß durch das Fenster, hinter dem sie und ihr Mann und ihre Tochter am Tisch sitzen. Der Revolver ist ein Versprechen, das wenig Chancen hat, eingehalten zu werden. Didymus ist seit langem an schwere Risiken in seiner Lebensweise gewöhnt, und alles, was er tun kann, ist, Sibongile durch sie hindurchzuführen.

Verdächtig aussehende Gestalten streichen um das Haus, aber es sind nur Journalisten; die Attentäter werden keinen Verdacht erregen, oder wenn sie es tun, wird man erst nach dem Anschlag darauf kommen. Bei einem früheren Attentat erinnerten sich Nachbarn später, daß ein roter Wagen den Häuserblock ein paar Tage vor der Tat umfahren hatte. Da es ihnen nicht gelingt, an das mögliche Opfer und ihren Ehemann heranzukommen, lauern die Journalisten Mpho auf. Sie ist ziemlich geschmeichelt, befragt zu werden, was sie dabei empfindet, daß ihre Mutter bedroht ist, und erscheint auf einem attraktiven Foto, das sie aus der Zeitung ausschneidet und in ihrem Zimmer aufhängt. Die Ablenkung nimmt ihr etwas von ihrer Furcht.

Niemand kann sagen, wann sie wieder sicher sein werden. Sicher, was zu tun? Sich frei zu bewegen. Den Revolver zu Hause zu lassen. Bei den Sitzungen des Verhandlungsrates sind Sibongile und andere von der Todesliste zumindest an einem Ort versammelt. Junge Männer der Befreiungsarmee stehen Wache; sie sind füllig geworden und wirken entspannt nach den Jahren der Entbehrung in den Buschcamps, sie stehen in Gruppen dicht zusammen wie Schuljungen in der Pause, wenn ihnen ihr Teil vom Essen und Trinken der Delegierten übergeben wird. Vielleicht warten die Attentäter gerade darauf, daß ihre Ziele sich an die Vorsichtsmaßnahmen gewöhnen. Jede Routine, selbst die der Wachsamkeit, verfällt der Geistesabwesenheit: wenn man sich an das Risiko gewöhnt hat, ist man am gefährdetsten. Das gibt ihnen die Gelegenheit, einen auf unvorhergesehene Weise zu erwischen. Zu überraschen. Die auf der Todesliste erinnern einander: Du gehst an einem stillen Sonntagmorgen zum Kiosk an der Ecke, um eine Zeitung zu holen, niemand ist so früh auf, es ist nichts, was du üblicherweise tust, niemand kann das voraussehen, nur an die Ecke, das ist alles, und wenn du zurückkommst, kriegst du eine Kugel in den Kopf, nicht nur eine, drei, um ganz sicher zu sein. Die letzte Überraschung deines Lebens.

Sibongile steht unter dem Zwang, nichts halbgetan zu lassen. Die trivialste Aufgabe; bevor sie morgens das Haus verläßt, geht sie von Zimmer zu Zimmer, stellt Dinge an ihren Platz, schiebt neue Batterien in den Kassettenspieler, den Mpho leer gelassen hat, ordnet die chaotischen Papiere, die Didymus auf dem Küchentisch angehäuft hat. Es ist, als würden diese Dinge sonst nie erledigt werden. Jede

Meinungsverschiedenheit, die nicht geschlichtet wird, erregt sie tief. Wenn Mpho auf dem Weg zum Computerkurs, den sie jetzt besucht, die Tür hinter sich schließt, regt sie sich sogar über die Beiläufigkeit auf, mit der solche täglichen Trennungen vollzogen werden. Sie stürzt ihr nach, um Mpho noch einen Kuß auf die Wange zu geben, und beobachtet sie durch einen Schlitz in den Jalousien, die immer geschlossen sein sollen, damit Bewegungen im Hause von außen nicht zu verfolgen sind. Sie sieht dem hohen kleinen Hintern nach, der sich unter dem Fetzen eines Jeansrocks energisch bewegt, als sie eilig davongeht. Didymus findet an verschiedenen Stellen Zettel. Er sieht, daß sie nicht die üblichen Notizen sind, die Sibongile schreibt, um sich selbst an etwas zu erinnern, sondern Anweisungen für andere, die eine Kontinuität des Lebens sichern sollen, falls sie hinausgeht – wie der, der an der Ecke eine Zeitung kaufte – und nicht wiederkommt. Er sagt nichts. Knüllt die Zettel zusammen und zielt mit ihnen auf den Abfalleimer in der Küche. Er hat den Versuchungen solcher Rituale nie nachgegeben; aber er hatte auch den Talisman der Verkleidung.

Sie saßen abends weiter im Haus, er las oder saß am Computer und machte Notizen für das Buch, das er schreiben sollte, sie arbeitete Papiere von verschiedenen Komitees durch, die dem Verhandlungsrat unterstellt waren. Würde es passieren, wenn sie in die Küche ging, um sich eine Tasse dieses Rooibos-Tees zu machen, den sie in ihrer alten Besorgtheit um ihre Gesundheit für wohltätig hielt? Oder wenn sie sagte: Ich geh jetzt – auf dem Weg ins Bett, im Badezimmer, würde sie nur noch die Zeit haben, den Wasserhahn aufzudrehen? Das Zuschlagen einer Tür oder die knallende Fehlzündung eines Autos ließ sie beide schnell aufblicken; danach nahm Sibongile ihren sorglosen Hochmut wieder an, und Didymus grinste schief in ihre Richtung. Mpho saß mit den nackten Füßen auf der Sofaarmlehne, ein kleiner Hügel wohlgefüllten Magens zeigte sich in ihrer hingelümmelten Haltung, sie hatte die Hand in der knisternden Tüte ihrer Lieblings-Cornflakes, während sie die Fernsehparodie ihres Lebens mit simulierter Gewalt und Schießerei ansah.

Sibongile und Didymus gingen immer zusammen aus dem Haus, und sie waren zusammen mit den anderen auf der Liste die Initiierten, getrennt von denen, die nicht genannt worden waren, sogar von engen Genossen und Freunden. Die schienen nicht zu wissen, wie sie mit der Situation umgehen sollten, obwohl die Opfer mit dem Unvorstellbaren recht gut zurechtzukommen schienen. Vera Stark kam mit dem stillen Ben ziemlich regelmäßig zu Besuch. Was geschah im Leben der Starks? Das ist zumindest ein Weg, die Freunde vom Thema der Liste abzubringen, weg von der endlosen Überlegung, wer dahinterstecken könnte. Vera kämpft mit der Beratenden Kommission für Landzuweisung – »das Übliche«, sagt sie abwehrend. Sie reden über die erste Sitzung des Verfassungskomitees, die bald stattfinden wird, wobei sie davon ausgehen, daß Vera dabei sein wird. Didymus ist nicht verärgert, daß man ihn übergangen hat; die unmittelbare Todesdrohung entzieht dem Ehrgeiz vorübergehend alle Bedeutung. »Du nimmst also nächste Woche Urlaub bei der Stiftung.« Er grinst und klopft ihr auf die Hand; wunderbar, daß man sie gewählt hat. Vera sieht auf seine Gewißheit, ein Moment des Austausches zwischen ihnen.

»Ja. Nächste Woche.«

Ben hat bisher nichts davon gehört, daß sie sich entschieden hat, anzunehmen. Er sieht sie in seinem Schweigen prüfend an, er ist unter den anderen im Raum allein. Sie blickt ihn nicht an, und er sieht, daß ihr Profil – der Daumen einen Augenblick zwischen den Zähnen – aussagt, daß ihr Leben im Zusammenhang mit der Lage Sallys und Didys für sie keine Realität hat. Dies ist wie ein Bühnenbild, in dem – in schrecklicher Entsprechung zu Tschechows Maxime für das Theater – ein Revolver, der nicht zu sehen ist, um dessen Gegenwart aber jeder weiß, vor dem Ende des Stückes losgehen kann. Lange bevor das Verfassungskomitee seine gemessenen Überlegungen anstellt und eine neue Verfassung geschaffen wird, unter der – das ist die einzige Hoffnung – Attentäter begreifen werden, daß die Götter, denen sie opfern, sie verlassen haben.

Ben glaubt halb, muß glauben, daß Vera das nur gesagt hat, um weitere Fragen nach dem Komitee abzuwehren, sie will über ihre Unschlüssigkeit nicht reden. Für diese alten Freunde, Sally und Didy, läßt er sich von dem Gefühl, daß Didy Ablenkung braucht, aus seiner Geistesabwesenheit herauslocken. Um ein normales Interesse zu zeigen, bietet er als Gesprächsgegenstand an, daß sein Betrieb in Schwierigkeiten ist. Der Glaube an die Verkaufsmöglichkeiten von

Krokodilleder aus Zaire, Eidechsenleder aus Südamerika, Kapstraußenleder in Form von Taschen und Koffern mit goldeingelegten, geprägten Initialen und Firmensignet war in diesen Zeiten der Rezession und politischen Ungewißheit schwer erschüttert. Die Embargobrecher, die gerne mit solchem Gepäck reisten, hatten ihre beste Zeit hinter sich, und die nachfolgende wohlhabende Klasse, die kommen würde, wenn die Sanktionen aufgehoben waren und die Arbeitslosigkeit sank, war noch nicht da. Er machte sich trocken über sich selbst lustig, zur Ablenkung. Die Ironie seines Versuches, seiner Vera ein sicheres Alter zu schenken, einer Frau wie Mrs. Stark, indem er von der Eitelkeit der Regierungsbeamten profitierte. Seine Worte standen im Gegensatz zu den edlen Zügen seines Gesichts, die schwarzen Augen tief wie die Augen antiker Statuen, die durch dunkle Höhlen wiedergegeben waren. »Die Botschafter des Regimes wissen, daß sie bald für immer zurückgerufen werden, kein Aufbruch mehr nach London oder Washington mit einem Dutzend zusammenpassender Stücke.«

»Na, wenn du einen Ausverkauf machst, ich hätte nichts gegen eine schicke neue Aktenmappe. Macht nichts, wenn sie Piek-Botha- oder Harry-Schwarz-Initialen hat und das alte Wappen, meinetwegen kann sogar ein *vierkleur* * eingeprägt sein, ich kann immer einen von Mphos Aufklebern drübermachen.« Sally scherzte mit. »Und wenn du ein paar Lederreste hättest, könnten wir ein schönes Holster für Didy machen. Sowas im Cowboystil, weißt du. Das Jackettfutter wird allmählich dünn, weil er immer die verdammte Kanone mit sich rumschleppt.«

»Manche Leute tragen Abzeichen am Revers, ich trag den Revolver, das ist alles.«

»Wenigstens bist du nicht der einzige. Alle haben heutzutage Pistolen ... ohne euren Grund.« Vera wandte sich an Sally. »Ben will sogar, daß ich eine Pistole ins Handschuhfach leg.«

Aber Vera ist ein kleiner Fisch. Ein schreckliches Privileg, dem Sibongile und Didymus angehören, verändert alles und lädt für den Außenseiter alles um sie auf; den Klang ihrer Stimmen noch bei der alltäglichsten Bemerkung, das Aussehen ihrer Kleidung, die

* Vierfarben. Die alte Fahne der Transvaal-Burenrepublik. A.d.Ü.

Berührung ihrer Hände, noch warm. Wenn all die alten Unterschiede des Privilegs verworfen und abgeschafft sind, entsteht eine Aristokratie derer, die in der Gefahr leben. In ihrer Gesellschaft fühlen sich alle anderen vermindert, deklassiert.

Die Insel gehört uns.

Veras Haus ist leer.

Promotional Luggage war geschlossen, pleite, aber auf ehrliche Weise. Ben hatte die Gläubiger ausgezahlt, schuldete niemandem etwas. Er wußte nicht, was er nun tun sollte, und um das zu verhüllen, füllte er die Zwischenzeit mit einem Besuch bei Ivan in London. Ivan hatte sich von der Ungarin getrennt; das war günstig, Vera erwartete für Ben ein Zwischenspiel männlicher Kameradschaft zwischen zwei Generationen ohne weibliche Störung. Was sollte Ben auch tun, zu Hause, während Vera jeden Tag, jede Stunde, beschäftigt und besorgt war – pendelnd zwischen dem Verfassungskomitee und ihren Versuchen, mit der Arbeit der Stiftung in Kontakt zu bleiben? Im Supermarkt einkaufen? Bennet? Sich als Rentner betrachten? Ein Hobby aufnehmen, sich zum Beispiel einem Bowling-Club anschließen, die Bildhauerei, die er in seiner Leidenschaft für Vera aufgegeben hatte? Vera war sein Beruf; Promotional Luggage hatte Vera versorgen sollen.

Adam wohnte noch ein Weile in Ivans Zimmer. Er und Vera hatten die lockere Übereinkunft, die sich zwischen Individuen ergibt, die sich trotz des großen Altersunterschiedes darin ähneln, daß sie ihren Instinkten und ihrem Willen folgen. Bei Vera beruhte das auf ihrer Verpflichtung auf Ideale und bei Adam auf dem Mangel an Idealen. Seine Großmutter gab ihm keine Ratschläge (das eine Mal, als sie es getan hatte, war eher ein Versuch gewesen, ihre Freunde zu schützen als ihn), sie machte ihm nicht das Bett, nähte seine Knöpfe nicht an und beaufsichtigte nicht, was er tat. Also war sie keine Großmutter. Sie nahmen Telefonanrufe füreinander an, aßen unabhängig voneinander zu keiner bestimmten Zeit was immer im Kühlschrank war oder was einer von ihnen dem anderen im Herd ließ, trafen sich manchmal spät abends und unterhielten sich wie Gleichaltrige, die einfach unter einem Dach zusammenlebten. Bei einer dieser zufälligen Begegnungen erwähnte er, daß ein Freund ein kleines Haus im Bezuidenhout-Tal gefunden hatte und jemanden suchte, der es mit ihm teilte. Eine Woche später zog er in einer Partyatmosphäre aus, borgte Veras Wagen, um seine Besitzungen in mehreren Fahrten hinüberzuschaffen, unterstützt und behindert vom Hin und Her der freiwilligen Helfer aus seinem Freundeskreis.

Vera und Adam mochten einander, aber beide wußten, daß sie sich nur noch selten sehen würden, sobald sie nicht mehr unter demselben Dach schliefen. Das Familiendach: das war es, dieses Haus, das in den Vierzigern gebaut worden war, im Stil der Weißen jener Zeit, halb Kolonialstil, halb modernistisch, mit einem Wohnzimmer auf zwei Ebenen und einem farbigen Schieferfußboden in der Veranda, die sie Patio nannten. Es war ein Haus, das der jungen Braut und dem Soldatensohn von Eltern geschenkt worden war, die selbst nicht wußten, was sie waren, ein Teil von Europa oder ein Teil von Afrika. Das Haus, das Vera auf dem Weg der Scheidung erbeutet hatte, das Dach, unter dem sie ihren Liebhaber aufnahm, das Haus, in dem ihre Kinder geboren wurden, in dem die ›Patio‹, die für Teenachmittage unter Weißen gedacht war, zu einem Arbeitszimmer umgewandelt wurde, in dem sie Strategien austüftelte, wie man den Schwarzen ihr Land zurückgeben konnte. In jedem Zimmer hielt das Haus das Leben fest, das dort gelebt worden war. Kratzer und Flecken, Provisorien (Bücherborde aus Brettern und Ziegelsteinen), mit denen die frisch verheirateten Liebenden ausgekommen waren, weil sie sich nur für die Liebe, nicht für materielle Dinge interessierten. Ein Bildhauermeißel unter Spielfiguren aus einem Kinderspiel, beschriftete Steine aus irgendjemandes Sammlung, Rosenquarz, Kristall, Geoden. Schlaff hängende Kleidungsstücke, die die Gestalt dessen, der sie getragen hatte, verloren hatten, nie fortgegeben, weil jemand (Annie?) einmal die Absicht gehabt hatte, sie abzuholen. Kartons, die die Überbleibsel von Promotional Luggage enthielten, Kosmetikkoffer und Elefantenlederbörsen, die niemand kaufen wollte. Der Duft – der Körpergeruch des Hauses, anders als das Parfüm, das sie benutzt – der Papiere und Zeitungsausschnitte, die sie gehortet hat, der Kalender ihrer Tage und Jahre, ist so lebendig wie Papier in seinem organischen Ursprung, alles still und heimlich in der Feuchtigkeit zusammengeklebt und in der Hitze dünn auseinandergebrochen. Zerbrochene Tongefäße, eine Micky-Maus-Uhr, die auf einer Stunde der Kindheit stehengeblieben ist, Ansichtskarten und Fotos. Es ist für jeden, der nach der Abreise eines Gastes aufräumt, unmöglich, nicht wie Vera stehenzubleiben und zufällig aufgefundene Fotos anzusehen. Und da stößt sie, noch einmal, auf das Ansichtskartenfoto, das sie während des Krieges nach Ägypten geschickt hat. Sie hat es nicht weggeworfen, zerrissen, hat es nur unter all das andere Zeug zurückgeschoben.

Und wer war das?

Ich bin diejenige auf dem Foto, an die sich niemand erinnert.

Im Innern dieser Ruhe arbeitete sie beim Verfassungskomitee. Was sich aus dieser Arbeit ergab, würde in seiner Wirkung auf Millionen anonym bleiben. Nur einen kleinen Bruchteil von ihnen hatte sie kennengelernt. Nur wenige hatte ihr Leben persönlich berührt, die Leute der Mogopas und Odensvilles. Sie und Zeph Rapulana redeten unter der Jakaranda, wie sie vielleicht woanders nicht miteinander reden würden. Man mußte einfach daran glauben, daß die Wahlen, bei der jeder eine Stimme hatte, und die neue Regierung die AK-47 und die Benzinbomben stoppen, die Hakenkreuzträger besiegen und die Kleinfürsten beschwichtigen würde, die sich an die Knüppel ihrer ethnischen Macht klammerten, daß sie die Gesellschaft im Dromedaris unter Kontrolle halten könnte. Es machte keinen Sinn, den Untergangspropheten die Befriedigung zu geben, mit ihnen das Versagen der demokratischen Mechanismen zu diskutieren, das Fehlen freier und fairer Wahlen sonst irgendwo auf dem Kontinent.

»Endlich – in einem Jahr, einem Monat, an einem tatsächlichen Tag! – kriegen unsere Leute, wofür sie gekämpft haben. Man darf sie nicht betrügen! Das darf nicht geschehen! Nicht uns. Wir können das nicht zulassen! Was für eine Katastrophe, wenn die Leute anfangen zu denken, es lohnt nicht zu wählen, was immer sie tun, das alte Regime wird die Sache fälschen.«

Seine Entschlossenheit war für sie wie ein belebender Trunk. »Aber wenn wir ihnen geben wollen, was sie brauchen, müssen wir auf das vorbereitet sein, was passieren könnte, Zeph. Was sollen wir mit den Homeland-Schwarzen machen, die ihr kleines Stückchen Macht behalten wollen, auch wenn ihre Territorien vor den Wahlen mit dem Land vereinigt werden? Was ist, wenn ihr Bündnis mit den rechtsextremen Weißen hält, wenn es sich verstärkt? Was, wenn die weißen Generäle *ihre* Generäle werden? Und die reguläre Armee ihr Waffenlager?«

»Man muß ihnen zeigen – unbedingt, es gibt keine andere Möglichkeit –, daß sie nicht gewinnen können. Nach all den Jahren mit ihren Gewehren und ihren Armeen, nach all den Tausenden, die sie umgebracht haben, den Gesetzen, die sie gemacht haben, den Millionen, denen sie ihr Land geraubt haben und die sie durch die Gegend gejagt haben, mußten sie Mandela aus dem Gefängnis lassen und sich hinsetzen und mit ihm verhandeln. Oder? Sie müssen wissen, daß sie nicht gewinnen können. Nicht mal, wenn sie tun, was die UNITA in Angola gemacht hat, und das Wahlergebnis nicht anerkennen, wenn wir gewinnen, nicht mal, wenn sie tun, was Babangiba getan hat, und die Wahlen für null und nichtig erklären. Sie können nicht gewinnen.«

»Also muß man sie irgendwie überzeugen, das zu nehmen, was ihnen angeboten wird. Aber das muß jetzt geschehen, man muß irgendwie mit ihnen zurechtkommen, jetzt, *vorher*. Und dabei kann man alles verderben.«

»Wie alles, Vera?«

»Wenn wir dieser verrückten Idee nachgeben müssen – ich mein die weißen Extremisten – das Stück Land, das sie nur für sich selbst wollen! Das endgültige *Laager*. Welche Ecke des Landes gehört nicht auch anderen? Was ist mit den Schwarzen, die da leben oder gelebt haben? Das Land, Zeph, das Land. Du weißt alles über Land. Wir versprechen, den Menschen das Land wiederzugeben, und dann denken wir tatsächlich darüber nach, auch nur einen Meter an die zu geben, die es selbst am Anfang gestohlen haben? Wollen wir wieder damit anfangen, Menschen zu vertreiben, diesmal im Namen der Einheit, ein Südafrika, ein Volk? Werden wir uns auf einen Föderalismus einlassen müssen, oder eine Art Regionalismus, der ein verkleideter Föderalismus ist, damit die alten Machtblöcke der Weißen – vielleicht mit ein paar schwarzen Satelliten oder einem Bündnis mit ethnischen Machtansprüchen – bestehen bleiben?«

»Damit kommen wir über die regionalen Rechte und Befugnisse schon zurecht, da gehen wir ran. Die Regionen werden keine Verkleidung für irgendwas sein. Es ist ein kompliziertes Spiel, aber es wird funktionieren.«

»Aber das andere. Diese Weißen, über die wir gelacht haben, bis sie einen Panzerwagen in das Verhandlungsgebäude gefahren haben.«

»Der Pfad führt nirgendwo hin. Die werden bald keinen Dampf mehr haben. Du und ich können *das* nicht lösen, Vera.« Er war freundlich amüsiert über ihren Anspruch. »Wir müssen darauf setzen, daß unsere Leute ihnen die richtigen Signale zukommen lassen. Wir können uns nur an das halten, was wir tun. Du und ich.«

An diesen Nachmittagen kommt die Kühle schnell. Das letzte Licht intensiviert die Immergrünblätter zu Schwarz, mit einem Hauch dünnen Goldes auf der verblühenden Jacaranda, deren Blüten erst fallen, wenn der Winter endet. Im reinen Strahlen weit fort schwebt lautlos ein Flugzeug, das ihren Blick verbindet, als ihre Augen ihm folgen. Die Büsche scheinen höher zu werden. Und dann entzündet die Glut der verschwundenen Sonne einen Waldbrand hinter geschwärzten Bäumen.

Es gibt Zeiten, in denen das, was als das Unpersönlichste erscheint, das Intimste ist. Während sie Teil der dichtgezeichneten Dunkelheit wurden, empfanden beide nichts intensiver als diese politischen Ängste und Triumphe. Es gab kein Gefühl, das zwei Menschen mehr zueinander ziehen konnte, als dieses. Eine starke Strömung der Gegenwart trägt sie wie im Rausch: dies ist das Jahr, in dem das alte Leben an sein Ende kommt.

Ben und Vera tauschen regelmäßige Telefonanrufe aus. Stillschweigend waren sie übereingekommen, sich abzuwechseln, aber wenn eine Woche ohne Anruf vorübergeht, wenn Vera an der Reihe ist, ruft er statt dessen an.

Als das Telefon spät abends klingelte, wußte sie, daß er es war.

Er hörte das Klingeln und folgte ihm durch die leeren Zimmer des Hauses, um sie zu finden: das Veranda-Arbeitszimmer unter der Schreibtischlampe, das Obst, das sie neben sich stellte, wenn sie abends arbeitete, die Küche, wo sie eine Zitrone ausdrückte, um sich ein heißes Getränk zu machen, das Schlafzimmer, in dem ihr Körper sich nach einem unbewußten Ritual, das er hätte beschreiben können, aus den Kleidern schälte.

Gewöhnlich war sie im Bett, ihr Arm griff nach dem Telefon. Beide berichteten von dem, was sie getan hatten, was der oder die andere ihrer Meinung nach gerne hörte. Sie machten witzige Bemerkungen, erzählten kleine Anekdoten. Ivan hatte eine Party gegeben, und einer der Gäste hatte einen zweijährigen Jungen mitgebracht, der auf Ivans Bett einschlief und es naßmachte. Vera war hinten auf einem Motorrad, das Adam gekauft und ihr vorgeführt hatte, um den Häuserblock gefahren. Ben fragte mit seiner tonlosen Telefonstimme und der etwas künstlichen Sorge dessen, der solche Dinge nur in der Zeitung las, wie die Verhandlungen liefen, wie es in den Komitees und Kommissionen war, ob die Morde so schlimm waren, wie sie im Fernsehen erschienen. Sie fragte, ob Ivan verreist war, in irgendeiner Hauptstadt, oder bei Ben zu Hause. Er erinnerte sie an Pflichten, die sie vergessen haben könnte – er wußte, wie wenig Zeit Vera hatte, an solche Dinge zu denken. Gebühren mußten bezahlt, Steuererklärungen mußten gemacht werden – obwohl sie jetzt die einzige Verdienerin war. Darüber ging sie schnell hinweg: es war eine Art der Erinnerung, die sie vermeiden wollte – das Scheitern von Promotional Luggage, er hatte nicht für sie sorgen können, wie er es gewollt hatte. Dies war der letzte Schritt auf den Moment zu, da es nichts mehr zu sagen gab. In der Pause, bevor sie sich verabschiedeten – sie lag da und blickte zur Decke auf, als wäre sie eine Fliege, die dort oben über dem stillen Zimmer herumlief – erreichte sie seine Stimme: »Bist du einsam?«

»Nein.« Ein Auflachen. »Nein.«

Als sie auflegte, durchzuckte sie die Reue. Sie mußte ihn zurückrufen, mußte Ben anrufen, Bennet. Und was sagen? Wenn sie ihn doch früher anlügen konnte, oftmals, warum hatte sie jetzt nicht die Kraft, ihm eine Lüge zu geben, nach der er greifen konnte. Sie machte das Licht aus und schlief, ihr leeres Haus um sich zusammengezogen.

Vergib mir, denn ich weiß sehr wohl, was ich tue.

Ben und der andere Mensch, den er liebte, Ivan, hatten viel Spaß in London, zwei Junggesellen zusammen. Ben befand sich in einer Raserei des Kummers, von der niemand etwas wußte. Ein rasender Kummer über alles, was Vera je getan hatte und nie wissen würde. Und wenn sie es gewußt hätte? Wäre es dann anders gelaufen, besser? Wenn er ihr gesagt hätte, daß er einen anderen Mann an ihr, in ihr gespürt hatte, in jenen Jahren, daß er wußte, sie hatte zwei Männer auf einmal, dessen war sie damals fähig, daß er wußte, es mußte irgendwo eine Wohnung, ein Hotel geben, aus dem sie kam, zurück zu ihm – wäre sie dann jetzt einsam ohne ihn, würde sie ihn jetzt brauchen? Oh, nicht wie in den Bergen, die köstliche und wundervolle Verführung durch die Frau eines anderen. Aber als der Ehemann, der er geworden war. Er begriff, daß Vera nie wirklich einen Ehemann gewollt hatte – nur für eine Zeit, als es sie erregte, ihren Liebhaber zu domestizieren, eine Art Verkleidung im umgekehrten Sinne. Sie kümmerten sich zusammen um die Babys, vertrauten einander alles an, hatten als Paar Freundschaften, waren in ihren politischen Überzeugungen ein Tandem, auch wenn Vera sie in ihrer Arbeit lebte, sich selbst riskierte, während er den Biberdamm baute, um ihr Leben zu stützen, für sie zu sorgen … den Damm, der brach, das falsche Unternehmen für die falsche Zeit. Nicht, daß ihr das etwas ausgemacht hätte; das war Teil dessen, daß sie eigentlich gar keinen Ehemann wollte, nie, weder den ersten noch den zweiten: sie brauchte keine Sicherheit, was, wie er annahm, ein Ehemann für die meisten Frauen ist. Sie wird alt, und sie versteht etwas von Sicherheit da unten, er ist weit weg und kann das alles nicht verstehen. Sie wird alt, selbst seine Vera altert; und sie ist nicht einsam. Er suchte in sich nach dem bitteren Trost ihrer Fehler, die Dinge an ihr, die ihn irritiert hatten. Sie hatte kein plastisches, taktiles Gefühl – außer für Fleisch natürlich, wenn sie ihn streichelte, ihn mit erschreckender Erregung hochkommen ließ, wenn sie seine Augen und Lippen berührte, wenn sie ihm sagte, wie schön das Gesicht war, mit dem er es immer noch aushält. Eine Maske für einen Auftritt, die er nicht abnehmen kann. Jetzt hat er all die Zeit, die er immer wollte, um zu lesen. Alles, was er liest, hat Bedeutung für ihn. Er geht zu den Büchern zurück, die die wesentlichen Texte seiner Jugend waren, liest wieder Rilke, und ihm scheint, das etwas darin ihn aufsucht, ihm etwas sagen will: Vera ist der, »der nicht geliebt werden wollte« in Malte Laurids Brigge. Diese »innige Indifferenz des Herzens«: damit war doch Vera gemeint. Und er las einen irischen Lyriker, nicht Yeats dieses Mal. Er wollte ihr durch seine Worte mitteilen, daß er, obwohl er letztlich das Credo mit ihr nicht teilen konnte, verstand: *Was stärker schien, hat seine Zeit verbraucht/ Die Zukunft liegt in der Kraft, die von unten kommt*. Sie hatte in seinen Armen zugehört, als er ihr Gedichte vorlas, Yeats und Lorca, in den Bergen, sie hatte gesagt, sie sei hingerissen. Hingerissen! Vera las nie etwas anderes als Zeitungen und Papiere, Weißbücher, Schwarzbücher, ein Haus voller Berichte. Für sie war das, was im Machtbereich der Politik geschah, Existenzbedingung, während die Macht des Lebens selbst, die wohltätige Sonne, das Gottessymbol einer ewig neu aufsteigenden Zukunft, sich als die Quelle tödlicher Strahlen herausstellte, welche die Menschen zu sich hereinließen, indem sie ihren einzigen Schutz, die Atmosphäre, zerstörten. Sie war immer hinter ihm her, in seiner Freizeit als Ehemann die Bildhauerei »weiterzumachen«; sie wußte nichts von Volumen, Gestalt, der glatten Haut des Holzes und der körnigen des Steins und nichts von der vollen Zeit, die sie forderten. Sie bevorzugte offen ihre Tochter, die kalte Annick, und schien, selbst als er noch ein Baby war, ihr Erstgeborener, ein unerklärtes Ressentiment gegen ihren Sohn zu haben, vielleicht weil Ivan nach ihrem Bild geformt war – hieß das, daß Vera sich selbst nicht mochte? Er wollte Zeilen von Yeats, die wie ein Schlag zu ihm zurückkamen, laut ausrufen, ihr zurufen: *Was, außer daß wir hier/ uns gegenüberstehen, wissen wir?* Er haßte – nicht Vera, sondern seine Abhängigkeit von der Liebe zu ihr. Er ist in dem Wissen fortgegangen, daß er nicht weiß, wie er allein weiterleben soll.

Didymus sagte zu den Camps aus. Es war notwendig geworden, für die Sache, über einen bloßen Bericht hinauszugehen. Er sollte in einer offenen Anhörung über das sprechen, was er für sich hatte behalten müssen. Ein Wandel in der Selbstdisziplin; in seiner Laufbahn des Exils, der Infiltration, des Guerillakampfes, der Spionage und Gegenspionage, war er an solche Richtungswechsel gewöhnt. Die Bewegung benachrichtigte die Presse von der Untersuchung und führte sie auch selbst durch.

Was ist der Unterschied zwischen einem Verbrecher und einem Helden? Er hatte darüber mit der besonderen Form revolutionärer Weltklugheit nachgedacht – für einen Revolutionär das, was er sich an Nähe zur Ironie erlauben konnte, denn die Ironie distanzierte, sie war ein Luxus, so als erwartete man ein weiches Bett, wenn man im Hinterhalt lag. Wenn er als »Angeklagter« vor seinen Genossen steht –

statt vor den Gerichten der letzten weißen Regierung –, geht es kaum darum, sein Handeln im Namen einer gerechten Sache zu rechtfertigen, die Mittel durch den Zweck. Vielmehr geht es darum, das zu tun, was die Bewegung im Moment braucht, um ihre Integrität, ihre Fähigkeit zur Selbstkritik und Selbstverurteilung zu demonstrieren. Sie zeigt damit, daß sie stark genug ist, auch dies zu überleben, etwas, an das andere sich nicht heranwagen. Er sagt soviel, wie nötig ist, damit die Bewegung mit reinem Gewissen aus der Sache herauskommt. Er sagt sich selbst, daß dies eine Mission wie jede andere ist, sie entspricht einer bestimmten Phase des Befreiungskampfes.

Die Journalisten verfolgen ihn mit Fragen. Sie wollen, daß er seine Verbitterung ausspricht, damit sie eine Sensationsgeschichte bringen können über Spaltungen in dem, was sie die ›höhere Ebene‹ der Bewegung nennen. Er enttäuscht sie mühelos mit einer abgenutzten Formulierung aus dem Lehrbuch der Rhetorik: »Ich stimme völlig mit den Prinzipien der Verantwortung überein, an die wir uns immer streng gehalten haben.«

Sie stürmen ihm mit der Waffe ihrer Mikrofone nach. »Finden Sie nicht, daß Sie zum Sündenbock gemacht werden? Hat man Sie nicht geopfert?«

»Wieso?« Er scheint ihnen ihre Dummheit milde nachzusehen. »Nach mehr als dreihundert Jahren, in denen wir das Opfer einer weißen Macht nach der anderen waren, soll ich mich jetzt als ›Opfer‹ eines ganz normalen Vorgehens innerhalb meiner eigenen Befreiungsbewegung fühlen?«

Und obwohl es keine Möglichkeit gibt, seine Verwicklung in die Camps zu leugnen, gefährdet dies Sibongiles Karriere in keiner Weise. Die Morddrohung liefert den höchsten Beweis politischer Korrektheit des potentiellen Opfers. Paradoxerweise ist Sibongiles Ruf unangreifbar.

Vera und Didymus sahen einander unerwartet, als beide auf den Kassenautomaten in einem unterirdischen Parkhaus zusteuerten. Er begleitete Vera zu ihrem Wagen und stieg auf eine einladende Geste hin, die beide zur gleichen Zeit machten, ein. In dem weiten, halbdunklen Keller lag etwas Geheimes, es roch bösartig nach Auspuffdämpfen, und es war kalt. An ihren Treffen schien immer so etwas zu haften, von der Zeit her, als der *Umfundisi* in ihr Haus getreten war und sie die Tür mit dem Fuß hinter ihm zugetreten hatte. Sie trafen sich in einer solchen Umgebung, wie andere Menschen sich in Konzerten, Bars oder Bibliotheken trafen.

Sie sprachen nicht über die Untersuchung; wenn Vera neugierig war, so war sie klug genug, die Neugier für sich zu behalten. Sie redeten von Sally. Sie war diejenige, die jetzt auf Missionen in der ganzen Welt herumflog, sie war Delegierte für eine Konferenz in diesem Land oder auf der Suche nach Geldern für den Wahlkampf in jenem. Man nahm an, daß sie im neuen Kabinett ein Ministerium bekommen würde. Es gab Zeitungsfotos, wo sie unter japanischen und deutschen Würdenträgern und skandinavischen Politikern zu sehen war. Vera hatte festgestellt, daß die Londoner Stiefel und die afrikanischen Roben durch eine Garderobe angemessener internationaler Eleganz ersetzt worden war. Die beiden im Auto waren stolz auf sie. Sie sahen sie aus einer ähnlichen Perspektive. Wenn eine Frau eine öffentlich bekannte Persönlichkeit wird, zu etwas wird, das sich von dem vertrauten Bild abhebt, gewinnt sie eine Distanz, als würde sie ›jemand anderes‹. Didymus sprach von ihr wie von einer Fremden, die nicht durch Vertrautheit in ihrer Persönlichkeit unscharf geworden ist. »Zumindestens ist sie da drüben sicherer. Und sie macht es so gut! Sie kann mit Leuten umgehen, und wenn sie mit diesen Institutionen zu tun hat – man merkt, daß sie ihre Hausaufgaben gemacht hat, wenn sie sie trifft, weiß sie genau, was für Ressourcen sie haben, was ihre Lieblingsvorurteile sind, was sie vorzugsweise unterstützen. Und sie ist hart! Keine Versprechungen, sagt sie, Schecks. Und sie kriegt sie auch. Wie sie die Leute umgarnt ... du mußt ihr mal dabei zugucken.«

»Sie ist immer schön gewesen, das hilft.«

»Aber jetzt erst!« Die drei Worte sind fast eine Prahlerei. Vera begreift noch etwas von jeder Art öffentlicher Auszeichnung: ein Mensch mit solch einem Image bleibt sexuell attraktiv, auch wenn die Jahre vergehen. Ben winkt aus der Ferne. Sie sucht nach einer körperlosen Telefonstimme, Wörter, die verloren im Raum ihrer Erinnerung kreisen. »Ben hat sie im Foyer eines Hotels getroffen. Eines Tages in London. Er sagte, sie war prachtvoll.«

»Ben in London? Wann ist das passiert? Wann ist er weg?«

Weder er noch sie waren auf die seltsame Stimmung vorbereitet, in die seine ganz gewöhnliche, fröhliche Bemerkung gefallen war.

»Er war schon eine lange Zeit weg.«

Didymus wollte nicht in Vertraulichkeiten gezogen werden, nicht mit dieser alten Freundin aus den Tagen, als die Freundschaft die Linie der Rassentrennung überschreiten mußte. Die Vertrautheit zwischen ihnen beiden, die sich auf seinen geheimen Besuch in einer seiner revolutionären Verkleidungen gründete, gab ihr nicht das Recht, ihm von der anderen Vertrautheit zu erzählen, der zwischen Mann und Frau. Das war etwas, was nur eine weiße Frau erwarten konnte. Trotzdem verstand er, was sie ihm sagte; verstand es aus dem Gleichgewicht und Ungleichgewicht von Rückzug und Nähe, die er zwischen sich selbst und Sibongile erlebt hatte. Aber in seinem Fall ging das sicher auf Dinge zurück, die mit ihm und Sibongile selbst nichts zu tun hatten, auf den Kampf und was er in seinen verschiedenen Phasen bedeutete. Weiße, sogar Vera und Ben, hatten doch gewiß irgendeine Intimität, die vor diesen Dingen sicher war? Wenn er sich erlaubt hätte zu sagen: Das tut mir leid – so hätte er anerkannt, daß er verstand, und dann hätte sie wahrscheinlich alle Diskretion fallengelassen und ihm Gott weiß was erzählt, Ben mit einer anderen Frau, die übliche Geschichte. In der Bewegung und in ihrer Umgebung gab es viele solche Fälle; wenn politische Aktion alles bestimmt, rebellieren die sexuellen Gefühle.

»Ivan ist doch noch da drüben, nicht? Großer Mann in Bankkreisen, Mann, das ist doch was. Wir müssen uns mal treffen und über all die Neuigkeiten reden, wenn Ben wieder da ist. Wenn ich Glück hab, kommt Sibongile am Wochenende zurück. Sie ist in Los Angeles und kommt über Bonn wieder. Weißt du, daß Mpho ein Stipendium der New York University gekriegt hat, Theater?« Das war ein Bereich, der beide anging, da Vera damals zusammen mit den Eltern die Verantwortung für das Mißgeschick im Leben des Mädchens übernommen hatte. »Viel besser für ein Mädchen wie sie, als Computer – sie wär nie dabeigeblieben, was? Nicht mit ihrem Temperament. Sally hat das hingekriegt.«

Vera kehrte am Abend in vollständiger Selbstvergessenheit in ihr leeres Haus zurück – und traf sich selbst. Die Vorhänge, die sie einen nach dem anderen vor die Fenster zog, die Winkel der Wände, denen sie folgte, die Türen, die sie schloß, als sie von Zimmer zu Zimmer ging, schützten und enthielten nur sie. Ihr Haus, das sie unehrlich an sich gebracht hatte, das sie nie hätte behalten sollen; dieses Haus war noch bei ihr, es war in einem Sinne ihr einziger Besitz, der einzige, den sie mit sich durch alles, was in ihr und um sie herum kam und ging, Mrs. Stark und Vera, mit sich getragen hatte. Männer, die Kinder, die sie ihnen gebar, die Gemeinden, die sie gerettet hatte oder nicht vor der Vertreibung hatte bewahren können, der Tod von Freunden oder die Todesdrohung an sie, das schreckenerfüllte Taumeln von Squattern, die vor Angriffen aus Arbeiterwohnheimen in eine Zuflucht strömten, die Wiederkehr vieler Gesichter aus dem Gefängnis und dem Exil, das letzte weiße Parlament, das es je geben würde, das Hakenkreuz, das noch einmal mit einer neuen Wendung aus dem Bunker kroch und auf den Ärmeln weißer Vigilanten auftauchte; die Abstrahierung der Worte, die Macht, die mit den unvertrauten Pflugscharen der Verhandlung kämpfen mußte, das Komitee, aus dem sie kam, in dem die Bedürfnisse, Frustrationen und die Ansprüche von mehr als drei Jahrhunderten miteinander versöhnt werden und in unwandelbarer Syntax zu Papier gebracht werden sollten.

Alte Komplizen (das Verbrechen lag so lange zurück, daß es respektabel geworden war, ein Familienheim), waren sie und ihr Haus nun allein. Ben hatte eine Alarmanlage einbauen lassen. Wie jede andere Unterkunft, die man ein Haus nennen konnte, ob in den Vorstädten oder den schwarzen Townships, war es ein Käfig, vor dem streunende Menschen in Autos auf und ab fuhren oder zu Fuß den Rinnstein entlang schlenderten und darauf warteten, irgendwie hineinzukommen, um das zu nehmen, was sie haben wollten. Sie hatte keine Angst, weil sie davon ausging, daß ein Haus mit einem so schäbigen Äußeren niemand zu der Annahme verleiten konnte, das da drin viel Wertvolles zu holen wäre. Und die Annahme wäre auch falsch gewesen, ihre Akten waren für sie von unschätzbarem Wert, aber sie würden für jeden, der wertvolle Dinge suchte, eine Enttäuschung sein; die Möbel, von den Schwiegereltern für die Kriegsbraut beschafft, waren abgenutzt und verschlissen.

Sie machte sich dann gewöhnlich einen doppelten Wodka mit einem prickelnden Schuß Tonic Water und legte die Füße auf den durch aufgestapelte Zeitungen erhöhten Kaffeetisch. Sie sah sich die Nachrichten im Fernsehen an und hörte sie dann in jeder anderen Version im

Radio, von Sender zu Sender wechselnd. Was in der Welt geschah, war bei ihr in dem Haus, sonst nichts. Die Stimmen von Menschen belebten es, die von den Beschäftigungen ihres Tages sprachen, und die Antworten, die sie in ihrem Kopf dazu gab, als spräche sie mit ihnen. Alle Anzeichen eines privaten Lebens umgaben sie; aber in ihrem Gefühl war das private Leben etwas Flüchtiges, das politische Leben transzendierte es, wie die Kunst, für die sie, leider, nie mehr Zeit gehabt hatte, seit Bennet ihr in den Bergen wundervolle Gedichte vorgelesen hatte. Ben selbst hatte das, was sie zusammen mit seiner Sexualität zu ihm gezogen hatte, seine künstlerische Befähigung, seine Bildhauerei, so leicht aufgegeben. Die Politik berührt zukünftige Generationen und wird durch sie endlos weiterentwickelt – in der Art, wie die Menschen leben werden, wie sie weiterdenken. Sie hatte keine Illusionen über die Politik; über ihre Rolle darin. Die Menschen bringen einander um, und die Zukunft blickt zurück und fragt: Wofür? Von hier aus können wir sehen, worauf es schließlich ohnedies hinausgelaufen wäre. Und dann wenden sie sich um und töten einander wegen eines anderen Grundes, dessen Lösung ebenfalls vorhersehbar wäre.

Liegt trotzdem ein Sinn in dem Versuch, den Kreislauf zu brechen? Unter der Prämisse, daß die Lösung in der Gerechtigkeit liegen wird? – selbst wenn sie in Ermächtigung umbenannt wird.

Manchmal, nach einem zweiten Wodka, wenn die Nachrichten von einem populären Musikstück der Vergangenheit abgelöst wurden, tanzte Vera, zu alt, um einen Partner zu finden, allein, ohne Zuschauer, im Wohnzimmer ihres Hauses, den Rock- n'- roll und Patapata, an den ihr Körper sich von den Partys in der Kriegszeit und aus den Fünfzigern im Chiawelo-Haus der Maqomas erinnerte. Das war die Zeit – sie gestand das mit Toleranz ihrem jungen Ich gegenüber ein –, in der alles andere Urteilsvermögen durch Sex geblendet war. Sie blieb stehen, lachte schwindelnd über sich selbst. Aber das Tanzen war ein Übergangsritus. Ein Rausch des Alleinseins überkam sie in solchen Momenten. Er war mit etwas anderem verbunden: mit einer Freiheit; einer Attraktion zwischen ihr und einem Mann, die keinen Wunsch nach dem üblichen Vollzug kannte. Ben glaubt, daß ihre Ehe ein Fehlschlag war. Vera sieht sie als eine Wegstrecke, zusammen mit anderen, vielfältigen, unterschiedlichen. Letztlich bewegt sich jeder auf sich selbst zu.

Nachdem Vera den Verkaufsvertrag für ihr Haus unterzeichnet hatte, fuhr sie auf eine Woche zu ihrer Tochter Annick nach Kapstadt. Als sie ging, blieb sie einen Moment in der Tür stehen und sah auf all das zurück, was aus den Jahrzehnten noch da war. Gebäude, Zimmer sind Zeugen; unbelebt stehen sie außerhalb der Zeit.

Lou holte sie vom Flughafen ab. Annie hatte das Baby zu Routineimpfungen mit in ihr Krankenhaus genommen; Annie und ihre Geliebte hatten ein Kind adoptiert. Es war ein kleines Mädchen und schwarz. Vielleicht war das ihre Form politischen Engagements, das an die Stelle von Veras Ausschüssen und Komitees trat. Oder es war ihr Mitleid mit einem der ausgesetzten Kinder noch jugendlicher Schulmädchen, auf die Annie stieß, wenn sie die Kliniken der Squatter Camps und der schwarzen Townships vor der Stadt besuchte.

Annie und Lou waren in dem Zustand junger Eltern, völlig abgelenkt von der Sorge um das Kind. Lou rief Annie, damit sie, als Ärztin, dem Atmen des Babys zuhörte oder an seinem Stuhl roch, falls etwas nicht in Ordnung sein sollte. Annie rief Lou durch das ganze Haus herbei, damit sie sah, daß sie die erste war, die das kleine Wesen zum Lächeln gebracht hatte. Das Zimmer, das ein viktorianisches Kinderzimmer gewesen und zu einem Liebesnest umgestaltet worden war, zu dem nur Lou und Annie Zutritt hatten, war nun wieder ein Kinderzimmer, dessen Tür immer angelehnt blieb, damit das Schreien des Babys sofort gehört wurde. Das kleine Mädchen war nicht schön. Seine Füße und Hände waren für den kleinen Körper zu groß, sie wedelten in der Luft herum wie die Beine eines Käfers, der hilflos auf dem Rücken lag. Sein trauriges öl-gelbes Gesicht, gekrönt von Haar, das wie ein schwarzer Schwamm aussah, trug den Ausdruck von etwas Ungeliebtem, etwas im Mutterleib Ungewolltem.

»Da hast du deine Enkelin.« Annie legte Vera das Baby in die Arme. Sie hatte Veras Reaktion gespürt. Vielleicht war es auch die ihre gewesen, die sie dann zu Liebe und Schutz bewegt hatte. »Sie haben alle diese etwas blasse, lehmige Färbung, wenn sie noch so jung sind. Aber ihre Mutter ist eine Xhosa aus dem Transkei.«

Annie und Lou hatten ihre Arbeitsstunden so gelegt, daß immer eine von ihnen zu Hause war, um sich um das Kind zu kümmern. All diese Dinge wurden mit Vera diskutiert, ihr detailliert erzählt – in der Überzeugung, daß alles, was das Leben mit einem Kind betraf, für andere genauso interessant war wie für die beiden selbst. »Wir haben versucht, sie abwechselnd mit zur Arbeit zu nehmen, Annie ins Krankenhaus und ich ins Laboratorium, aber die von uns, die das Baby nicht bei sich hatte, machte sich immer soviele Sorgen, daß wir wie die Verrückten miteinander telefoniert haben! Es war hoffnungslos! Wenn sie ein paar Monate alt ist, holen wir uns eine gute Kinderfrau.«

Annie und Vera saßen auf der Veranda in der Sonne. Tee und Kuchen unter dem Volant aus geflochtenem dünnen, weißgestrichenem Holz. Annie mit Bens schönem Gesicht; die schwarzen Augen niedergeschlagen, die feinen Nasenflügel weiß vor Konzentration, fütterte sie das Baby mit einer Flasche, aber es suchte immer wieder nach ihrer Brust, schob das weiche Fleisch über dem offenen Kragen ihres Hemdes hoch. Saubere Tücher lagen bereit, falls das Baby spucken sollte, und eine der Katzen, die an das Verbot, das Liebesnest zu betreten, noch gewöhnt waren, lag wie ein kochender Kessel schnurrend da – die Katzen mochten es, daß nun immer jemand zu Hause war. Vera beobachtete Annie, die auf den anderen Rhythmus horchte, den des saugenden Babys. Annies Atmen paßte sich ihm an, als wollte sie einschlafen. Es war immer leicht gewesen, dabei einzuschlafen, wenn man einem Baby die Brust gab, ja. Das Baby hätte Mphos Kind sein können, wenn die alte *Gogo* in Alexandra sich durchgesetzt hätte und es nicht in einem Eimer der Abtreibungspraxis gelandet wäre, die sie mit Glück gefunden hatte. So oft hatte Vera sich so gefühlt, weit fern von allem, was das Leben ihrer Tochter bestimmte, ferner und ferner, unfähig, das Forttreiben zu bremsen.

Großmutter und Tochter und Baby; jedem, der auf der Straße vorüberging, mußte das so natürlich vorkommen. Ein Eichhörnchen schnatterte in einer der sorgfältig gepflegten Eichen im Garten, und Annie sah auf – der geschlossene Kreis von Baby, Annie, Lou, gebrochen durch Lous Abwesenheit. Ihr wurde die Gegenwart ihrer Mutter bewußt, Veras Gegenwart, jetzt hatte sie zum ersten Mal Zeit für sie. »Dad hat vor ein paar Wochen geschrieben. Ich hatte ihm über unsere neue Errungenschaft geschrieben ... Vielleicht sollten wir ihn mal anrufen, solange du hier bist? Ihm scheint es bei meinem reichen Bruder ganz gut zu gehen. Aber wie geht's dir? Hätte Adam nicht wenigstens bei dir bleiben können, bis Papa nach Hause kommt? Bist du sicher, allein in dem Haus?«

»Ich hab das Haus verkauft.«

Annie war sofort und erschreckend empört: ihr Zuhause, das alte Zuhause, es mußte doch intakt bleiben, selbst wenn man es nie wieder sieht, nie wieder sehen will. »Du hast was? Gott nochmal! Wann? Und was ist mit Ben, wenn er zurückkommt? Wo wirst du wohnen?«

Vera ließ sie das Baby an die Schulter heben, ließ sie es zum Aufstoßen auf den Rücken klopfen, bevor sie antwortete.

»Ben wird nicht zurückkommen.«

Annie sah ihre Mutter nicht an. »Und wann wurde das entschieden?«

»Es ist nicht entschieden worden, aber er wird nicht wiederkommen.«

»Jetzt sag bloß, ihr laßt euch in eurem Alter noch scheiden.«

»Nein, wir lassen uns nicht scheiden. Nein. Ich werd ihn und Ivan besuchen, wenn ich in Europa bin.«

Sie war überrascht, daß Annies Gesicht sich rötete, wie es das getan hatte, als sie ein Kind war und ihre Wutanfälle bekam. Die schwarzen Augen waren feindselig hinter einer dicken Verzerrung aus Tränen.

»Wie nett von dir. Was hat er getan?«

»Getan. Nichts.«

Jetzt ließ also sie – Vera, die Mutter –, die erschöpft vom Sex mit einem anderen Mann zu ihm nach Hause gekommen war, dieses Zuhause in Stich, es gab nichts mehr, zu dem ihr Vater hätte zurückkehren können. Sie hatte ihn vor die Tür gesetzt.

»Um Himmels willen, warum machst du das?«

Vera sah mit Verständnislosigkeit auf etwas anderes vor sich, das Baby wieder an der Brust einer Frau, die keinen Mann haben wollte. »Weil ich nicht mit jemandem leben kann, der nicht ohne mich leben kann.«

»Immerzu. Sprich in Rätseln.«

»Wenn jemand einem soviel Macht über sich gibt, macht er einen zum Tyrannen.«

Ein paar Tränen fielen in das feine, schwammige Haar das Babys, glitzerten dort, bis Annie die Ansteckung brüsk wegwischte.

»Genau wie die Sache mit dem Schwanz. Du und der Schwanz, das hab ich auch nicht verstehen können, nicht?«

Vera wollte den Kopf hängenlassen und entmutigt ins Haus gehen, und sie verachtete sich selbst dafür. Sie hatte immer ein masochistisches Bedürfnis gehabt, von Annie gescholten zu werden – als Buße für die Zeit, in der sie sie geliebt, aber vernachlässigt hatte, indem sie sie aus ihrem Kopf gestrichen hatte, die gefühlloseste Form der Vernachlässigung. Nichts außer der Liebe in Hunderteinundzwanzig Delville Wood hatte gezählt. Sie widerstand dem mit Kälte: »Wir sollten inzwischen wirklich akzeptiert haben, daß es Dinge an uns beiden gibt, die die andere nicht versteht.«

Über dem Kopf des Babys hob Annie die linke Augenbraue, wie um genauer sehen, besser abwehren zu können. »Und was willst du jetzt machen?«

»Wenn die Arbeit im Komitee vorbei ist, geh ich natürlich zur Stiftung zurück.«

»Du weißt, daß ich das nicht mein. Wo willst du wohnen? Du wirst doch kein neues Haus kaufen, oder? Eine Wohnung? Ich kann mir nicht vorstellen, daß du in einem dieser großen Gebäude wohnen wirst, wo man jedesmal bei irgendeinem Sicherheitsbullen im Foyer abzeichnen muß, wenn man kommt und geht.«

»Ich zieh in den Anbau von Zephs Haus.«

Kein Zeichen, daß sie den Namen erkannte.

»Zeph Rapulana. Du kennst ihn. Er war auf der Party, die wir gegeben haben, als du uns mit Lou besucht hast.«

»Als Großvater gestorben ist.« Ein Vorwurf, weil es darauf bestand, die Abfolge der Dinge nach ihrer Bedeutung zu ordnen.

»Ich glaub, du und Lou habt an dem Abend mit ihm gesprochen, im Garten.«

»Der Mann, der in Aufsichtsräten sitzt, Bankdirektor und was noch alles, wie du uns erzählt hast? Der glatte Vertreter der neuen Mittelklasse?«

»Er war Sprecher eines Squatter Camps, ich kenn ihn schon lange. Ein guter Freund.«

Annie sah sie mit bitterer, verächtlicher Ungläubigkeit an.

»Du warst doch immer sehr die Herrin deines Hauses. Jetzt willst du mit jemandem teilen? Warum?«

»Es ist ein Nebengebäude. Ganz abgetrennt, ein eigener Eingang und so weiter. Man stört sich überhaupt nicht. Wir respektieren einander.«

»Wie ist das denn gekommen? Doch nicht einfach aus dem Blauen. Doch nicht, weil du auf eine Anzeige in der Zeitung geantwortet hast.«

»Wir haben darüber gesprochen.«

»So enge Freunde seid ihr also.« Keine Reaktion: Annie begreift, daß da noch etwas ist, was sie in den Augen ihrer Mutter nicht verstehen kann.

»Und wie willst du mit seiner Familie zurechtkommen? Mit der Frau? Kennst du sie wenigstens? Deine beruflichen Freundschaften sind ja gut und schön, Vera ...«

»Sie wohnt in einem Haus, das er auf dem Land gebaut hat, das die Stiftung damals für seine Leute bekommen hat. Sie mag die Stadt nicht; die Kinder sind alle weg, erwachsen – wie meine.«

Annie begann leicht vor und zurück zu schaukeln, das Baby in den Schlaf zu wiegen. Es war als ob mit dieser Bewegung ihr Empfinden für ihre Mutter wechselte, als fühlte sie, daß ihre Mutter Schutz vor sich selbst brauchte – vor ihrer eigensinnigen Naivität. »Du ziehst also praktisch zu einem Mann, Ma. Was werden die Leute denken?«

Das von Annie! Vera lachte. Was für ein Gedanke, von einer Lesbierin, einer lesbischen Mutter – Annie! »Meinst du etwa, weil er schwarz ist?«

»Ich mein genau das, was ich gesagt habe: mein Vater ist nach London gegangen, du ziehst zu einem anderen Mann.«

»Ich glaub nicht, das irgendjemand sich was dabei denken wird, bei jemandem in meinem Alter.«

Vera hatte die Hände, die Fingerspitzen dachförmig aneinandergelegt, an den Mund gehoben. Es war ihre vertraute Trotzhaltung. Annie schien es, als müßte sie ihre Aufmerksamkeit gegen die Faszination erobern, mit der Vera dem hin- und herschießenden Ballett des

Eichhörnchens folgte, das vor der Veranda mal näherkam, mal zurückwich.

»Ma, da täuschst du dich. Sie werden sich was dabei denken.« Sie schaukelte weiter, verlegen über das, was sie sagen wollte. »Und sie werden über dich lachen.«

Vera war eher neugierig als in irgendeiner übriggebliebenen sexuellen Eitelkeit verletzt. »Glaubst du wirklich? Das ist interessant.«

Was wiederum Annies Neugier oder Verwunderung erregte. »Womit experimentierst du da?«

»Ich experimentier überhaupt nicht«, sagte Vera freundlich, aber bestimmt. »Wenn jemand experimentiert, bist du das.«

»Wir wissen, was wir wollen, Lou und ich, und das machen wir. Ganz einfach. Ich weiß aber nicht, ob du sicher bist, was du willst. Immer noch nicht. Oh, ich weiß, deine Arbeit, die Zukunft des Landes. Aber du? Was hast du für dich gewollt?«

Nur jemand Junges konnte soetwas als die einzige Frage formulieren. Aber sie mußte darauf antworten. »Mir über mein Leben klar werden. Jetzt. Die Wahrheit. Letztlich. Das ist alles.«

»O Vera!« Eine Bewegung der freien Hand, welche die Dimension, die Arroganz der Antwort betonte. »Und hast du sie gefunden?«

»Langsam, aber sicher.«

»›Die Wahrheit über dein Leben‹. Aber das ist doch nicht die Frage. War es das wert?«

»Was?«

»Alles. Alles, was du getan hast und die Folgen. So wie du jetzt plötzlich wieder was machst, was Folgen hat.«

»Aber das ist nicht die Frage. Es ist doch keine Zusammenfassung. Ich wäg doch nicht ...« Vera sagte es im Ton eines Zitats, »einen Sack Salz gegen einen Sack Mais ab.«

»Und? Du mußt dich nicht verpflichtet fühlen zu antworten, weil ich deine Tochter bin. Ich bin nicht auf der Suche nach Anleitung ...«

Aber auf der Suche nach einem Schlüssel zu einer Tür, vor der sie erst einmal gestanden hatten. Auf der Suche nach Offenheit, Vertrauen.

Vera suchte nach etwas, das zumindest teilweise, vorläufig erklären würde, was sie tat. Etwas, das keine Haushaltsphilosophie aus einem Prozeß machte, auf den man nicht zurücksehen durfte mit dem Blick des Orpheus. »Ich arbeite an etwas – wie soll ich das sagen – an Abhängigkeiten.«

»Was für eine merkwürdige Art, das Leben zu betrachten. Deine Abhängigkeit, oder die anderer von dir?« Aber das Geräusch von Lous Karman Ghia aus dritter Hand (ein Überbleibsel aus den Tagen, als sie sozusagen ein sorgloser Junggeselle gewesen war), der vor dem Haus bremste, ließ Annie eine Antwort vergessen. Lou kam mit einem Hier-bin-ich-Lächeln den Pfad herauf. Ein abgesagter Termin hatte ihr die Chance gegeben, zum Lunch nach Hause zu kommen – sie hatte das Essen mitgebracht, ein warmer Hackbraten und Avocados. Sie stellte es ab und küßte Annie, wurde zurückgeküßt, während sie Annies Nacken streichelte, und beide beugten sich über den ausgepolsterten Korb, in dem ihr Baby schlief.

Zu Hause.

Vera ist die Zuschauerin bei dieser häuslichen Harmonie.

Irgendwie haben Annie und sie die Plätze gewechselt. Sie hat das Zuhause verlassen, und Annie schafft ein Zuhause vollständig neuer Art.

Vielleicht macht das Verschwinden des alten Regimes auch die Aufgabe eines alten privaten Lebens möglich.

Langsam, aber sicher.

Vorschläge an das Verfassungs-Komitee kommen von allen Gruppen und Organisationen. Und die Gruppierungen können von Woche zu Woche kaum mit irgendeiner Genauigkeit definiert werden. Wilde Allianzen verklumpen plötzlich in der politischen Blutbahn, werden verkündet, zerbrechen, fließen in Verhandlungen hinein und wieder hinaus. Alle wollen, daß ihre Zukunft um sie herum geordnet wird, alle haben Pläne für Gesetzstrukturen, die ihre Idealexistenz umschreiben. Nie werden Menschen näher an den Mythos, Gott am Schöpfungstag zu sein, herankommen. Vera Stark und ihre Kollegen konferieren Woche auf Woche, manchmal bis in die Nacht hinein. Sie erörtern die Proporzbasis der politischen Vertretung, die Fünf- oder Zehnprozent-Sperrklausel, Einheit oder Zweidrittelmehrheit bei Kabinettsentscheidungen; der Prozentsatz, mit dem der Präsident gewählt werden sollte, die Mehrheit, mit der die Verfassung geändert werden kann, die Mehrheit, mit der die Menschenrechtsklauseln in der Verfassung geändert werden können, die Befugnisse und Pflichten der regionalen Parlamente. Und so weiter. Das Prinzip jedes Vorschlags ist fast ausnahmslos dasselbe: jede Gruppe oder Versammlung von Individuen will sich vor der Macht anderer schützen. Die fehlbaren menschlichen Wesen im Komitee sind mit der Aufgabe beschäftigt, einen Weg zu finden, der all diese Menschen schützt, ohne daß irgendjemand gefährdet oder benachteiligt wird. Politik gab es erst außerhalb des Gartens; die gewalttätige Bruderschaft von Kain und Abel kann nur in die andere oft proklamierte Brüderlichkeit verwandelt werden, wenn es möglich ist, Gesetze zu entwickeln, die diese Brüderlichkeit erzeugen.

Zeph fand sie in dem anderen Garten, der schon seit einiger Zeit auf sie gewartet zu haben schien. Er hatte Abendessen und abendliche Konferenzen, und sie saß oft bis spät abends in ihrem Komitee, so daß sie sich an Werktagen selten trafen. Aber an Sonntagen waren sie beide da. Vera hatte ihre Dreimal-die-Woche-Haushaltshilfe zusammen mit dem Haus in die Pension geschickt, aber Zeph hatte eine alte Frau vom Lande, vielleicht eine Verwandte, die er als seine ›Haushälterin‹ bezeichnete, da es für Schwarze schwierig war, offen Bedienstete zu haben. Die Frau ging sonntags zu Versammlungen einer religiösen Sekte unter offenem Himmel, die den ganzen Tag dauerten, und Zeph ging zu einem Frühgottesdienst der anglikanischen Kirche: Vera machte Frühstück und deckte am späten Morgen unter der Jakaranda. Er war daran gewöhnt, von Frauen bedient zu werden, erwartete das aber nicht von ihr, dankte ihr immer, als wäre es eine Überraschung, und trug das Geschirr zusammen mit ihr in die kleine Küche zurück, wenn sie fertig waren. Sie lasen die Zeitungen, reichten bestimmte Seiten ohne Kommentar aneinander weiter; jeder wußte aus seinem Tätigkeitsbereich und von seinen Verbindungen, was in den Artikeln fehlte, weil es nicht veröffentlicht werden durfte. »Niemand wird glauben, daß wir unparteiisch sind, was immer wir für die Verhandlungen vorschlagen. Jeden Tag, wenn ich mich auf meinen Stuhl setze, muß ich mich selbst daran erinnern. Und vielleicht haben sie recht? Ich weiß, daß ich selbst – ich bin von der Landfrage beeinflußt, in meinem Hinterkopf prüfe ich jede kontrollierende Instanz darauf hin, wie sie die Frage der Landverteilung beeinflussen könnte. Das kommt von all meiner Zeit bei der Stiftung, es ist so lange die Perspektive meines Lebens gewesen.«

»Ich glaub nicht, daß *jeder* glaubt, daß das Komitee nicht unparteiisch ist. Das würd ich nicht sagen, Vera. Nur ein paar, die nicht verstehen, was unparteiisch bedeutet, weil für sie die Verhinderung von Machtmißbrauch nur bedeutet, daß sie nicht die geringste Chance haben, mit ihrer Art Unterdrückung durchzukommen.«

»Aber das ist das Problem. Du und ich, hier, wir können diese Leute als das durchschauen, was sie sind, und sie vergessen. Wir wissen, was sie sind, wir sind uns darüber im klaren, daß sie ein gefährliches Hindernis sind. Aber das Komitee muß alle Vorschläge diskutieren, muß jeden ernst nehmen, wir müssen gegenseitig jedes persönliche Urteil korrigieren. Erinnerst du dich, ich hab dir mal gesagt, eine Verfassung ist die gesetzliche Praktizierung von Menschenrechten? Na ja, ich hab festgestellt, daß man, wenn man unparteiisch sein will, auch den offensichtlichsten Märchen von Leuten zuhören muß, denen ganz egal ist, was sie tun müssen, um ihrem Machthunger einen legalen Anstrich zu geben. Wie die mit schönen juristischen Formulierungen umgehen, wozu sie die ausnutzen! Wir sind in einem Dschungel aus Verhandlungsjargon gefangen.«

»Technisches Komitee ... ja ... klingt so einfach ... Als ginge es darum, ein paar Glühbirnen einzuschrauben oder eine Klimaanlage in Betrieb zu halten ... Man hätte es auch anders nennen können. Das ist ein Überbleibsel von all den Namen, die wir hatten, sie hatten nichts mit den Umständen zu tun, wie sie wirklich waren – weißt du noch: getrennt, aber gleich, Universitäts-Erweiterungs-Akt, Immoralitätsgesetz, was nicht alles ... Das ist eine Gewohnheit, die wir übernommen haben.«

Sie lachten, verglichen unter der Wintersonne viele der kuriosen Aspekte des Wandels, dessen Teil sie waren, der Zeit, durch die sie sich bewegten.

Wenn sie mit der Schwierigkeit kämpfte, das zu ordnen, was die ›technischen‹ Umstände zukünftigen Lebens sein sollten, so hatte er keinen so offiziell definierten Euphemismus, um sich zu schützen. Es gab Skandale in dem finanziellen Unternehmen, das sich ›Ermächtigung‹ nannte. Sein Gesicht erschien unter anderen in den Zeitungen, die sie aufschlugen. Ein Dickicht aus Krediten, Schulden, die Verlagerung von Geldern von einer Gesellschaft auf eine andere und Beschuldigungen, diese seien bloße Fassaden, hinter denen die Bewegung stehe. »Sie werden dich also auffordern, in die Verfassung zu schreiben, daß niemand in einer politischen Partei Geschäftsinteressen haben darf? Das ist immerhin etwas, nach allem, was Big Business und die Bergwerksgesellschaften hier für die Stabilität des alten Regimes seit den Tagen unserer Großväter gemacht haben!«

»Wie ist das passiert? Ist da wirklich Geld unterschlagen worden, irgendwo, von Leuten, denen du getraut hast?«

»Ich will das eigentlich nicht glauben, auf den ersten Blick. Wir müssen das erstmal aussortieren. Es ist alles zu schnell zu groß geworden, außer Kontrolle geraten. Einige Bereiche – als diese Zahlen im letzten Monat rauskamen, hab ich dir gesagt, wie gut die Investition der Versicherungsgesellschaften im Wohnungsbau läuft? – gehen gut, aber die Zeitungen schreiben nichts darüber. Schwarze können nicht erfolgreich sein. Sie dürfen's nicht. Die alte Geschichte.«

»Das ist Wunscherfüllung per Gerücht. Aber die Zahlen, die da genannt werden?«

»Ich wollte, es wären nur Gerüchte. Da sind ein paar faule Geschichten. Wir haben nicht scharf genug kontrolliert! ... wenn wir gesehen haben, daß es für ein paar Brüder schwierig wurde, haben wir sie rausgepaukt und ihnen geglaubt, daß es nur eine Zeitfrage sei, wir haben's geglaubt, sie haben's auch selbst geglaubt! Wir haben noch nicht gelernt, hart zu sein, und das ist die oberste Regel im Geschäft. Man macht keine Fehler. Wir haben welche gemacht.« Er sprach im Jargon, den er im Dromedaris gelernt hatte. »Nicht, daß da jemand die Finger in der Kasse hatte. Dabei bleib ich. Es wär schrecklich für mich, Vera, wenn es doch so wäre.«

Ihre Augen bewegten sich in ärgerlichem Alarm. »Du wärst doch nicht direkt verwickelt.«

»Nein.« Seine Hand verdeckte die Fotos, die sich über drei Kolumnen ausbreiteten. »Aber man würde mich natürlich mit denen in Verbindung bringen, die da drinstecken.«

Sie nahm eine Orange und teilte sie. Er sah sie nachsichtig, geduldig an – vom äußersten Rand des Vertrauens zwischen ihnen. Es war, als wollte er ausloten, ob er, von ihr, vielleicht sogar akzeptieren könnte, daß sie ihn des Diebstahls fähig hielt. ›Unakzeptable Praktiken‹ war der Dromedaris-Ausdruck dafür in der Welt, in der er jetzt seinen Ruf aufs Spiel setzte.

»Was würde meine Pächterin tun? Ausziehen?«

Sie ließ Kerne von den Lippen in die hohle Hand fallen und sah nach unten, während sie aß, als müßte sie nur diesen Mundvoll aufessen, um eine Antwort zu finden. »Ich würde denken, daß es jetzt manchmal notwendig ist, Dinge zu tun, die man in anderen Zeiten nicht tun würde. Daß es aus einem Grund geschehen ist, für jemanden, für etwas anderes.«

Er lächelte. »Nein, nein. Sei vorsichtig. Wir müssen eine Menge neuer Regeln erfinden, aber die gehört nicht dazu. Ein Dieb ist ein Dieb, Vera. Da können auch wir beide keine Ausnahme machen.«

»Es würde auch gegen deinen Glauben verstoßen, nicht wahr? Ja. Aber, Zeph, was mich betrifft, bin ich nicht so sicher. Gott spielt für mich keine Rolle. Ich könnte beschließen, daß Geld viel für bestimmte Menschen ausrichten könnte, hier oder dort. Ich könnte Mittel zweckentfremden ... Es ist ganz gut, daß ich nicht in euren Aufsichtsräten sitze.«

»Na, zumindest könnte man über dich nicht sagen, daß alles, was du tust, vorhersehbar ist. Schwarz.«

Der Skandal beruhigte sich; oder er wurde durch eine Umorganisation entschärft. Zeph hatte in seinem Haus viele Diskussionen mit Kollegen. Sie war natürlich nicht dabei, blieb in ihrem Anbau. Manchmal redete er später mit ihr über die Folgen dieser Diskussionen, nicht über den Inhalt. »Kannst du dir vorstellen, daß es eine Fabrik gibt, die regelmäßig das Doppelte jeden Auftrages herstellt, weil die Qualität der Waren so schlampig ist, daß nur die Hälfte der Stückzahl ausgeliefert werden kann. Die Verschwendung! Die Kosten! In Geld, in Arbeitsstunden! Niedrige Produktivität kann unsere Hoffnungen auf eine Erhöhung des Lebensstandards vollständig zunichte machen. Unser Gerede all diese Jahre hindurch über die Umverteilung von Land und Wohlstand – wenn wir das mit dem gemacht haben, was das weiße Regime für sich aufgehäuft hat, werden wir immer noch weit davon entfernt sein, auf den Weltmärkten konkurrenzfähig zu sein, wenn wir die Produktivität nicht erhöhen. Wir liegen weit hinter erfolgreichen Ländern, hinter Korea, Taiwan, China ... Länder mit billiger Arbeit. Sie produzieren bessere Waren als wir und das auf einer Massenbasis, die unsere Produktivität wie ein Pappenstiel aussehen läßt. Wir haben immer gesagt, daß die Ausbeutung billiger Arbeit und der Mangel an Ausbildung unsere Probleme erklären. Und das ist auch richtig gewesen, soweit wir es beurteilen konnten, weil wir nie etwas anderes hatten als eine ausgebeutete Arbeiterschaft. Aber wenn unsere Arbeiter nicht mehr ausgebeutet werden, produzieren sie dann mehr und Besseres? Wieso sollte sich da was gegenüber früher ändern? Worauf zählen wir da? Daß du mehr Begeisterung in deinen Job steckst, wenn du ein schwarzes Management, einen schwarzen Direktor hast? Wenn in einigen Fällen der Staat, den du an die Macht gewählt hast, dein Boss ist? Motivation. Ich mach mir da Sorgen. Wenn man beim Blaumachen erwischt wird, ist das kein Protest mehr gegen den weißen Ausbeuter. Fünfzig Prozent Ausschuß können wir uns nicht erlauben. Wir brauchen ein schwarzes Management, das in der Lage ist, die Leute zum Arbeiten zu bringen.«

Vera beobachtete sein Gesicht, seine Gesten; sie lächelte. »Du bist an Bord. Das ist nicht zu vermeiden.«

Wenn sie zufällig Kollegen von ihm begegnete, stellte er sie vor, die Hand auf ihrer Schulter: »Meine Pächterin.« Wenn jemand neugierig nachfragte, wer diese Pächterin war, diese alternde weiße Frau, die auf seinem Besitz wohnte, freute er sich darüber, sie informieren zu können: »Mrs. Stark sitzt im Technischen Komitee. Sie gehört zu den Leuten, die unsere Verfassung entwerfen.«

Die Pächterin. Diese Bezeichnung, gegenüber der Öffentlichkeit, paßte ihr gut. Es war eine Art privaten Spiels mit Worten, zwischen Zeph Rapulana und Mrs. Stark, das ihr gegenwärtiges Arrangement mit Odensville verband, mit der Landfrage, durch die sie einander kennengelernt hatten. Es war ein Verhältnis, in dem es Loyalitäten, aber keine Abhängigkeiten gab, Gefühle, die in keiner anerkannten Kategorie eingefangen waren, da sie nicht überprüft werden mußten. Auf dem Heimatboden der Gegenwart – gewalttätig, bürokratisch, erbebend, alles auf einmal, ausgedrückt in verbrannten und blutigen Körpern, in der Leidenschaft der Ablehnung, in dem Ekel vor Institutionen, im Wissen um den Verrat von Polizei und Armee, die eigentlich zum Schutz da waren, in dem gegen sich selbst gekehrten Zorn, in der Weitschweifigkeit der Dokumente – existierte dieser kleine Lebensraum. Dennoch empfand Vera ihn als offen, nach Belieben von ihr beschreitbar. Sie selbst war letztlich die Form von Gesellschaft, die sie entdeckte. Sie war in der Lage, ihre Arbeit für das Komitee mit totaler Konzentration zu tun, sie schrieb regelmäßig Briefe, die sie an Ben und Ivan zusammen adressierte, in denen sie diese Arbeit genau beschrieb, sie rief Annie an und fragte nach den Fortschritten, die das Baby machte, sie besuchte die Maqomas und hakte in stiller Sorge eine weitere Woche ab, einen weiteren Monat, der vielleicht bedeutete, daß Sally die Gefahr, in der sie allein war, überleben würde.

Veras Anbau war zu klein, um dort Besucher empfangen zu können; nur Adam kam manchmal am Wochenende mit seinem Motorrad vorbei. Einmal nahmen er und seine Freundin sie zu einem Jazzkonzert mit, weil da eine Gruppe spielte, von der er meinte, sie müsse aus ihrer Ära stammen. Es war in einem Café voller junger Schwarzer und Weißer, denen die Musik auf merkwürdige Weise neu vorkam.

Vielleicht hatte Ben ihn darum gebeten. Ben (er fühlte sich, irgendwo tief drinnen, nicht eingestanden, schuldig, weil er sie verlassen hatte, selbst wenn sie es so gewollt hatte) war beruhigt, daß sie zumindest in einem unter den gegenwärtigen Umständen denkbar sicheren Haus wohnte. Auf dem Besitz eines prominenten schwarzen Mannes, der nicht offen in Politik verwickelt war. Aber er machte sich Sorgen über ihre Lebensweise, die offenbar so vollständig in ihrer öffentlichen Rolle aufging. Sie war immer Teil einer Gruppe, in ihrem Denken, ihren Entscheidungen, und außerhalb dessen so zurückgezogen. Ohne Erfolg suchte er in ihren Briefen nach ihr. Um ihn zu beruhigen, sagte Ivan, daß sie vielleicht irgendeinen Mystizismus angenommen habe, Sufi oder soetwas. Nein, nein – wie konnte es sein, daß ein Kind sowenig von seiner Mutter wußte! Ben war lange genug mit ihr zusammen durchs Leben gegangen, um zumindest zu wissen, daß es, wo immer sie jetzt sein mochte, keine Form der Flucht war. Er war zu scheu, um diesem Wesen, das ihr äußerlich so sehr ähnelte (das Gesicht, das er anredete, verleitete ihn manchmal zu dem Gedanken, er spräche mit ihr), zu erklären, daß sie der Wirklichkeit dort unten in einer Weise angehörte, wie er es nie getan hatte, nie versuchen könnte, außer durch sie. Ivan fragte sich hin und wieder, warum es offenbar unmöglich für Ben war, dorthin zurückzukehren. Aber er fragte nicht, weil er eine Art Handel mit sich selbst abgeschlossen hatte: wenn er die Nase nicht in das Leben seiner Eltern steckte, würden sie sich auch nicht in seines einmischen. Er und dieser manchmal seltsame Vater hatten unter ihren eigenen Bedingungen ein enges Verhältnis. Es gab keine finanziellen Schwierigkeiten, er machte eine Menge Geld. Solange er keine Frau fand, die er wirklich heiraten wollte, konnten sie sehr gut in diesem merkwürdigen Junggesellentum weiterleben. Seine Kollegen bewunderten ihn eher wegen seiner Zuneigung zu dem gutaussehenden alternden Vater, den sie in seinem Haus am Holland Park trafen. Offensichtlich war er eine Art Künstler gewesen. Ivan zufolge beschäftigte er sich damit, die verschiedenen Kunstausstellungen zu besuchen.

In einer Winternacht dieses Jahres brach ein Rohr und setzte den Boden vor Veras Anbau unter Wasser. Sie zog ihre Lederjacke über den Schlafanzug und ging hinüber, um den Haupthahn im Hof abzudrehen. Chlorablagerungen hatten ihn schwer beweglich gemacht, und er rührte sich nicht unter ihren Händen, die in der Kälte steif wurden. Leise betrat sie das Haus. Zeph hatte ihr Schlüssel gegeben, damit sie immer Zugang hatte. Sie achtete auf das Haus, wenn er auf Geschäftsreisen war oder ein paar Tage bei seiner Familie in Odensville verbrachte. Die Schlüssel waren auch eine Vorsichtsmaßnahme, auf der Zeph bestand; wenn irgend etwas oder irgendjemand sie bedrohte, konnte sie immer zu ihm kommen. Die Raumaufteilung im Haus war ihr vertraut. Sie wollte ihn nicht stören, indem sie Licht machte. Langsam und ohne ein Knarren der Dielenbretter oder irgendwelche Berührung mit Möbeln bewegte sie sich auf den Schrank im Flur zwischen seinem Schlaf- und Badezimmer zu, in dem sie, wie sie wußte, eine Zange finden würde.

Ohne einen Umriß, der dunkler als die Dunkelheit war, wahrgenommen zu haben, stieß sie mit einem warmen, weichen Körper zusammen.

Atem, Herzklopfen.

Sie hatte einmal einen verletzten Vogel aufgehoben und eine ähnliche Berührung mit etwas Lebendem gefühlt.

Ihre Jacke stand offen und sie spürte die andere an sich, Brüste gegen Brüste, Bauch an Bauch; jede der beiden hatte Angst, sich zurückzuziehen, da sie damit der anderen bestätigt hätte, daß da wirklich jemand war, eine Anwesenheit, nicht eine Illusion aus dem alten Unbekannten der Dunkelheit, das selbst in einem verschlossenen Haus herrscht. Vera war sich des Metallwerkzeugs in ihrer Hand bewußt, als wäre sie wirklich ein Eindringling und bereit, zuzuschlagen. Ein paar Sekunden vielleicht standen sie und das Mädchen zärtlich vereinigt in dem Harzduft des Samens, der von ihr ausging. Dann trat Vera zurück, und das Mädchen wandte sich um und lief auf nackten Sohlen zu seinem Schlafzimmer, wo die unverriegelte Tür sie geräuschlos einließ.

Vera kam in das beißende Ebenholzblau der Winterluft zurück, als wäre sie in den köstlichen Schock kalten Wassers hineingesprungen. Sie drehte den Hahn mit der Befriedigung einer Frau ab, die eine

Handwerker-Aufgabe erfüllt. Statt sofort in ihren Anbau zurückzukehren, ging sie in den Garten, die Jacke über der Wärme fest zugezogen. Die Kälte brannte ihr auf den Lippen und Augenlidern; die beiden Stühle und der Tisch standen im Rauhreif da; alles war kahl. Kein Blatt an den blanken, glatten Ästen der Bäume, und die Büsche wie verworrener Draht; ausgetrocknete Palmwedel, steif wie ihre Finger. Eine dicke Spur zertretenen Eises, in der das Licht knisterte, Sterne blendeten sie, als sie den Kopf zurücklegte; sie stand unter dem Schwung des Himmels, die Füße fest am Boden, auf der Achse der Nachtwelt. Eine Weile ging Vera dort auf und ab. Und nahm dann ihren Weg wieder auf, ihr Atem ein verschnörkelter Schriftzug vor ihr.